EL

LA BESTIA TOMA POSESIÓN

POSEÍDO

TIM LaHaye

JERRY B. JENKINS

EDITORIAL UNILIT

Publicado por
Editorial **Unilit**
Miami, Fl. 33172
Derechos reservados

Primera edición 2000

© 1999 por Tim LaHaye y Jerry B. Jenkins
Originalmente publicado en inglés con el título:
The Indwelling por Tyndale House Publishers, Inc.
Wheaton, Illinois

Traducido al español por: Nellyda Rivers

Citas bíblicas tomadas de " La Biblia de las Américas"
© 1986 The Lockman Foundation
Usada con permiso.

Producto 495121
ISBN 0-7899-0755-0
Impreso en Colombia
Printed in Colombia

A los cuarenta y dos meses de la tribulación

Los creyentes

Raimundo Steele, en la mitad de la cuarentena; ex capitán de aviones 747 de Pan-Continental; perdió a su esposa e hijo en el arrebatamiento; ex piloto de Nicolás Carpatia, el potentado de la Comunidad Global; miembro fundador del Comando Tribulación; ahora, fugitivo internacional exilado; huyó de Israel, el sitio donde Carpatia fue asesinado.

Camilo "Macho" Williams, a comienzos de la treintena; ex editor en jefe del *Semanario Global*; ex editor del *Semanario de la Comunidad Global* de Carpatia; miembro fundador del Comando Tribulación; editor de la ciberevista *La Verdad* fugitivo en el exilio en comisión en Israel.

Cloé Steele Williams, a comienzos de los veinte, ex estudiante de la Universidad Stanford de California; perdió a su madre y su hermano en el arrebatamiento; hija de Raimundo; esposa de Camilo; madre de Keni Bruno, de catorce meses de edad; presidenta de la Cooperativa Internacional de Bienes, una red clandestina de creyentes; miembro fundador del Comando Tribulación; fugitiva en el exilio en la casa de refugio ubicada en Mount Prospect, Illinois.

Zión Ben-Judá, a finales de los cuarenta; ex académico rabínico y estadista israelita; reveló su conversión a Jesús el

Mesías en un especial internacional de la televisión —después le asesinaron a su esposa y dos hijos adolescentes; escapó a los EE.UU.; líder y maestro espiritual del Comando Tribulación; cuenta con una ciberaudiencia diaria de más de mil millones de personas; reside en la casa de refugio.

Max McCullum, a fines de la cincuentena; piloto de Nicolás Carpatia; reside en Nueva Babilonia.

David Hassid, en la mitad de los veinte; director de alto rango de la CG; reside en Nueva Babilonia.

Anita Cristóbal, a comienzos de los veinte; cabo de la CG; jefe de carga del Fénix 216; enamorada de David Hassid; reside en Nueva Babilonia.

Lea Rosas: a fines de los treinta; ex enfermera jefe de administración del Hospital Arturo Young de Palatine, Illinois; comisionada en Bruselas de la casa de refugio.

("Ti") Marcos Delanti: al final de los treinta; propietario y director del Aeropuerto de Palwaukee, Wheeling, Illinois.

Señor Lucas (Laslo) Miclos y señora: en la mitad de la cincuentena; magnates de la minería del lignito; residen en Grecia.

Abdula Smith: a comienzos de los treinta; ex piloto de combate de la fuerza aérea de Jordania; primer oficial del Fénix 216; reside en Nueva Babilonia.

Los enemigos

Nicolás Jetty Carpatia: a mediados de la treintena; ex presidente de Rumania; ex secretario general de las Naciones

Unidas; autodesignado Potentado (Potestad) de la Comunidad Global; asesinado en Jerusalén; gobierna desde el complejo palaciego de la CG en Nueva Babilonia.

León Fortunato: a comienzos de la cincuentena; mano derecha y sucesor interino de Carpatia; comandante supremo; reside en Nueva Babilonia.

Los indecisos

Patty Durán, 30, ex azafata de Pan-Continental; ex asistente personal de Nicolás Carpatia; presa en Bélgica.

Doctor Jaime Rosenzweig: a finales de los sesenta; botánico y estadista israelita; descubridor de una fórmula que hizo florecer los desiertos de Israel; ex Hombre del Año del *Semanario Global*; víctima de un infarto; reside en Jerusalén.

PRÓLOGO

De Asesinos

Camilo se había tirado detrás de un andamio al sonido del revólver. Una marejada humana barrió todo pasando por ambos lados, y él vio felicidad en algunos rostros. ¿Los conversos del Muro de los Lamentos que habían visto que Carpatia asesinaba a sus héroes?

Cuando Camilo miró al escenario, los potentados saltaban fuera de ahí, el cortinado flotaba a la distancia, y Jaime parecía catatónico, con su cabeza rígida.

Carpatia yacía en la plataforma, con sangre corriendo de sus ojos, nariz, boca , y —le pareció a Camilo— desde la parte de arriba de la cabeza. El micrófono sujeto a la solapa todavía estaba caliente, y como Camilo estaba directamente abajo de un altoparlante, oyó el murmullo gutural y líquido de Carpatia que decía, "pero yo pensé... yo pensé... que hacía todo lo que pediste".

Fortunato envolvía con su robusto cuerpo el pecho de Carpatia, palpaba debajo de él, y lo acunaba. Sentado en el escenario, mecía a su potentado, gimiendo.

—¡Excelencia, no se muera! —sollozaba Fortunato—. ¡Lo necesitamos! ¡El mundo lo necesita! ¡*yo* lo necesito!

Las fuerzas de seguridad los rodeaban, blandiendo Uzis. Camilo había sufrido suficientes traumas para un día. Él estaba como hipnotizado, viendo claramente la espalda de Carpatia con el cráneo empapado en sangre. La herida era inequivocamente mortal. Y desde donde estaba Camilo, era evidente qué la había causado.

***

—No esperaba un tiroteo —dijo Zión mirando fijo el televisor mientras Seguridad CG vaciaba el escenario y se llevaban a Carpatia.

Dos horas después la CNN CG confirmaba la muerte y repetía una y otra vez la apesadumbrada declaración del Comandante Supremo León Fortunato: —Seguiremos adelante con el valeroso espíritu de nuestro fundador y ancla moral, Su Potestad Nicolás Carpatia. La causa de la muerte permanecerá confidencial hasta que se complete la investigación, pero pueden estar seguros de que el culpable será llevado a la justicia.

Los medios noticiosos informaban que el asesinado cuerpo del potentado, sería expuesto en el palacio de Nueva Babilonia antes de su sepultura a efectuarse allá el domingo.

—No dejes la televisión Cloé —dijo Zión—. Tienes que suponer que la resurrección será captada por las cámaras.

Pero cuando el viernes se hizo sábado en Monte Prospect y se aproximaba la noche del sábado, hasta Zión comenzó a preguntarse. Las Escrituras no predecían la muerte por un proyectil. El anticristo tenía que morir por una herida específica en la cabeza y, luego, volver a la vida. Carpatia todavía yacía expuesto.

Hacia el amanecer del domingo, Zión había empezado a dudar de sí mismo mientras miraba sombríamente a los dolientes que desfilaban por la litera de cristal puesta en el patio bañado de sol del palacio de la CG.

¿Había estado equivocado todo el tiempo?

***

David Hassid fue llamado a la oficina de León Fortunato dos horas antes del entierro. León y sus directores de inteligencia y seguridad se amontonaban delante de una pantalla de televisor. La cara de León reflejaba una pena intensa y la promesa de venganza. —Una vez que Su Excelencia esté en la tumba —decía con voz espesa—, el mundo puede aproximarse a su fin. Llevar a juicio a su asesino sólo puede ayudar. Mire con nosotros, David. Los ángulos primarios estaban bloqueados, pero mire esta toma colateral. Dígame si ve lo que nosotros vemos.

David observó.

¡Oh, no! —pensó—. *¡No puede ser!*

—¿Bien? —dijo León atisbándolo—. ¿Hay alguna duda?

David se demoró pero eso sólo sirvió para que los otros dos lo miraran.

—La cámara no miente —dijo León—. Tenemos a nuestro asesino, ¿no?

Por más que deseara dar otra explicación de lo que estaba claro, David haría peligrar su puesto si se mostraba ilógico. Asintió. —Seguro que sí.

LUNES DE LA SEMANA DE GALA

Lea Rosas se enorgullecía de pensar bien cuando estaba presionada. Ella se había desempeñado como enfermera jefe de administración de un hospital grande durante diez años y, en los últimos tres años y medio, también había sido uno de los escasos creyentes de aquel hospital. Había sobrevivido haciendo de tripas corazón eludiendo a las Fuerzas Pacificadoras de la Comunidad Global hasta que, finalmente, tuvo que huir e incorporarse al Comando Tribulación.

Sin embargo, Lea no tenía idea de que podía hacer el lunes de la semana que presenciaría el asesinato de los dos testigos y del anticristo. Disfrazada y usando el alias de Dora Clendenon, creía que había engañado a las autoridades del Instituto Belga de Rehabilitación Femenina (IBRF o Tapón como le llamaban). Ella se había hecho pasar por tía de Patty Durán.

Un guardia bizco, con una credencial que decía CROIX y con un acento inequívocamente francés, le preguntó:

—¿Qué le hace pensar que su sobrina está presa aquí?

¿Usted cree que yo hubiera hecho el tremendo viaje desde California si tuviera alguna duda? Todo el mundo sabe que Patty está aquí, y yo sé con cuál nombre: Mae Willie —respondió Lea.

POSEÍDO

El guardia ladeó la cabeza. —¿Su mensaje tiene que ser entregado solamente en persona?

—Murió un familiar.

—Lo lamento.

Lea hizo un puchero con sus labios, consciente de que sus dientes sobresalían por un artificio, pensando *apuesto que sí.* Croix se paró y hojeó unos papeles de su apuntador. —El Tapón es una cárcel de máxima seguridad sin derechos corrientes de visita. La señora Durán ha sido aislada del contingente de la prisión. Tendría que darle un permiso especial para que usted la viera. Yo mismo le puedo dar su mensaje.

—Todo lo que quiero son cinco minutos —Lea dijo.

—Usted se da cuenta de cuán escasos estamos de personal.

Lea no contestó. En el arrebatamiento habían desaparecido millones de personas. Desde entonces había muerto la mitad de la población que quedó. Todos estaban muy escasos de personal. La mera existencia ya era un trabajo que consumía todo el tiempo. Croix le pidió que esperara en una sala de espera pero no le advirtió que no veía personal, ni presas, ni siquiera otras visitas durante más de dos horas. Un cubículo de vidrio que parecía haber sido oficina de un empleado, estaba vacío ahora. No había nadie a quien Lea pudiera preguntar cuánto tiempo iba a llevar todo esto, y cuando se paró para ir a buscar a alguien, se dio cuenta que estaba encerrada. ¿La iban a detener? ¿También ella estaba presa ahora?

Justo antes que Lea se pusiera a golpear la puerta y gritar pidiendo socorro, volvió Croix. Sin disculparse y evitando mirarla directo a los ojos —Lea se dio cuenta de eso— le dijo:

—Mis superiores están estudiando su pedido y mañana la llamarán al hotel.

Lea luchó por no sonreír, *Claro que quieres saber dónde me hospedo.*

—¿Y si yo lo llamo? —Lea dijo.

—Como guste —dijo Croix encogiéndose de hombros—. *Merci* —y, corrigiéndose—, gracias.

Aliviada por estar fuera de la prisión Lea se fue conduciendo por diferentes lugares para asegurarse que no la siguieran. Siguiendo las instrucciones raras que Raimundo le dio de no llamarlo hasta el viernes, telefoneó a Camilo y lo puso al día.

—No sé si terminar esto o seguir el teatro —le dijo.

Esa noche en su cuarto del hotel Lea sintió una soledad sólo un poco menos intensa de la que sintió la primera vez, cuando fue dejada atrás. Le agradeció a Dios por el Comando Tribulación y por la forma en que la habían acogido. Todos menos Raimundo, naturalmente. Ella no lograba entenderlo. Él era un hombre brillante y realizado, con claras destrezas de líder, uno que ella había admirado hasta el día en que se mudó a la casa de seguridad. No se habían entendido para nada, pero todos los demás parecían frustrados con él también.

Al otro día en la mañana, Lea se duchó, se vistió y buscó algo que comer, planeando ir a ver a Patty en cuanto le dieran permiso. Ella iba a llamar al Tapón usando su teléfono celular indetectable pero se quedó mirando, en la televisión, como Carpatia agredía a Moisés y Elías ante los ojos de todo el mundo.

Se sentó boquiabierta mientras Carpatia asesinaba a los dos testigos con una potente arma de fuego. Lea se acordaba cuando las cámaras de televisión eludían filmar tanta violencia. Entonces, ocurrió el terremoto que dejó en escombros a la décima parte de Jerusalén.

La red global de la CG mostró escenas del sismo entremezcladas con tomas de los testigos silenciosos acosados por el burlón Carpatia antes del fin ignominioso de los testigos. La filmación, mostrada en cámara lenta, era transmitida una y otra vez y Lea no podía dejar de mirar aunque se sentía con náuseas.

Ella sabía que esto iba a pasar; todos lo sabían —todos los estudiantes de Zión Ben-Judá, pero verlo mostrado era algo que la impactaba y la entristecía, y los ojos de Lea se inundaron de lágrimas. Ella también sabía cómo iba a terminar esto, que los testigos serían resucitados y que Carpatia recibiría su merecido. Lea oró por sus nuevos amigos, algunos de los cuales estaban en Jerusalén. Ella no quería seguir ahí, sollozando cuando tenía cosas que hacer. Las cosas se iban a empeorar mucho más que eso y Lea necesitaba el entrenamiento dado por el desempeño bajo presión para prepararse y convencerse de que estaba lista y dispuesta.

El teléfono del Tapón sonaba y sonaba; por lo menos, Lea se animó un poco al saber que el gobierno mundial sufría igual que la gente común y corriente con la pérdida de la mitad de la población. Por fin, una mujer contestó pero Lea no logró que ella siquiera admitiera que ahí había un empleado de apellido Croix.

—¿Un guardia francés? —trató Lea.

—Ah, ahora sé de quien habla. Espere.

Por fin un hombre habló diciendo muy apurado: —Por favor, dígame a quién espera.

—Al guardia Croix —dijo Lea—, como de metro ochenta..."

—¡Croix! —gritó el hombre—, ¡teléfono!

Pero Croix nunca contestó el teléfono. Lea colgó finalmente y fue a la cárcel dejando el teléfono en el automóvil en aras de la seguridad.

Después de largo rato Croix la llevó a otra sala privada que tenía una ventana grande, que Lea pensó podía ser un espejo falso por donde la observaban. De nuevo temió que su disfraz hubiera sido descubierto.

—Pensé que me iba a llamar por teléfono —dijo el guardia, señalando una silla, con el apuntador infaltable en su mano.

Lea dijo: —Lo intenté pero este lugar está muy mal administrado.

—Muy poco personal —dijo él.

¿Podríamos seguir con esto. Tengo que ver a mi sobrina —dijo Lea.

—No.

—¿No?

Croix la miró fijamente demostrando con claridad que no quería repetirlo.

—Escucho —dijo ella.

—No tengo permiso para...

—No me venga con eso —dijo Lea—, si no la puedo ver, no la puedo ver y se acabó, pero tengo el derecho de saber que está sana, que está viva.

—Las dos cosas.

—Entonces, ¿por qué no la puedo ver?

Croix apretó bien los labios. —Señora, la trasladaron.

—¿Desde ayer?

—No tengo permiso...

—¿Cuánto tiempo hace que la cambiaron? ¿Dónde está?

Él movió la cabeza: —Le digo lo que me dijeron. Si quiere mandarle un mensaje a...

—Yo quiero verla. Quiero saber que ella está bien.

—Por lo que yo sé, ella está bi...

—¡Por lo que usted sabe! ¿Tiene usted noción de lo limitado de su conocimiento?

—Con insultarme no...

—¡Señor, no es mi intención ofenderlo! Simplemente pido ver a mi sobrina y...

—Oficial Croix, suficiente —se oyó una voz femenina desde atrás del vidrio—. Puede irse.

Croix se fue sin decir palabra y sin mirar. Lea detectó un acento asiático en la mujer. Se paró y se acercó al espejo.

—Entonces, ¿qué viene ahora? Señora. ¿También tengo que irme o me van a decir algo de mi sobrina?

Silencio.

—¿También estoy presa ahora? ¿Culpable por parentesco?

Lea se sentía observada y se preguntó si, después de todo, había alguien detrás del espejo. Por último, se acercó a la puerta pero sin sorprenderse al hallarse encerrada de nuevo.

—Estupendo —dijo, volviéndose al espejo—. ¿Cuáles son las palabras mágicas que me sacarán de aquí? ¡Vamos, señora! ¡Yo sé que usted está ahí detrás!

—Usted podrá irse cuando le digamos que está libre para irse.

La misma mujer. Lea se la imaginó mayor, amatronada y claramente asiática. Levantó las manos con un gesto de rendición y se dejó caer en una silla. Se sobresaltó y alzó los ojos cuando oyó un zumbido en el cerrojo de la puerta:

—Puede irse.

Lea miró dos veces al espejo: —¿Puedo?

—La que vacila...

—¡Oh, me voy! —dijo poniéndose de pie—. ¿Al menos podría *verla* cuando vaya saliendo? ¿Por favor? Sólo quiero saber...

—Señora Clendenon, usted está acabando con mi paciencia. Usted tiene toda la información que recibirá aquí.

Lea se detuvo, con la mano en la perilla de la puerta, moviendo la cabeza, esperando sacar algo de la voz sin cuerpo.

—¡Váyase señora! —dijo la mujer—. Mientras pueda.

Lea había hecho todo lo posible. No estaba dispuesta a ir presa por eso. Quizá por otra cosa, en otra comisión. Ella sacrificaría su libertad por el doctor Ben-Judá pero ¿por Patty? El propio médico de Patty había muerto atendiéndole y ella apenas se mostraba agradecida.

Lea se movió rápidamente por los corredores llenos de eco. Oyó una puerta detrás de ella y, esperando dar un vistazo a la mujer, se dio vuelta rápidamente. Una mujer de pelo oscuro, bajita y delgada, de uniforme, se dio vuelta y se dirigió en el sentido contrario. ¿Podía ser ella?

Lea se dirigió a la entrada principal pero se dio vuelta en el último instante y se paró detrás de un banco de teléfonos. Al menos parecía un banco de teléfonos. Quería parecer como que estaba hablando por uno, mientras quien la estuviera siguiendo pasaba por la puerta pero todos los teléfonos estaban rotos, con los alambres colgando.

Ella estaba por abandonar ese plan cuando oyó pasos rápidos y vio a una joven asiática que salía a toda prisa por la puerta principal, haciendo sonar las llaves de su automóvil. Lea se convenció de que ésta era la misma mujer que se había alejado cuando ella se había dado vuelta. Ahora Lea era quien *la seguía*.

Lea vaciló dentro de las puertas de vidrio mirando a la mujer que trotaba hacia el estacionamiento para las visitas observando la zona. Evidentemente frustrada, se dio vuelta y caminó lentamente de nuevo hacia la entrada. Lea salió con toda calma, esperando mirar directamente a la mujer. Si lograba hacer que ésta hablara, sabría si ella era la que estaba detrás del espejo.

Una empleada de la CG y es peor que yo en esto, pensó Lea, cuando la mujer la vio, pareció sobresaltarse y luchó por actuar en forma normal. Al acercarse una a la otra, Lea le preguntó dónde había un baño de mujeres, pero la mujer se caló más la gorrita de su uniforme y se dio vuelta para toser cuando pasó por el lado de Lea, sin escucharla o fingiéndolo.

Lea salió del estacionamiento, sin personal, deteniéndose en un signo de "Pare" ubicado como a cuatrocientos metros, donde podía ver la entrada a la cárcel por el retrovisor. La mujer se apresuró a meterse en un auto compacto de cuatro puertas. Determinada a perderla, Lea aceleró y se perdió cuando trataba de encontrar el hotel yendo por calles laterales.

Llamó a Raimundo repetidamente. No había manera en que esto podía esperar hasta el viernes. Se preocupó cuando él no contestó, pues su teléfono pudiera haber caído en malas manos. Le dejó un mensaje críptico, "nuestro pajarito salió de la jaula, ¿qué hacemos ahora?"

Manejó hacia el campo, convencida de que nadie la seguía y encontró su ruta al hotel cuando oscurecía.

No llevaba media hora en su cuarto cuando sonó el teléfono.

—Dora habla.

—Tiene una visita —dijo el empleado—. ¿Le digo a ella que se vaya?

—¡No! ¿Quién es?

—Una amiga, eso es todo lo que dice.

—Ya voy para allá —dijo Lea.

Metió sus cosas en una bolsa de viaje, y se deslizó fuera, a su automóvil. Trató de atisbar en el vestíbulo a través del vidrio de la puerta pero no pudo ver quién estaba ahí. Al arrancar el automóvil, alguien se colocó detrás de ella y se detuvo. Lea estaba encerrada. Le puso el seguro a las puertas del vehículo cuando el chofer del otro automóvil salió.

Al acostumbrarse los ojos de Lea a la luz, pudo ver que era el mismo automóvil en que la mujer había salido de la cárcel. Un golpe la hizo saltar. La mujer, todavía de uniforme, le hizo señas que bajara el vidrio de la ventanilla. Lea lo bajó un par de centímetros, con su corazón a todo galope.

—Tengo que fingir un espectáculo con esto —susurró la mujer—. Haga su parte.

—¿*Mi parte*? ¿Qué quiere? —dijo Lea.

—Venga conmigo.

—¡Ni por todo el oro del mundo! Quítese de mi camino a no ser que desee ver su automóvil hecho pedazos.

La mujer se inclinó: —Excelente. Ahora, salga y deje que le ponga las esposas y...

—¿Está loca? No tengo la menor intención de...

—Quizá usted no puede mirar mi frente en la oscuridad —dijo la mujer—, pero confíe en mí...

—¿Por qué tendría yo...?

Y entonces Lea lo vio. La mujer tenía la marca. Ella era creyente.

La mujer apuntó a la cerradura mientras sacaba unas esposas de una funda de su cinturón. Lea quitó el seguro.

—¿Cómo me encontró?

—Busqué su alias en varios hoteles. No llevó mucho tiempo.

—¿Alias? —dijo Lea mientras salía del automóvil y se daba vuelta para que la mujer le pusiera las esposas.

—Yo soy Ming Toy —dijo ella, conduciendo a Lea al asiento trasero de su automóvil—. ¿Una creyente hace el largo viaje a Bruselas para ver a Patty Durán usando su propio nombre? No lo creo.

—Se supone que yo sea su tía —dijo Lea, mientras Ming salía del estacionamiento.

—Bueno, eso sirvió para los demás —dijo—, pero no vieron lo que yo vi. Así, pues, ¿quién es usted y qué está haciendo aquí?

—¿Señorita Toy, le importaría si yo volviera a verificar bien su marca?

—*Señora*. Soy viuda.

—Yo también.

—Pero dime Ming.

—Yo le diré cómo puede tratarme en cuanto verifique su marca.

—En un minuto.

Ming se detuvo frente a una oficina de las Fuerzas Pacificadoras de la CG. —Necesito una sala de interrogatorio —le gritó al hombre que estaba detrás del escritorio, mientras seguía sujetando firmemente a Lea por el brazo izquierdo.

—Comandante —dijo el hombre con una venia, pasando una llave a través del mostrador—, la última puerta a la izquierda.

—Privada, sin visores ni micrófonos.

—Señora, esa es la de seguridad.

Ming echó llave a la puerta, puso la pantalla de la lámpara en un ángulo hacia ellas, y soltó las esposas de Lea. —Exa· míname —dijo, sentándose y ladeando la cabeza.

Lea sostuvo con gentileza la nuca de Ming, sabiendo que cualquier persona que le permitiera hacer eso tenía que ser legítima. Se humedeció el pulgar y lo pasó firmemente por la marca de la frente de Ming. Lea se dejó caer en una silla frente a Ming y le tomó las manos. —Se me hace larga la espera para conocerte —dijo.

—Igualmente —contestó Ming—. Oremos primero.

Lea no pudo contener el llanto mientras esta nueva amiga agradecía a Dios por el auspicioso encuentro y le pedía que les permitiera trabajar juntas en alguna manera.

—Primero, te diré donde está Patty Durán —dijo Ming—, luego, intercambiaremos nuestras historias y te llevaré de vuelta al hotel, le diré a mis colegas que eres en realidad la tía de Patty, y dejaré que piensen que crees que Patty fue trasladada pero que no sabes donde.

—¿No la trasladaron?

Ming negó meneando la cabeza.

—¿Está viva?

—Temporalmente.

—¿Sana?

—Más sana que cuando la prendimos. Efectivamente está en bastante buen estado. Con suficiente fuerza para asesinar a un potentado.

Lea frunció el ceño y movió su cabeza. —No te entiendo.

—La soltaron.

—¿Por qué?

—Ella solamente hablaba de matar a Carpatia. Por último, le dijeron que como estaba claro que había perdido al bebé de él, ella ya no era una amenaza y podía irse, con una considerable suma de dinero como arreglo por sus problemas. Como cien mil "Nicks" en efectivo.

Lea movió la cabeza: —¿No la consideran una amenaza? Ella quiere matarlo realmente.

—Ellos lo saben —dijo Ming—, yo opino que ellos piensan que ella es más tonta de lo que parece.

—A veces, lo es —dijo Lea.

—Pero no lo bastante tonta como para dirigirlos derecho al resto del Comando Tribulación —dijo Ming—. El plan simple de ellos es seguirla a la Gala de Jerusalén y a una especie de cita con uno de ustedes, los judaítas.

—Me gusta ese título. Primero que nada yo soy creyente pero, también, y con orgullo, una judaíta.

—Yo también —dijo Ming—. Y te apuesto que conoces personalmente a Ben-Judá.

—Sí.

—Vaya.

—Ming, pero la CG se equivoca con referencia a Patty. Ella está lo bastante loca como para ir a tratar de matar a Nicolás pero no tiene interés en contactarse con ninguno de nosotros.

—Te sorprenderías.

—¿Cómo así?

—Ella no se fue a Jerusalén como ellos lo esperaban. La hemos detectado en Norteamérica. Pienso que Pati está al tanto de la CG y quiere regresar a la seguridad tan pronto como pueda.

—¡Eso es peor! —dijo Lea—, ella los conducirá a la casa de refugio.

—Quizá por eso Dios te mandó para acá —dijo Ming—. Yo no sabía qué hacer para protegerlos a ustedes. ¿A quién podía advertir? Tú eres la respuesta a mi oración.

—Pero, ¿qué puedo hacer? Nunca podré encontrarla antes que llegue allá.

—Por lo menos puedes precaverlos, ¿no?

Lea asintió. —Mi teléfono está en mi cartera, en el automóvil.

—Y todos mis teléfonos son detectables.

En el camino de regreso ellas intercambiaron sus historias. Ming tenía veintidós años de edad, había nacido en China. Su esposo murió a los pocos minutos del arrebatamiento, cuando el tren en que viajaba se estrelló al desvanecerse varios controladores y el encargado de los frenos; llevaban dos meses de casados. Ella se incorporó a la CG en un paroxismo patriótico poco después que se firmó el pacto entre las Naciones Unidas e Israel. La habían asignado a la administración de la reconstrucción de lo que fueron las Filipinas, pero ahí había sido convertida en creyente por medio de las cartas de su hermano que ya tenía diecisiete, y seguía en la patria. Ming explicó que: —los amigos de Chang lo condujeron a la fe. Aún no se lo ha contado a nuestros padres, que son de la escuela muy anticuada y muy pro-Carpatia, especialmente el papá. Me preocupo por Chang.

Ming había solicitado trabajar en las fuerzas pacificadoras, esperando que surgiera esta clase de oportunidad para ayudar a los hermanos creyentes. —No sé cuánto tiempo más pueda seguir dentro sin que me descubran.

—¿Cómo llegaste a un puesto de autoridad sobre tantos guardias?

—No es tan gran cosa como parece. La disminución de población ayudó mucho.

—¡Vamos! Estás en un cargo alto.

—Bueno, con toda humildad, un cociente intelectual estratosférico no viene mal en absoluto. Eso y lucha —agregó, demostrando que le costaba no sonreír—. Dos de tres caídas.

—No hablas en serio.

—Ellos saben lucha grecorromana. Yo, artes marciales —Ming se detuvo en el estacionamiento del hotel—. Llama a tus amigos inmediatamente. No te acerques al Tapón. Yo te cubriré.

—Ming, le doy gracias a Dios por ti —dijo Lea, de nuevo muy emocionada. Intercambiaron los números de teléfono—. Llegará el día en que también tú necesites un lugar seguro. Mantén el contacto.

Se abrazaron y Lea se apresuró en ir a buscar su bolsa y volver a su habitación.

No hubo respuesta de la casa de refugio y Lea se preocupó que ya hubiera sido descubierta. ¿Habría sido ya allanada? ¿Y qué pasaría con sus nuevos amigos? Probó el número de Raimundo, y luego el de la casa de refugio, una y otra vez.

Incapaz de hablar con alguien, Lea se dio cuenta que tenía mejor oportunidad de ayudar al Comando Tribulación desde los Estados Unidos que desde un cuarto de hotel en Bruselas. Encontró un vuelo y se dirigió de regreso esa misma noche. Todo el camino estuvo llamando a la casa de refugio sin resultados.

UNO

Camilo se sujetó con su codo doblado en torno a un poste del andamio. Miles de personas aterradas huían de la escena y, como él, se alejaban involuntariamente del tiroteo ensordecedor. Éste había empezado a unos treinta y tres metros a la derecha de Camilo y era tan fuerte que no le hubiera sorprendido si lo escuchaban, aun aquellos al final de la muchedumbre de unos dos millones de personas.

Él no era ningún perito en la materia pero, para Camilo, eso sonaba como un rifle de alto poder. La única arma más pequeña que había hecho un ruido parecido era la horrible arma que Carpatia usó para destruir los cráneos de Moisés y Elías tres días atrás. En realidad, los sonidos eran fantásticamente parecidos. ¿Se había disparado el arma de Carpatia? ¿Alguien de su personal podía haberle disparado?

El atril se había despedazado ruidosamente también, como si fuera una rama de un árbol partida por un rayo. Y aquel gigantesco fondo que navegaba en la distancia...

Camilo quiso echarse a correr con el resto de la multitud, pero estaba preocupado por Jaime. ¿Le habían disparado? ¿Dónde estaba Jacobo? Justo diez minutos antes, Jacobo había esperado, debajo del escenario, a la izquierda, donde Camilo podía verlo. No había manera en que el amigo y ayudante de Jaime lo abandonara durante una crisis.

POSEÍDO

Al ir pasando la estampida de gente, algunos se metieron debajo del andamio, la mayoría lo rodeó, y algunos empujaron a Camilo y los postes de sostén, haciendo oscilar la estructura entera. Camilo se agarró firme y miró hacia donde estaban los gigantescos parlantes, como a la altura de un tercer piso, inclinándose a uno y otro lado, amenazando sus frágiles sostenes de madera prensada.

Camilo podía optar por su veneno: meterse en la marea de gente y arriesgarse a ser pisoteado o subir unos pocos metros por la viga en cruz del ángulo. Decidió trepar sintiendo de inmediato el vaivén de la estructura. Ésta rebotaba y parecía girar al mirar Camilo hacia la plataforma, por encima de miles de cabezas que pasaban como un rayo. Camilo había oído el quejido de Carpatia y el gimoteo de Fortunato pero, de repente, el sonido cesó, al menos en los parlantes que estaban encima de él.

El Macho echó un vistazo justo a tiempo para ver la caja de un parlante de más de tres metros cuadrados que se desplomaba desde arriba. —¡Cuidado! —gritó a la multitud, pero nadie escuchó ni se dio cuenta. Volvió a mirar para arriba para cerciorarse que él estaba fuera de peligro. La caja del parlante cortó los cables como si fueran cuerditas, cosa que cambió su dirección en unos cinco metros, lejos de la torre. Camilo miró espantado como aplastaba a una mujer y hacía tambalear a varios hombres y mujeres más. Un hombre trató de sacar a la víctima de abajo del parlante, arrastrándola, pero la muchedumbre detrás de él no disminuyó la velocidad. De repente la masa que corría se convirtió en un caldero humano, pisoteándose unos a otros en la desesperación de librarse de la carnicería.

Camilo no pudo hacer nada por ayudar. Todo el andamio oscilaba y él sintió que era tirado a la izquierda. Se aferró, colgando, sin atreverse a dejarse caer en el torrente de cuerpos ululantes. Por fin pudo ver a Jacobo que trataba de subir, por los escalones laterales, a la plataforma donde los guardias de seguridad de Carpatia blandían ametralladoras Uzis.

24

Un helicóptero intentaba aterrizar cerca del escenario pero tuvo que esperar hasta que la multitud empezó a disminuir. Jaime estaba en su silla de ruedas, inmóvil, mirando a la derecha de Camilo, lejos de Carpatia y Fortunato. Jaime se veía tieso, con su cabeza ladeada y rígida, como si no pudiera moverse. Camilo se preguntó si no habría tenido otro infarto, si no había sido herido de bala, o algo peor como un ataque al corazón. Sabía que si Jacobo podía llegar donde estaba Jaime, lo iba a proteger y lo llevaría a alguna parte, a salvo.

Camilo trató de mantener a Jacobo a la vista mientras Fortunato hacía señas a los helicópteros, rogando que uno aterrizara y sacara de ahí a Carpatia. Por fin, Jacobo se soltó y subió corriendo los escalones, sólo para recibir un culatazo de una Uzi, que lo alzó del suelo tirándolo a la multitud.

El impacto golpeó con tanta violencia la cabeza de Jacobo, que Camilo tuvo la certeza de que estaba inconsciente e incapaz de protegerse contra los pisotones. Camilo saltó del andamio, metiéndose en medio de la turba, y se abrió camino hacia Jacobo. Camilo dio la vuelta a la caja del parlante que había caído, y sintió la sangre espesa bajo sus pies.

Al ir Camilo acercándose donde pensaba que debía estar Jacobo, dio una mirada más a la plataforma, antes que el ángulo le obstaculizara la visión. ¡La silla de Jaime se movía!, dirigiéndose a toda velocidad hacia la parte de atrás de la plataforma. ¿Se había apoyado contra la palanca? ¿Estaba descontrolado? Si no se detenía o si no daba la vuelta, iba a caer al pavimento desde cuatro metros de altura, lo que era una muerte segura. La cabeza de Jaime seguía ladeada, y su cuerpo rígido.

Camilo llegó donde Jacobo que estaba tirado, como desparramado, con la cabeza echada a un lado de manera rara, los ojos mirando fijo, las extremidades fláccidas. Un sollozo subió a la garganta del Macho mientras apartaba a codazos a los rezagados y se arrodillaba para poner su pulgar e índice en la garganta de Jacobo. No había pulso.

Camilo quería sacar el cuerpo del escenario, arrastrándolo, pero temía que lo reconocieran a pesar de sus muchas cicatrices faciales. No podía hacer nada por Jacobo pero ¿y Jaime?

Camilo dio la vuelta a la plataforma, corriendo a toda velocidad por la izquierda, y patinó al detenerse en la punta de atrás, desde donde pudo ver la silla de ruedas de Jaime que estaba amontonada en el suelo, al centro de la parte de atrás del escenario. Las pesadas baterías se habían abierto, reventadas, estando a más de seis metros de la silla, que tenía una de las ruedas doblada casi por la mitad, le faltaba el cojín del asiento, y un apoyapies estaba suelto por haberse quebrado. ¿Camilo estaba por hallar muerto a otro amigo?

Él se acercó a paso largo a la destrozada silla y revisó la zona, hasta debajo de la plataforma. Además de astillas de lo que, con toda seguridad, había sido el atril, no encontró nada. ¿Cómo podía Jaime haber sobrevivido a esto? Muchos gobernantes del mundo habían logrado saltar por la parte trasera del escenario, teniendo primero que colgarse del borde, dando vueltas para evitar lesiones graves. Aun así, muchos tenían que haber sufrido tobillos rotos o torcidos pero ¿un anciano víctima de un infarto saltando desde cuatro metros al cemento, en una silla metálica de ruedas? Camilo temía que Jaime no hubiera sobrevivido pero, ¿quién podía haberlo transportado?

Un helicóptero aterrizó en la otra punta de la plataforma y el personal médico se precipitó al escenario. La gente de seguridad se desplegó como abanico y empezaron a bajar las escaleras para despejar la zona.

Cuatro técnicos médicos de urgencia se amontonaron en torno de Carpatia y Fortunato, mientras que otros atendían a los pisoteados y aplastados, incluso a la mujer que estaba debajo de la caja del altoparlante. A Jacobo lo metieron en una bolsa para cadáveres y lo levantaron. El Macho casi lloró por tener que dejar a su hermano de esa manera, pero sabiendo que Jacobo estaba en el cielo. Camilo se puso a correr para meterse en la multitud que ahora se desparramaba hacia las calles.

Camilo sabía que Jacobo estaba muerto. Suponía que Nicolás Carpatia estaba muerto o por morirse pronto debido a la herida que tenía en la nuca. Tenía que suponer que Jaime también estaba muerto.

Camilo anhelaba el fin de todo esto y la manifestación de la gloria de Cristo pero aquello aún estaba a tres años y medio.

***

Raimundo se sintió idiota corriendo con la muchedumbre, con el borde de su túnica en la mano para no tropezarse. Había dejado caer el Sable y su caja, deseando usar sus brazos para aumentar la velocidad pero tenía que correr como mujer con una falda larga. La adrenalina lo transportaba porque, de todos modos, se sentía veloz como nunca. En realidad, Raimundo quería quitarse la túnica y el turbante pero lo último que deseaba en ese preciso instante era parecer occidental.

¿Había asesinado a Carpatia? Había tratado, lo había querido, pero no pudo apretar el gatillo, cuando lo empujaron y el arma se disparó, no lograba imaginarse que había tenido la suerte suficiente para dar en su blanco. ¿Podía el proyectil haber rebotado en el atril y dar en Carpatia? ¿Podía también haber traspasado al hombre y salir por atrás? No parecía posible.

Si él había matado al potentado, ciertamente no hallaba satisfacción en eso, ni alivio ni sensación de misión cumplida. Mientras aceleraba, rodeado por los alaridos y quejidos de los fieles de Carpatia, Raimundo sentía que estaba escapando de una prisión que él mismo se había fabricado.

Iba tragando aire cuando la multitud comenzó a disolverse y a dispersarse, y cuando se detuvo para recobrar el aliento, doblado por la cintura, con las manos en las caderas, una pareja que pasaba corriendo por su lado le dijo: —¿No es horroroso? ¡creen que está muerto!

—Es horroroso —boqueó Raimundo sin mirarlos.

Suponiendo que las cámaras de la televisión habían captado todo, especialmente a él con el arma amartillada, no pasaría mucho tiempo antes que lo empezaran a buscar. En cuanto estuvo lejos de las calles llenas de gente, se quitó la túnica y la metió en un basurero. Buscó su automóvil, ansiando llegar a Tel Aviv y salir de Israel antes que eso se volviera imposible.

POSEÍDO

Max estaba parado, cerca de la parte de atrás de la muchedumbre, a suficiente distancia del arma de fuego, de modo que no escuchó lo que pasaba sino cuando el inmenso gentío empezó a moverse. Mientras los demás que estaban cerca de él, aullaban, boqueaban y rogaban para saber qué estaba pasando, él mantuvo sus ojos en el escenario, sintiéndose bañado de alivio. Así que no tendría que sacrificar a Abdula ni a él mismo para asegurarse de que Carpatia estuviera muerto. Le quedó claro a Max que Nicolás había sufrido la tremenda herida en la cabeza que los creyentes sabían que tendría, debido a la conmoción del frente y por lo que veía de la plataforma por medio de las cercanas pantallas gigantes.

Siempre profesional Max sabía lo que se esperaría de él. Sacó su teléfono celular de su saco y marcó el número de la torre de Tel Aviv. —¿Tienen un piloto certificado para traer el 216 a Jerusalén?

—Señor, estamos buscándolo. Esto es una tragedia.

—Sí.

Max marcó el número de Abdula. Por el ruido limitado del trasfondo supo que su primer oficial no estaba en la Gala:

—¿Ab, escuchaste?

—Escuché. ¿Tengo que ir a buscar el Fénix?

—Calma; ellos están tratando de traerlo aquí. Te vi salir del hotel. ¿Dónde estás?

—Donde el doctor Pita. Supongo que luzco sospechoso terminando de comer, cuando el jefazo se está muriendo y todos los demás andan corriendo por las calles en busca de un televisor.

—Métetelo en el bolsillo y si no vuelves a saber de mí, reúnete conmigo en el aeropuerto de Jerusalén dentro de una hora.

Max se abrió camino al frente de la plaza al irse vaciando frenéticamente, el lugar. Él sacaba a relucir su credencial cuando era necesario y, cuando llegó a la plataforma, estaba claro que Carpatia estaba dando los últimos suspiros. Sus muñecas estaban debajo de su barbilla, los ojos cerrados muy apretadamente y sangrando, con la sangre que también goteaba desde sus orejas y de su boca, con las piernas que temblaban muy fuertemente, los dedos de los pies dirigidos hacia arriba, las rodillas apretadas.

—¡Ay, se fue! ¡Él se fue! —gemía León—. Que alguien haga algo.

Los cuatro técnicos médicos de urgencia, con los monitores portátiles silbando, se arrodillaban atendiendo a Carpatia. Le limpiaban la boca para poder suministrarle oxígeno, miraban un aparato de medir la presión sanguínea, le hacían la maniobra de bombeo del pecho, acunaban su cabeza y trataban de detener el flujo de sangre de la herida que los dejaba arrodillados en más sangre de la que pareciera que pudiera contener un cuerpo.

Max atisbó más allá del aterrado Fortunato para mirar las manos y el rostro de Carpatia, habitualmente tostados pero ya empalidecidos. Nadie podía sobrevivir esto y Max se preguntó si los movimientos corporales eran simplemente reflejos después de la muerte.

—Comandante, hay un hospital cercano —dijo uno de los técnicos médicos de urgencia, cosa que enfureció a Fortunato. Acababa de hacer contacto visual con Max y parecía que estaba por decir algo cuando se dio vuelta hacia el técnico.

—¿Está loco? Estos... ¡esta *gente* no está calificada! Debemos llevarlo a Nueva Babilonia.

Se dio vuelta hacia Max: —¿Está listo el 216?

—En ruta desde Tel Aviv. Debiera estar listo para despegar dentro de una hora.

—¿Una hora? ¿Debiéramos llevarlo en helicóptero directo a Tel Aviv?

—El aeropuerto de Jerusalén será más rápido —dijo Max.

—Señor, en un helicóptero no hay lugar para estabilizarlo —dijo el técnico médico de urgencia.

—¡No tenemos alternativa! —dijo Fortunato—. Una ambulancia sería demasiado lenta.

—Pero una ambulancia tiene equipo que pudiera...

—¡Limítese a ponerlo en el helicóptero! —dijo Fortunato.

Pero cuando el técnico médico de urgencia se alejaba, claramente disgustado, una colega lo miró. Carpatia estaba quieto. La mujer dijo: —No hay signos vitales. Él está totalmente inactivo.

—¡No! —aulló León, abriéndose paso entre los técnicos y arrodillándose en la sangre de Nicolás. Volvió a inclinarse sobre el cuerpo pero en vez de sostener a Carpatia contra él, enterró su rostro en el pecho sin vida sollozando a todo pulmón.

Walter Moon, el Jefe de Seguridad, despidió a los técnicos médicos de urgencia con un gesto y, mientras ellos juntaban el equipo y recogían la camilla, Walter empujó suavemente a León alejándolo de Carpatia. —No envuelva el cuerpo — dijo—. Carguémosle ahora. No diga nada de su estado hasta que hallamos regresado a casa.

—Walter, ¿quién hizo esto? —gimoteó Fortunato—, ¿lo apresamos?

Moon se encogió de hombros y movió la cabeza.

**

Camilo corría hacia el hostal, marcando de nuevo el número de Jaime, como lo había hecho en todo el camino. Seguía ocupado. La gente de la casa de Jaime, Esteban el valet, Hannelore la esposa de Jacobo, y la madre de Hannelore, tenían que estar mirando la televisión y, probablemente, estaban llamando a alguien que conocían para saber de sus seres queridos.

Por fin respondió Hannelore, gritando. —¡Jacobo!

—No, Hannelore, soy Greg North.

—¡Macho! —gimió ella—, ¿qué pasó? ¿Dónde...

—¡Hannelore! —dijo Camilo—, tu teléfono no es seguro!

—¡Macho, ya no me importa nada! ¡Si morimos, pues morimos! ¿Dónde está Jacobo? ¿Qué le pasó a Jaime?

—Hannelore, tengo que encontrarme contigo en alguna parte. Si Jaime aparece por allá...

—¿Jaime está bien?

—No sé. No lo vi después...

—¿Viste a Jacobo?

—Hannelore, ven a juntarte conmigo. Llámame desde otro teléfono y...

—¡Macho, dímelo ahora mismo! ¿Lo viste?

—Lo vi.

—¿Está vivo?

—Hannelore...

—Camilo, ¿él está muerto?

—Lo lamento, sí.

Ella empezó a gemir y, en el trasfondo Camilo oyó un alarido. ¿La madre de Hannelore? ¿Había deducido la noticia?

—¡Camilo, ellos están aquí!

—¿Qué? ¿Quiénes?

Oyó que se rompía una puerta, un alarido y otro grito.

—¡CG! —susurró ella, fieramente, y el teléfono quedó mudo.

***

A bordo del Fénix 216 el médico personal de Carpatia lo examinaba declarándolo muerto.

—¿Dónde estabas? —exigió León—. Pudieras haber hecho algo.

—Comandante, yo estaba donde tenía que estar —contestó el médico—, en el remolque auxiliar a noventa metros detrás de la plataforma. Los guardias de seguridad no me dejaron salir temiendo más disparos.

Mientras el 216 carreteaba hacia la pista, León entró a la cabina de pilotaje y le dijo a Abdula: —Comuníqueme al palacio, por una línea segura, con el director Hassid.

Abdula asintió y le dio una mirada a Max cuando Fortunato salía. El primer oficial efectuó la conexión e informó a León por el intercomunicador. Con un movimiento muy creativo de la palanca, Abdula permitió que Max escuchara, mientras que accionaba el botón de "enmudecido" para mantener el ruido fuera de la cabina.

León decía: —David, ¿está enterado de la espantosa noticia?

—Sí, señor, lo escuché —dijo David—. ¿Cómo está el potentado?

—David, él murió...

—Oh.

—...pero por orden del jefe Moon esto es secreto máximo hasta nuevo aviso.

—Entiendo.

—Oh, David, ¿qué vamos a hacer?

—Señor, recurriremos a usted.

—Bueno, gracias por esas amables palabras en un momento como éste, pero necesito algo de usted.

—Sí, señor.

—Perturbe los satélites para que aquellos que se comunican por teléfono no puedan hacerlo, ¿puede hacer eso?

Una pausa larga. "Perturbar los satélites" no era el léxico exacto pero David podía darle a Fortunato el resultado exacto.

—Sí —dijo lentamente—, por supuesto que se puede. Usted está consciente de las ramificaciones...

Max le susurró a Abdula. —Llama a Camilo, llama a Raimundo, llama a la casa de refugio. León va a cerrar las comunicaciones. Si ellos tienen que hablarse, tienen que hacerlo ahora.

—Explíqueme ahora —dijo León.

—Todos estamos servidos por el mismo sistema —dijo David—. Por esa razón nunca podemos acabar con las transmisiones de los judaítas por la Internet.

—Así que si las cerramos, ¿nos cerramos a nosotros mismos?

—Exactamente.

—Hágalo de todos modos. Las líneas terrestres de Nueva Babilonia seguirían funcionando, ¿no?

—Sí, y esto no afectaría las transmisiones de la televisión, pero la larga distancia depende por completo del satélite.

—Entonces los que estemos en Nueva Babilonia podremos comunicarnos solamente entre nosotros.

—Correcto.

—Bueno, nos arreglaremos. Yo le diré cuándo anular la perturbación.

Dos minutos después León volvía a llamar a David.

—¿Cuánto tiempo se tarda en esto? —dijo—, ¡yo no debiera estar hablando con usted!

—Tres minutos —dijo David.

—Volveré a verificar en cuatro.

—Señor, no va a comunicarse conmigo.

—¡Espero que no!

Pero cuatro minutos después León estaba preocupado con el médico al que le decía: —Yo quiero una autopsia pero sin ninguna filtración sobre la causa de la muerte.

Por intermedio de la inversión del aparato espía del intercomunicador, Max captó el tono de la voz de León: —Y yo quiero que el mejor técnico en momificación del mundo prepare a este hombre para exhibirlo y enterrarlo ¿entendido?

—Por supuesto, Comandante, como usted mande.

—No quiero al carnicero de planta de palacio, así que ¿a quién sugiere?

—Francamente hablando, una que se beneficiaría con el trabajito.

—¡Qué grosero! ¡Esto será un servicio para la Comunidad Global!

—Pero con toda seguridad que usted está preparado para reembolsar...

—Por supuesto, pero no si el dinero es el motivo principal...

—Comandante, no lo es. Sencillamente sé que las instalaciones de la doctora Eikenberry fueron destrozadas. Ella perdió más de la mitad de su personal y ha tenido que organizar de nuevo su empresa.

—¿Ella es de aquí?

—Bagdad.

—No quiero mandar a Nicolás a Bagdad. ¿Puede ella venir a la morgue del palacio?

—Estoy seguro que estará muy contenta...

—¿Contenta?

—Dispuesta, señor.

—Espero que ella pueda hacer milagros.

—Afortunadamente su cara no quedó afectada.

—De todos modos —dijo León con la voz nuevamente enronquecida—, ¿cómo ocultar la, la ...horrorosa herida?

—Estoy seguro que se puede.

—Él debe verse perfecto, digno. Todo el mundo se condolerá por él.

—La llamaré ahora.

—Sí, por favor, trate. Me gustaría saber si puede comunicarse.

Pero no pudo. Las comunicaciones telefónicas de todo el planeta estaban fuera de servicio y, también Abdula había fracasado tratando de hablar con alguien.

Max estaba por cerrar el espía del intercomunicador cuando oyó que León respiraba muy hondo y decía: —¿Doctor? ¿Podrá su forense... este...

—La doctora Eikenberry.

—Correcto. ¿Podrá hacer un molde del cuerpo del potentado?

—¿Un molde?

—Usted sabe, ¿alguna especie de yeso o plástico o algo que conserve sus dimensiones y rasgos con exactitud?

El médico vaciló. —Bueno —dijo por fin—, las máscaras mortuorias no son cosa nueva. Todo un cadáver sería tremenda empresa, perdonando la expresión.

—Pero, ¿se puede hacer?

Otra pausa. —Yo diría que habría que sumergir el cadáver. La morgue del palacio tiene un tanque bastante grande.

—Entonces, ¿se puede?

—Excelencia, todo puede hacerse. Lo lamento, quiero decir Comandante.

Fortunato carraspeó aclarándose la garganta. —Sí, por favor, doctor. No me diga Excelencia. Por lo menos, no todavía. Y haga los arreglos necesarios para hacer un molde del cuerpo del potentado.

DOS

Al lado del escritorio de la oficina de Anita en el hangar, David estaba de pie frente a ella, sujetándole las dos manos.

—Estás temblando —dijo ella.

—Pensé que eras *tú* —dijo él—. ¿No estás tan asustada como yo?

—Por lo menos lo mismo —dijo ella—. ¿Qué pasa?

Él suspiró. —Acabo de recibir una llamada de Bagdad, una doctora especialista en embalsamar. Dice que le dijeron que se comunicara conmigo para hacer compras grandes. Quiere varios litros de una especie de amalgama plástica para entrega en la morgue del palacio, tan pronto como sea posible.

—¿Para?

—Solamente me lo puedo imaginar. Esa cosa se usa para hacer moldes de caras, partes del cuerpo, recapado de neumáticos, esa clase de cosas, pero ella quiere suficiente cantidad para llenar un tanque del tamaño de una bañera con el sistema de remolinos (Jacuzzi).

—¿Ella va a hacer un molde de todo el cuerpo de Carpatia?

Él se encogió de hombros. —Yo supongo eso.

—¿Para qué?

—Ella misma no parecía estar muy segura. Insistía en preguntar cuánta agua había que agregar para cierta cantidad de solución y si eso llenaría el tanque de acero inoxidable. También quería saber qué pensaba yo del tiempo que se necesitaría para que se endurezca esa cantidad de solución, cuánto tiempo permanecería blanda antes de secarse, todo eso.

Anita deslizó sus manos alrededor de la cintura de David y apoyó su cabeza en el pecho del él. —¿Alguien la mandó a hacer eso. Quizá para confeccionar una réplica del cuerpo para que puedan hacerlo lucir mejor cuando yazga en el catafalco?

Él sopesó eso. —Sólo me pregunto si ellos han oído esa profecía de su resurrección y quieren mantener el cuerpo real en forma adecuada, por si acaso.

—Ellos no creen las profecías, ¿no?

—¿Cómo pudiera alguien no creerlas en esta época?

Ella lo miró y movió la cabeza. —¿Qué va a pasar aquí cuando, tú sabes...

—¿Pase?

—Sí.

—No va a ser nada bello. Se me hace larga la espera para ver qué dice el doctor Ben-Judá cuando quién tú sabes ya no sea más él mismo en realidad.

—¿Piensas que va a quedar algo del hombre que él fue?

David ladeó la cabeza. —Su cuerpo, con toda seguridad. Quizá hasta suene como él mismo y tenga los mismos modales pero se supone que él esté poseído, y poseído significa poseído. Cuando me ascendieron, me mudé a las habitaciones del director que fue comisionado de nuevo a Australia, ¿te acuerdas?

—Sí.

—Es el mismo lugar. Las mismas paredes, la misma cama, el mismo lavabo, todo lo mismo. Parece lo mismo pero no es. Yo soy el nuevo habitante.

Ella lo abrazó con más fuerza. —No quiero conocer al nuevo habitante del potentado.

—Bueno, no será más el Señor Simpático.

—Eso no es nada divertido —dijo ella.

—Queridita, ellos estarán aquí en cualquier momento.

—Lo sé. Mis oídos están sintonizados con el 216. Sé cuánto tiempo se necesita para abrir las puertas del hangar y poner el elevador de carga y el guincho en la posición correcta. Espero que la gente de seguridad mantenga su distancia. ¿Los viste a todos, allá afuera? ¿Has oído las reglas?

—¡Sí las he oído! Te creerías que están descargando el cuerpo del rey del mundo.

Ella resopló. —A decir verdad, me gustaría dejar caer la caja y pasar por encima de todo con el elevador de carga. Mira que si vemos *eso* volviendo a la vida.

David la empujó hacia la puerta. —¿Qué pasa si él vuelve a la vida cuando tú estás transportando el cadáver?

Ella se detuvo y cerró los ojos. —Como si no estuviera bastante asustada. Tendrías que buscarme en el cielo.

Un zumbido hizo vibrar la ventana de la oficina. —Mejor es que te vayas. Ellos están a tres minutos.

***

Raimundo no podía creer la suerte que tuvo en Tel Aviv. Pasó muy apurado por los mostradores atareados y salió por una puerta lateral hacia los hangares de los aviones de menor tamaño. El Gulfstream estaba en el hangar 3, refulgente.

Un guardia armado que hacía doble trabajo como coordinador de manifiestos, verificó en su lista a Marv Berry diciendo: —Espere un minuto, hay algo más que se supone que le pregunte. Ah, sí, ¿informó el plan de vuelo a la torre?

—Claro que sí —dijo Raimundo—, pero no les gustó la lentitud con que se está trabajando a los aviones pequeños, así que mejor que le evite un disgusto a usted, saliendo rápido de aquí.

—Aprecio eso —dijo el guardia, claramente más cómodo con una pistola que con un lápiz—. Ellos esperan que esta noche lleguen muchos pasajeros en los aviones grandes y quieren sacar a los chicos del camino.

—Comprensible —dijo Raimundo—, haré lo que me corresponde.

—Desearía estar en Jerusalén esta noche —dijo el guardia mientras Raimundo daba la vuelta alrededor del Gulfstream, haciendo un rápido control antes del vuelo.

—¿Sí?

—Yo hubiera matado a alguien, culpable o no.

—¿Así no más?

—Directamente. Alguien tiene que pagar por eso. ¿Quién querría ir a matar a nuestra única esperanza?

—No me lo imagino.

—Señor Berry, usted es norteamericano, ¿cierto?

—¿Cómo se dio cuenta?

—Fácil, yo también.

—No me diga.

—De Colorado —dijo el muchacho—, Fuerte Collins. ¿Usted?

—¿Qué hace por estos lados?

—Yo quería hacer guardia en la Gala. Esto es lo más cerca que conseguí. Esperaba ser guardia personal del potentado pero supongo que todo eso es político.

—Como todo lo demás —dijo Raimundo, abriendo la portezuela del Gulfstream y bajando la escalerilla.

—¿Señor Berry, necesita ayuda?

—Ya está, gracias.

—¿De dónde dijo que era?

No le dije nada pensó Raimundo, diciendo. —Kalamazoo —mientras subía las gradas y tiraba dentro su bolsa.

—Eso es dónde, ¿el Medio Oeste?

Raimundo detestaba esa conversación trivial, para ni mencionar la demora, sólo un poco menos que la perspectiva de ser arrestado y sentenciado a morir. —¡Michigan! —gritó, cerrando la portezuela.

38

—Señor, espere un momento —dijo el guardia—. Me está llamando el jefe.

—Tengo que irme —dijo Raimundo—, fue bueno hablar con usted.

—Por favor, sólo un minuto —dijo el joven, sonriendo—, otro minuto no lo matará. ¿no?

Bien pudiera. —Hijo, en realidad, tengo que irme.

—Wyatt.

—¿Por qué?

—Wyatt. Ese es mi nombre.

—Bueno, gracias, Wyatt, y adiós.

—¡Señor Berry!

—Sí, Wyatt.

—No podré oír este mensaje si usted enciende los motores. ¿No me puede dar un segundo?

De la radio del escritorio improvisado de Wyatt en el medio del hangar se oyó: —Oficial 423, ¿me escucha? Inicie de inmediato el código rojo de revisión.

—Aquí Wyatt, ¿Quiere decir esas revisiones exhaustivas de todos, hasta de los aviones pequeños?

"¿Dónde está usted 423?

—En el hangar de aviones pequeños, el número 3, señor.

—¡Entonces eso es lo que quiero decir, ¡Sí!

Raimundo cerró rápidamente la portezuela pero antes que se sentara en la cabina, Wyatt se acercó corriendo: —¡Señor Berry, señor! ¡Tengo que pedirle que baje del avión!

Raimundo inició la secuencia inicial de arranque, cosa que sólo sirvió para que Wyatt se pusiera frente al Gulfstream, haciendo señas, con el rifle colgando. No parecía alarmado ni siquiera sospechoso. Era claro que pensaba sencillamente que Raimundo no podía oírlo.

Hizo gestos a Raimundo para que abriera la puerta. Raimundo pensó en arrancar el avión sencillamente en cuanto Wyatt se quitara de adelante esperando que la CG estuviera corta de personal y con bastante trabajo para que lo ignoraran, pero no podía correr el riesgo de una persecución aérea o de atropellar a Wyatt de Fuerte Collins, que le dispararía desde la pista.

Se acercó a la puerta y la abrió siete centímetros.

—¿Qué pasa Wyatt?

—Señor, me dieron instrucciones de que esta noche revise a fondo hasta los aviones pequeños antes que despeguen, debido a lo que pasó en Jerusalén.

—¿Hasta a mí, Wyatt? ¿Un tipo de pueblo como usted? ¿Un norteamericano?

—Tengo que hacerlo, señor. Lo siento.

—Wyatt, usted conoce el Gulfstream, ¿no?

—¿El Gulfstream, señor?

—Este avión.

—No, señor, no. No soy hombre de aviación. Soy un soldado.

Raimundo atisbó por la pequeña abertura. —Si usted conociera este avión, Wyatt, sabría que si se abre bien la portezuela, tengo que empezar de nuevo toda la secuencia de ignición.

—¿Tiene?

—Sí, es una especie de mecanismo de seguridad que impide que los motores arranquen hasta que se cierra la puerta.

—Bueno, lo lamento pero tengo que...

—Yo también lo siento, Wyatt, porque los muchachos de la torre estaban quejándose de usted, y yo estaba tratando de no causarle más problemas, de hacer que usted quede bien, yéndome rápidamente.

—Pero mi comandante me acaba de mandar...

—¡Wyatt! ¡Escúcheme¡ ¿Usted cree que yo le disparé a Carpatia?

—¡Por supuesto que no!, yo...

—Para empezar, yo necesitaría que usted me enseñe acerca de las armas.

—Ciertamente que puedo enseñarle, pero...

—Estoy seguro que puede y yo pudiera enseñarle a volar...

—Tengo que...

—Wyatt, acabo de oír por la radio que dos aviones de cuerpo ancho están en secuencia de aterrizaje en este momento, con otro esperando para despegar. El reborde de mi perímetro va a recalentarse si no me voy, y usted no quiere que se arme un incendio aquí. Dígale a su jefe que yo ya estaba saliendo cuando usted recibió la orden, entonces ambos quedamos cubiertos. Usted mira rápido, evita un incendio y de todos modos obedece órdenes.

Raimundo vigilaba cuidadosamente las manos de Wyatt y se encogió cuando el joven movió su diestra. Si levantaba el rifle hacia él, Raimundo iba a tener que actuar. Pero Wyatt saludó y señaló a Raimundo: —Bien pensado, señor. Adelante.

Raimundo encendió los motores y maniobró a la pista de despegue. Se le hacía larga la espera para contarle esto a Max. ¿Oyó de otros aviones en una radio que todavía no estaba encendida? ¿Reborde del perímetro? ¿Incendio? Zión enseñó qué parte de la destrucción de la población podía ser la manera en que Dios eliminó a sus enemigos más incorregibles por anticipado a la batalla épica que se aproximaba. Wyatt era la prueba viva de que el inepto había sobrevivido. Raimundo sabía que no siempre disfrutaría esa buena suerte.

—¡Torre Ben Gurión al Gulfstream!

Raimundo se inclinó hacia delante y miró lo más lejos que pudo, en ambas direcciones, tanto en la pista como al cielo.

—¡Torre Ben Gurión al Gulfstream! ¿Me escucha?

No había obstrucciones para él.

—Gulfstream, ¡usted no está autorizado! ¡Quédese donde está!

—Gulfstream a Torre —dijo Raimundo—. Procedo, gracias.

—Gulfstream, repito, *¡no está autorizado!*

—Torre, autorizado por el oficial 423.

—¿Repita?

—...fui ...izado... Dos-tres... Re.

—Gulfstream, ¡está en infracción! No está autorizado para despegar. Repito, ¡no está autorizado!

—...nexión ....rre... graci...

—Gulfstream, ¿tiene el plan de vuelo?

—...oigo, to...

—¿Plan vuelo?

—...cial cua..., dos, tr...

—Gulfstream, si puede oír algo de esto, sepa que se perturbaron las coordenadas vía satélite y que sólo hay posición manual, ¿Oye?

Raimundo apretó y soltó rápidamente el botón para hablar, luego lo mantuvo apretado a medias, creando estática en el otro lado. *¿Nada de satélites?* Por una vez se alegraba de eso. No tenía que preocuparse de ser perseguido. Si volaba a ciegas, lo mismo le pasaría a la CG. ¿Eso significaba que los teléfonos tampoco funcionaban? Probó hablar con la casa de refugio, luego con Laslo. Nada. Sólo esperaba conectarse con los creyentes griegos antes de aterrizar allí. Era insensato tratar de regresar a Norteamérica. Si el mensaje de Lea significaba lo que él creía, y Patty ya no estaba en Bélgica, podía haber conducido a la CG hasta la casa de refugio hacía mucho tiempo. Él abrigaba la sola esperanza de que su mensaje hubiera llegado a la computadora de David antes que los satélites dejaran de funcionar.

***

El Macho se había enojado antes con su suegro pero nunca como ahora. ¿Nada de contacto? ¿Nada? ¿Qué se suponía que hiciera, sacar a Lea de Bruselas, y luego cada cual se arreglaba como mejor pudiera? Ahora parecía que tampoco funcionaban los teléfonos.

¿Se atrevería a ir a la casa de Jaime y ver qué estaba pasando? ¿Por qué la CG allanó el lugar entrando a la fuerza?

¿Andaban buscando a Jaime? Y ¿por qué? Camilo sabía que alguien debía tener al viejo. Alguien lo había sacado de la Gala, a él o a su cadáver. No era posible que una víctima de infarto, confinada a una silla de ruedas, hubiera podido salir por cuenta propia de ese lugar, estando su silla despedazada en el suelo.

Camilo tomó un taxi para que lo llevara al lugarcito que una vez usó como casa de refugio en Israel. No reconoció a ninguno de los que vivían ahí. Caminó varios kilómetros en la oscuridad, andando entre escombros, nunca lejos del estruendo de las sirenas y de las luces relampagueantes de los vehículos de urgencia. Cuando llegó, por fin, a la casa de Jaime, el lugar estaba desierto y en tinieblas. ¿Se habían llevado a todos? Por supuesto que el personal de urgencia escaseaba mucho pero si esperaban a Jaime, ¿no hubiera quedado alguno de guardia en el lugar?

El Macho se deslizó al fondo, súbitamente consciente de su cansancio. La pena y el trauma le hacían eso a la gente, se dijo a sí mismo. Él no había llegado a conocer bien a Jacobo pero ¡cuánto se había emocionado cuando el joven había llegado a creer en Cristo! Ellos se habían conocido algo, no tanto como les hubiera gustado por el riesgo de ser descubiertos y, aunque el Macho sabía que volvería a ver a Jacobo en la Manifestación Gloriosa, si es que no antes, temía tener que dar la noticia a Esteban, el amigo y colega de Jacobo.

Camilo tenía la ventaja de conocer, realmente conocer, la casa. Temía estar metiéndose en una trampa. No creía que la CG supiera que él estaba en Israel pero uno nunca podía tener la seguridad completa. Quizá ellos estaban al acecho esperando a Jaime o hasta a Jacobo. Podía ser que la muerte de Jacobo no hubiera llegado aún a la base de datos de la CG, aunque eso era improbable pero ¿dónde estaban todos?

Camilo encontró abierta la puerta de atrás y entró silencioso. Habitualmente había una linterna recargable enchufada a un tomacorrientes cerca del suelo, detrás de la mesa donde se preparaba la comida. Camilo tanteó y la encontró pero no quiso probarla hasta tener la seguridad de que no había nadie a la espera para emboscarlo. Se llevó la linterna a la despensa y esperó para encenderla hasta que cerró la puerta. Entonces se sintió necio, tonto. Nunca se había sentido cómodo con el papel que le habían endosado, todavía en parte un periodista, pero también un soldado de la libertad, un narrador. ¿Qué clase de veterano bravucón del Comando Tribulación se encierra en un armario sin tener para defenderse más que una linterna barata?

Probó el interruptor de la luz de la pared de la despensa. Nada. Así que habían cortado la electricidad. Camilo encendió la linterna y la apagó rápidamente. Algo en su visión periférica lo congeló. ¿Se atrevería a iluminar en esa dirección? Dejó escapar un suspiro tembloroso. ¿Qué podía haber al acecho en una despensa?

Camilo dirigió la luz en aquella dirección y la encendió. Sólo un desacostumbrado arreglo de cajas y latas. Apagó la luz y se movió calladamente hacia la puerta. Deslizándose por la cocina para entrar al comedor, el vestíbulo y luego la sala principal, Camilo mantenía la linterna frente a él como si estuviera encendida pero le servía más como el bastón del ciego. Al irse adaptando sus ojos a la oscuridad, empezó a notar los puntos de luz desde la calle, y aún oía sirenas lejanas.

Más tarde Camilo se preguntaría si había olido la sangre antes de oírla. Sí, oírla. Él supo que algo estaba mal en cuanto llegó a la sala principal. Flotaba en el aire. ¿Calor? ¿Una presencia? Alguien. Se detuvo y trató de ver formas. Sintió los latidos de su corazón pero algo llegó a sus oídos con más insistencia aún que ese latido. Gotera. *Gota, gota*, pausa, *gota-gota-gota*. ¿De dos lados? Una parte de él no quería saber, ni ver. Él dio la espalda a las ventanas del frente, apuntó la linterna hacia los sonidos y se preparó, listo para defenderse con las manos desnudas y la linterna, de ser necesario.

Encendió la luz pero inmediatamente cerró los ojos ante el horror. Cayó de rodillas, con el viento escapando en ráfagas de él. —Ay, Dios —oró—. ¡No! ¡Por favor! ¿No había final de la carnicería? Él prefería morir antes que encontrar así a sus amigos, sus camaradas, (¿un día su familia?). En el instante en que se había permitido mirar la escena, le quedó claro que habían dos víctimas, sentadas en sillas de madera, una al lado de la otra; Hannelore a la izquierda y su madre a la derecha. Estaban atadas y amordazadas, con las cabezas echadas para atrás, con sangre que goteaba formando pozos en el suelo.

Camilo no quería delatarse a nadie que estuviera fuera. Era evidente que esta escena estaba creada para "saludar" a alguien que volvía a casa; por cierto que los perpetradores no tenían idea que *él* iba a tropezarse con esto. Camilo se arrodilló delante de las sillas, asqueado por el sonido de las gotas de sangre. Sabía que si una de las mujeres hubiera sobrevivido, su respiración hubiera sido ruidosa por la posición de la cabeza. De todos modos, se tenía que cerciorar. Sujetó la linterna entre sus rodillas, la dirigió en ángulo hacia las mujeres y la encendió. Al ir a tomar el pulso de Hannelore, la linterna se deslizó iluminando sus tobillos, firmemente atados a las patas delanteras de la silla. Al volver a dirigir hacia arriba la luz apretando las rodillas para sujetar la linterna, advirtió que ella tenía las manos atadas por detrás. Como Hannelore era una mujer más bien pequeña, su torso estaba estirado para permitir que sus manos dieran la vuelta por el respaldo de la silla. Grandes ráfagas de aire pasaron por entremedio de los apretados dientes del Macho.

Tomó la linterna y se fue a colocar por detrás de la silla para tomarle el pulso pero eso dejó a su brazo alineado con la sangre que caía de su cabeza. Y aunque la muñeca estaba tibia aún, no había pulso como él lo había temido.

La madre de Hannelore, a menos de treinta y tres centímetros de ella, estaba atada en la misma posición. Siendo mujer maciza y baja, le habían tirado los brazos hasta una posición contorsionada para poder atarla por las muñecas. También estaba muerta.

¿Quién podía haber hecho eso? ¿Y Esteban con su hombría del Oriente Medio saliendo a relucir?, ¿no hubiera luchado hasta morir para impedirlo? ¿Dónde podía estar? Camilo quería mirar el lugar iluminando todo el suelo, hacia el frente pero eso podía ser suicida, pues quedaría al descubierto desde la calle. Era todo lo que podía hacer para no gritar el nombre de Esteban.

Jaime no estaba en la casa cuando Camilo había hablado por teléfono con Hannelore. ¿Esta masacre significaba que Jaime había llegado o no? ¿El mismo Jaime había sido obligado a presenciar esto? La primera tarea de Camilo era ubicar a Esteban; la segunda era revisar toda la enorme casa buscando a Jaime. Si éste no había regresado y esto era una advertencia para él, ¿podía el lugar estar rodeado, vigilado? Quizá sí.

Camilo temía encontrar no sólo el cadáver de Esteban sino también el de Jaime pero ¿cómo hubiera podido Jaime llegar hasta ahí? ¿Quién podía haberlo tomado, rescatado o ayudado a bajar de aquella plataforma? Y ¿cuál era el propósito del asesinato de esas inocentes? ¿Las habían torturado para sacarles información y las habían eliminado cuando la entregaron o porque no habían dicho nada? O ¿esto era una simple venganza? Jaime había expresado en forma vitriólica su asco por los Pacificadores de la CG, la rotura del pacto de la CG e Israel. Aunque nunca había sido un judío religioso, manifestó horror por la intrusión del gobierno mundial en los asuntos propios del templo. Primero se había permitido a los judíos que reconstruyeran; luego, no les permitieron conducirse como lo deseaban en el nuevo templo.

Pero ¿se extermina la casa de un estadista, de un tesoro nacional por una ofensa de esa clase? Y ¿qué pasa con el hombre mismo? La cabeza de Camilo le dolía pulsando, sentía apretado su pecho y le faltaba la respiración. Estaba desesperado por estar con Cloé y Keni y se sentía capaz de tenerlos abrazados muy fuerte durante tres años y medio. Él conocía las probabilidades. Cada uno tenía solamente una probabilidad de cada cuatro para sobrevivir hasta la Manifestación Gloriosa pero aunque él, o ellos, tuvieran que irse al cielo antes, no quería irse de esta manera. Nadie merecía esto. Nadie sino Carpatia.

***

Había pasado mucho tiempo desde que David había soportado tanta insistencia. Cuando se dirigía a su oficina desde el hangar de palacio, pasando por una guardia de los que portaban el féretro, con ropajes a todo color y un anillo de personal de seguridad fuertemente armado, su localizador personal había sonado con un mensaje de urgencia del más elevado nivel. La llamada sólo podía ser local, naturalmente pero esa clase de código estaba reservado para las situaciones de vida o muerte. No reconoció el número para devolver la llamada, pero supo que se localizaba en el mismo palacio.

Normalmente hubiera devuelto de inmediato la llamada, temiendo un peligro para Anita o él mismo pero se tomó un instante para comprobar el número con la lista del personal y halló que la llamada procedía del ala de Artes y Ciencias. Él había estado allí solamente una vez, prácticamente no conocía a nadie allí y le había repelido tanto lo que se consideraba artístico que se acordaba que salió corriendo de vuelta a sus habitaciones, sintiéndose sucio.

Queriendo tener un indicio más antes de contestar, David llamó a su propia casilla de mensajes, sólo para encontrarse con los delirios sucios y molestos de un *artista* descarado. David no había oído tantas obscenidades juntas desde la escuela secundaria. El núcleo del mensaje era: "¿Dónde estás? ¿Dónde te puedes haber metido en un momento como este? ¡Es medianoche! ¿Tienes idea del crimen? ¡Llámame! ¡Es muy urgente!"

El localizador personal de David volvió a sonar: el mismo número. Esperó noventa segundos y volvió a llamar a su casilla de mensajes. "¿Sabes quién soy? ¡Guy Blod!" El hombre pronunciaba *Guy* con una G fuerte, a la francesa, y

Blod como si fuera escandinavo, para que rimara con *cod*. David lo había visto dando vueltas una cuantas veces pero nunca había hablado con él. Su reputación se le adelantaba. Era el temperamental pero laureado pintor y escultor, elegido por el mismo Carpatia como ministro de artes creativas. No sólo había pintado varias así llamadas obras maestras que adornaban el gran vestíbulo y el palacio sino que también había esculpido muchas estatuas de los héroes del mundo, ubicadas en el patio y había supervisado el decorado de todos los edificio de la CG en Nueva Babilonia. Se le consideraba genio pero David, aunque confesaba no ser experto, hallaba que su obra era cómicamente chillona y decididamente profana. "Mientras más chocante y contra Dios, mejor" tenía que ser el lema de Blod.

Una parte de David quería que Guy Blod esperara la devolución del llamado, pero este no era el momento más propicio para empezar a inflar su pecho en contra de la CG. No iba a aceptar sandeces de Guy Blod pero tenía que seguir por encima de toda sospecha y favorecido por Fortunato. Marcó el número de Blod mientras se instalaba en su computadora y empezaba a programarla para que grabara directamente desde la morgue sobre la base de activación por sonido.

Al responder Blod, David advirtió que tenía una lista de mensajes en su computadora. —Guy al habla —anunció aquel—, y mejor que tú seas David Jásid —acentuando la primera sílaba.

—Hassid —dijo David.

—Fácil de recordar señor Hassid. ¿Dónde ha estado metido?

—¿Perdón?

—He estado tratando de hablar con usted.

—¡Por eso lo estoy llamando, señor!

—No se haga el vivaracho conmigo. ¿No sabe lo que ha pasado?

—Señor Blod, nadie me dice nada —David se rió—. Claro que sé lo que ha pasado. ¿No se le ocurrió pensar que precisamente por eso le ha costado hablar conmigo?

—¡Bueno, necesito cosas y las necesito ahora!

—¿Qué necesita, señor?

—¿Me lo puedes conseguir?

—Depende de lo que sea, Blod.

—Cariñito, tú dices señor Blod. Me dijeron que tú puedes conseguir todo.

—Bueno, casi.

—No tengo a quién más recurrir.

—Haré lo mejor que pueda.

—Mejor así. Ven para mi oficina.

—¿Perdón?

—¿Esta conexión está mal? Dije que vengas... a... mi...

—Señor, le escuché pero tengo mucho que hacer esta noche, como se podrá imaginar, y precisamente no puedo...

—Puedes hacer lo que se te manda. Ahora bien, trae para acá tu personita, y quiero decir ahora en este mismo instante. *Clic*

David colgó y revisó sus mensajes. El más alarmante era uno de Raimundo: "Nuestro botánico informa que el ave se fue. Puede que necesite una nueva propiedad muy pronto. Firma Geo, Lógico".

David entrecerró los ojos mirando la pantalla durante varios segundos, deseando poder llamar a alguno de la casa de refugio o a Raimundo. Tuvo tentación de echar a funcionar de nuevo a los satélites, justo por el tiempo suficiente para hablar, pero sabía que alguien le descubriría y que él tendría que dar cuentas. Así que Patty se había ido y la casa de refugio corría peligro. Borró el mensaje y se metió en la base de datos de la computadora principal de edificios abandonados, condenados a demolición, destruidos y/o radioactivos del Medio Oeste norteamericano. Miró la hora cuando sonó el teléfono. Habían transcurrido seis minutos.

—¿Qué estás haciendo?

—¿Cómo dice?

—¿Es David Já-si-d?

—Sí, habla el director Hassid.

—¿Sabes quién te habla?

—¡Sí! Parece el ministro Blod. Hace siglos que no hablamos. Que bueno escucharle otra vez...

—Soy Blod y ¿no te dije que vinieras para acá?

—¿Es cosa de elección múltiple? Creo que sí.

—¿Entonces, por qué no estás aquí?

—Déjeme adivinar. Por qué estoy acá.

—¡Grr! ¡Escúchame bien! Ven para acá en este instante o...

—¿O qué? ¿Me va a acusar a mi mamá? Señor, no recuerdo estar subordinado a usted. Ahora bien, si usted necesita algo y yo tengo que procurárselo, y usted tiene el permiso del Comandante Supremo...

—¿El agente de compras no está subordinado a un ministro del gabinete? ¿Eres de Marte?

—Señor, en realidad, de Israel.

—¿Vas a dejar de llamarme *señor*?

—Creí que *usted me* llamó, señor.

—¡Quiero decir, deja de llamarme así!

—¿Qué? ¿*Señor*? Lo lamento. Creí que usted era varón.

—Quédate donde estás, director. Yo voy para allá de inmediato.

—¿Guy, eso no le costó tanto, no? Quiero decir, usted es el que quiere hablar conmigo; no al revés.

Clic.

TRES

Raimundo volaba a retropropulsión sobre el Mediterráneo en medio de la noche, faltándole unas dos horas de vuelo para llegar a Grecia. Controló la radio durante el primer cuarto de hora para cerciorarse que no lo perseguían ni le hacían una triangulación, pero la radio estaba llena de pedidos repetidos de más aviones para evacuar Jerusalén a causa del terremoto y el asesinato. También había innumerables llamadas pidiendo aviones que estuvieran disponibles para llevar a los dolientes fieles a Nueva Babilonia para lo que se esperaba fuera el velorio y el funeral más grandes de la historia.

Cuando el Gulfstream llegó a una distancia suficientemente grande, volando sobre el mar, se desvanecieron las señales de radio de las torres locales, por carecer del soporte de los satélites. Raimundo probó eso tratando infructuosamente, de hablar con sus compatriotas. Apagó el teléfono y la radio, acción que lo dejó en silencio virtual a casi once mil metros de altura en un avión a retropropulsión suave como la seda, dejando atrás de la nave la mayor parte de su propio ruido.

Raimundo sintió repentinamente el peso de vivir. ¿En realidad habían pasado solamente tres años y medio desde que él había disfrutado el prestigio, las facilidades y la comodidad material de la vida de un capitán de aviones 747 de una aerolínea grande? Sabía que no había sido ninguna maravilla como marido y padre pero el dicho resultaba válido: Uno nunca sabe lo que tiene hasta que lo pierde.

La vida desde el arrebatamiento, que la mayoría del mundo motejaba de "desapariciones", había sido diferente como la noche y el día de lo que era antes: y no sólo en lo espiritual. Raimundo lo asemejaba a una muerte de un familiar. No pasaba un solo día sin que se despertara aplastado por la carga del presente, enfrentando el frío hecho que él había sido dejado atrás aunque ahora había hecho las paces con Dios.

Era como si toda la nación, sin duda todo el mundo, estuviera viviendo suspendido en duelo y pesar. Todos habían perdido a alguien, y no pasaba un segundo en que uno pudiera olvidarse de eso. Era el miedo de perder el bus escolar, perder el trabajo hecho, olvidarse la ropa de gimnasia, saber que lo habían agarrado engañando en un examen, ser llamado a la oficina del director, ser despedido del trabajo, irse a la quiebra, engañar a la esposa: todo formaba un solo rollo.

Había instantes de gozo, eso era seguro. Raimundo vivía para su hija y le agradaba la elección de esposo que ella hizo. Tener un nieto, por serio que fuese en este momento, el más terrible de la historia, lo satisfacía en una forma que antes no sabía que fuera posible. Aunque el sólo pensar en Cloé, Camilo y el pequeño Keni metía la realidad en la conciencia de Raimundo, apuñaleándolo.

Con el Gulfstream en piloto automático a casi once kilómetros por encima de la Tierra, Raimundo miraba fijamente el cosmos. Durante un momento se sintió fuera del cuerpo, desconectado de los miles de sucesos de los últimos cuarenta y dos meses. ¿Era posible que, esencialmente, él hubiera vivido la mitad de toda una vida en tan breve lapso? Él había vivido más emociones, miedos, rabia, frustraciones y penas en ese día sólo que en todo un año de su vida anterior.

Él se preguntaba cuánto más podía soportar un hombre, ¿cuánto más podía tolerar la mente y el cuerpo de un ser humano?

¡Cuánto anhelaba hablar con Zión! Nadie más tenía su respeto y confianza como este rabino, apenas unos pocos años mayor que él. Raimundo no podía confiarse a Cloé ni al Macho. Sentía el lazo de afinidad con Ti Delanti, del aeropuerto de Palwaukee y que podían llegar a ser amigos de verdad. Ti era la clase de hombre al que Raimundo escucharía aunque Ti sintiera que era necesario reprenderlo. Pero Zión era el hombre de Dios. Zión era uno que amaba, admiraba y respetaba incondicionalmente a Raimundo. ¿Era así? ¿Qué pensaría Zión si supiera lo que Raimundo había hecho, empezando por abandonar a Lea y a Camilo, pero peor, queriendo, pretendiendo, tratando de asesinar al anticristo y, luego, quizá haciéndolo por accidente?

Algo de la altura, la frialdad que dejaba entrar a la cabina, la tensión que podía postergar hasta que sobrevolara Grecia, la comodidad del asiento y el alivio artificial que disfrutaba en su papel de fugitivo internacional, conspiraron para que Raimundo tomara conciencia de lo que había llegado a ser.

Primero resistió el entremetimiento de la realidad. Cualquiera hubiera sido el consuelo que encontraba en la vida casi clandestina que llevaba, con su cualidad de almohadilla, le fue quitado cuando permitió que lo invadiera la cruda verdad. Se dijo a sí mismo que debía seguir con el programa para conservarse tan bien como su avión con el piloto automático, que debía dejar que primaran sus emociones. ¿Qué le había pasado al científico y lógico Raimundo, aquel que había sido dejado atrás primordialmente por esa incapacidad de acceder a sus intuiciones?

Cuando se escuchó hablando en voz alta, supo que era hora de enfrentarse al viejo Raimundo, no el Raimundo anterior al arrebatamiento, sino al nuevo creyente. Durante los meses pasados él se había preguntado más de una vez si estaba loco. Ahora, ¿hablándose a sí mismo en medio de la noche en el medio de ninguna parte? Por más que detestara la perspectiva, era de rigor hacer introspección. ¿Cuánto tiempo había pasado desde que se había dado el gusto en algo, al menos con honestidad? Él había objetado su sanidad mental en los últimos meses pasados, pero rara vez se había dedicado a eso por el tiempo suficiente para extraer conclusiones. Él había sido impelido por la rabia, por la venganza. Él se había vuelto irresponsable, en nada parecido a sí mismo.

Al permitir Raimundo que eso se le revolviera en el cerebro, se dio cuenta de que si seguía así, dándole vueltas en su mente, como las melcochas que había tratado de tostar en forma pareja cuando era niño, no sería él mismo con quien se enfrentaría al final. Sería con Dios.

Raimundo no estaba seguro de querer la luz cegadora de Dios en su espejo mental. Efectivamente, estaba bastante seguro de no quererlo aunque el sabueso del cielo lo perseguía y, ahora, tendría que estar totalmente engañado o ser completamente deshonesto para darse la vuelta y salir corriendo. Podía taparse los oídos y tararear, como lo hacía de niño cuando su madre trataba de regañarlo. O podía encender la radio pretendiendo averiguar si se habían realineado los satélites o podía probar el teléfono para examinar el sistema global. Quizá podía cortar al piloto automático y atarearse en la navegación del avión a través de cielos indetectables.

Muy en su interior sabía que nunca podría vivir consigo mismo si recurría a esas tácticas evasivas, así que Raimundo se aguantó un estremecimiento de miedo. Iba a enfrentar esto, a cuadrarse ante Dios y aceptar el regaño. —Muy bien —dijo en voz alta—, ¿qué?

***

Camilo se enderezó para aliviarse del dolor en las articulaciones debido a que estuvo arrodillado para revisar a las mujeres muertas. De pie en la oscuridad de la casa sepulcral de su viejo amigo, supo que nunca había tenido la pasta de héroe. No era valiente. Este horror le había traído un sollozo a la garganta que no pudo dominar. Raimundo era el héroe; él era el que primero había ido a la verdad, luego había dirigido el camino para los demás. Él era el que había sido remecido sólo transitoriamente por la pérdida del primer mentor espiritual de ellos pero permaneciendo fuerte para conducir.

¿Qué pudiera hacer Raimundo en esta misma situación? Camilo no tenía idea. Todavía estaba enfadado con el hombre, todavía estaba perplejo por su misteriosa tarea que él mismo se había asignado, habiendo dejado librados a sus suertes a Lea y a Camilo. Éste creía que todo tendría su explicación algún día, que habría alguna clase de lógica. No debiera haber sorprendido tanto que Raimundo se hubiera vuelto inquisitivo y absorto en sí mismo. Mira lo que había perdido. Porfiadamente Camilo lo dejó en el pedestal de su mente como líder del Comando Tribulación y como el que actuaría con honor en esta situación.

Y ¿qué significaba eso? Encontrar a Esteban naturalmente. Luego, desafiar a cualquiera que estuviera vigilando esta casa de muerte, pelear con ellos, vencerlos o, por lo menos, eludirlos. Eludir no sonaba muy heroico pero era todo lo que el Macho tendía a realizar. Mientras tanto, lo más heroico que haría sería terminar la tarea de adentro —encontrar a Esteban y a Jaime, si estaban ahí— y, luego, escapar a todo correr para defender su vida.

La parte fácil era lo difícil. Muy de la CG era dedicar una extraordinaria cantidad de tropas a esta casa, aunque la CG estuviera decimada por la reducción de la población, ocupada con la Gala, presionada a dar servicio extraordinario por el terremoto y habiendo quedado en escombros por el asesinato. No hubiera sorprendido en absoluto al Macho si el lugar estuviera rodeado y que todos lo hubieran visto entrar, observando qué hallaba y, ahora, a la espera para capturarlo cuando él se fuera.

Por otro lado, quizá, había venido, destrozado, saqueado y hecho la carnicería dejando el sitio como una cáscara vacía para el recuerdo.

Sintiéndose avergonzado, como si su esposa e hijo pudieran verlo así, en la oscuridad, luchando por no gemir como un niñito en vez de recorrer todo el lugar con los hombros bien alzados, el Macho pisó carne. Había esperado un poco que la víctima gritara o se quitara. Camilo se arrodilló y tanteó un brazo, un muslo y músculos sin vida. ¿Era posible que la CG hubiera tenido una baja? No era probable que hubieran dejado ahí a uno de los suyos, ni siquiera muerto.

Camilo dio la espalda a las ventanas y volvió a encender la linterna. El despojo de Esteban que había dejado el enemigo hizo que volviera a surgir la vieja naturaleza de Camilo. Eso fue todo lo que pudo hacer para no vociferar obscenidades a la CG esperando que alguno de ellos estuviera escuchando. Asqueroso como era todo eso, Camilo tuvo que mirar una vez más para creer lo que veía. Esteban estaba tirado ahí, con su cara como máscara de tranquilidad, los ojos y la boca cerrados, como si estuviera durmiendo. Sus brazos y sus piernas estaban en el lugar correspondiente, las manos a los costados, pero las cuatro extremidades habían sido cortadas, las piernas a la altura de las caderas, los brazos por los hombros. Era claro que esto se había efectuado después que él murió pues no había señales de lucha.

Camilo dejó caer la luz que rodó hasta pararse, felizmente apuntando en sentido contrario a las ventanas. Sus rodillas se azotaron dolorosamente contra el suelo y cuando apoyó las palmas de las manos por delante suyo para detener la caída, se empaparon en sangre espesa y pegajosa. Se arrodilló ahí, a cuatro pies, boqueando, con el estómago que se le ponía tieso y luego se soltaba con sus sollozos y boqueadas. ¿Qué clase de arma se necesitó y por cuánto tiempo trabajó el enemigo para cortar el tejido de un muerto, aserrando hasta desmembrarlo? ¿Por qué? ¿Cuál era ese mensaje?

¿Cómo se lo iba a decir a Jaime? O ¿Este viejo y querido amigo iba a ser su próximo hallazgo?

***

A las cuatro de la tarde del viernes, en Illinois, Zión estaba sentado cerca del televisor, tratando de ordenar sus emociones. Aún era capaz de disfrutar, si es que ese verbo seguía siendo apropiado, la incesante curiosidad y los berrinches de un niñito de un año de edad. Keni balbuceaba y hablaba haciendo ruidos mientras exploraba, trepaba, tomaba, tocaba, mirando a su madre y al "to Zone" para ver si le sonreían o no, dependiendo de lo que estuviera haciendo.

Sin embargo, Keni era responsabilidad de Cloé, y Zión no quería perderse un segundo de la cobertura televisiva constante del asesinato. Esperaba la noticia de la resurrección de Carpatia y se permitía solamente cortas ausencias de la pantalla. Había llevado su computadora portátil a la sala y tenía a mano el teléfono. Pero su principal interés estaba en Israel y Nueva Babilonia. No le hubiera sorprendido si en Jerusalén hubieran cargado a Carpatia en su avión, muerto, y lo adoraran cuando saliera caminando por sí mismo en Nueva Babilonia.

Zión estaba sumamente nervioso por no saber nada de los otros miembros del Comando Tribulación y, con Cloé, se turnaban tratando de comunicarse por teléfono con ellos, con cada uno de ellos. Lo último que habían sabido del exterior era que Lea no había visto a Patty en Bruselas, que le había dicho a Camilo que Patty se había ido, y que no había podido comunicarse con Raimundo. Nada más desde entonces.

Preocupados por las ramificaciones, Zión y Cloé apagaron casi todas las luces y revisaron bien el congelador falso que, en realidad, servía de entrada al refugio subterráneo. Normalmente Zión dejaba la estrategia y la intriga a los demás, y se concentraba en su especialidad, pero tenía sus ideas sobre la seguridad de la casa de refugio. Le comentó a Cloé que quizá pecaba de ingenuo pero creía que si Patty los delataba, sería por accidente. —Más probable es que la sigan hasta nosotros a que manden a alguno a buscarnos.

—Como hizo con Hernán y Bo.

Zión asintió.

—¿Y quién sabe a quién pudieron *ellos* hablar antes de morir?

Él se encogió de hombros. —Si ella fuera a delatarnos sólo por decírselo a alguien, ya lo hubiera hecho antes de ser encarcelada.

—Si es que *fue* encarcelada —dijo Cloé y, de repente, tuvo que luchar contra el llanto.

—¿Qué pasa Cloé? —preguntó Zión—, ¿angustiada por Camilo, naturalmente?

Ella asintió y luego movió la cabeza. —No sólo eso —dijo—, Zión, ¿puedo hablar contigo?

—¿Tienes que preguntar?

—Quiero decir, como sé que no quieres perderte nada de la televisión.

—No me lo perderé. Dime.

Zión estaba alarmado por el tiempo que le costó a Cloé articular sus pensamientos. Ellos siempre habían podido hablar pero nunca ella se había revelado tanto. —Tú sabes que guardaré todas tus confidencias —dijo él—. Considéralo como privilegio de clérigo y feligrés.

Ni siquiera eso le arrancó una sonrisa a Cloé que se las ingenió para espantarlo al decir: —Quizá yo haya estado viendo mucha televisión.

—¿Cómo qué?

—Esas demostraciones falsas donde todos adoran a Carpatia.

—Lo sé. Son asquerosas. Le dicen "Su Adoración" y cosas por el estilo.

—Zión, es peor que eso —dijo ella—. ¿Has visto las instantáneas de los niños que le llevan? Quiero decir, todos sabemos que ellos no tienen niños mayores de tres años y medio pero hacen desfilar delante de él a los que tienen, vestidos con sus ropas CG, saludando con las manitos en el corazón a cada paso, cantándole alabanzas. ¡Es horroroso!

Zión asintió. Los trabajadores de los centros de cuidado diario y los padres vestían a los niños en forma idéntica, y había niñitos y niñitas preciosos que le llevaban flores y le hacían reverencias y saludaban y cantaban a Carpatia. Zión le preguntó: —¿Viste lo peor?

Cloé asintió muy triste. —¿Te refieres a la oración?

—Eso es a lo que me refiero. Temí que cayeran rayos.

Zión se estremeció al recordar la burla de la Oración del Señor enseñada a grupos de niños que apenas tenían edad suficiente para hablar. Empezaba: "Padre nuestro que estás en Nueva Babilonia, Carpatia es tu nombre. Venga tu reino, hágase tu voluntad..." Zión se había disgustado tanto que había apagado el aparato. Evidentemente Cloé había mirado todo el desastroso espectáculo.

—He estado estudiando —dijo ella.

—Bueno —dijo Zión—. Espero que así sea. Nunca sabemos lo suficiente...

—No de la manera que crees —dijo ella—, he estado estudiando la muerte.

Zión entrecerró los ojos. —Escucho.

—No permitiré que mi bebé o yo caigamos en las manos del enemigo.

—¿Qué dices?

—Zión, digo lo que temes que diga.

—¿Le has hablado a Camilo?

—¡Me prometiste guardar mi confidencia!

—Y lo haré. Te pregunto ¿*tú* le has hablado de tus planes?

—No tengo planes. Solamente estoy estudiando.

—Pero pronto tendrás un plan porque es evidente que te decidiste. Dijiste, "yo no permitiré.." y eso demuestra un plan de acción. Dices que si nos encuentran, si la CG nos captura...

—Yo no permitiré que Keni o yo caigamos en sus manos.

—¿Y cómo te asegurarás de eso?

—Prefiero que muramos.

—Te matarás.

—Sí. Y cometeré infanticidio.

Dijo eso con un convencimiento tan frío que Zión vaciló, orando en silencio por sabiduría. —¿Esto es señal de fe o de falta de fe? —dijo por fin.

—No sé pero no me puedo imaginar que Dios quiera que yo o mi bebé pasemos esa situación.

—¿Piensas que Él te quiere meter en *esa* situación? Él no quiere que nadie perezca. Él quisiera que tú hubieras estado lista para irte en la primera vez, Él...

—Zión, lo sé, lo sé, ¿correcto? Sólo digo...

—Perdóname por interrumpirte pero sé lo que dices. Sólo que no creo que estés siendo honesta contigo misma.

—¡No pudiera ser *más* honesta! Me mataría y cometería infan...

—De nuevo la misma.

—¿Qué?

—Protegiendo tu convicción con palabras fáciles. No eres mejor que las que favorecen el aborto, que se refieren a sus bebés nonatos diciendo que son embriones o fetos o embarazos, de modo que puedan "eliminarlos" o "terminarlos" más que matarlos.

—¿Qué? Yo dije que comet...

—Sí, eso es lo que tú dijiste. No dijiste lo que tenías en mente. Dímelo.

—¡Zión, te lo dije! ¿Por qué haces esto?

—Cloé, dime. Dime lo que vas a hacer para... —vaciló pues no quería que Keni se diera cuenta que estaban hablando de él—. Dime qué vas a hacerle a este pequeñuelo, porque evidentemente, tienes que hacérselo primero a él si es que vas a hacerlo. Porque si te matas primero, ninguno de nosotros hará el trabajito por ti.

—Te dije lo que le haría.

—Dilo con palabras sencillas.

—¿Que lo mataría antes de dejar que la CG se apodere de él? Lo haré.

—¿Harás qué?

—Matarlo.

—Dilo con una frase.

—Yo... yo... mataré... a mi propio bebé.

—¡Bebé! —exclamó Keni corriendo hacia ella que lo abrazó sollozando.

Tranquilamente Zión dijo: —¿Cómo harás eso?

—Eso es lo que estoy estudiando —pudo decir ella por encima de los hombros de Keni que la abrazó apretadamente y se fue corriendo.

—Y luego te matarás tú, ¿por qué?

—Porque no puedo vivir sin él.

—Entonces, se deduce que Camilo tendría justificación para matarse.

Ella se mordió el labio y movió la cabeza: —El mundo lo necesita.

—Cloé, el mundo te necesita a ti. Piensa en la cooperativa, la internacional...

Ella dijo: —No puedo pensar más. ¡Quiero terminar eso! ¡Quiero que se acabe! No sé lo que estábamos pensando al traer a un niño a este mundo...

—Ese niño ha traído tanto gozo a esta casa... —empezó a decir Zión.

—...que no podría hacerle el mal servicio de dejarlo caer en las manos de la CG.

Zión se echó para atrás, dando una mirada al televisor. —Así, pues, llega la CG, tú matas al bebé, te matas, Camilo y tu papá se matan... ¿cuándo se acaba?

—No, ellos no lo harán. No podrán.

—Tú no puedes. Y no quieres.

—Pensé que podía hablar contigo, Zión.

—¿Esperabas qué, que yo condonara eso?

—Que por lo menos fueras comprensivo.

—Yo soy eso, por lo menos —dijo él—, tampoco quiero vivir sin ti y sin el pequeñuelo. Tú sabes lo que viene enseguida.

—Oh, Zión, tú no le quitarías tu persona a la iglesia global.

Él se sentó de nuevo y puso las manos en sus rodillas. —Pero tú *me privarías de ti*. No debes quererme tanto como yo a ti, o no tanto como creías que me querías.

Cloé suspiró y miró el techo. —No me ayudas —dijo con falsa exasperación.

—Trato —dijo él.

—Lo sé. Y lo aprecio.

Zión le pidió que orara con él por sus seres queridos. Ella se arrodilló en el suelo, al lado del sillón, sujetando la mano de él y, poco después, empezaron a orar. Zión miró al oír un ruido y vio que Keni se arrodillaba al lado de su madre, con las manos juntas, los dedos entrelazados y sus ojitos cerrados.

***

David encontró que Guy Blod era más ultrajante y rimbombante en persona. Llegó con un pequeño cortejo de hombres cerca de los cuarenta años de edad, igualmente enojadizos e irritantes. A pesar de sus diferentes nacionalidades pudieran haber sido quintillizos por la ropa que vestían y el comportamiento que lucían. David le ofreció una silla solamente a Guy, al otro lado de su escritorio.

—¿A esto le llamas hospitalidad? —dijo Guy—. Fíjate que somos seis.

—Mis disculpas —dijo David—, tenía la impresión que era responsabilidad del *invitado* informar al *anfitrión* cuántas personas no invitadas vienen.

Guy le hizo un gesto de desdén y sus sicofantes sombríos se quedaron parados detrás de él, de brazos cruzados. —El Comandante Supremo me encargó que haga una especie de cosita de hierro con bronce de Nicolás. Y tengo que hacerlo rápido así que ¿usted podrá conseguirme los materiales?

Fueron interrumpidos por un golpe urgente en la puerta. Una mujer, a finales de los sesenta años, de pelo azulado, baja y maciza, metió su cabeza. —Señorita Ivins —dijo David—, ¿puedo servirle?

—Discúlpeme —dijo Guy—, pero aquí estamos en una conferencia.

David se puso en pie. —Señorita Ivins, está bien, usted conoce a Guy.

—Por supuesto —dijo ella, asintiendo con tristeza.

—Y Guy, usted sabe que Viviana es...

—Sí, el único pariente vivo del potentado. Señora, lamento la pérdida pero nosotros...

—¿En qué puedo servirle, señora? —dijo David.

Ella contestó: —Ando buscando voluntarios para controlar las masas que ya están llegando desde todos los rincones del mundo, y...

Guy dijo: —¡Es pasada la medianoche! ¿No saben que el funeral no se hará por lo menos en dos días más? ¿Qué se supone que hagamos con todos ellos?

—El Comandante Fortunato pide a todo el personal inferior al rango de director que...

—¡Viviana, eso me deja fuera! —dijo Guy—. Y, desdichadamente, también a Ja-ssi-d, aquí presente.

—¿Y qué pasa con sus ayudantes, Guy? —sugirió David.

—¡Yo los necesito a cada uno para este proyecto! Viviana, seguramente que usted no espera...

—Guy, sé que le encargaron —dijo Viviana Ivins, pero pronunció el nombre al estilo occidental y él la corrigió rápidamente. Ella lo ignoró—. Yo también estoy en comisión. Si cada uno de ustedes, caballeros, pudiera hacer correr la voz entre su gente, la administración se los agradecerá.

David volvió a su asiento y grabó el aviso para transmitirlo a las direcciones de correo electrónicos de sus trabajadores, mientras la señorita Ivins salía y cerraba la puerta.

—¿No somos eficientes? —dijo Guy.

—Tratamos —dijo David.

—Yo sé cuál es el cometido encargado a ella —dijo Guy—, ¿usted lo sabe?

—Tengo suficiente con mantenerme al día en lo mío.

David se mostró bastante desinteresado lo que hizo que Guy se volviera a su gente susurrando: —esa cosa de numeración regional.

David se moría de curiosidad pero no estaba dispuesto a admitirlo. Guy se dio vuelta en su asiento para enfrentarse con David. —Ahora bien, ¿dónde estábamos?

—Yo iba a revisar mi archivo de catálogos en busca de proveedores de cositas de bronce y hierro, y usted iba a ser un poquito más específico.

—Bueno, bueno, voy a necesitar un programa computarizado que me permita averiguar cómo hacer eso. El forense me va a dar un molde tamaño natural del cuerpo de Carpatia —que espantoso— y yo tengo que cuadruplicar el tamaño. Eso significa cuatro veces.

—Sí, me acuerdo de la aritmética, Guy.

—Sólo trato de ayudar, ¿tregua?

—¿Tregua?

—¿Empecemos de nuevo, sin agresiones?

—Guy, como quiera.

—Sea simpático.

—Trato.

—De todos modos, me parece que quiero hacer esta réplica de Carpatia, de ocho metros de alto, principalmente de bronce, pero quiero terminarla con un pulido como de ébano con una textura de hierro. El ébano es negro.

—Guy, también me acuerdo de los colores.

—¡David, lo sien-to! ¡Usted no quiere *ninguna* ayuda!

—Voy a necesitarla si tengo que encontrar este material rápidamente. ¿Qué cree que necesita y con qué prisa lo necesita?

Guy se inclinó: —Ahora estamos yendo a alguna parte. Quiero que la cosa sea hueca con una cáscara de casi uno a dos centímetros de espesor, pero tiene que ser bastante fuerte y equilibrada para estar derecha sin apoyos, tal como lo haría Nicolás si fuera tan alto.

David se encogió de hombros. Así, pues, usted lo hace a escala y engaña con los zapatos si así lo precisa, puesto que un objeto inanimado no hará las maniobras inconscientes para equilibrarse a fin de permanecer de pie.

—¿Zapatos?

—¿Qué, acaso su estatua estará descalza?

Guy se rió y compartió el regocijo con sus clones. —Oh, David —dijo, levantando sus pies y girando en su asiento—, mi estatua será *al natural*.

David hizo una mueca. —¡Haga el favor de decirme que está haciendo un chiste!

—David, no, por su vida. ¿Pensó acaso que el forense iba a hacer el molde de su cuerpo vestido?

—¿Por qué no?

Guy aleteó el aire con sus dedos diciendo: —Olvídelo, olvídelo, usted no lo entendería. Evidentemente usted tiene alguna fijación con la forma humana y no puede apreciar la belleza. Precisamente usted...

—Guy, yo supongo que esta estatua va a tener un lugar importante dentro del palacio...

—¿Dentro del palacio¡ ¡Muchacho querido! Esta será El *objeto de arte de la historia, mi obra mayor*. Estará en el atrio del palacio, ni a nueve metros de donde el potentado yace ahora en el féretro.

—Así que todo el mundo la verá.

—En toda su gloria.

—Y será *su* obra maestra.

Guy asintió, pareciendo incapaz de contener su gozo.

—¿Así que si yo fotografío algo y luego lo marco, como dibujo, también pudiera ser un artista?

Guy se mostró disgustado. —Usted dista tanto de ser un artista como yo de...

—Pero ¿qué parte de esta reproducción del cuerpo desnudo de un muerto es su obra?

—¿Me está insultando o es una pregunta sincera?

—Diga que es sincera. En realidad, quiero saber.

—¡El concepto! ¡David, yo lo *concebí*! Supervisaré la construcción. Haré la obra final en la cara, dejando huecos los ojos. Me pidieron que creara una estatua enorme para representar al hombre más grande que haya vivido jamás, y esto me vino como de Dios mismo.

—¿Usted habla con Dios?

—Es una manera de hablar, Ja-ssi-d. Viene de mi musa. ¿Quién puede explicarlo? De eso culpo a mi genio, lo único que me evita un ego insoportable. ¿Puede imaginarse lo embarazoso que es ser elogiado por cada cosa que crean sus manos? Quiero decir que no me quejo pero la atención llega a ser abrumadora. La musa es mi florete. Yo me sobrecojo con mi don —el don de la musa, verá usted— como todos los demás. Lo disfruto como las masas lo gozan.

—Efectivamente usted lo disfruta.

—Sí, lo disfruto. Y se me hace larga la espera para hacer esto. Supongo que tendré acceso a la fundición de la CG, pues no tendremos tiempos para hacerlo fuera del sitio.

David cerró un ojo. —La fundición está trabajando a tres turnos los siete días de la semana. Pudiéramos hacer esto más barato en Asia, donde...

—David, ayúdeme a conservar el civismo aquí, pues claramente es culpa mía por no aclarar. El Comandante Supremo Fortunato —que, en el caso que usted no pudiera imaginárselo por cuenta propia, será probablemente el nuevo potentado en cuanto Carpatia sea sepultado— quiere que este monumento esté en su lugar a más tardar al rayar el alba del domingo.

Guy miró fijamente a David como para dejar que ese dato le entrara. Casi no fue así. David miró la hora. Era casi la una de la madrugada del sábado, hora estándar de Carpatia. —No lo entiendo —dijo—, pero no imagino que se le pudiera disuadir a usted.

—¡Vaya, creo que hemos empezado a conectarnos!

Cualquier cosa menos eso pensó David.

Guy dijo: —Jizaki, por favor, si es tan amable.

Un asiático de uñas verdes de cinco centímetros de largo sacó, con florido gesto, un horario hecho por computadora. Requería tener los materiales y determinado el sitio de manufacturación al mediodía del sábado, junto con el diseño computacional del artista y el molde hecho por el forense. A la medianoche del sábado, la fundición tenía que crear un molde de acuerdo a las especificaciones dadas por el artista, hacer la cáscara y entregarla en la parte de atrás del patio de palacio. Guy y su personal terminarían allí la obra final hasta que el producto estuviera listo para ser puesto a la vista de los dolientes, justo antes del domingo al amanecer.

David dijo: —Eso es más que ambicioso. Es audaz.

—Audaz —repitió Guy con una mirada distante—, ahora tenemos un epitafio.

David dijo: —Tendrá que trabajar con los materiales que hay disponibles.

—Supuse eso pero necesitamos que usted pase por alto los proyectos actuales, ponga esto en el primer lugar de la lista y me deje meter allá dentro para asegurarme de que la consistencia y el color sean los debidos.

—Tendrá que ponerse ropa protectora y casco duro —dijo David.

Guy miró a sus hombres: —Adoro la ropa nueva.

CUATRO

Era ventajoso para Raimundo que la Comunidad Global hubiera vuelto virtualmente invisible a toda Grecia. Al realinear el mundo en diez regiones, con subpotentados —que Zión Ben-Judá insistía eran "reinos con reyes"— los Estados Unidos de Tierra Santa se habían apropiado de Grecia. El potentado de Grecia había gestionado la independencia, como la mayoría de los dirigentes de los países, luego había rogado por ser admitido como uno de los Estados Unidos Europeos.

El mismo Carpatia había calmado a los griegos con una visita personal y varias presentaciones durante las cuales asumió la plena responsabilidad por incluirlos en "su" región. Lucas (Laslos) Miclos había entretenido a Raimundo con una imitación excelente del griego del potentado, orientalmente aderezado, cuando halagaba a la nación para que obedeciera.

—Ustedes son un pueblo profundamente religioso —les había dicho Carpatia—, con un rico sitial en las historias de muchos sistemas atesorados de creencias. Ustedes están casi tan cercanos a la cuna de la civilización como lo están a los Estados Unidos Europeos, así que yo, personalmente, abogué para que los incluyan como Estado de Tierra Santa. Mis propios orígenes no se distan tanto al norte de ustedes. La línea demarcatoria que coloca a mi patria a la vez que mi residencia actual en la misma región, incluye naturalmente a Grecia también. Yo les doy la bienvenida a "mi" región y confío que ustedes disfruten los beneficios de esta zona que alberga a la nueva capital del mundo.

Eso había ganado a la mayoría de los griegos. Un enorme beneficio para los santos de la tribulación era que Grecia parecía por encima de toda sospecha en cuanto a fuente de rebelión. La iglesia griega en tremendo desarrollo se pasó de inmediato a la clandestinidad, preocupados de que, por el contrario, pudieran atraerse la atención de la CG. El doctor Ben-Judá mantenía correspondencia con casi mil evangelistas griegos que él había identificado como probables integrantes de los profetizados 144.000 testigos. Éstos eran judíos mesiánicos, muchos de los cuales habían asistido a la gran conferencia de testigos en Israel y habían regresado a su patria para ganar decenas de miles de conversos a Cristo.

El cuerpo clandestino local de creyentes conducido por el matrimonio Miclos, había crecido como hongos, de modo que la asamblea original se había dividido muchas veces y, ahora, estaba constituida por más de cien "pequeños grupos" que, en realidad, no eran tan pequeños. Este nuevo cuerpo eclesiástico era demasiado grande para reunirse todos de una sola vez sin arriesgar su identidad clandestina. Los testigos que dirigían a cada facción se juntaban una vez al mes para entrenarse y exhortarse mutuamente; por supuesto, todo el cuerpo se contaba como parte del nuevo grupo mundial de creyentes, que tenía a Zión Ben-Judá como su pastor y maestro *de facto* en el espacio cibernético.

La naturaleza encubierta de la iglesia griega servía para impedir que se encendiera una alerta roja frente a la CG, aunque claramente no impedía sus esfuerzos evangelizadores. Las investigaciones privadas de Camilo Williams para su revista cibernética, *La Verdad*, hallaron —con la ayuda de David Hassid, el pirata por excelencia— que Grecia era ignorada por el sistema de contrainteligencia, seguridad y fuerzas pacificadoras de la CG. El país era considerado como de mantención baja. La mayor parte de las fuerzas asignadas allí habían sido desplegadas de nuevo en Israel, en ocasión de la Gala, y después, como consecuencia, a Nueva Babilonia.

Así pues que Raimundo no se sorprendió de hallar que el pequeño aeropuerto de Ptolomeo no sólo estaba cerrado y sin gente sino también a oscuras. Él no tenía la potencia eléctrica ni la confianza para aterrizar en una pista sin iluminación con un avión tan potente y traicionero como el Gulfstream. Sobrevoló el aeropuerto unas cuantas veces sin querer llamar la atención, luego enfiló hacia Kozani, a unos cuarenta kilómetros al sur, que tenía un aeropuerto más grande. También estaba cerrado, pero una pista seguía iluminada para emergencias y cargueros privados. Raimundo observó el aterrizaje de un vuelo internacional de entrega de carga en un avión de cuerpo ancho, esperó hasta que el aparato carreteara hacia los colosales hangares comerciales y, entonces, dispuso sus instrumentos para aterrizar.

No sabía cómo iba a ponerse en contacto con Laslos o hallar quien lo llevara a Ptolomeo. Quizá estuviera lo bastante cerca como para usar su teléfono sin el apoyo tecnológico de los satélites. Detestaba molestar a los Miclos a esa hora pero lo había hecho antes. Ellos siempre comprendieron. En efecto, parecía que les gustaba mucho la intriga de la clandestinidad, tanto a la señora Miclos como a Lucas.

Raimundo estaba extrañamente calmado mientras bajaba a Kozani. Creía que había hecho un contacto íntimo con Dios durante el vuelo, que se había comunicado más directamente y se sentía conectado al cielo en forma más personal que nunca antes. Esto había pasado cuando Raimundo obedeció, por fin, la Escritura que dice: "Estad quietos, y sabed que yo soy Dios". Luego de meses de racionalizaciones, autodefensa y de tomar al toro por sus astas, finalmente se había rendido y buscado a Dios.

Su primera emoción abrumadora fue la vergüenza. Dios le había encargado un ámbito de liderazgo, a él, un creyente totalmente nuevo. Dios había usado los dones que había conferido a Raimundo para dirigir al grupito de creyentes que se habían hecho conocidos como el Comando Tribulación.

Raimundo sabía que en el Comando había gente más inteligente que él, incluyendo a su hija y a su yerno. Y ¿en qué parte de la Tierra podía haber una mente más brillante que la de Zión Ben-Judá? Y, sin embargo, todos recurrían naturalmente a Raimundo en procura de liderazgo. Él no lo había pedido ni deseado pero había estado dispuesto. Y al crecer el Comando, crecía su responsabilidad. No obstante, aunque su capacidad pudiera haberse expandido junto con el ámbito de su cargo, la cosa ilógica lo había invadido. El hombre que se había enorgullecido de su pragmatismo se hallaba, ahora, viviendo de acuerdo a sus emociones.

Inicialmente había sido revelador el solo sintonizarse con sus emociones. Eso le había permitido querer e interesarse profundamente por su hija, dolerse realmente por la pérdida de su esposa e hijo, y entender cuánto los había amado. Le había permitido entenderse como quién era, entender su necesidad de perdón y acudir a Cristo.

Sin embargo, era comprensible que le hubiera costado mucho a Raimundo equilibrar su emoción y su intelecto. Nadie podía objetar que él había tenido más que suficiente con su cuota de pérdidas y traumas en tres años y medio pero la emoción necesaria para pulirlo como creyente nuevo había superado de alguna manera al temperamento más bien cerebral que lo hacía ser un líder natural. Nunca adepto a la jerga psicológica, cuando Raimundo se abrió aquella noche a Dios, en su espíritu vio su fracaso como era: pecado.

Él se había vuelto egoísta, irascible y vengativo. Había tratado de tomar el lugar de Dios como defensor y protector del Comando Tribulación. En ese proceso los había vuelto más vulnerables que nunca al peligro. Al atreverse a atisbarse a sí mismo en ese espejo espiritual, detestó lo que vio. He ahí un hombre que había sido totalmente agradecido de Dios por su perdón, amor y salvación que ahora vivía como un rebelde. Aún se decía creyente pero ¿qué le había pasado a su dependencia de Dios, del consejo de sus amigos y parientes y mentores espirituales? ¿Qué le había pasado a su amor por la Biblia y la oración y por la guía que antes encontraba allí?

Raimundo rogó perdón, restauración cuando Dios hizo brillar la luz de la verdad en su alma. ¿Su furia había sido pecado? No, eso no correspondía. Las Escrituras decían: "Enojaos pero no pequéis", de modo que el enojo en sí mismo no era malo sino lo que él hiciera como resultado del enojo. Él se había dejado consumir por la ira y le había permitido interferir su relación con Dios y aquellos que él amaba.

Raimundo se había aislado, viviendo sus ambiciones privadas. Había luchado por ver, a través de sus lágrimas, cómo Dios le mostraba su propio ser en su estado más crudo. Oró, "comprenderé si me descalifiqué de todo papel en el Comando" pero Dios no pareció confirmar eso. Todo lo que Raimundo sentía era hambre y sed sobrecogedores de la Biblia y de instrucción. Quería orar en esa forma desde ahora en adelante, estar constantemente en contacto con Dios como lo había estado inicialmente cuando fue hecho creyente. No sabía qué significaba eso para su papel de jefe del Comando Tribulación. Lo más importante era volver a lo básico, volver a Dios.

Raimundo se dio cuenta de que la tripulación del carguero grande estaba muy ocupada con su propio trabajo, mientras carreteaba unos cuatrocientos metros al norte para estacionar el Gulfstream. Apenas lo miraron cuando pasó caminando rápido, con su bolsa al hombro como si se dirigiera a un punto específico. En cuanto salió de la puerta principal del aeropuerto y encontró un lugar oscuro entre los faroles del camino, se detuvo para telefonear a la casa de los Miclos. La señora Miclos contestó al primer timbrazo.

—Este es su amigo de Norteamérica —dijo Raimundo y la señora cambió de inmediato del griego a su muy limitado inglés.

—Diga código para yo saber —dijo ella.

¿Código? No se acordaba de ningún código. Quizá eso era algo entre los creyentes del lugar. —Jesús es el Cristo, el Mesías —dijo él.

—No código eso —dijo ella— pero conozco voz. Vi en televisión.

—¿Sí? ¿A mí?

—Sí. ¿Usted disparó Carpatia?

La boca de Raimundo se secó. Así que las cámaras lo habían captado. —¡No! —dijo—, por lo menos, no lo creo. No quise. ¿Qué dicen?

—Huellas de los dedos —dijo ella—, en revólver.

Raimundo movió la cabeza. Él había estado tan seguro de que lo apresarían o matarían de inmediato si él mataba a Carpatia, que no se había preocupado por las huellas digitales. No había pensado en escapar. ¡Clase de criminal que *era él*! ¿Por qué no se le ocurrió limpiar la culata del arma con su túnica antes de dejarla caer?

—¿Están mostrando mi cara? —preguntó.

—Sí.

Él le dijo dónde estaba y preguntó si Laslos estaba ahí.

—No. Con nuestro pastor. Orando por usted.

—No quiero comprometerlos a ustedes. Voy a seguir vuelo a Norteamérica.

—No conozco *comprometerlos* —dijo ella.

—Ay, lo siento, delatarlos, meterlos en problemas, que los vean conmigo.

—Laslos no lo dejaría solo —dijo ella—. Yo digo él. Él llama usted.

Raimundo aborrecía la idea de hacer peligrar a los creyentes griegos pero el inglés de Laslos era mejor que el de su esposa, así que, quizá, a Raimundo le sería más fácil disuadirlo de meterse en esto. Le dio el número a la señora y se puso a esperar la llamada, a la sombra de unas matorrales del camino mal hecho que se dirigía al norte desde el aeropuerto.

***

En la planta alta de la enorme mansión de Rosenzweig, Camilo usó la linterna con cuidado buscando señales de Jaime. Desde afuera oía ruidos entre las plantas, cosa que lo paralizaba. Retenía el aliento y reptaba hacia la ventana, atisbando para abajo mientras se desesperaba por mantenerse fuera de la vista. Alguien se hacía señales a unos cuantos más y las sombras de esta gente se movían en las tinieblas. Camilo no lograba imaginarse un escenario que le permitiera escapar hasta desaparecer de la vista de ellos.

Súbitamente se juntaron todas las fuerzas pacificadoras de la CG con el solo propósito de encontrar un fugitivo. Cuando el anuncio dado en muchos idiomas se hizo oír por medio de megáfonos ensordecedores, quedó claro a quién andaban buscando.

—¡Atención, ciudadanos y todo el personal de la Comunidad Global! —empezó el anuncio—. Esté alerta para ver al norteamericano Raimundo Steele, ex empleado de la CG, buscado por su conexión con la conspiración para asesinar al Potentado Nicolás Carpatia. Puede andar disfrazado. Puede andar armado. Se le considera peligroso. Piloto experto. Cualquier información sobre su paradero..."

¿Raimundo? ¿Conspiración? Ahora la CG andaba a tientas.

Desde abajo se veía que los pacificadores de la CG discutían si debían quedarse de guardia uno o más de ellos. Finalmente su jefe les gritó haciéndoles gestos que le siguieran. Camilo esperó unos minutos, luego revisó cada ventana, mirando fijo en la noche y escuchando para percibir a un enemigo. No vio ni oyó nada pero supo que el tiempo era ahora su mayor adversario.

POSEÍDO

Dejó para el último la revisión del taller de Jaime. El cuarto no tenía ventanas así que abrió bien la puerta, sin vacilar en usar la linterna para iluminar todo. El lugar estaba vacío pero también se veía diferente de la última vez que lo había visto. Jaime le había mostrado su trabajo manual pero ahora no había ni señales de eso. El lugar estaba impecable. Hasta se habían sacado y guardado las grampas de los bancos de trabajo. El suelo estaba limpio, las herramientas colgadas, los mostradores inmaculados. Casi parecía como si alguien se hubiera mudado a otra parte o pensara usar el cuarto para otra cosa.

Camilo retrocedió cerrando la puerta. Algo le daba vueltas en la mente a pesar del sabor del miedo y el asco que tenía en la garganta. Se metió la linterna en el bolsillo y caminó, con mucho cuidado, hacia la puerta principal. El marco estaba destrozado y, aunque estaba seguro de que la CG lo había hecho y se había ido del lugar, Camilo se sintió más seguro saliendo por donde entró. Mientras caminaba hacia la puerta trasera se preguntó quién habría limpiado el taller de Jaime. ¿Lo habría hecho él mismo antes del infarto, o el personal después que quedó claro que Jaime sería incapaz de seguir con su pasatiempo favorito?

Camilo fue tanteando el camino a través del escaso paraje del fondo, deteniéndose con frecuencia para oír pasos o respiración por encima del ruido de las sirenas y anuncios a cuadras de distancia. Caminó fuera de la luz y entre los escombros del terremoto todo lo que pudo hasta que halló una zona donde las luces de la calle estaban apagadas.

Tenía que asegurarse acerca de Jaime antes de poder siquiera pensar en un intento de encontrarse con Raimundo o Lea pero ¿por dónde debiera empezar? Hacía poco tiempo que el Macho hubiera probado hallarlo por medio de Jacobo, Hannelore, la madre de ella o Esteban. Las lágrimas le rodaban por la cara cuando se puso a trotar dirigiéndose quién sabe dónde.

***

Avanzada la tarde del viernes en Illinois, Cloé había estado alimentando a Keni en el otro cuarto cuando la fotografía de Raimundo apareció en el televisor, la de su anterior credencial de la CG. Zión se puso blanco y saltó para bajar el volumen del aparato y escuchar de cerca. Zión había estado orando por Raimundo, preocupado por él. Cuando Raimundo, Lea y Camilo se habían ido, Zión pensó que conocía sus diversas tareas y misiones y temió que desempeñarse como piloto para transportar a los otros no le bastaría a Raimundo. Había participado en tantas acciones pero ahora era, más que los otros, un simple fugitivo que tenía que permanecer fuera de la vista.

Ahora bien, ¿qué iba a hacer? El noticiero insinuaba que él había disparado el arma que podía haber dado muerte a Carpatia. ¿Cómo podía alguien hacer eso en medio de tamaño gentío y escapar? Zión nunca había deseado tanto hablar con Raimundo y nunca había sentido carga mayor por orar por un hombre.

Esa compulsión no era nada nuevo. Le impactó a Zión haber dedicado más tiempo en oración concertada por Raimundo que por otras personas. Por supuesto que ahora era evidente el por qué Raimundo necesitaba oración pero cuando Zión cerró los ojos tapándolos con la mano, se sintió incómodo. Él sabía que pronto tendría que decirle a Cloé que su padre era sospechoso del asesinato —o de la conspiración, como decían los locutores de continuidad de la televisión— pero eso no era lo que le inquietaba. Parecía que no estaba en la postura apropiada para orar y todo lo que podía entender de eso era que, tal vez, Raimundo necesitara intercesión de verdad.

Zión había estudiado la disciplina de la intercesión que, en gran medida, era una tradición protestante de los fundamentalistas y pentecostales. Los que estaban bien preparados en esta disciplina, sobrepasaban la simple oración por alguien como acto de interceder por esa persona; ellos creían que la verdadera intercesión comprendía una profunda empatía y la persona que oraba de esa manera no debía empezar a menos que estuviera, literalmente, dispuesta a ponerse en el lugar de la persona necesitada.

Zión examinó mentalmente su propia disposición para interceder verdaderamente por Raimundo. Era un mero ejercicio. Él no podía intercambiar lugares con Raimundo y volverse sospechoso del asesinato del anticristo pero podía afectar esa postura en su mente; podía expresar su disposición de tomar esa carga a Dios, fuera eso literalmente posible o no.

Pero ni siquiera eso calmó la intranquilidad de Zión. Él trató de doblar una rodilla, bajar más la cabeza, luego dobló la otra rodilla, luego se dio vuelta para poner sus brazos en el asiento del sillón y apoyar su cabeza en las manos. Le preocupaba que Cloé no entendiera si lo veía en esa postura, sin mirar la televisión obsesivamente como lo hacía desde el asesinato, sino habiendo adoptado súbitamente una postura de contrición total: algo extraño a su naturaleza. A menudo oraba de esa manera pero en privado naturalmente, pero Cloé consideraría tan aberrante este "despliegue" de humildad que, probablemente, se sentiría obligada a preguntarle si se sentía bien.

Pero estas inquietudes fueron rápidamente superadas por los anhelos espirituales de Zión. Sintió una compasión y lástima tan profundas por Raimundo que gimió involuntariamente y sintió que se deslizaba del sillón hasta que sus palmas quedaron achatadas por completo contra el suelo.

Su cabeza apretaba ahora el frente del sillón, su cuerpo dirigido en contra del ahora silencioso televisor, y él gruñía y lloraba mientras oraba silenciosamente por Raimundo. Zión se sobresaltó por una súbita falta de equilibrio por no proceder de una tradición acostumbrada a las manifestaciones insólitas. Él entendía que su enfoque había cambiado repentinamente de Raimundo y sus problemas a la majestad del mismo Dios.

Tim LaHaye & Jerry B. Jenkins

De inmediato Zión se sintió indigno, avergonzado e impuro como si estuviera en la presencia misma del Señor.

Zión sabía que orar era, en forma figurada, aproximarse directamente al trono, pero nunca había sentido esa cercanía física del Dios Creador. Yacía postrado, con las rodillas deslizándose hacia atrás, las palmas hacia delante, con su frente apretada contra la alfombra maloliente, la nariz aplastada.

Pero ni eso le aliviaba la liviandad de cabeza que sentía. Zión se sentía sin cuerpo como si el presente estuviera yéndose. Sólo tenía una vaga conciencia de donde estaba, del zumbido quedo del televisor, de Cloé que arrullaba y Keni que se reía cuando ella le instaba que comiera.

—¿Zión?

Él no respondió pues no se dio cuenta de inmediato de que siquiera estaba consciente. ¿Esto era un sueño?

—¿Zión?

La voz era femenina.

—¿Tengo que volver a marcar?

Abrió los ojos, súbitamente consciente del olor de la vieja alfombra y de la comezón de las lágrimas.

—¿Hmm? —pudo decir, con la garganta constreñida, la voz engrosada.

Pasos. —Me preguntaba si debiera tratar de llamar... ¡Zión! ¿Te sientes bien?

Lentamente se recuperó. —Querida, estoy bien. Muy cansado de repente.

—¡Tienes todo el derecho! Anda a descansar un poco. Toma una siesta. Te despertaré si algo surgiera. No dejaré que pierdas nada.

Zión se sentó en el borde del sillón, con los hombros caídos, las manos entrelazadas entre las rodillas y dijo: —Lo agradecería.

Hizo señas a la otra habitación: —¿Él está bien así por un minuto?

Ella asintió.

—Mejor es que te sientes —dijo él.

Cloé pareció impresionada. —¿Hubo noticias? ¿Camilo está bien?

—Nada de Camilo ni Lea —dijo él, y ella pareció exhalar el aire por fin—, pero tienes que saber de tu padre...

***

David trató de enviar a Viviana Ivins por correo electrónico una lista de la gente de su departamento que pudiera estar disponible para hacer doble turno en los próximos días pero el mensaje fue devuelto por no poderse entregar. De todos modos, él iba a pasar por la oficina de ella camino al hangar, así que imprimió el mensaje y lo llevó consigo.

Mientras iba andando recibió una llamada del capataz de la fundición. —Usted sabe lo que pide, ¿no? —dijo el hombre.

—Naturalmente, Juan —dijo David—, usted tiene que saber que esto no empezó conmigo.

—A menos que sea del mismo Fortunato no veo cómo se puede esperar de nosotros que...

—Es.

—Basta.

David deslizó la hoja impresa en la ranura de la puerta de la oficina de Viviana Ivins pero la puerta no estaba totalmente cerrada y se abrió de par en par. La oficinita oscura se iluminó de inmediato al encenderse la luz sensible al movimiento. El rumor que rodaba por palacio era que, ocasionalmente, la susodicha tía de Carpatia, tía por el lado materno, dormitaba tanto tiempo en su escritorio que la oficina se oscurecía. Si algo la despertaba o hacía que se moviera mientras dormía, las luces se encendían de nuevo y ella seguía trabajando como si nada hubiera pasado.

David se cercioró de que ella no estuviera dormitando ahí, luego fue a cerrar la puerta pero algo que había en el escritorio captó su atención. Ella había desplegado un mapa del mundo, con las fronteras de las diez regiones claramente marcadas. No era nada que él no hubiera visto antes salvo que este era un mapa viejo, uno que fue dibujado cuando las diez regiones eran miembros del recientemente ampliado Consejo de Seguridad de las Naciones Unidas. Cuando Carpatia había bautizado de nuevo al gobierno mundial único como Comunidad Global, también había rebautizado a las diez regiones. Por ejemplo, los Estados Unidos de Norteamérica se convirtieron en Los Estados Norteamericanos Unidos. Viviana Ivins no sólo había escrito, a mano, estos ajustes sino que también había agregado números entre paréntesis después de cada nombre.

David se sentía incómodo e intruso pero ¿quién sabía qué significado pudiera tener esto para el Comando Tribulación, los judaítas, los santos de la tribulación de todo el mundo? Él se armó una coartada mientras se acercaba al escritorio. Si Viviana volvía y lo encontraba estudiando el mapa, sencillamente le diría la verdad de la puerta que activó la luz y el mapa que le llamó la atención. No tenía idea cómo iba explicar que estuviera anotando los números.

Con una última mirada por la ventana de esa oficina, David tomó una tarjeta de su billetera y escribió rápidamente, con letra diminuta, mientras se inclinaba sobre el mapa de Viviana:

Los Estados Unidos de Tierra Santa* (216)
Los Estados Unidos Rusos (72)
Los Estados Unidos Indios (42)
Los Estados Unidos Asiáticos (30)
Los Estados Unidos del Pacífico (18)
Los Estados Unidos Norteamericanos (-6)
Los Estados Unidos Sudamericanos (0)
Los Estados Unidos de Gran Bretaña (2)
Los Estados Unidos Europeos (6)
Los Estados Unidos Africanos (7)

David miró el asterisco que seguía a los Estados Unidos de Tierra Santa viendo que estaba al pie del mapa, donde

Viviana o alguien, había anotado con lápiz apenas marcado, "o sea los Estados Unidos Carpatianos".

Eso era nuevo. David nunca había oído otro mote para los Estados Unidos de Tierra Santa. Cuando se enderezaba para irse vio más anotaciones con lápiz que se habían borrado. Se agachó más y entrecerró los ojos pero necesitaba más luz. ¿Se atrevería a encender la lámpara del escritorio de Viviana?

No. Antes bien, sostuvo todo el mapa, levantándolo hacia la luz del cielo raso, sabiendo que sencillamente tendría que confesar una curiosidad patológica, de ser necesario. Sólo abrigaba la esperanza de que Viviana, como casi todos los demás del complejo, estuviera mirando el traslado del cadáver de Carpatia desde el Fénix 216 a la morgue. Se alegraba de perderse eso, sabiendo que la mayoría estaría tomada de la mano o sostendría sus sombreros encima del corazón, y él no estaba preparado ni siquiera para hacer eso como una treta.

David apenas pudo leer las notas borradas con la luz de arriba que brillaba fuertemente traspasando el mapa. Parecía que alguien había escrito, "única advertencia: H.L. la más alta; N.A. la más baja".

David movió la cabeza volviendo a poner con sumo cuidado el mapa en su lugar y dirigiéndose a la salida.

Viviana Ivins venía hacia él. —Oh, David —dijo—. Deseo que hubiera visto la expresión espontánea de emociones...

—Estoy seguro habrá muchas en los próximos días.

—Pero ver a los obreros, los soldados, todos... ah. Fue conmovedor. Los saludos, las lágrimas, ¡Oh! ¿Yo dejé encendida la luz?

David le explicó que la puerta activó el sensor de movimientos.

—¿Y su lista está en la puerta?

Él asintió y su teléfono sonó, sobresaltándolo de modo que casi se elevó del suelo.

—Continúe —dijo Viviana.

Era Max. David hablaba mientras caminaba. —Como que pensé que ibas a estar ahí para saludarnos —dijo Max—. La cabo Cristóbal atendió a la evidencia hasta que los portadores del féretro sacaron al cadáver de ahí.

—¿La evidencia?

—No creo haber visto portadores de féretro vestidos iguales llevando un enorme y viejo cajón de madera como si fuera un ataúd de caoba pulida. ¿Dónde estabas?

—Yendo para allá pero ¿qué dices de la evidencia?

—Anita está descargándola ahora. Un par de enormes bolsas plásticas de basura llenas de los pedazos del atril. Y otro cajón conteniendo evidentemente todas las telas del fondo del escenario. Moon no nos iba a permitir salir de Jerusalén sin eso. ¿Supiste del arma, ¿no?

—Por supuesto, y de nuestro amigo.

—David, eso es divertido.

—¿Sí?

—Mejor que guarde esto para contártelo en persona.

***

—Aquí Raimundo.

—¡Señor Steele! —Llegó la fácilmente reconocible voz de Lucas Miclos—. ¿Dónde está?

Raimundo se lo dijo.

—Quédese en las sombras pero camine tres kilómetros al norte. Lo recogeremos al norte del monolito que marca tres kilómetros. Cuando vea un cuatro puertas blanco que frena y se sale del camino, corra hacia nosotros. Si hubiera tráfico, podríamos pasar y volver, pero cuando paremos no vacile.

—¿Nosotros?

—Nuestro pastor auxiliar y yo.

—Laslos, no quiero arriesgarlos a ustedes dos...

—¡Tonterías! ¿Tiene un alias y los documentos apropiados?

—Sí.

—Bueno. ¿Con qué velocidad puede caminar?

—¿Cómo es el terreno?

—"No el mejor pero no se acerque al camino hasta que nosotros lleguemos ahí.

—Empiezo ahora.

—Señor Steele, nos sentimos precisamente como la gente del Nuevo Testamento que estaba reunida orando y rogando por Pedro mientras él golpeaba la puerta de ellos.

—Sí —dijo Raimundo— sólo que él venía *desde* la cárcel.

***

El Macho, agotado, se sentó detrás de un muro de concreto, edificado décadas antes para proteger a Israel de la metralla y el mortero de los enemigos cercanos. Estaba a varias cuadras de la calle principal pero lo bastante cerca como para escuchar las siempre presentes sirenas y ver las luces de urgencia rebotando de las nubes bajas en las horas del alba.

Piensa, piensa, piensa —se decía. No quería irse de Israel sin saber dónde estaba Jaime. Camilo no conocía a otras personas donde o con quienes pudiera haber huido Jaime si había sobrevivido de alguna manera. Si Jaime había desafiado todas las probabilidades, estaría buscando a Camilo con tanto fervor como éste a él. No podían encontrarse en los lugares evidentes: el hostal donde paraba Camilo, la casa de Jaime, el departamento de Jacobo, la casa de Esteban. ¿Qué era lo lógico para ambos?

Camilo nunca había creído en la percepción extrasensorial pero seguro que ahora deseaba que hubiera algo de verdad en eso. Deseaba poder percibir si el viejo estaba bien y, en ese caso, que estaba tratando de comunicarse con él en ese mismo momento. Camilo estaba seguro, como creyente, que eso de la clarividencia era mentira pero había escuchado historias fidedignas de personas, particularmente cristianos, que de alguna manera sabían cosas sobrenaturalmente. Seguro no escapaba a la habilidad de Dios obrar tal clase de milagros, especialmente ahora.

Camilo necesitaba un milagro pero su fe era débil. Sabía que eso no debía ser. Había visto de parte de Dios en tres años y medio lo suficiente para no volver a dudar nunca ni por un instante. Lo que ahora lo detenía era que estaba absolutamente seguro de que él no merecía un milagro. ¿No había cosas más grandes, más importantes para que Dios se preocupara? La gente se moría, era herida, se perdía. Y estaba la gran batalla sobrenatural entre el bien y el mal de la cual escribía tanto Zión, el conflicto de todos los tiempos que se había desparramado desde el cielo y ahora apestaba a la Tierra.

Camilo oró: —Lamento hasta pedir pero, por lo menos, cálmame, dame tranquilidad mental por el tiempo suficiente para figurarme esto. Si Jaime está vivo, haz que nos encontremos el uno al otro o que pensemos en un lugar donde juntarnos que sea lógico.

Se sintió necio, estúpido, trivial. Encontrar a Jaime era noble pero meter a Dios en algo tan trivial parecía, bueno, de mala educación. Se paró y sintió los dolores. Apretó los puños e hizo una mueca. *¡Relájate! ¡Domínate! ¡Piensa!*

De alguna manera supo que no había manera de abrir la mente. Tenía que relajarse en realidad, y reprenderse por ponerse frenético ejercería precisamente el efecto contrario pero ¿cómo podía calmarse en un momento como este cuando todo lo que él podía hacer era recobrar el aliento y desear que su pulso se desacelerara?

Quizá *eso* era un pedido apropiado para Dios, un milagro suficiente en sí mismo.

Camilo se sentó de nuevo, confiado de estar escondido y a solas. Respiró profundamente exhalando con lentitud, haciendo remecer sus manos y estirando sus piernas. Dejó caer su cabeza hacia atrás y sintió el muro de concreto contra su pelo y cuero cabelludo. Dejó que su cabeza rodara de lado a lado. Su respiración se hizo más lenta y más pareja; su pulso empezó a hacerse más lento. Metió su mentón en el pecho y trató de aclarar su mente.

POSEÍDO

La única manera de hacerlo era orar por sus camaradas, de a uno por uno, empezando con su propia esposa e hijo, su suegro, y los demás hermanos y hermanas que le venían a la mente. Le agradeció a Dios por los amigos que ahora estaban en el cielo, incluyendo a aquellos cuyos cuerpos acababa de descubrir.

Y casi antes de saberlo, se había calmado tanto como pudiera tranquilizarse un hombre en esta situación. *Gracias, Señor. Ahora bien, ¿cuál es el lugar lógico? ¿En qué lugar pudiéramos pensar ambos donde hayamos estado juntos Jaime y yo?*

Él se vio, a los dos, en el estadio Teddy Kolleck pero eso era demasiado público, demasiado abierto. Ninguno podía correr ese riesgo.

Y entonces se le ocurrió.

POSTD?

CINCO

Cloé se quedó callada con la noticia. Zión hubiera predicho lágrimas, incredulidad, que ella culpara a otra persona antes que a su padre. Ella sólo se quedó sentada, moviendo la cabeza.

Zión todavía se sentía extrañamente como en las nubes por lo que había vivido casi como experiencia fuera del cuerpo mientras oraba, aunque le había sido muy difícil hablar con Cloé. Él había escuchado hablar de esas cosas y las tomaba como inventos o alucinaciones inducidas por drogas en el lecho de muerte. Sin embargo, esa sensación tan real y espectacular, que le había desviado por un momento de su empatía e intercesión por Raimundo, era otra cosa muy diferente. Hacía mucho tiempo que él abogaba por verificar las vivencias con las Escrituras y no a la inversa. Se daba cuenta que debía acordarse a menudo de lo ocurrido hasta que el resplandor —que le parecía una palabra demasiado positiva para calificar el residuo perturbador del incidente— se desvaneciera de la memoria. Un versículo del Antiguo Testamento se le hizo consciente y su mente se alejó de la turbada joven que estaba delante de él.

Zión dijo: —Perdóname un momento, por favor —y trajo todo el texto bíblico a la pantalla de su computadora portátil, pues Cloé aún no había reaccionado. Unos segundos después marcó Joel 2. Leyó en silencio los versículos 28 al 32 viendo que había sido llevado a un pasaje que iluminaba su experiencia a la vez que pudiera ser como bálsamo para ella.

Derramaré mi Espíritu sobre toda carne;
y vuestros hijos y vuestras hijas profetizarán,
vuestros ancianos soñarán sueños,
vuestros jóvenes verán visiones.
Y aun sobre los siervos y las siervas derramaré mi Espíritu
en esos días.
Y haré prodigios en el cielo y en la tierra:
sangre, fuego y columnas de humo.
El sol se convertirá en tinieblas, y la luna en sangre,
antes que venga el día del Señor, grande y terrible.
Y sucederá que todo aquel que invoque el nombre del Se-
ñor será salvo;
porque en el monte Sion y en Jerusalén habrá salvación,
como ha dicho el Señor,
y entre los sobrevivientes estarán los que el Señor llame.

Zión alzó los ojos, sobresaltado, cuando Cloé habló finalmente. No captó traumas en su voz, nada que indicara que ella acababa de saber que su padre era el fugitivo más buscado del mundo, salvo por sus mismas palabras: —Debiera haberlo visto venir —dijo ella—, él trató de conducirme a Patty, lo que no fue difícil. Ella nunca tuvo problemas para decir que quería matar a Carpatia.

Zión se aclaró la garganta. —¿Por qué lo haría, sabiendo que la herida mortal es, de todos modos, transitoria? ¿Tu padre es capaz de tal cosa?

Cloé se puso de pie y atisbó en el otro cuarto quedándose satisfecha con lo que Keni estuviera haciendo con su comida. —No lo hubiera pensado hasta hace muy poco —dijo ella— Él cambió tanto, casi tan espectacularmente como su diferencia antes y después del arrebatamiento. Era como si hubiera vuelto a algo peor de lo que fue antes de ser creyente.

Zión ladeó la cabeza y dio una mirada rápida al televisor. Nada nuevo. —Yo me daba cuenta de la tensión que había en la casa, pero no capté de qué hablaban ustedes.

—¿La ira? ¿No te diste cuenta de la ira?

Zión se encogió de hombros. —Yo *compartí* algo de eso. Todavía lucho con ella cuando pienso en mi familia... —Su voz se acalló.

—Lo sé, Zión, pero tú has sido hombre de las Escrituras durante toda tu vida. Esto es nuevo para papá. No puedo imaginarlo allá, de pie y disparando en realidad, pero estoy segura que quería hacerlo. Si lo hizo, eso responde ciertamente muchas preguntas tocante a su paradero y a lo que ha estado haciendo. ¡Ay, Zión! ¿Cómo va a escapar? Que digan que anda fugado me hace preguntarme si eso no es una mentira, una campaña de calumnias para que él, tú, y nosotros, parezcamos los malos? Quizá él es un chivo expiatorio.

—Solamente podemos tener esperanzas.

Ella se dejó caer en una silla. —¿Y si él es culpable? ¿Y si él es un asesino? La ley de Dios no hace excepciones si la víctima es el anticristo, ¿no?

Zión movió la cabeza. —Ninguna que yo sepa.

—Entonces él no debe entregarse? ¿Sufrir las consecuencias?

—Cálmate, Cloé. Sabemos muy poco.

—Pero si él *es* culpable.

—Mi respuesta pudiera sorprenderte.

—Sorpréndeme.

—Así, en primera instancia, creo que estamos en guerra. Matar al enemigo en el fragor del combate nunca se ha considerado asesinato.

—Pero...

—Te dije que podía sorprenderte. Personalmente, yo escondiera de la CG a tu padre si él mató a Carpatia aunque le instara a buscar a Dios acerca de sí mismo.

—Tienes razón. Me sorprendiste —dijo Cloé.

***

Desde la esquina del hangar David observaba a Anita que trabajaba cuando Max y Abdula llegaron donde él. —¿Qué es ese olor? —preguntó.

—Sí —dijo Max, mirando a Abdula—, ¿qué *es* eso?

Abdula se encogió de hombros, luego levantó el índice diciendo: —Capitán, ahora que me acuerdo; su idea.

—Escucho —dijo Max.

Abdula sacó de su bolsillo un oloroso sandwich en pan pita, diciendo: —¿Alguien tiene hambre?

—Yo espero no tener nunca tanta hambre —dijo David señalando un tarro de basura a poco más de seis metros. Abdula arrojó el sandwich con un tiro enganchado y, de alguna manera, la cosa no se partió en dos en el aire.

Max movió la cabeza. —Lo que me dirás enseguida es que fuiste un jugador olímpico de baloncesto.

—Me perdí los ensayos. Deber activo —dijo Abdula.

David captó la mirada de Max que decía, "yo te había advertido".

Max dijo: —Entonces, Abdu, ¿estás molesto porque nunca terminaste tu cena?

Abdula miró a lo lejos, como sabiendo que le estaban haciendo bromas pero sin captar todo el sentido, y dijo: —Si me molesto se debe a que estoy agotado y quiero irme a la cama. ¿Alguien está durmiendo por aquí? Parece que todos están por quedarse dormidos de pie.

David dijo: —Anda; no lo hagas tan evidente pero vete a la cama. Yo no voy a servir para nada si no me tiro pronto a dormir.

Abdula se alejó deslizándose. David dijo: —Max, tú también pareces agotado.

Max hizo un gesto con la cabeza para que David lo siguiera a su oficina, al otro lado del pasillo de donde estaba Anita. —Están haciendo tremendo escándalo porque encontraron las huellas digitales de Raimundo en un Sable —dijo Max mientras se sentaba en el sillón detrás de su escritorio—. Pero ¿quién sabe si él siquiera estuvo allá?

—Yo lo sabré escuchando.

—Pienso que yo ya lo hice. Las huellas parecen legítimas, al menos por lo que decían en el avión. Los Pacificadores instalados en Israel encontraron el arma, la metieron en una bolsa, e inmediatamente tomaron las huellas y empezaron a compararlas con la base de datos del planeta. La única razón por la cual tardaron tanto tiempo se debió a que, primero, las probaron con los archivos de los delincuentes y, al final con los archivos de los ex empleados de la CG. Sin embargo, lo divertido es que nadie dice que Raimundo sea el asesino.

David se encogió: —¿Cuándo lo declararon muerto?

Max mostró las palmas de sus manos. —Deben saber algo que nosotros ignoramos.

—¿Como qué?

—Bueno, el brillante León tiene tremendo disgusto con los tres potentados regionales que son desleales. Constantemente está hablando de una conspiración. Quiero decir, todos oyen disparos y salen corriendo a perderse. La gente salta del escenario. Carpatia está tirado muriéndose. Se halla el arma sospechosa con las huellas digitales de un ex empleado descontento regadas por todas partes y todo lo que León dice se refiere a una conspiración. ¿Qué te dice todo eso?

David frunció el ceño y arrugó la frente. —¿Que el que disparó, erró el blanco?

Max dejó salir por su nariz un suspiro de resignación. —Esa es mi teoría. Si todo cuadra tan perfectamente, ¿por qué no dicen que Raimundo es el que disparó?

—Públicamente lo dicen.

—Pero en privado aún siguen buscando. David, algo aquí huele a podrido.

David oyó la puerta de la oficina de Anita y alzó los ojos mirando por entre las persianas. Ella estaba haciendo lo mismo, y él la invitó a pasar con un gesto. Ella levantó un dedo haciendo señas que primero tenía que hacer una llamada telefónica. Cuando se juntó con ellos, la pusieron al día.

—¿Todavía tienes planeado escuchar lo que se diga en la autopsia? —dijo ella.

David asintió.

—Quizá debiera conectarte también a la sala de pruebas.

—No sabía que teníamos una.

—Ahora la tenemos. Ellos acordonaron una sección debajo del anfiteatro. Mucho espacio, mucha luz.

—¿Estás segura? Eso es al lado de donde tienen a Guy Blod haciendo una estatua de Carpatia que tiene ocho metros de alto.

—Ahí es donde yo entregué la prueba. Dos bolsas plásticas, un cajón de madera. Hickmann tiene un grupo de forenses expertos programados para hoy a las diez de la mañana.

David miró su reloj. —Ya *es* mañana, ¿no? Bueno, parece como que todo va a pasar entonces, con autopsia y todo. Supongo que ambos bandos tienen que dormir primero.

—Supe que ellos van a empezar el velorio al amanecer del domingo —dijo Anita—, ¡eso es mañana!

—Hora de irse a la cama, niñitos —dijo David.

***

Raimundo se sentía atontado de sueño y mugriento. A pesar de su temor y de saber que su vida de fugitivo había escalado miles de veces, su fervor para orar y volver a la Biblia lo sostenía. Quizá fuera ingenuo pensar que podía eludir a la CG por mucho tiempo. Probablemente su temeridad le había costado su esperanza de sobrevivir hasta la Manifestación Gloriosa. Él había aprendido que aun el pecado perdonado tiene consecuencias. Sólo abrigaba la esperanza de no haber puesto en peligro a todo el Comando Tribulación o, peor aún, a los santos de todo el mundo.

Mientras estaba sentado, orando en la polvorienta franja de cuarenta y cinco metros de ancho al costado del camino, el aire nocturno le secó el sudor de la frente y de la nuca y lo enfrió. Se sentía más cerca de Dios en su fatiga y desgracia que durante los meses anteriores.

Su teléfono sonó y Raimundo sostuvo la esperanza contra toda esperanza que fuera alguien del Comando Tribulación, idealmente Cloé o Camilo. Era Laslos. —¿Está en el lugar?

—Afirmativo.

—¿Y usted es..?

—Marvin Berry —dijo Raimundo.

—Bueno —dijo Laslos—. Estamos en un punto que dista un par de kilómetros desde donde podemos ver todo el camino delante de nosotros. Parece que no hubiera más tráfico. Usted debiera oírnos dentro de treinta segundos y ver pronto las luces. Empiece a caminar hacia el camino en cuanto nos escuche. Abriremos la puerta de atrás cuando nos detengamos y, en cuanto usted esté dentro, daremos la vuelta rápidamente y nos dirigiremos de nuevo hacia el norte.

—Entendido.

—¿Repita?

—¡Mmm, está bien!

Raimundo se sentía casi aliviado, considerando las circunstancias, en sus ansias por estar en presencia de un amigo y hermano creyente. Cerró su teléfono, luego lo volvió a abrir para intentar, una vez más, comunicarse por larga distancia con alguien. Cuando le quedó claro que aún no podía, colgó y se dio cuenta que oía un vehículo. Se echó a trotar hacia el camino pero algo estaba mal. A menos que él estuviera al revés, el ruido sonaba como si el vehículo se acercara desde el sur. ¿Debía volver a llamar a Laslos y ver si él había entendido mal? Pero ¿cómo hubiera podido? Ptolomeo estaba al norte. La iglesia tenía que estar al norte. Con toda seguridad que Laslos había dicho que él se dirigiría hacia el sur.

El motor hacía un ruido mayor que el de un automóvil más pequeño. Raimundo se resbaló al pararse en la tierra suelta, dándose cuenta que no tenía dónde ocultarse si un vehículo se le acercaba desde el sur. Y estaba claro que así era. Era ruidoso y grande y se acercaba rápido pero vio luces solamente en el horizonte al norte. Ese tenía que ser Laslos.

El vehículo más grande desde el sur iba a llegar primero donde él. Sin que importara quiénes fueran, probablemente se iban a detener para averiguar quién era el extraño transeúnte. Raimundo giró, buscando frenético dónde esconderse. Su camisa era de color claro y podía distinguirse en la oscuridad. Al precipitarse el ruido hacia él, Raimundo se arrojó al suelo, de cara, tirando su bolsa oscura encima de su espalda. Con la mano libre abrió el teléfono para advertir a Laslos que no ejecutara lo planeado y siguiera de largo pero cuando apretó el botón "Marcar de nuevo", obtuvo el intento de marcar larga distancia y se dio cuenta de que ni siquiera tenía el número del teléfono celular de Laslos.

Rogó que Laslos viera el vehículo que iba en sentido contrario a tiempo para no frenar al estacionarse a un costado del camino.

El teléfono de Raimundo sonó.

—¡Sí!

—¡Qué es eso que viene del sur sin luces?

—¡Laslos, no sé! ¡Estoy tirado en el suelo! ¡Siga adelante, por si acaso!

El vehículo pasó a toda velocidad y Raimundo sintió la ráfaga del viento. Trató de mirar el vehículo pero sólo pudo ver que era como un jeep. —¡Pudiera ser de la CG —dijo en el teléfono.

—Es —dijo Laslos—, quédese justo donde está. Pareciera que no lo vieron. Ellos nos podrán ver detrás por kilómetros, así que no se mueva. Regresaremos cuando nos parezca que es seguro.

—Yo me sentiría más seguro entre las matas —dijo Raimundo.

—Mejor espere. Puede que ellos capten el movimiento. Veremos si hay otros vehículo de la CG que vienen.

—¿Por qué andan acelerados sin luces?

—No sabemos —dijo Laslos.

***

Camilo no podía recordar el nombre del lugar pero era uno donde él y Jaime habían estado juntos, donde nadie esperaría ver a ninguno de los dos. Le llevó una hora encontrar un taxi vacío y se le dijo que cualquier carrera, independientemente de la distancia, costaría cien Nicks.

Camilo describió en general el lugar al chofer diciéndole cuál era la zona. El hombre asintió lentamente, como si estuviera entendiéndolo de a poco. —Creo que conozco el lugar o algo parecido. Todos son lo mismo cuando uno quiere ser, ¿cómo dicen los occidentales?, tratado con medicamentos.

—Eso es lo que quiero —dijo Camilo—, pero tengo que encontrar el lugar preciso.

—Trataremos —dijo el chofer—, muchos están cerrados pero algunos están abiertos todavía.

Pasaron por encima de cunetas, alrededor de edificios derrumbados, por semáforos a oscuras y escenas de accidentes pasados. El chofer del taxi se detuvo en dos bares que parecían estar trabajando, pero Camilo no reconoció ninguno.

—Es como del mismo tamaño de éste, con un gran cartel con luces de neón en la ventana, una puerta estrecha. Eso es todo lo que recuerdo.

—Yo conozco el lugar —dijo el hombre—. Está cerrado. ¿Quiere éstos u otro lugar?

—Quiero el otro. Lléveme allá.

—Yo sé que está cerrado. Cerrado hace semanas. —Levantó las dos manos como si Camilo no entendiera—. Nadie allá. Oscuro. Adiós, adiós.

—Ahí es donde quiero ir —dijo Camilo.

—¿Por qué quiere ir donde está cerrado?

—Me voy a encontrar con alguien.

—Ella no estará en un lugar cerrado —dijo el chofer pero partió manejando de todos modos—. ¿Ve? —dijo, deteniéndose cerca, a mitad de la cuadra—. Está cerrado.

Camilo le pagó y se quedó caminando en la cuadra hasta que el chofer se fue, moviendo la cabeza. El Macho se dio cuenta muy pronto que estaba totalmente a oscuras, que los árboles tapaban las nubes y que distaba lo suficiente de las acciones de socorro como para que no se vieran luces. Las luces del taxi habían mostrado que el terremoto había derrumbado varios edificios en la calle. Ahora era claro que no había electricidad en la zona.

¿Habría venido Jaime aquí? ¿*Podía*? Ellos habían ido ahí, buscando a Jacobo, en la noche que éste se hizo creyente. Jaime convencido que Jacobo estaría en su bar favorito, borracho como siempre. Lo habían encontrado ahí y la mayoría suponía que *estaba* borracho. Estaba arriba de una mesa predicando a sus viejos amigos y compañeros de parrandas.

Camilo estaba perdiendo la fe rápidamente. Si Jaime estaba vivo, si había podido encontrar a alguien que empujara la silla, ¿por cuánto tiempo se quedaría en una calle desierta, oscura y destruida? Y, en realidad, ¿había esperanzas de que ambos pudieran haber pensado en este ignoto establecimiento?

Camilo sacó de su bolsillo la linterna y miró a su alrededor antes que se le ocurriera que, probablemente, Jaime no estaría a la vista, al menos hasta que se cerciorara de que era Camilo con la luz. Y ¿cómo iba Jaime a saber eso? Camilo se quedó parado frente al bar cerrado e iluminó su propia cara. Casi de inmediato oyó un murmullo en la rama de un árbol, al otro lado de la calle y alguien que se aclaraba la garganta.

Rápidamente dirigió la luz al árbol, preparado para retroceder. Una pierna de piyama colgaba, incongruente, de una de las ramas frondosas, completada por un pie con soquete y zapatilla. Camilo mantuvo la débil luz en la asombrosa escena pero al moverse lentamente hacia ese lado de la calle, el pie desapareció de la vista. La rama más baja se dobló bajo el peso del habitante del árbol y, repentinamente, éste bajó, ágil como un gato. De pie ahí, delante del Macho, con zapatillas, soquetes, piyama y un batón de casa, estaba un muy robusto Jaime Rosenzweig.

—Camilo, Camilo —dijo con voz fuerte y clara—, esto es casi para convertirme en creyente. Yo sabía que ibas a venir.

***

Otro vehículo de la CG sin luces pasó veloz al lado de Raimundo mientras éste seguía tirado en el suelo. Todo lo que pudo pensar fue en el hijo pródigo, cuando se dio cuenta de lo que había dejado y ansiaba regresar donde su padre.

Tim LaHaye & Jerry B. Jenkins

Cuando el momento antes del amanecer volvió a tranquilizarse, Raimundo olvidó la cautela y se abalanzó a las matas.
Estaba sucio y trató de limpiarse un poco. Laslos y el pastor
tenían que haber visto el otro vehículo de la CG y estaban
actuando al seguro. Cuarenta minutos después, que a Raimundo le parecieron eternos, un pequeño cuatro puertas blanco
frenó en la grava. Raimundo vaciló. ¿Por qué no habían
llamado? Miró su teléfono. Lo había apagado y, evidentemente, la batería estaba demasiado gastada para activar el mecanismo de alerta.

La puerta trasera se abrió. Laslos llamó: —¡Señor Berry!
—y Raimundo corrió hacia el automóvil. En cuanto se cerró
la puerta, Laslos dio la vuelta en U y se dirigió al sur. —No
sé dónde va el CG pero, por ahora, iré para el otro lado.
Demetrio tiene un amigo en el campo cercano.

—¿Un hermano?

—Por supuesto.

—¿Demetrio? —dijo Raimundo, extendiendo su mano al
pasajero—, Raimundo Steele. Dígame Ray.

El joven tenía una mano fuerte y tironeó a Raimundo hasta
que éste pudo abrazarlo. —Demetrio Demeter —dijo—, dígame Demetrio o hermano.

***

Zión estaba conmovido y se consoló en el versículo que
le recordó que durante este período de la historia cósmica,
Dios iba a derramar Su Espíritu y que "vuestros hijos y
vuestras hijas profetizarán, vuestros ancianos soñarán sueños,
vuestros jóvenes verán visiones". La cuestión era si él era
anciano o joven; se decidió por lo primero atribuyendo a su
mareo lo que había sentido cuando estaba en el suelo. Evidentemente había perdido la conciencia mientras oraba y casi
se deslizó a un sueño. Si el sueño era de Dios, rogaba volver
a soñar. Si era una mera fantasía por falta de dormir, rogaba
tener el discernimiento para saber eso también.

También emocionaba a Zión que el pasaje prosiguiera
refiriéndose a los prodigios celestiales, y a la sangre, el fuego

y el humo que el mundo ya había sufrido. Él había presenciado cuando el sol se había oscurecido y la luna se había vuelto sangre. Leyó el pasaje a Cloé y le recordó. —"Esto es antes que venga el día del Señor, grande y terrible". Yo creo que se refiere a la segunda mitad de la Tribulación, la Gran Tribulación, la cual empieza ahora.

Cloé lo miró con expectación: —Ah, ahá, pero...

—Ay, querida, lo mejor está por pasar. No creo que sea coincidencia que el Señor me haya dirigido a este pasaje. Piensa en tu padre y nuestros compatriotas en el extranjero cuando oigas esto: "sucederá que todo aquel que invoque el nombre del Señor será salvo; porque en el monte Sion y en Jerusalén habrá salvación, como ha dicho el Señor, y entre los sobrevivientes estarán los que el Señor llame". Tú sabes quien es el remanente, ¿no Cloé?

—¿Los judíos?

—¡Sí! Y en Zión, que es Israel y Jerusalén, donde sabemos que estuvieron algunos de los nuestros, si invocan al Señor serán salvados. Cloé, no sé cuántos de nosotros, si es que algunos, sobreviviremos hasta la Manifestación Gloriosa, pero yo clamo la promesa de este pasaje porque Dios me impulsó a encontrarlo, que nuestros amados regresarán, todos, a salvo esta vez.

—¿A pesar de todo?

—A pesar de todo.

—¿Hay algo ahí que diga cuándo empezarán a funcionar de nuevo los teléfonos?

**

Lea Rosas había aterrizado en Baltimore y consideraba cuáles serían sus siguientes movimientos. Encontrar a Patty Durán en Norteamérica era como buscar en el pajar a la aguja proverbial que alguien ya había encontrado. La CG estaba tras la pista de Patty y esperaban evidentemente que ella los condujera a la guarida de los judaítas.

Si Lea lograba que funcionara su teléfono, llamaría a Ti en Palwaukee y vería si ese avión Super J, del cual tanto había escuchado, seguía en el aeropuerto listo para usar. Por otro lado, si podía hablar con Ti, podría comunicarse con la casa de refugio y ponerlos en acción. ¿Se iba a animar a tomar un vuelo comercial a Illinois y alquilar un automóvil con su alias?

No tenía alternativa. Incapaz de comunicarse, salvo a nivel local, su única esperanza era ganarle la delantera a Patty para llegar a Mt. Prospect. Tener esperanzas de encontrar a la mujer y convencerla que dirigiera mal a la CG era demasiado.

—¿Cuánto me puede acercar a Gary, Indiana?—preguntó Lea en el mostrador luego de esperar haciendo fila casi media hora.

—Hammond es lo mejor que puedo darle. Y será muy tarde esta noche.

Habiendo desorientado al joven tocante a su destino, ella cambió. —¿Qué pasa con Chicago? O'Hare y Meigs siguen cerrados?

—Y Midway —dijo el empleado—, ¿le sirve Kankakee?

—Perfecto —dijo ella—. ¿Cuándo?

—Si tenemos suerte, estará aterrizada a medianoche.

—Si tenemos suerte —dijo Lea—, eso significa que el avión aterrizó sin estrellarse.

El hombre no sonrió. Y Lea recordó, "*nosotros no creemos en la suerte*".

***

David estaba acostado, con su computadora portátil, sabiendo que pronto se iba a dormir pero mirando de nuevo los edificios y zonas del norte de Illinois que estuvieran abandonados y que pudieran proporcionar una nueva casa de refugio para el Comando Tribulación de los Estados Unidos. Todo el centro de Chicago había sido acordonado, en su mayor parte bombardeado, y evacuado. Era una ciudad fantasma, nada vivo en sesenta y cuatro kilómetros a la redonda. David se enrolló las mangas hasta los codos y estudió la lista. ¿Cómo había pasado eso? ¿Los primeros informes no habían dicho que el ataque a Illinois había sido de todo menos nuclear?

Buscó archivos llegando, por fin, al día en que la CG declaró inhabitable la ciudad y zonas aledañas. Docenas habían muerto de lo que parecía y actuaba como envenenamiento radioactivo y el Centro de Control y Prevención de Enfermedades de Atlanta había instado la declaración. Los cadáveres yacían pudriéndose en las calles que los vivos habían abandonado.

Se dejaron caer en la zona sondas a control remoto para probar los niveles de radiación pero sus informes, nada concluyentes, se atribuyeron a equipos defectuosos. Muy pronto nadie se atrevió a acercarse a la zona. Algunos periodistas radicalizados, futuros Macho Williams, decían en la Internet que el abandono de Chicago era la necedad más grande de la historia, que las enfermedades mortales no eran resultado de la radiación nuclear y que el lugar era habitable. David se preguntó: *¿Y si así fuera?*

Siguió las sendas cibernéticas hasta que llegó a estudiar los resultados de los sondeos radioactivos. Se habían realizado cientos pero ninguno había registrado radiación pero, una vez tendida la trampa del miedo, el anzuelo había calado hondo. ¿Quién se iba a arriesgar a equivocarse en una cosa como esa?

David pensó: *"Yo me arriesgaría, con un poco más de investigación"*.

Acababa de estudiar el perfil de los edificios más altos de Chicago, intrigándole el rascacielos edificado por el difunto Thomas Strong, que había hecho su fortuna en los seguros. El lugar apenas tenía cinco años, una torre magnífica de ochenta pisos que albergaba todas las oficinas centrales internacionales de Strong. Las fotografías de las secuelas del bombardeo mostraban que los veintiséis pisos superiores de la estructura estaban retorcidos en forma grotesca, separados del resto del edificio. Las letras color rojo del nombre STRONG, del tamaño de un piso, se habían deslizado a un ángulo siendo aún visibles durante el día, haciendo que el lugar pareciera un tronco de árbol porfiado que rehusaba hundirse por las tormentas que habían aplanado la mayor parte del resto de la ciudad.

David estaba por meterse en los planos y otros registros que mostraran algo del resto de la estructura que había quedado con cierta integridad, cuando su computadora portátil sonó, anunciando un boletín noticioso de los cuarteles centrales de la Comunidad Global.

Sus ojos danzaban prácticamente, así que marcó dónde estaba y decidió irse a dormir después de leer el boletín que decía: Un vocero de León Fortunato, Comandante Supremo de la Comunidad Global, acaba de anunciar desde Nueva Babilonia que se restauraron las comunicaciones vía satélite. Pide que los ciudadanos se restrinjan un poco para no recargar el sistema y que durante las próximas doce horas se limiten solamente a las llamadas de urgencia.

El vocero anunció también la decisión tomada por Fortunato, según se dice, de dar un nuevo nombre a los Estados Unidos de Tierra Santa.

El nuevo nombre de la región será los Estados Unidos Carpatianos, en honor del asesinado líder. Fortunato no anunció un sucesor para su propio papel de potentado de la región pero se espera un movimiento de esa índole dada la probabilidad de que el Comandante Supremo sea llamado a servir como el nuevo potentado de la Comunidad Global.

David se preguntó por qué le habían pedido que interfiriera las comunicaciones telefónicas y se le había pedido a otra persona que las arreglara para que funcionaran otra vez.

SEIS

Raimundo luchaba por no dormirse en el tibio asiento trasero del pequeño automóvil de Laslos. El pastor Demetrio Demeter señalaba el camino a la cabina rústica del bosque, a unos veinte kilómetros al sur de Kozani. Laslos evitaba hablar de la culpa o inocencia de Raimundo pero se dio el trabajo de poner, con regocijo, al día a Raimundo tocante al crecimiento de la iglesia clandestina en el norte de Grecia.

Raimundo se disculpó cuando un ronquido lo despertó.

—Hermano, no se preocupe en absoluto —dijo Laslos— usted tiene que descansar, independientemente de lo que decida.

De repente el automóvil salió de la carretera principal metiéndose por un camino de tierra. Demetrio decía: —Usted puede imaginarse qué buen refugio es este chalet. Llegará el día en que nosotros seamos hallados, o esto sea encontrado y lo perderemos.

Raimundo sólo había captado un breve vislumbre del joven cuando se abrió la puerta del vehículo. Delgado y flexible parecía tan alto como Raimundo. Hubiera supuesto que el pastor Demeter tenía alrededor de treinta años, con un pelo negro grueso, piel color oliva oscuro y ojos negros refulgentes. Hablaba inglés con un fuerte acento griego.

El chalet estaba tan escondido que uno iba allí intencionalmente o se topaba con él cuando se hallaba desesperadamente perdido. Laslos estacionó en la parte de atrás por donde entraron también, usando una llave que Demetrio sacó de una caja, puesta cerca de la puerta. Sacó del automóvil la bolsa de Raimundo a pesar de sus protestas. —No hay nada que yo vaya a necesitar de ahí hasta que vuelva a casa, gracias —dijo Raimundo.

—Señor, usted debe pasar por lo menos una noche aquí —dijo Demetrio.

—Oh, imposib...

—¡Usted se ve tan cansado y tiene que estarlo!

—Pero debo regresar. La gente de Norteamérica necesita el avión y yo los necesito a ellos.

Laslos y Demetrio vestían suéteres gruesos debajo de sus chaquetas gruesas, pero Raimundo no se entibió hasta que Laslos comenzó a avivar el fuego. Entonces, Laslos se atareó en la cocina, de la cual pronto olió Raimundo un fuerte té y esperó beberlo como si fuera un manantial en el desierto.

Mientras tanto Raimundo estaba sentado en un antiguo sillón, tan profundo que parecía envolverlo, situado en una salita de madera iluminada solamente por el fuego. El joven pastor estaba sentado frente a él, con la mitad de su cara a la luz danzarina, y la otra mitad desaparecida en la oscuridad.

—Señor Steele, nosotros oramos por usted desde el instante en que llamó a la esposa de Lucas. Pensamos que usted pudiera necesitar asilo. Perdóneme por mi descaro pero, señor, usted es claramente mayor que yo...

—¿Eso es tan evidente?

Demetrio pareció permitirse solamente la más breve de las sonrisas corteses. —Me gustaría mucho que usted me contara todo de Zión Ben-Judá pero no tenemos tiempo para socializar. Usted puede quedarse aquí todo el tiempo que desee pero yo también quiero ofrecerle mis servicios.

—¿Sus servicios? —Raimundo fue tomado por sorpresa, pero no pudo sacudirse el sentimiento de que él y Demetrio habían entablado conexión de inmediato.

—So pena de sonar osado o engreído —dijo Demetrio entrelazando sus dedos en su regazo—, Dios me ha bendecido y me ha dotado. Mis superiores me dicen que esto no es raro para los que, probablemente, seamos parte de los 144.000. Yo amo las Escrituras desde mucho tiempo antes que tomara conciencia de que Jesús cumple con todas las profecías de Aquel que vendrá. Parece que invertí todas mis energías en aprender las cosas de Dios. Simplemente me había divertido la sola idea de que los gentiles, específicamente los cristianos, pensaran que tenían un lugarcito en nuestra teología. Entonces sucedió el arrebatamiento y no sólo me vi forzado a estudiar a Jesús bajo una luz diferente sino que también fui atraído a Él en forma irresistible.

El pastor Demeter se movió en su sillón y se dio vuelta para contemplar el fuego. La fatiga que acosaba a Raimundo parecía una molestia menor a la que trataría más tarde, aunque se daba cuenta que lo obligaría a dormir, aunque fuera una siesta, antes de intentar el retorno a los Estados Unidos. Demetrio parecía tan ferviente, tan genuino, que Raimundo tenía que escucharlo. Laslos entró trayendo humeantes tazones de té, luego volvió a la cocina a sentarse a beber el suyo aunque ambos hombre le invitaron a quedarse. Era como si supiera que Raimundo necesitaba ese tiempo a solas con el hombre de Dios.

—Mi don primario es la evangelización —dijo Demetrio—. Digo eso sin ninguna vanagloria pues cuando uso la palabra *don* quiero decir precisamente eso. Probablemente mi don antes de ser creyente fue el sarcasmo o la condescendencia o el orgullo intelectual. Ahora me doy cuenta, por supuesto, que el intelecto también era un don, un don que no supe cómo ejercer en su plenitud hasta que tuve un motivo.

Raimundo estaba agradecido de poder sentarse y escuchar por un rato, pero también le sorprendía que pudiera seguir despierto. El fuego, el sillón, la situación, la hora, la semana que había tenido, todo conspiraba para meterlo en una bola de inconsciencia pero, al contrario que en el automóvil, ni siquiera estaba consciente de estar tentado a cabecear.

—Lo que hemos hallado los llamados es fascinante —continuó Demetrio—, pues Dios está ordenando todo. Estoy seguro que usted ha visto esto en su propia vida. La sensación de aventura al aprender de Dios fue magnificada para mí, de modo que cada momento despierto que tenía, lo usé felizmente estudiando Su Palabra. Luego, cuando fui empujado a un lugar de servicio, los dones que antes hubieran necesitado décadas para desarrollarse, ahora eran otorgados como de la noche a la mañana. Yo había estado metido tanto tiempo en las Escrituras y los comentarios, que no había forma en que hubiera podido madurar las destrezas que el Señor derramaba evidentemente sobre mí. Y he hallado que esto mismo rige para mis colegas. Ninguno nos atrevemos a darnos ni una *yud* de crédito porque es claro que estos dones son de Dios. No podemos hacer menos que ejercerlos con regocijo.

—¿Tales como? —dijo Raimundo.

—Primordialmente la evangelización, como dije. Parece que la mayoría de la gente con que hablamos personalmente es convencida de que Jesús es el Cristo. Y con nuestra prédica son miles los que han llegado a la fe. Confío que usted entienda que digo esto solamente para glorificar a Jehová Dios.

Raimundo le hizo una rápida seña diciendo: —Por supuesto.

—También se nos ha dado una enseñanza y destrezas pastorales desacostumbradas. Es como si Dios nos diera el toque de Midas y no justamente a nosotros, los griegos.

Raimundo estaba perdido en sus pensamientos y casi se pasó por alto la nota de humor. Él sólo quería oír más.

—Señor Steele, lo más fascinante para mí es un don útil y servicial. No hubiera pensado en pedirlo, menos imaginar que era necesario o que estuviera a disposición. Es el discernimiento, que no debe confundirse con el don del conocimiento, cosa que he presenciado en algunos colegas míos pero que yo no tengo. Francamente, no los envidio. Las cosas específicas que Dios les dice a ellos acerca de las personas que están a sus cargos, me pesarían mucho y me derrumbarían. Pero el discernimiento... ahora bien, eso ha resultado muy útil para mí y las personas que aconsejo.

—No estoy seguro de entenderlo.

Demetrio se inclinó hacia delante y puso su tazón de té en el suelo. Descansó los codos en las rodillas y contempló fijamente la cara de Raimundo. —No quiero alarmarlo ni hacerlo pensar que esto es un truco de salón. No estoy adivinando ni clamo que algo de esto sea una habilidad que yo haya desarrollado o dominado. Dios me ha dado sencillamente la habilidad de discernir las necesidades de las personas y la magnitud de su sinceridad para enfrentarlas.

Raimundo sentía como si ese hombre pudiera mirar dentro de él, y se sintió tentado a preguntar cosas que nadie podía responder a menos que Dios se lo dijera. Pero esto no era juego.

—Puedo decirle, sin miedo a contradecirme, que usted es un hombre que, en este momento, está quebrantado ante Dios. A pesar de las noticias, no sé si usted estuvo allá o si tenía el arma en cuestión o si la Comunidad Global lo está metiendo en una trampa porque conocen sus lealtades. Pero discierno su quebrantamiento que se debe a que usted ha pecado.

Raimundo asintió, profundamente conmovido, incapaz de hablar.

—Todos somos pecadores, por supuesto, combatiendo a diario nuestras viejas naturalezas. Pero el suyo fue un pecado de orgullo y egoísmo. No fue pecado de omisión sino de comisión voluntaria. No fue un acto de una sola vez sino un patrón de conducta, de rebelión. Fue una actitud que desembocó en acciones que usted lamenta, acciones que reconoce como pecado, prácticas que ha confesado a Dios habiéndose arrepentido de ellas.

La mandíbula de Raimundo estaba apretada, su cuello estaba tieso. Ni siquiera podía asentir con la cabeza.

—No estoy aquí para castigarlo ni probarlo para ver si lo que discierno es correcto, porque en estos últimos días Dios ha derramado Sus dones eliminando la necesidad de la paciencia en nosotros, los frágiles seres humanos. En esencia, Él ha dejado de exigirnos experiencias en el desierto y, sencillamente, obra a través de nosotros para hacer Su voluntad.

«Siento la necesidad de decirle que son exactos sus profundos sentimientos de haber regresado a Él que prefiere que usted no se hunda en el remordimiento sino que se regocije en Su perdón. Él quiere que usted sepa, y crea sin duda alguna, que Él no recordará más los pecados e iniquidades de usted. Él le ha separado de la culpa de sus pecados tanto como el Este dista del Oeste. Vaya y no peque más. Vaya y haga lo que Él le impulse en el corto tiempo que le queda».

Como si supiera lo que sucedería, Demetrio tomó la taza de Raimundo, permitiendo que éste dejara la comodidad del sillón y se arrodillara en el suelo de madera. Grandes sollozos estallaron de él, que sintió que estaba en la presencia de Dios, como lo había estado en el avión cuando pareció que, por fin, el Señor había captado su atención. Pero agregar esta dádiva del perdón, expresado por un agente escogido, era algo más allá de lo que Raimundo hubiese podido soñar.

El miedo se derritió. La fatiga fue dejada en suspenso. La inquietud por el futuro, por su papel, por lo que hacer, todo se fue. "Gracias Dios", fue todo lo que pudo decir, y lo repetía una y otra vez.

Cuando se paró por fin, Raimundo se dio vuelta para abrazar a un hombre que, una hora antes era un extraño y, ahora, parecía mensajero de Dios. Podía no volver a verlo nunca más pero sentía un parentesco que sólo podía ser explicado por Dios.

Lucas seguía esperando en la cocinita, mientras Raimundo le contaba a Demetrio toda la historia de cómo su rabia había florecido en una ira asesina que lo llevó al borde del crimen y que hasta pudiera haberle dado una mano en eso.

Demetrio asintió y pareció cambiar al tratar a Raimundo como colega más que como feligrés. —¿Y qué le dice Dios que haga ahora?

—Descansa y vete —dijo Raimundo, sintiéndose correctamente decidido por primera vez en meses. Por cuanto no sentía la necesidad de convencerse de las decisiones y, luego, seguir vendiéndoselas, evitando con todo cuidado buscar la voluntad de Dios—. Necesito dormir hasta el alba y luego, volver al juego. En cuanto pueda comunicarme por teléfono, debo cerciorarme que Camilo y Lea están a salvo e ir a buscarlos si es necesario.

Laslos se les unió diciendo: —Déme esos datos. Yo me quedaré de guardia hasta el amanecer y puedo tratar los teléfonos cada media hora mientras usted duerme.

Demetrio interrumpió los agradecimientos de Raimundo señalando un sofá de una tela gruesa y una frazada áspera. —Esto es todo lo que tenemos para ofrecer —dijo—. Quítese los zapatos y la camisa.

Cuando Raimundo se sentó en el sofá solamente con ropa interior y pantalones, Demetrio le hizo señas que se acostara. El pastor lo tapó con la frazada y oró: —Padre, necesitamos un milagro físico. Dale a este hombre una doble porción de descanso en las horas disponibles y que esta pobre cama sea transformada en agente de sanidad.

Sin siquiera una almohada, Raimundo sintió que se iba derivando de la conciencia. Estaba calientito, el sofá era blando pero sostenía bien, la frazada áspera era como una sobrecama suavizada. Al profundizarse su respiración haciéndose rítmica, su último pensamiento consciente fue diferente de lo que había sido por tanto tiempo. Más que el temido terror que correspondía a vivir como fugitivo internacional, descansó por saber que era un hijo del Rey, un hijo perdonado, precioso, amado a salvo en el hueco de la mano de Su Padre.

POSEÍDO

El Macho y Jaime estaban en una vivienda destrozada por el terremoto y abandonada, en el medio de un barrio antes israelita donde los bares y los clubes nocturnos se estremecían y remecían hasta el alba. Sin electricidad ni agua, ni siquiera como refugio seguro para los vagabundos, la zona tenía ahora solamente a un emprendedor periodista y a un héroe nacional.

—Camilo, por favor, apaga la luz —dijo Jaime.

—¿Quién nos puede ver?

—Nadie, pero es irritante. Yo he tenido un día largo.

—Me imagino que sí —dijo Camilo—, pero yo quiero ver este milagro andante que corta la respiración. Usted se ve más sano que nunca.

Se sentaron en un muro de concreto desplomado, que tenía los restos de una viga quebrada que sobresalían. Camilo no sabía cómo se sentía el viejo pero él tenía que seguir moviéndose en pos de un mínimo de comodidad.

—Yo estoy más sano de lo que he estado en años —exclamó Jaime, con su acento fuerte como siempre—. He estado haciendo ejercicios diariamente.

—Mientras el personal de su casa temía que usted estaba al borde de la muerte.

—Si ellos hubieran sabido lo que yo hacía en mi taller antes de que amaneciera.

—Creo que yo sé, Jaime.

—Creer y saber son dos cosas diferentes. Si hubieras mirado bien en el armario, hubieras visto una antigua bicicleta estacionaria y las pesas, que me pusieron en la forma de combate en que ahora me hallo. Movía con mucho esfuerzo la silla por la casa para que ellos oyeran el chirrido si estaban despiertos tan temprano. Luego me encerraba ahí por noventa minutos a lo menos. Saltos y abdominales para calentar músculos, las pesas para tonificar, la bicicleta para el esfuerzo duro. Entonces volvía a meterme en la frazada, en la silla y regresaba a mis habitaciones para ducharme. Ellos creían que yo confiaba en mí de manera notable para ser un viejo que sufrió un infarto debilitante.

Camilo no se divirtió cuando Jaime puso rígido su brazo, torció hacia abajo un lado de la boca, y fingió un trastorno del habla con un raspado gutural.

—Te engañé hasta a ti, ¿no?

—Hasta a mí —dijo Camilo mirando para otro lado.

—¿Estás ofendido?

—Por supuesto que sí. ¿Por qué sintió que era necesario hacer eso a su gente y a mí?

—Oh, Camilo, no podía comprometerte en mi plan.

—Jaime, estoy metido. Yo vi lo que mató a Carpatia.

—Oh, los viste, ¿no? Bueno, yo no. Toda esta conmoción, esa trauma, no pude moverme. Oí el disparo, vi caer al hombre, temblar el atril, el fondo desaparecer. Me helé de miedo, incapaz de propulsar la silla. Mi espalda daba al trastorno y nadie venía a socorrerme. Tendré que castigar a Jacobo por su falla en cumplir con su deber. Yo contaba con que él viniera a buscarme. Mi otra ropa estaba en la parte de atrás del furgón, y yo tenía una reserva hecha en una posada pequeña, con un alias. Aún podemos usarla si puedes llevarme hasta allá.

—¿En su piyama?

—Tengo una frazada en el árbol. Me la enrollé, hasta la cabeza, mientras corría a los taxis. No esperaba tener que hacer eso Camilo, pero estaba preparado para cualquier exigencia.

—No para todas.

—¿Qué dices?

—Trataré de llevarte al hotel Jaime. Y puede que hasta me esconda ahí por un rato pero tengo malas noticias que darte, cosa que haré solamente cuando estemos allá. Y sólo después que me digas todo lo que pasó en la plataforma.

Jaime se paró y tomó la linterna, usándola para ver su camino a un hoyo del tamaño de un hombre que había en el muro. Se apoyó contra la abertura y apagó la luz.

—Nunca le contaré a nadie lo que pasó —dijo—, yo estoy solo en esto.

—Jaime, yo no vi lo que pasó, pero vi la herida y lo que la produjo. Usted sabe que yo no puedo haber sido el único.

Jaime suspiró pesadamente. —El ojo no es confiable, mi joven amigo. Uno no sabe lo que ve. No puede decirme a qué distancia estabas, o cómo encaja lo que viste en todo el cuadro. El tiro me sorprendió mucho. Que tu camarada estuviera ahí fue también otro impacto y que ahora él sea el sospechoso.

—Jaime, no encuentro que nada de esto sea divertido y pronto tampoco lo hallará usted.

Camilo oyó que el anciano se sentaba en el suelo. —No esperaba tanto caos. Esperaba algo, por supuesto. Esa era mi única oportunidad para alejarme de ahí junto con los demás. Cuando Jacobo no llegó, supongo que por el pánico causado por el disparo, rodé fuera de la silla en el último instante y me fui volando. Deseo que hubiera aterrizado encima de uno de esos potentados regionales que, entonces, cojeaban alejándose. Tiré mi frazada a un lado, luego la enrollé a mi estómago y pasé los pies por encima, cerrándolos en torno al poste de sostén. Me dejé deslizar para abajo de esta estructura como un jovencito, Camilo, y ni siquiera trataré de disimular mi orgullo. Tengo rasguños en la parte interior de los muslos que pueden tardar un tiempo en sanarse pero bien valió la pena.

—¿Valió?

—Valió, Camilo. Valió. Engañar a tantos, incluyendo a mi personal. Médicos, enfermeras, ayudantes. Bueno, en realidad, no engañé a todas las ayudantes. Cuando Jacobo y una joven ayudante de enfermera me estaban levantando para meterme en el furgón, después de mi última visita al hospital, ella se quedó mirándome, frenó las ruedas y arregló la frazada mientras Jacobo subía al furgón, sentándose detrás del volante. Justo antes de cerrar la puerta ella se inclinó acercándose y susurró: —Viejo, no sé quién es usted o a qué juega, pero puede que le convenga recordar cuál lado era el afectado cuando usted entró aquí.

Jaime se rió, cosa que Camilo encontró sorprendente dadas las circunstancias. —Sólo espero que ella dijera la verdad, Camilo, que no supiera quién soy. La celebridad es mi maldición, pero algunos de los más jóvenes no prestan tanta atención. La miré desesperadamente mientras ella cerraba la puerta, esperando que se preguntara si era ella la que se había olvidado. Seguí en mi papel pero si mi cara se ruborizó fue por vergüenza y no por enojo por mi falta de habilidad para hablar o andar. ¡Ella tenía la razón! Yo había puesto tieso el brazo derecho enrollando debajo de mi mano derecha ¡qué viejo tan tonto!

—Me quitó la palabra de la boca, Jaime. Tome su frazada y busquemos un taxi.

Sin una palabra Jaime encendió la linterna, fue rápido al árbol, agarró la rama más baja y se propulsó para arriba lo suficiente para tomar la frazada. La enrolló en torno a su cabeza y sus hombros, luego afectó cojear y se apoyó en el Macho, riéndose de nuevo.

Camilo se alejó de él, diciendo: —No empiece con eso hasta que lo necesite.

***

Lea Rosas se despertó sobresaltada y miró por la ventana. Era raro que las ciudades estuvieran iluminadas de noche así que no tenía idea de dónde estaba. Trató de mirar su reloj pero no podía enfocarse. Algo la había despertado y, de repente, lo oyó de nuevo. Su teléfono, ¿podía ser?

La única aeromoza y el resto de la docena de pasajeros parecían dormir. Lea buscó el teléfono en su bolsa y apretó el botón para ver la identidad de quién llamaba. No reconoció el número, pero sus camaradas le habían asegurado que el teléfono era seguro. No los iba a poner en peligro si contestaba, aunque su número hubiera caído en malas manos.

Lea abrió el teléfono y metió la cabeza detrás del respaldo del asiento delante de ella. Habló suave pero directamente. —Dora Clendenon habla.

Un corto silencio la alarmó. Oyó que un hombre respiraba. —Lo siento —dijo con acento griego—, llamo por cuenta de, ah, el señor Marv Berry.

—¡Sí! ¿Es el señor Miclos?

—¡Sí!

—¿Y está llamando desde Grecia?

—Sí. Y el señor Steele está aquí. ¿Y qué es lo que no pueden decir los que están llenos de demonios?

Lea sonrió a pesar suyo: —Jesús es el Cristo, el Mesías, y Él regresará encarnado.

—¡Amén! Raimundo está durmiendo ahora pero tiene que saber que usted está a salvo y cómo encontrarla...

—Lo siento, señor Miclos, pero si los teléfonos funcionan, yo tengo una llamada urgente que hacer. Sólo dígale a Raimundo que yo casi estoy llegando a casa, así que no se preocupe por mí pero que debe localizar a Camilo.

***

Zión experimentó durmiendo siestas de cinco minutos cada pocos minutos, temiendo que, de lo contrario, se iba a quedar dormido durante la resurrección del anticristo. Con Cloé y el bebé durmiendo en la casa de refugio, el experimento no funcionaba bien. Él se hallaba despertando cada quince o veinte minutos, desesperado por asegurarse que no se había perdido nada. Su estado de ensoñación cuando oraba por Raimundo no se había repetido y empezó a preguntarse si esto se relacionaba a orar más que a dormir. También empezó a preguntarse cuánto tiempo se suponía que Carpatia permaneciera muerto. ¿Era posible que él hubiera estado equivocado todo el tiempo? ¿Alguien más era el anticristo que aun tenía que ser asesinado y después resucitado?

Zión no se lo podía imaginar. Muchos creyentes sinceros habían objetado su enseñanza de que el anticristo iba a morir realmente de una herida en la cabeza. Algunos decían que las Escrituras indicaban que sería una herida que lo haría parecer muerto. Él trataba de asegurarles que su mejor interpretación del original griego lo llevaba a creer que el hombre iba a morir de verdad y, luego, sería poseído por el mismo Satanás al volver a la vida.

Dado eso, esperaba haber tenido la razón acerca de Carpatia. No habría duda de la muerte y la resurrección si el cuerpo había empezado a descomponerse, si se le hacía autopsia, se embalsamaba y preparaba para ser exhibido. Si Carpatia estaba muerto aún por veinticuatro horas, pocos le acusarían de fingir su muerte. Eran demasiados los testigos que habían visto expirar al hombre, y aunque la causa de muerte no había sido anunciada aún, eso era lo siguiente. El mundo, incluso Zión, tenía que creer que el disparo causó la muerte.

La televisión mostraba otra vista de una anterior declaración de duelo hecha por León Fortunato. Zión se halló cabeceando y dormitando hasta que el teléfono lo despertó.

—¡Lea, qué bueno escuchar su voz! No hemos podido comunicarnos...

Ella lo interrumpió y lo puso al día acerca de Patty y del peligro para la casa de refugio. Zión se paró y empezó a caminar mientras oía. —Lea, no tenemos dónde ir —dijo— pero por lo menos es mejor que nos metamos en el subterráneo.

Ellos se pusieron de acuerdo que ella iba a llamar de nuevo si se acercaba a la casa de refugio y se cercioraba que nadie estaba vigilando el lugar. De lo contrario, Lea se mantendría alejada y trataría de hallar a Patty. No tenía la menor idea cómo hacerlo, dijo.

Zión se halló súbitamente dinamizado a pesar de su cansancio. Era responsable de Cloé y Keni y, aunque las decisiones sobre ellos solían dejarse a cargo de Raimundo o Camilo, él tenía que hacer algo ahora. Corrió escaleras arriba y tomó algo de ropa de su armario y una pila de libros. Volvió al primer piso y apiló esas cosas cerca de la vieja congeladora que estaba al lado del refrigerador.

Zión agregó su computadora portátil y el televisor a la pila, luego apagó todas las luces del lugar salvo el foco único que colgaba del techo del baño del vestíbulo. Abrió con cuidado la puerta del dormitorio de Camilo y Cloé, golpeando con suavidad. No oyó que Cloé se moviera y no pudo verla en la oscuridad. Volvió a golpear y susurró su nombre.

Cuando oyó un ligero movimiento de la cuna puesta en la pared opuesta, Zión se quedó en silencio, reteniendo el aliento. Había esperado no despertar al bebé. Era claro que Keni se estaba parando. La cuna se meció, y Zión se imaginó al muchachito con sus manos en la baranda, meciéndose y haciendo que la cuna crujiera, —¡Día! ¡Mamá, día!

—Keni, no es de día —susurró Zión.

—¡Tío Zone! —chilló Keni meciéndose con fuerza.

Con eso Cloé se despertó sobresaltada.

—Querida, soy yo —dijo Zión rápidamente.

Veinte minutos después los tres estaban reubicados en el subterráneo, habiendo levantado el estante con comida hedionda y echada a perder que había en la congeladora y que conducía a los escalones. Keni, radiante en su corral de jugar, estaba deleitado de ver a su madre y Zión que volvían a aparecer abajo cada tantos minutos con más cosas. No estuvo tan contento cuando ellos arrastraron su cuna para abajo y él tuvo que hacer el cambio.

Felizmente el subterráneo era lo bastante grande para que Zión pudiera instalar el televisor en un punto donde la luz y el sonido no llegaran donde dormirían Cloé y Keni. Él vigiló los hechos de Nueva Babilonia pero cada vez que tenía que aventurarse en la otra parte del refugio, oía que Cloé trataba, somnolienta, de hacer que Keni se durmiera de nuevo.

Zión sacó su cabeza por la cortina diciendo: —¿Qué tal si él mira televisión conmigo hasta que se vuelva a dormir, eh?

—Oh, Zión, eso sería maravilloso.

—¡Tío Zone!

—¿TV? Dijo Zión alzando al niño desde la cuna.

Keni pateó y rió. —TV, tío Zone, ¡video!

—Miraremos mi programa —susurró Zión mientras lo llevaba a su silla.

—¡Tu programa! —dijo Keni sujetando la cara de Zión en sus manos. Zión se transportó a la época en que sus adolescentes habían sido bebés y se sentaban en su regazo mientras él leía o miraba televisión. Keni se aburrió rápidamente con las noticias repetidas, pero dejó de pedir un video y se concentró en seguir el contorno de las orejas de Zión, apretarle la nariz y frotar la palma de su mano de arriba abajo por la incipiente barba de Zión. Llegó el momento en que empezó a pestañear lentamente, se metió el pulgar en la boca y se dio vuelta para instalarse en el hueco del codo de Zión. Cuando su cabeza cayó hacia atrás, Zión lo llevó, suavemente, de vuelta a su cama.

Mientras arreglaba una frazada alrededor de Keni, oyó que Cloé se daba vuelta y susurraba: —Gracias, tío Zone.

—Gracias a ti —dijo él.

***

—¿Por qué no se fue derecho al hotel? —preguntó Camilo a Jaime mientras éste trataba de parar un taxi.

—Tuve la suerte suficiente de que el taxista no me reconociera. ¿Cómo iba a engañar a un empleado del hotel? Yo contaba con que Jacobo me metiera ahí. Ahora cuento contigo. De todos modos, ¿cómo nos hubiéramos encontrado?

—¿Cómo *nos* encontramos? —dijo Camilo.

—No se me ocurrió otro lugar donde tú pudieras buscarme, salvo mi casa, y no esperaba que te arriesgaras así. De todos modos, no creo que haya nadie allá. No he podido hacer que nadie se levante.

Al Macho le impactó mucho la desdichada elección de palabras.

—Jaime, están allá.

—¿*Fuiste* para allá? ¿Por qué no contestan? ¿Logró volver Jacobo? Yo esperaba que él me llamara.

Camilo divisó un taxi parado a un par de cuadras de un cruce muy atareado. Agradecido por no tener que contestar directamente a Jaime, todavía, dijo: —Espere aquí, y conserve esa frazada sobre su cara.

—¿Está trabajando? —le preguntó al taxista.

—Ciento cincuenta Nicks, solamente dentro de la ciudad.

—Cien, y mi padre está contagioso.

—Nada de contagiosos.

—Bueno, ciento cincuenta. Vamos solamente hasta los "Visitantes Nocturnos". ¿La conoce?

—Sí. Usted mantenga al viejo en el asiento de atrás, y que no respire encima de mí.

Camilo le hizo señas a Jaime, que llegó rápido, oculto en la frazada. —Padre, no trate de hablar —dijo ayudándole a sentarse en el asiento trasero—. Y no tosa encima de este simpático joven.

Como de acuerdo, Jaime se tapó la boca con la frazada y las dos manos, y tosió con una toz jugosa, sibilante que hizo que el taxista mirara rápidamente por el espejo retrovisor.

"Los Visitantes Nocturnos" estaba a oscuras, ni siquiera con una sola luz prendida. —¿Están cerrados? —preguntó Camilo.

—Sólo por ahora —dijo el taxista—, probablemente abran de nuevo al amanecer. Ciento cincuenta. Tengo que irme.

—Espere hasta que yo vea si puedo despertar a alguien —dijo Camilo, saliendo del taxi.

—¡No me deje al viejo aquí dentro! Tengo que irme. Págueme ahora.

—Le pagaré cuando consigamos una habitación.

El chofer puso el automóvil en "estacionar" y cerró el contacto, cruzando los brazos sobre su pecho.

SIETE

El teléfono de Camilo sonó mientras él trataba de atisbar a través de la ventana principal de Los Visitantes Nocturnos. —¡Laslos! —dijo, dando la vuelta a la esquina del edificio internándose en las sombras. El taxista tocó la bocina y Camilo le hizo señas que esperara un minuto.

—¡Saque a este hombre de mi taxi!

—¡Cinco minutos! —dijo Camilo.

—¡Cincuenta Nicks más!

—Lucas, ¿él está allá contigo? —dijo Camilo—. ¿Cómo se supone que yo... sabe él que lo buscan aquí, lo sabe?... ¿Lea está con él?... Oh, eso es bueno. Necesitamos una forma de salir de aquí, y no hay forma en que él se vaya a arriesgar volviendo. No importa. Yo manejaré esto. Escucha, ¿tiene que ver a alguien antes de despegar?... No se puede tener la seguridad de que el personal del aeropuerto no esté en alerta. Su rostro está en la televisión internacional apareciendo cada pocos minutos. ¿Conoces a alguien que pueda darle un nuevo aspecto? ...también necesitará documentos nuevos. ¡Gracias, Laslos! Tengo que llamar a mi esposa.

Camilo marcó el número de Cloé, pero su teléfono sonó y sonó.

Cuando volvió al taxi, el chofer estaba fuera gritando.

—Váyanse ahora! ¡No quiero más a este hombre en mi automóvil!

Camilo le pagó y ayudó a Jaime para que saliera, empujándolo a un callejón mientras aporreaba las ventanas y la puerta tratando de despertar al encargado del hotel.

***

Zión oyó algo en la planta alta y corrió a la caja de electricidad para cortar la energía eléctrica. Si la CG allanaba el lugar, alguno se daría cuenta que alguien había estado viviendo recientemente allí, pues la comida del refrigerador estaría fresca aún y había muchos efectos personales que se habían quedado, pero si encontraban los medidores de la energía eléctrica funcionando todavía, sabrían que alguien seguía allí, escondido en alguna parte.

Zión contuvo la respiración en la oscuridad. ¡Era un teléfono! ¿Cloé se habría olvidado de bajar el suyo? Corrió a las escaleras, empujó la placa de madera prensada que tapaba el fondo de la congeladora, empujó el estante hediondo y salió. Tanteó su camino al dormitorio de Cloé y siguió el sonido hasta el teléfono. Justo cuando lo tomaba, dejó de sonar. El identificador de llamadas mostraba el código de Camilo. Zión apretó el botón de devolución de llamadas pero el teléfono de Camilo daba ocupado.

***

Mientras seguía golpeando con una mano, Camilo marcaba con la otra el código abreviado del número de David Hassid. Solamente consiguió la grabación de la contestadora de David. Cuando colgó, su botón de llamada estaba iluminado. El identificador de llamadas mostraba que había recibido una llamada del teléfono de Cloé. Estaba por llamarla cuando una luz se prendió en Los Visitantes Nocturnos, seguida por portazos, patadas y maldiciones.

—¡Tenemos una reserva! —gritó Camilo.

—¡Usted tendrá una bala si no se calla! —dijo la voz de dentro—. ¡Cerramos a la medianoche y abrimos de nuevo a las seis!

—¡Ahora está levantado, así que dénos nuestra habitación!

—¡Usted perdió su cuarto cuando no llegó! ¿Quién es usted, Tangvald o Goldman?

Camilo susurró desesperadamente a Jaime: —¿Quiénes somos?

—¿Parezco un Tangvald?

—Goldman, y mi padre está enfermo, ¡déjenos entrar!

—¡Estamos llenos!

—¡Miente! Usted reservó dos habitaciones hasta que se fue a acostar y, luego ¿arrendó las dos?

—¡Déjeme en paz!

—¡Voy a golpear hasta que nos deje entrar!

—¡Le dispararé si golpea una vez más!

La luz se apagó. Camilo metió el teléfono en su bolsillo y aporreó la puerta con ambos puños.

—¡Usted es hombre muerto!

—¡Abra y dénos un cuarto!

Más obscenidades, luego la luz se encendió, luego se abrió la puerta un par de centímetros. El hombre sacó los dedos. —Quinientos Nicks en dinero efectivo.

—Déjeme ver la llave.

El hombre la balanceó en la punta de un rectángulo de madera de unos doce centímetros. Camilo sacó el dinero y la llave le llegó volando. —A la vuelta, atrás, tercer piso. Si no necesitara el dinero, yo le hubiera disparado.

—Cuando quiera —dijo Camilo.

El cuarto era una covacha. Una sola cama, una sola silla, y un inodoro y un lavamanos. Camilo sacó su teléfono, se sentó en la silla, señalando la cama a Jaime. Mientras Camilo llamaba al teléfono de Cloé, Jaime se quitó las zapatillas y se estiró en la cama, encima del cubrecamas manchado por las ratas y bajo su propia frazada.

—¡Zión! —dijo Camilo—. No, no la despiertes... ¿subterráneo? Probablemente eso esté bien por ahora. Sólo dile que estoy bien. Tengo que hablar con Ti. Pudiera necesitarlo para que nos saque de aquí a Jaime y a mí...

—Yo no voy a ninguna parte —masculló Jaime desde la cama—. Yo soy hombre muerto.

—Sí —dijo Camilo a Zión—, igual que tú y yo... ¿Keni está bien? ...nos mantendremos en contacto.

Camilo no pudo conseguir que le contestaran del aeropuerto de Palwaukee ni del celular de Ti. Guardó su teléfono, respiró profundo, pateando su bolsa debajo de la silla. —Jaime, tenemos que hablar —dijo pero Jaime estaba dormido.

***

Raimundo se despertó sobresaltado justo después del amanecer, sintiéndose refrescado. Tomó su bolsa y fue al baño pasando por el lado de Demetrio que dormitaba, oliendo el desayuno en la cocina. Sin embargo, mientras estaba en el bañito, oyó neumáticos en la grava y movió un par de centímetros la cortina. Una pequeña camioneta quedó a la vista.

Raimundo se inclinó hacia fuera y llamó a Laslos. —Tenemos compañía —susurró—, ¿esperas a alguien?

—Está bien —dijo Laslos, poniendo un plato con comida en la mesa y enjugándose las manos en el delantal—. Dúchese y venga a desayunar con nosotros tan pronto como pueda.

Raimundo trató de juntar agua caliente en el lavamanos. Apenas tibia. Laslos interrumpió con un golpe y diciendo: —Señor Steele, no se afeite.

—Oh, Laslos, en realidad lo necesito. Tengo la barba crecida de varios días y...

—Explicaré después pero no se afeite.

Raimundo se encogió de hombros y se miró al espejo con los ojos entrecerrados. Necesitaba un corte de pelo, había más canas apareciendo en sus sienes y en la nuca. La barba era canosa, cosa que lo alarmó. No se trataba que le importara tanto tener canas a mediados de los cuarenta, sino que parecía haberle salido casi de la noche a la mañana. Hasta esa mañana había sentido cada uno de sus más de cuarenta años; ahora, se sentía estupendo.

La ducha, un hilito de agua que salía de un caño oxidado, también era tibia. Eso lo hizo apresurarse pero cuando se secó con una toallita fina y se vistió, estaba famélico. Y curioso. Salió, ansioso de ponerse en marcha pero también intrigado por otro comensal en la mesa, un hombre robusto poco mayor que él con un rizado pelo negro acicalado y anteojos de metal.

Raimundo se inclinó más allá de Laslos y Demetrio estrechando la mano del hombre. La marca del creyente lucía en su frente así que Raimundo usó su nombre.

El hombre miró a Laslos y tímidamente volvió a mirar a Raimundo.

—Señor Steele, éste es Adon —dijo Laslos—. No habla inglés pero es un hermano como usted puede ver.

Mientras comían Laslos le habló de Adon a Raimundo.

—Él es un artista, un artesano muy diestro. Trajo consigo artículos de contrabando que pudieran meterlo en la cárcel por el resto de su vida.

Adon siguió la conversación con los ojos en blanco, excepto cuando Laslos o Demetrio se ponían a traducir. Entonces miraba tímidamente a lo lejos, asintiendo.

Mientras Laslos limpiaba la mesa, Demetrio ayudó a Adon a entrar su equipo que comprendía una computadora, una impresora, un laminador, una cámara fotográfica digital, tijeras para cortar el pelo, hasta un fondo de tela. A Raimundo lo sentaron en una silla, a la luz y cerca de la ventana por donde entraba el brillante sol matutino. Adon arregló una tela alrededor de él y la sujetó detrás de la nuca. Dijo algo a Laslos, y él le tradujo a Raimundo.

—Quiere saber si está bien dejarlo pelado a usted.

—Si todos piensan que es necesario. Si se pudiera arreglar cortándolo bien corto, yo lo agradecería.

Laslos informó a Adon, cuya timidez y vacilación no se extendían evidentemente a su barbería. Con pocos cortes dejó el pelo de Raimundo en montones sobre el piso, dejándolo con la sexta parte de un centímetro de algo como residuo oscuro, corte que él no veía desde la enseñanza secundaria.

—Mmmm —Raimundo dijo.

Entonces vino la parte de la tintura que dejó lo que quedaba de pelo en su cabeza como las canas más claras de la larga barba que crecía en su mentón.

Adon le habló a Laslos que le preguntó a Raimundo si usaba anteojos.

—Lentes de contacto —dijo Raimundo.

—No más —dijo Laslos y Adon sacó un par de gafas que completaron el aspecto.

Adon pidió los documentos de Raimundo, le tomó unas cuantas fotografías y se puso a trabajar en la computadora. Mientras transformaba los documentos de Raimundo con la nueva fotografía, Raimundo se fue al baño para mirarse. El pelo canoso más corto y la barba canosa le agregaban diez años. Con los anteojos puestos, le costó reconocerse.

La tecnología le permitió a Adon producir documentos nuevos de aspecto ajado en menos de una hora. Raimundo ansiaba ponerse en camino. —¿Cuánto le debo? —dijo pero Laslos ni Demetrio tradujeron eso.

—Nos aseguraremos de que Adon sea remunerado —dijo Laslos—. Ahora bien, el pastor va a regresar a Ptolomeo con él, y yo lo llevaré a Kozani. Llamé por anticipado para que le tengan llenos los tanques del combustible.

***

David se sentó, con los ojos fatigados, delante de su computadora en Nueva Babilonia, con el teléfono apagado. Había programado que la autopsia fuera grabada en su propio disco duro y que todo lo de la evidencia fuera a la computadora de Max. Mientras tanto, seguía estudiando el rascacielos de Chicago que le parecía tenía el potencial de una nueva casa de refugio. Si tenía la razón, podría acomodar a cientos de exilados, si fuera necesario.

El edificio Strong era una maravilla técnica, totalmente alimentado por energía solar. Reflectores gigantescos almacenaba diariamente la energía suficiente para hacer que funcionara durante varias semanas la planta eléctrica de la torre. Así que el edificio no era afectado aun en el caso que no hubiera luz solar brillante durante varios días seguidos.

David entendía claramente que los cimientos no habían sido comprometidos por el daño de los pisos superiores, como tampoco los primeros treinta y cinco pisos, o algo así. El edificio demostraba haber sufrido un impacto directo pero este había derribado la mitad superior de los pisos separándolos del resto de la estructura en lugar de hacer que se estrellaran derrumbando los pisos de más abajo. La cuestión era saber qué había pasado a los paneles solares y si había forma en que la gente pudiera vivir en la parte indemne del edificio sin que los detectaran.

David necesitó más de dos horas de piratear por entremedio de una masa enorme de capas de información clasificada antes que pudiera soltar su software rompe-códigos en los accesos que llevaban a la computadora principal que controlaba al Edificio Strong. Llegar a ese punto le produjo una emoción que no podía describir, aunque trataría de contárselo a Anita más tarde.

David se sorprendió de que la tecnología telefónica vía satélite lo llevara tan lejos y tuvo que preguntarse cuánta energía sin usar seguía operando aún en la ciudad condenada. Mientras más tiempo la gente siguiera convencida de que el lugar estaba contaminado por radioactividad, mejor para él y el Comando Tribulación. Plantó advertencias de elevados niveles radioactivos en cada acceso cibernético que había a lo largo de la ruta. Y mientras estaba en eso, lanzó un motor robótico explorador que encontró todas las lecturas originales de las sondas y cambió más de la mitad a resultados positivos. Los aviones civiles y de la CG fueron cambiados automáticamente de rutas para que no pudieran sobrevolar Chicago, ni siquiera a más de treinta mil pies de altura.

POSEÍDO

David tuvo que abrirse paso mediante ensayo y error por la computadora principal del Edificio Strong, viendo si podía controlar remotamente el sistema de calefacción y de aire acondicionado, las luces, los teléfonos, el sistema sanitario, los ascensores y las cámaras de seguridad. El mejor juego de video de la historia no hubiera podido ser más adictivo.

El sistema de vigilancia de lo más avanzado reflejaba claramente cuántas partes del edificio funcionaban mal. Más de la mitad de los ascensores estaban desalineados debido a circuitos incompletos. David marcó "Más Información" y encontró que "un error indeterminado ha roto los circuitos entre los pisos 40 y 80". Revisó dos docenas de ascensores que servían los primeros treinta y nueve pisos encontrando que la mayoría indicaba estar listos para funcionar.

Cuando había explorado el sistema durante cuarenta y cinco minutos más, David ya había determinado cuáles eran las cámaras de seguridad que funcionaban, cómo manejar las luces de varios pisos. Luego las cámaras, para que le mostraran si los ascensores funcionaban abriéndose y cerrándose. Desde nueve husos horarios de distancia él manejaba lo que quedaba de un rascacielos en una ciudad que llevaba meses abandonada.

Registrando los códigos del teclado en un archivo seguro, David activó la cámara del piso más alto que pudo hallar, el extremo occidental del treinta y nueve. Mostró que había agua en el piso pero la computadora central indicaba que el agua estaba siendo dirigida de nuevo para impedir que inundara los pisos inferiores. Maniobró la cámara para que mostrara el cielo raso y pestañeó. No había cielo raso, sino solamente una cáscara de tres lados del edificio que se levantaba por, quizá, otros diez pisos más y revelaba el cielo color tinta, la luna refulgente y las estrellas titilantes.

Así, pues, el Edificio Strong había sido diseñado para soportar lo peor que puede ofrecer la naturaleza y había sobrevivido en gran medida, incluso a lo que el ser humano le había arrojado. David persistió en su búsqueda hasta encontrar cámaras que le dieron una buena vista de lo que ahora servía como techo de la torre. Cuando había grabado la mayor parte de la información, ya tenía formada una idea de como lucía el lugar. En esencia, era una torre modular que parecía mortalmente herida pero que tenía mucho que ofrecer. Los planos mostraban un núcleo interior de oficinas ocultas de la vista desde fuera, cosa rara en un rascacielos moderno, y que rodeaban a los ascensores en cada piso. Ahí había espacio ilimitado, agua, plomería, electricidad, luz, todo indetectable por quien se aventurara a entrar en una zona que había sido condenada oficialmente y puesta fuera de límites.

La parte superior parecía suficientemente grande para recibir un helicóptero, pero David no pudo determinar por control remoto si el nuevo techo que, antes, parecía haber sido el techo del piso treinta y nueve, soportaría pesos grandes. Encontró estacionamientos debajo de la torre, aunque los escombros de los pisos superiores bloqueaban dos de las entradas al garaje principal. Era aventurar mucho pero David creía que si lograba que el Comando Tribulación en Norteamérica fuera al lugar, ellos iban a encontrar maneras de entrar y salir de ese estacionamiento subterráneo.

Y eso le dio otra idea. La última lluvia de bombas que golpearon a Chicago había llegado con poca advertencia. Los empleados y los residentes de los edificios altos huyeron a las calles pero no se había permitido a nadie que llegara al subterráneo, pues los edificios se desplomaban. Los garajes subterráneos fueron sellados automáticamente con la ciudad encerrada en una red. ¿Cuántos vehículos podían haber en ese garaje? David marcó y marcó hasta que encontró las cámaras de seguridad del subterráneo y el sistema de luces de emergencia. Una vez que tuvo encendidas las luces del nivel más bajo, tomó una panorámica con una de las cámaras de seguridad hasta que quedaron a la vista los vehículos. Encontró más de una docena de automóviles a seis niveles por debajo de la calle. Naturalmente que el problema era que sus conductores tenían las llaves.

David siguió probando con las cámaras de diferentes niveles, buscando el estacionamiento con valet. Encontró lo que buscaba cerca de los ascensores del primer nivel debajo de la calle. Había estacionados casi cincuenta automóviles último modelo y de los más caros, por lo menos uno era un Hummer y varios eran deportivos utilitarios, en las cercanías de una caseta de vidrio claramente marcada "Estacionamiento con valet". David manipuló la cámara más cercana hasta que pudo ver una pared cerca de la caja registradora, repleta con juegos de llaves. Era como si este lugar estuviera hecho para el Comando Tribulación y ya se le hacía larga la espera para enviar a alguien que fuera a investigar. David se preguntaba cuán pronto él y Anita pudieran estar viviendo allá.

Una llamada lo sobresaltó. Era el director de la Academia de Artes y Ciencias de la Televisión de la Comunidad Global, un indonesio de nombre Bakar. —Necesito su ayuda —dijo el hombre.

¿Qué otra cosa más era novedad?

—Diga —dijo David, apagando su computadora con todo grabado y oculto.

—El jefe Moon está encima de mí averiguando por qué no trajimos los videodiscos de la Gala. Yo creí que los habíamos traído. De todos modos, ahora los tenemos asegurados y he dispuesto que los manden en un vuelo comercial. Walter me dice ahora que me quitará el trabajo si esos discos están por un segundo fuera de las manos de la CG.

—Bakar, ¿quién los tiene?

—Uno de los nuestros.

—¿No puede él mismo traerlos?

—Sí, pero tendría que venir en un vuelo comercial.

—¿Y qué pasa con eso? Él no va a dejar fuera de su vista a esos discos.

—Los vuelos comerciales para acá están llenos, y Moon no quiere esperar.

—Entonces, ¿usted quiere que nosotros mandemos un avión a buscar a un tipo?

—Exactamente.

—¿Sabe cuánto cuesta eso?

—Por eso que le estoy implorando.

—¿Qué pasa que me he puesto tan popular de repente?

—¿Qué?

—Nada. Esté en el hangar a las diez de esta mañana.

—¿Yo?

—¿Quién más?

—Director, yo no quiero ir. Yo quiero que vayan a buscar a nuestro hombre.

—Bakar, yo no voy a mandar nuestro primer oficial, corto de horas de sueño, a que lleve un avión de combate que vale muchos millones de dólares, digo, de Nicks, a Israel y tenga que buscar a su muchacho. Usted va a ir para que el señor Smith no tenga que dejar la cabina de pilotaje. Y no le cobraré los miles por el combustible.

—Director, se lo agradezco pero no pudiera hacer que mi hombre esté en cierto lugar y...

—¡Tierra a Bakar!, este es un mercado vendedor o debiera decir dador, señor. Usted hace que Smith vaya solo y yo le cobro la depreciación del avión, el combustible y las horas del piloto, que no son baratas.

—Estaré ahí.

—Pensé que así sería.

David llamó a Abdula.

—Estaba levantado de todos modos —dijo Abdula—, esperando que algo me sacara lejos de aquí.

—¿Sabes cómo hacer que una máquina copiadora de discos funcione?

—Jefe, no sé ¿Por supuesto que es más complicada que un avión bombardero de combate?

—Mando una contigo. Cuando Bakar encuentre a su hombre, te llevas los discos a la cabina y les dices que los reglamentos establecen que tienes que llevar la bitácora de carga personalmente. Cópialos, etiquétalos como copiados a bitácora y devuélveselos a los muchachos de la televisión.

—Y te traigo las copias.

—Smith, pensamos igual.

David estaba casi contento porque el Comando Tribulación entero estaba comunicado entre sí por medio del teléfono. Se iba a sentir mejor cuando supiera que Camilo estaba fuera de Israel y que Raimundo también iba camino a casa pero David no sabía que tenía un mensaje para llamar a Camilo.

**

Raimundo estrechó la mano de Laslos con las dos suyas, obtuvo su promesa de agradecer personalmente al pastor Demeter y a Adon, luego entró al aeropuerto y al hangar. Su cabeza estaba fría con tan poco aislamiento pero no quería seguir pasándose la mano por ella, ya que temía demostrar evidentemente que esto era nuevo para él.

Un oficial de la torre se le juntó en el Gulfstream. —Usted debe ser el señor Berry.

—Sí, señor.

—Esta es la cuenta del combustible. ¿Sus documentos?

Raimundo los sacó y pagó la cuenta con dinero efectivo.

—Mucho efectivo para andar trayendo en su persona, señor Berry —dijo el hombre, hojeando los documentos de Raimundo.

—Riesgo que estoy dispuesto a correr para impedirme ir de nuevo a la quiebra.

—Las tarjetas de crédito lo meten a uno en problemas, ¿no es así, señor?

—Las odio.

—Vaya, esta fotografía parece tomada hoy.

Raimundo se heló, luego se obligó a respirar. —¿Sí?

—Sí, mire aquí. ¡Karl, ven a mirar esto!

Un mecánico en overol se acercó, luciendo molesto por haber sido interrumpido.

El oficial sostuvo la fotografía de la credencial de identidad de Raimundo al lado de la cara de Raimundo. —Mira esto. Sacó este documento, déjame ver aquí, hace ocho, nueve meses pero tiene el pelo del mismo largo y, si no me equivoco, lleva la misma camisa.

—Cierto —dijo el mecánico, yéndose tan rápido como vino. Raimundo miró para cerciorarse que no iba a llamar a alguno pero sólo volvió al motor donde estaba trabajando.

—Sí, pero qué cosa bárbara —dijo el hombre—, ¿usted se fijó en eso?

—No —dijo Raimundo—. Déjeme ver eso. Bueno, si seré bruto. *Acababa* de cortarme el pelo cuando me tomaron esta foto pero, naturalmente, el pelo no crece mucho más ya. Y probablemente esa *es* la misma camisa. No tengo tantas.

—¿Con su avión propio y no tiene muchas camisas? Usted sí que tiene prioridades.

—Mi avión propio, eso quisiera. Yo sólo los manejo para la empresa.

—Y ¿cuál compañía es esa, señor? —El hombre le devolvió los documentos.

—Palwaukee Global —dijo Raimundo.

—¿Qué transporta?

—Hoy solamente el avión. Ellos tenían demasiados a este lado del océano.

—¿Así? Usted sabe que pudiera hacer negocio yendo de Jerusalén a Nueva Babilonia en esta semana.

—Así supe pero quisiera tener el tiempo.

—Que tenga un vuelo seguro.

—Gracias, señor. —Y gracias SEÑOR.

***

A las diez de la mañana en Nueva Babilonia David pasó por la sala de pruebas hecha a último momento, pretendiendo que andaba comprobando el avance de la cercana estatua de Carpatia. Sabía que si parecía andar curioseando la prueba, Jim Hickman, el director de inteligencia, lo reprendería. Pero parecía que a Hickman también le gustaba impresionar y permitir que un colega diera una mirada por dentro, le hacía sentirse muy especial.

David disminuyó el paso mientras iba andando con la esperanza de encontrarse con Jim. Al no divisarlo, golpeó la puerta. Un guardia armado la abrió y David vio a Jim al otro lado de la sala, con un técnico arrodillado al medio de un cortinado de cuatro metros y medio por casi treinta y uno. David dijo: —No quiero molestar a nadie, sólo asegurarme de que el director Hickman y su equipo tienen todo lo que necesitan. Lo llamaré a su oficina.

—¡David, estoy aquí! —gritó Hickman.

—¡Oh¡ Así que estás.

—¡Cabo, déjelo pasar! David, acércate para acá. Quítate los zapatos. Quiero mostrarte algo.

—No quiero parecer intruso.

—¡Vamos!

—Si insistes. Esto es fascinante.

—Todavía no has visto nada.

Pero David había visto. Tres técnicos en el rincón estaban doblados sobre los restos del atril de madera. Tenían lámparas de aumento y largas pinzas, parecidas a lo que tenía el técnico que estaba al medio del cortinado. Éste llevaba un casco con una luz adosada y en la mano tenía una lupa.

—David, mira esto —dijo Hickman, haciendo señas que se acercara—. ¿Te sacaste los zapatos?

—¿Puedo pasar para donde estás?

—¡Sí yo te digo que puedes, y te lo digo! Ahora, ven, el tiempo vuela.

David se acercó a unos tres metros de Hickman y el técnico cuando Jim dijo: —Deténte y mira para abajo. Quien haya disparado a esta cosa tenía que saber lo que hacía. Parece que el proyectil pasó recto por el medio. Quiero decir, nunca supe que Steele fuera un tirador pero hacer que una bala, una sola bala, atraviese ese púlpito macizo y luego pase por el centro de este cortinado, bueno...

—Jim, ¿qué estoy viendo aquí? —dijo David, contemplando fijamente una configuración rara de unos tres metros de diámetro.

Hickman se levantó y cojeó hacia donde David, juntándose con él al borde de la configuración. —Me estoy poniendo viejo —dijo, gruñendo—. Bueno, mira aquí. La bala que viene de un arma como esa crea un minitornado. Si un tornado real de Kansas tuviera la misma fuerza relativa, mezclaría a Florida y Maine con California y Washington. Éste abrió un agujero de veinte centímetros en la cortina, ahí, desde aquí puedes verlo.

—Uy, uy.

—Pero lo que ves a tus pies es el efecto que tuvo sobre las fibras tan alejadas del centro.

La fuerza del disco giratorio había rasgado los hilos individuales sacándolos de su lugar y arrancándolos uniformemente para crear la inmensa imagen torcida.

—Ahora ven para acá y mira esto.

Hickman condujo a David a la parte de arriba de la cortina, donde había agujeros con borde de bronce cada quince centímetros a lo largo de los treinta metros de todo el borde. —Se pasaron ganchos por estos agujeros para colgar todo esto de las cañerías de hierro.

—Vaya —dijo David, estupefacto por el daño. Los ocho agujeros a cada lado del centro del cortinado habían sido destrozados, con molduras de bronce y todo. Las docenas que seguían estaban partidas en dos, y más aún, tenían ganchos cortados todavía adosados a cada lado, hasta los de las puntas donde los agujeros estaban intactos pero faltaban los ganchos.

—Justamente partió esta cosa entera y la tiró a lo lejos, volando.

—¡Director! —dijo el técnico.

Hickman volvió a trasladarse hacia el medio pero David se quedó atrás hasta que Hickman le hizo señas para que lo siguiera.

—Residuo de proyectil —dijo el técnico, sosteniendo un diminuto trozo de plomo con unas pinzas delgadas.

—Mete todo eso en una bolsa. Diez te dará veinte que podemos trazar al arma que hallamos.

El técnico empezó a dejar caer pedazos en una bolsa de plástico. —Señor, detesto tener que decir esto pero será casi imposible equiparar positivamente fragmentos como este con...

—Vamos, hijo, tenemos testigos oculares que dicen que un tipo ataviado con harapos hizo el disparo. Encontramos el revólver, equiparamos las huellas digitales, y sabemos quién es el fulano. Encontramos su disfraz en un recipiente de basura a pocas cuadras de distancia. Los fragmentos encajarán perfectamente bien aunque el trabajo de laboratorio no sea concluyente. Este individuo es, definitivamente, parte de la conspiración.

—¿Conspiración? —dijo David mientras iban a la esquina donde estaban los pedazos del atril.

—Pensamos que el disparo fue hecho para distraer —susurró Hickman.

—Pero este tipo Steele está acusado...

—Claro que es un sospechoso, pero no estamos seguros que la bala haya pasado siquiera cerca de Carpatia.

—¿Qué? Pero...

—David, Carpatia no murió por una herida de bala, al menos no solamente por eso.

—¿Entonces qué?

—La autopsia se está efectuando en estos precisos instantes. Pronto debemos saberlo pero deja que te diga algo, entre tú, yo y lo que fuere: Fortunato no es tonto.

David podía haber discutido. —¿Sí?

—Si resulta que la herida mortal fue hecha desde la plataforma, ¿no sería eso sumamente embarazoso?

—Si uno de sus... de los nuestros lo hizo, ¿eso es lo que insinúas?

—Exactamente. Pero el público no sabe eso. El único video que hasta ahora se ha mostrado solamente muestra a la víctima cayendo al suelo. La gente piensa que fue baleado. León ve que culpamos al ex empleado descontento y, entonces, nos hace tratar la insurrección en forma privada. Y tratándola así, bueno, tú me entiendes bien.

Los técnicos que cavaban entre los restos del atril sacaron varios fragmentos de proyectil, algunos tan grandes como la uña de un dedo de la mano.

—Jim, con toda seguridad que esto es fascinante.

—Bueno —dijo Hickman, pasándose lentamente la mano por el pelo—, ayuda si uno es un observador entrenado.

—Uno no es nada si no es así.

—Hassid, tienes absolutamente toda la razón del mundo.

OCHO

Lea estaba sentada, inquieta, en lo que quedaba del pequeño aeropuerto de Kankakee. Cuando sonó su teléfono y Raimundo se identificó, ella se quedó sin habla. —Tengo tanto de que hablar contigo, tanto por qué pedirte disculpas —dijo él.

—Espero ese momento —dijo ella directamente. De verdad que tenía más ganas de llegar a la casa de refugio y ver a Zión que hablar con Raimundo—. Gracias por dejarme abandonada pero supongo que entiendo por qué. ¿Mataste a Carpatia?

—Acabo de recibir una llamada de David Hassid que parece muy seguro que no lo maté. Lo quería. Lo planeé pero entonces no pude hacerlo.

—Entonces, ¿qué pasa con el arma que tiene tus huellas? ¿Tú no fuiste el que disparó?

—Sí, lo fui pero fue un accidente. Me empujaron.

—Alégrate que yo no esté en el jurado que te toque.

—Lea, ¿dónde estás?

Ella se lo dijo y le informó de su plan de volar a Palwaukee y, quizá, conseguir que Ti la acercara a la casa de refugio, donde ellos tratarían de decidir si alguien estaba tendiendo celadas. —El problema es que nada vuela para allá esta noche y, en la mañana, el precio es exorbitante. Puede que me ponga a pedir que me lleven gratis.

—Ve si Ti puede ir a buscarte. Si es demasiado lejos para manejar, él puede volar.

—Raimundo, yo apenas lo conozco. ¿Cuándo estarás aquí?

—Yo debiera llegar a Palwaukee a eso de las nueve de la mañana.

—Entonces, yo creo que voy a esperarte.

—Eso sería estupendo.

Lea suspiró. —No te pongas amable conmigo tan de repente. Yo no puedo fingir que no estoy irritada contigo. Y meterte en problemas con la CG aún más grandes, ¿qué fue todo aquello?

—Quisiera saberlo —dijo él—, pero *me gustaría* tener la oportunidad de hablar cara a cara con todos.

—Gracias a ti eso parece más y más remoto. ¿Tú sabes que Zión y Cloé y el bebé están ahora en el subterráneo?

—Así supe.

—Y nadie sabe dónde está Patty.

—¿Pero alguien te dijo que ella estaba en los Estados Unidos?

—Raimundo, es un lugar grande.

—Sí, pero aún no logro concebir que ella nos entregue.

—Tienes más fe que yo.

—Estoy de acuerdo con que tenemos que ser cuidadosos.

—¿Cuidadosos? Si logro que Ti me lleve a Mt. Prospect o si te espero, ¿quién sabe si no estamos metiéndonos derecho en una trampa en la casa de refugio? Milagro es que no la encontraran mucho antes que yo me integrara a ustedes.

Raimundo ignoró eso y Lea se sintió mala. Ella decía lo que sentía pero ¿por qué no podía tratarlo un poco mejor?

***

David se contactó con Anita, que dijo que ella se iba de vuelta a la cama, luego, invitó a Max para que viniera a su oficina a ver lo que estaba pasando en la morgue. Se instalaron cerca de la computadora y David empezó por oír directamente en vivo. La doctora Eikenberry estaba dictando una rutina acerca de la altura y el peso del cuerpo y de sus planes para embalsamarlo y repararlo.

Max dijo: —Justo desde que empezaron hubo una especie de acalorada discusión. La gente dice que ella gritaba a todo pulmón exigiendo que viniera el médico. ¿Puedes retroceder sin echar a perder la grabación que estás haciendo ahora?

David buscó exactamente cuando los micrófonos de la morgue detectaron sonido por primera vez. La hora era precisamente después de las ocho de la mañana y la grabación empezaba con una llave metida en la puerta y la puerta que se abría. Era claro que la forense traía a dos ayudantes consigo, un hombre y una mujer, ambos parecían jóvenes. Ella llamaba Pedro al muchacho y Kiersten a la joven.

Las primeras palabras habladas eran de la doctora Eikenberry. Ella estaba diciendo obscenidades y, luego: —¿Qué es esto? ¿Ellos dejaron el cajón aquí dentro? Busca a alguien que lo saque de aquí. Yo voy a trabajar en esta mesa y necesito espacio. Supongo que no hay más cadáveres almacenados?

—Estoy aquí con usted, doctora —dijo Pedro—, no sabría decirle.

—Averigua, ¿quieres? Kiersten, llama a alguien para que se lleven el cajón.

En el trasfondo se oía a Kiersten que hablaba tentativamente con la operadora del sistema telefónico de palacio. Se podía oír, en primer plano, que Pedro daba un portazo.

—Señora, no se va a alegrar.

—¿Qué?

—Aquí dentro *no* hay cuerpos.

—¿Ninguno?

—Ninguno.

—¿Me estás diciendo que Carpatia tampoco está ahí dentro?

—Señora, ninguno significa ninguno.

Ella volvió a proferir obscenidades. —¡Kiersten! Trae para acá a alguno que tenga una barra en cruz. ¿Dejaron el cuerpo toda la noche metido en este cajón? Me sorprendería si no hiede.

Después de varios minutos de mascullar, se oyó una voz de hombre: —Señora, ¿usted pidió una barra en cruz?

—Sí, y alguno que sepa usarla.

—Yo puedo.

—¡Usted es un guardia!

—Las barras en cruz no son nada. ¿Usted quiere abrir el cajón?

—Soldado, baje su arma. ¿Por qué lo mandaron *a usted* a hacer esto?

—Seguridad. No quieren a nadie aquí dentro, salvo usted y su personal.

—Bueno, aprecio eso pero...

David y Max oyeron que se abría el cajón.

—¿No hay ataúd? —dijo la doctora—. Póngalo en el refrigerador.

—¿Dentro de la bolsa o fuera? —dijo Pedro.

—Dentro —contestó ella—, no quiero ni pensar cuánta sangre perdió ahí dentro. No voy a empezar hasta las diez, por instrucciones recibidas, pero preparémonos.

Pasaron varios minutos con muy poca conversación, que en gran parte se refería a que habían hallado la amalgama plástica y la doctora que daba instrucciones a sus ayudantes acerca de cómo y dónde y cuándo tenerlo listo. —¿Creen ustedes que este guincho puede manejar a un hombre de su tamaño?

Pedro dijo: —Nunca antes vi uno portátil. Lo haremos funcionar.

David aceleró la cinta hacia delante hasta que oyó conversaciones deteniéndola solamente cuando parecieron significativas. Por último, llegó al punto de las diez de la mañana, y el refrigerador fue abierto de nuevo. La doctora Eikenberry encendió una grabadora y habló a un micrófono que David había visto colgando del cielo raso cuando él ayudó a entregar sus materiales.

"Esta es Madeline Eikenberry, doctora en medicina y patóloga forense, en la morgue del Palacio de la Comunidad Global en Nueva Babilonia, con los ayudantes Pedro Montes y Kiersten Scholten. Ellos están depositando en la mesa de trabajo el cuerpo de Nicolás Jetty Carpatia, de treinta y seis años de edad. Sacaremos el cuerpo de la bolsa apropiada en que fue puesto después de su muerte, ocurrida aproximadamente catorce horas atrás en Jerusalén, por causas aún por determinar".

David y Max escucharon el traslado de la bolsa desde la camilla a la mesa de trabajo. —No me gusta el ruido de eso —murmuraba la doctora Eikenberry—. Se escucha como si él se hubiera casi desangrado.

—Guaj —dijo Kiersten.

—¿Querida, pudieras deletrear eso para quien transcriba esto? —dijo la doctora, y luego—, ¡oh, no! ¡ay, qué horror! ¡Aj! Pedro, ¡no lo pongas en el suelo! Asegúrate que drene desde la mesa. ¡Qué asco! Bueno, secretaria, usted sabe lo que debe dejar fuera. Siga aquí. El cuerpo no fue preparado en forma apropiada para el traslado o el almacenamiento, y se juntaron varios litros de sangre en la bolsa. El cuerpo sigue vestido con traje y corbata y zapatos, pero una herida masiva en la parte posterior de la cabeza y el cuello, la cual será examinada una vez que se desvista al difunto, parece ser la salida de la sangre.

David escuchó como que se estuviera cortando la ropa de Carpatia. La doctora Eikenberry dijo, mientras se empezaba a oír el ruido del agua: —No se ven heridas anteriores. Démoslo vuelta. ¡Ay! ¡Cuidado con eso! —Ella volvió a proferir obscenidades una y otra vez—. ¡Traigan ahora a su médico! Y quiero decir ¡ahora! ¿Qué cosa es esto? ¡No me dijeron nada de esto!

Los pasos deben haber sido de Kiersten que corría a la puerta para que alguien fuera a buscar al médico porque Pedro se escuchaba tan claro como la doctora. —Pensé que usted iba a buscar una herida de entrada de bala.

—¡Yo también! ¿Hay alguien que trata de matarnos?

Más rociado, gruñidos y murmullos. Finalmente, la puerta se volvió a abrir. Pasos apresurados. —Doctor —empezó Eikenberry—. ¿Por qué no me advirtieron de esto?

—Bueno, yo he...

—Dar vuelta a un hombre con esta clase de arma aún en él es diez veces más peligroso que un policía que mete sus manos desnudas en el bolsillo de un drogadicto sin que, primero, verifique si hay agujas u hojas de cuchillo.

—Lo siento, yo...

—¿Usted *lo siente*? ¿Usted quiere ayudar a sacar esto? Ah, no importa. Sólo dígame si hay algo más que yo debiera haber sabido.

El médico sonaba totalmente intimidado. —Bueno, a decir verdad...

—Oh, por favor, *por lo menos* haga eso. Pienso que es el momento oportuno, ¿no le parece?

—Uh, uh, bueno, usted sabe que tiene que buscar una bala...

—Lesiones, heridas, sí, ¿qué?

—Lo efectivo es que los técnicos médicos de urgencia opinan que...

—¿Los mismos que prepararon, o debiera decir dejaron sin preparar un cadáver como éste?

—Señora, eso no fue culpa de ellos. Entiendo que el Comandante Supremo presionaba a todo el mundo para sacar de allá al cuerpo.

—Prosiga.

—Los técnicos médicos de urgencia creen que usted no encontrará heridas de bala.

Un silencio embarazoso.

—Doctor, francamente no me preocupa lo que hallemos. Yo le daré a usted mi opinión de experto y si también hay agujeros de bala, los incluiré pero ¿puede contestarme una cosa? ¿Por qué todos piensan que hubo un tirador y por qué la prensa acusa tanto a ese ex empleado? Porque sus huellas se hallaron en el arma que *no* baleó a Carpatia? No lo capto.

—Señora, como *usted* dijo, si me perdona, no es su función preocuparse por la causa de la muerte sino solamente evaluarla.

—Bueno, yo diría que, oh, una espada pequeña o un cuchillo grande, de unos treinta y ocho a cuarenta y seis centímetros, doctor, ¿qué nombre le daría a esto?

—Ciertamente una hoja con mango.

—Ciertamente. Yo arriesgaría una suposición de que eso, sea lo que fuere, entró a unos cinco centímetros por debajo del ápice de la nuca y salió como un centímetro a través de la corona del cráneo, cosa que, por cierto, no realzó la salud de la víctima, ¿no es así?

—No, señora.

—Doctor, ¿realmente usted no sabe por qué no me informaron de esta herida grande probablemente letal?

—Sé que no queríamos prejuiciarla.

Ella se rió. —Bueno, ¡ciertamente lo lograron! ¿Qué dice tocante a que casi cortó a mis ayudantes y a mí?

—Supongo que pensé que usted vería la, el, este, la espada.

—Doctor, ¡el hombre nada en su propia sangre! ¡Él estaba de espaldas! Lo trasladamos de la misma manera, lo desvestimos, lo lavamos, no vimos heridas de entrada ni de salida en la cara anterior y, naturalmente, lo dimos vuelta para examinar las heridas posteriores. ¿Qué cree que yo esperaba? Vi las noticias. Oí el tiro y vi a la gente que corría y a la víctima que caía. Había oído el rumor de que podía haber sido una conspiración, que uno de los potentados regionales pudiera haber tenido un arma oculta, pero yo hubiera agradecido saber que el hombre iba a lucir como una salchicha vienesa de cóctel con una espada atravesándolo.

—Entiendo.

—¿Ve el daño que este arma hizo a tejido vital?

—No por entero.

—Bueno, a menos que encontremos balas en el cerebro o en alguna otra parte por encima del cuello, esto sólo lo mató.

De nuevo se oía agua rociada. —No veo agujeros de bala, ¿y usted?

—No, señora.

—¿Pedro?

—No.

—¿Kiersten?

—No.

—¿Doctor?

—Dije que no.

—Pero esta hoja parece haber atravesado las vértebras, quizá la médula espinal, las membranas, el tronco cerebral, el cerebro mismo, de nuevo las membranas y, entonces, salió por la corona del cráneo, no hay nada peor para romper.

—Señora, esa sería también mi observación.

—¿Sería?

—Sí.

—Su opinión de experto.

—No soy patólog...

—¿Pero sabe lo suficiente de anatomía para saber que no me sorprendería si hubiera adivinado con bastante exactitud las lesiones internas?

—Correcto.

—¿Pero más importante es que esta arma parece tan letal ahora como debe haber sido antes de ser lanzada?

—Me temo que sí.

—¿Usted entiende dónde voy?

—Creo que sí.

—Usted lo cree así. Uno de nosotros, los patólogos inge-nuos, apenas roza esa hoja con su dedo y somos tajeados.

—Lo lamento...

—Y aunque la víctima sea uno de los hombres más respetados de la historia del mundo, todavía no sabemos, ¿no?, qué pudiera haber en su sangre? ¿o qué pudiera haber habido en las manos del asesino, ¿no?

—No.

—¿Señor, nota algo raro en la hoja?

—No sé. Nunca vi una como esta, si eso es lo que usted, señ...

—Doctor, es más simple que eso. El borde cortante está para fuera.

—¿Está segura que solamente tiene un borde filoso?

—Sí, y, ¿sabe cómo lo sé? Porque tuve la suerte suficiente para meter mi dedo ahí cuando dimos vuelta el cuerpo. Mire aquí, arriba de su cabeza. Al irlo dando vuelta, mi mano quedó detrás de la cabeza, y oculta ahí, entre el pelo, estaba la salida de un centímetro de la hoja. En cuanto tocó mi índice enguantado, me encogí alejándome. Si hubiera hecho eso con el otro borde, me atrevo a decir que me hubiera cortado totalmente el dedo.

—Entiendo.

—Usted entiende. ¿También entiende nuestro desafío para sacar el arma?

Una pausa. —En realidad, si es tan fuerte y cortante como usted dice, sacarla debiera ser bastante sencillo. Usted sólo la tira para atrás por donde entró, y...

—Doctor, ¿puedo recordarle que el borde cortante está hacia fuera del cadáver?

—Lo sé.

—Entonces, si no somos precisos al milímetro, la hoja pudiera cortar verticalmente su salida. Regla capital de la patología forense: dañe el cadáver lo menos que pueda para que sea más fácil determinar cuánto trauma fue asestado realmente desde fuera.

—Ah. Madeline, si yo pudiera hablar.

—Por favor.

—En privado.

—Discúlpenos —dijo ella, mirando evidentemente a sus ayudantes. Se oyeron pasos.

—Madeline, me disculpo por cualquier parte que yo hubiera desempeñado en esta peligrosa situación pero llevamos mucho tiempo siendo amigos. Yo la recomendé al Comandante Supremo porque quería que usted tuviera el honor y el pago. Resiento que me trate de esa manera delante de sus subordinados y...

—Aceptado. Diré cosas lindas de usted cuando se vaya. Y aprecio la asignación. No sé cuáles sean los beneficios de pedir a un forense que evalúe a la víctima más famosa de la historia, pero yo le debo gratitud a usted por eso.

—De nada —dijo él llanamente y David lo oyó irse.

Pedro y Kiersten regresaron. —Vaya —dijo Pedro.

—Vaya es correcto —dijo la doctora Eikenberry—, ¿ese hombre?

—Sí.

—¿Ese médico que acaba de irse? —aclaró ella.

—Sí.

—Debo decirles que él es un idiota completo.

La forense dijo a la secretaria que hiciera el favor de pasar por alto todo lo dicho desde que dieron vuelta el cadáver y que retomara en ese punto. Explicó cómo había irrigado toda la zona de la herida hallando "solamente la única herida de entrada y salida con el arma aún en el sitio. La herida de entrada era considerablemente más grande que la de salida y casi todo el flujo de sangre salió del cuello, aunque era comprensible que hubiera pruebas de salida de sangre por los ojos, la nariz, la boca y las orejas. Que la herida de entrada sea claramente más grande, aunque la hoja misma no sea mucho más ancha ahí, es indicación de que el arma fue enterrada y retorcida agresivamente. El cráneo hubiera mantenido en su lugar a la punta del arma pero el fondo parece haber sido lo bastante flexible para infligir un trauma severo".

David miró a Max y exhaló el aire. —Raimundo está claro, quiero decir, él pudiera ser muerto por haberle disparado *a* Carpatia pero no pudo haberlo matado.

Max movió la cabeza. —Me parece como que Carpatia fue asesinado por uno de los suyos.

David dijo: —Con toda seguridad que parece eso. Se decía que uno de los potentados tenía algo en su sobretodo pero yo quiero ver los videodiscos.

***

Camilo se despertó muy avanzada la mañana, tieso y adolorido. El sol lo cegaba pero Jaime seguía durmiendo. Camilo miró más de cerca la frazada de Jaime, infestada de ratas. Por dentro habían costras de sangre y se preguntó cómo podía aguantarse el viejo. También se preocupó por si parte de la sangre fuera de Jaime.

Camilo tironeó con cuidado la frazada para ver si había manchas de sangre en el piyama de Jaime pero éste la sujetó con fuerza y se dio vuelta, dejando al desnudo su espalda. Nada de heridas ni manchas que Camilo pudiera ver.

—¿Estás despierto? —masculló el viejo, aún dando vuelta de espaldas a Camilo.

—Sí. Tenemos que hablar.

—Más tarde.

—Ahora.

—¿Por qué no vas a buscarme algo de ropa? Tengo que irme a casa y no puedo ir así.

—¿No piensa que la CG le está esperando allá?

Jaime se dio vuelta para mirar a Camilo, entrecerrando los ojos por la luz del sol. —¿Y por qué debieran estar allá? ¿Dónde está mi teléfono? Quiero llamar a la casa, hablar con Jacobo.

—No.

—¿Por qué no?

—No, Jaime. Yo sé la verdad. Yo sé lo que pasó.

—¡No viste nada! ¡Nadie vio nada!

—¿No puede admitir lo que yo ya sé? ¿Qué clase de amigo es?

Jaime se levantó, fue al baño, volvió para sentarse agotado, en la cama. Su pelo blanco apuntaba para todos lados.
—Debieras estar contento —dijo.

—¿Contento?

—¡Por supuesto! ¿Qué te importa cómo se hizo la obra, en la medida que fue hecha?

—¡Me importa porque *usted* lo hizo!

—No sabes eso y ¿qué tanto si lo hice?

—Morirá por eso, ¡tanto así! ¿Piensa que deseo eso?

Jaime ladeó la cabeza y se encogió de hombros. —Camilo, eres mejor amigo que yo.

—Estoy empezando a pensar eso.

Jaime se rió. —¿No consigo alegrarte, eh?

—Jaime, dígame cómo lo hizo.

—Mientras menos sepas, menor será tu responsabilidad.

—¡Oh, no sea ingenuo! Ha vivido mucho tiempo para ser así. Tengo que responder por todo. Tengo que agradecer tener la cara lacerada porque si no hubiera sufrido eso, hubiera tenido que cambiar mi aspecto de todos modos. Contarme que asesinó a Carpatia no me complicará más la vida. Ellos tienen suficientes datos de mí, fabricados y de los otros, para sacarme de circulación. Así, pues, cuénteme.

—No le hablo a nadie. Esto es mío solamente.

—Pero sabe que no puede ir a su casa.

—Puedo decirle a mi gente dónde estoy, que estoy bien.

—Tiene que irse conmigo a los Estados Unidos.

—No puedo abandonar a mi patria, mi personal.

—Jaime, escúcheme. Su personal está muerto. Fueron torturados y masacrados anoche por la CG, probablemente tratando de apresarle a usted.

Jaime alzó lentamente los ojos, con su pelo que arrojaba sombras desordenadas a la pared distante. —No digas locuras —dijo agotado—, eso no es divertido.

—Jaime, yo no haría bromas al respecto. A Jacobo lo mataron con un golpe en el mentón que le quebró el cuello. Un guardia le dio un culatazo con una Uzi cuando él trataba de correr hacia usted.

Jaime se tapó la boca con la mano y tragó aire ruidosamente. —No —dijo con sus palabras sofocadas—. No me hagas esto.

—Jaime, yo no lo hice. Usted lo hizo.

—¿Él está muerto? ¿Sabes con certeza que está muerto?

—Yo mismo le tomé el pulso.

—¿Qué hice?

—Hannelore y su madre y Esteban también murieron.

Jaime se paró y se acercó a la puerta como si quisiera irse, pero sabiendo que no tenía dónde ir. —¡No! —gimió—. ¿Por qué?

—Jaime, alguien tenía que saber. Alguien tuvo que verle. Seguro que no esperaba salir indemne de esto.

Las rodillas de Jaime cedieron y cayó al suelo golpeándose fuerte, con un grito muy agudo en su garganta. —¿Tú también comprobaste los pulsos de ellos, en la casa?

Camilo asintió.

—Eso no fue inteligente. Te pudieron haber matado también.

—Y *mi* muerte también hubiera sido culpa suya, Jaime. ¡Mire lo que ha pasado!

Jaime se dio vuelta y se inclinó sobre la cama, aún arrodillado. Enterró la cara en las manos. —Yo estaba dispuesto a morir —pudo decir—. No me importaba de mí. La espada era perfecta y entraba perfectamente en los tubos de mi silla. Nadie sabía. Ni siquiera Jacobo ¡Oh, Jacobo! ¡Jacobo! ¿Qué te he hecho? ¡Camilo! Tienes que matarme. Tienes que vengar esas muertes. —Se paró rápidamente y abrió la ventana. ¡Si pierdo el valor, tienes que empujarme! Por favor, ¡que no puedo soportar esto!

—Jaime, cierre la ventana. No voy a matarle y no dejaré que se suicide.

—No me voy a entregar a esos cerdos. ¡No les daré el gusto! ¡Oh, Camilo, *me suicidaré!* Tú sabes que lo haré.

—Tendrá que intentarlo sin que yo esté presente. Jaime, yo le amo demasiado. Yo moriría antes que usted para impedir que se vaya al infierno.

—¿Infierno? Si Dios me mandara al infierno por asesinar a tamaño monstruo, iré contento pero ¡él *debiera* mandarme al infierno por lo que le hice a mi gente! ¡Ay, Camilo! —Se dejó caer en la cama, enrollándose en la postura fetal y gimiendo como si estuviera por reventar. Súbitamente se enderezó sentándose, claramente ansioso por revivir lo hecho.

—Yo iba a saltar desde mi silla justo en el momento exacto, con el arma en la mano. Él es mucho más alto que yo, así que había practicado saltos. Yo iba a saltar tan alto como pudiera y... con ambas manos en el mango, iba a enterrarle la hoja por la parte superior de la cabeza. Todo el mundo lo vería y lo sabría.

«Estaban todos esos necios en el escenario, gente de pie, sentada, moviéndose, riéndose. Yo me uní a ellos, midiendo la distancia, viendo dónde podía maniobrar la silla. Cuando él vino a saludarme y levantó mi mano, estuve a punto de inclinarme para sacar la espada y hundírsela en el corazón. Pero mi ángulo era malo. No hubiera tenido la fuerza para sacar la hoja, mucho menos para empujarla donde quería meterla.

«Yo rodaba hacia él finalmente mientras él se movía hacia mí. Mi plan era darme vuelta rápidamente a último minuto y hacerlo tropezar. Entonces, yo iba a saltar desde la silla a matarlo. Pero justo cuando él se acercaba a mí, se disparó ese revólver. Primero pensé que me habían descubierto y que sus guardias de seguridad me habían disparado pero él se cayó hacia mí, lejos del ruido del arma y del atril destrozado.

«Pude ver que él iba a caerse en mi regazo así que saqué rápidamente la hoja. No tuve tiempo siquiera para orientarla en mis manos. La apunté derecho hacia arriba y la sujeté con firmeza cuando él se iba cayendo hacia atrás y encima de la hoja. La sujeté firmemente tratando de sacarle el cerebro de su malvada cabeza. Él se convulsionó y yo lo solté. Rodó a mis pies. Hubo caos. La gente vino corriendo. Yo me alejé en la silla y, por un instante, pensé que había salido bien de esto. ¡La oportunidad! ¡El balazo! Supe que había salido de la multitud y, mientras huía corriendo, me preguntaba si esto iba a ser entendido mal como crimen de dos personas.

«Yo había trazado una vía de escape imposible en un segundo y heme aquí. ¿Quién lo hubiera creído?

Camilo movía la cabeza. Jaime se dio vuelta, gimiendo.

—Tienes razón —susurró—. Todo es culpa mía. Yo le hice eso a ellos, Ay, no, no, no...

Camilo oyó voces abajo de la ventana. Tres vagabundos que compartían una botella. —¿Cuál de ustedes quisiera un billete de cincuenta Nicks? —preguntó.

Dos le hicieron señas pero un borracho joven se paró rápidamente. —¿Qué tengo que hacer?

—Cómprame algo de ropa y zapatos con estos veinte, y cuando me los traigas, te quedas con el cambio y recibes otros cincuenta.

Los otros dos se rieron e intentaron cantar. El borracho joven entrecerró los ojos y dejó caer su cabeza hacia atrás, ¿cómo sabe usted que yo no me escaparé con sus veinte?

—Mi riesgo —contestó Camilo—. Tú pierdes. ¿Quieres veinte o cincuenta?

—Démelos —dijo el hombre, estirándose. Camilo dejó caer el billete, cosa que puso de pie a los otros dos para competir. El más joven los sacó del medio y tomó con toda facilidad el billete. Camilo se sintió mejor cuando el hombre se dio vuelta diciendo: —¿Qué talla?

***

—No hubo caso —dijo Abdula por teléfono.

—¿Cuál es el problema? —dijo David.

—El muchacho tenía el temor de Dios en él. No dejó que esos discos salieran de su vista. Ni siquiera saqué la máquina de mi bolsa. Él dijo que se quedaría ahí y miraría mientras yo los anotaba, si tenía que hacerlo.

—Sólo espero que no los hayan traído para acá a fin de destruirlos. Son la única esperanza para exonerar a Raimundo.

—¿Exonerar? ¿Qué significa eso?

—Sacarlo del problema.

—No, señor —dijo Abdula—. Él no tenía ni siquiera que apretar el gatillo para ser culpable. Él apuntó a Carpatia. ¿Qué más necesitan? Tiene que permanecer tan lejos como pueda de aquí.

NUEVE

Siete horas después

David aborrecía tener tan poco tiempo para Anita, pero sabía que el exilio de ellos se aproximaba veloz. Entonces, si podían efectuarlo, iban a estar juntos tanto como desearan —y, probablemente, muy pero muy lejos de Nueva Babilonia.

Qué ciudad increíblemente bella hubiera sido Nueva Babilonia en otras circunstancias. Carpatia había empleado a los mejores arquitectos, paisajistas, diseñadores y decoradores. Salvo por la ausencia de obras de arte que honraran a Dios, el lugar lucía magnífico, particularmente en las noches. Había grandes luces de colores que acentuaban los enormes edificios cristalinos. Sólo desde la reciente destrucción de otro enorme porcentaje de la población y de la resultante escasez de personal, el lugar había empezado a demostrar los faltantes. La recolección de la basura llevaba más tiempo, al igual que la reparación de las luces; sin embargo, el perfil de las construcciones dejaba sin aliento, una maravilla hecha por el hombre.

Al reptar la oscuridad sobre el horizonte, David estaba escuchando a Fortunato, Hickman y Moon por medio del aparato para espiar qué había en la oficina de Carpatia. No podía saber si León estaba instalado realmente en el sillón de Nicolás pero, por cierto, que sonaba así. Ellos estaban mirando los videos traídos de la Gala. David estaba sentado, con la cabeza entre sus manos, usando auriculares para tener la seguridad de captar cada detalle. Deseaba ver los videos pero eso no era lo que le tocaba.

Ellos pasaban y volvían a pasar y repasar las escenas que incluían el disparo. —¿Ven? —decía Moon—. ¡Él está justamente allá abajo, a la derecha del escenario, a un metro o poco más abajo, ahí! ¿Ven? ¡Pausa!

—Walter, yo lo veo —dijo León—. Bueno es que tengamos las huellas digitales. Yo no hubiera podido saber quién era ése ni en un millón de años.

—Buen disfraz —dijo Hickman—. El pelo canoso que sale del turbante. Buen toque. Túnicas. Yo hubiera pensado que era un árabe.

—De todos modos, algo harapiento.

Todos se rieron.

—Raimundo Steele —dijo suavemente León—. ¿Quién hubiera creído eso? ¿El asesinato no será contrario a su religión?

Risas. Silencio. Luego: —No sé. —Era Hickman—. Quizá se convenció de que es una guerra santa. Entonces, supongo que todo vale.

—El hecho es —dijo Moon—, que él erró.

—Uno mira bien —dijo Hickman—, y ve que antes él tuvo un ángulo mejor. Él dispara entonces, él es nuestro tipo. Pero no creo que él siquiera quiso disparar cuando lo hizo.

—¿Qué estás diciendo?

—Mire. Cámara lenta, bueno, retroceda a un segundo antes. ¡Miren! ¡Justo ahí! Alguien lo empuja. Una persona baja. ¿Una mujer? ¿Pueden hacer un acercamiento?

—No sé cómo manejar estas máquinas locas —dijo León—, debiéramos traer a Hassid para acá.

—¿Quiere que lo llame?

—Quizá. Un momento. Aquí, está bien. Lento y acercado. ¿Qué ve?

—¡Ahí! —dijo otra vez Hickman—. Ella se tropieza, pierde el equilibrio o algo así, ¡Ah! ¿A quién se parece ésa? Wally, ¿a quién te recuerda?

—No.

—¿No? ¡Vamos! ¿En quién estoy pensando?

—Sé en quién piensas pero la tenemos bien vigilada en Norteamérica. Probablemente esté tratando de llegar al funeral de su hermana. Ella no sabe que fue hace un mes.

Se rieron de nuevo y David tomó el teléfono.

—Raimundo —dijo—, quizá Patty *no* esté todavía camino a la casa de refugio. La CG la detectó yendo al oeste, tratando de llegar al funeral de su hermana.

—Eso es un alivio. Quizá estemos bien por un tiempo.

—No se confíen demasiado. Yo cargué un montón de cosas en la computadora de Cloé para que ustedes puedan ver sus nuevas excavaciones, si las necesitan. ¿Dónde estás?

—Bueno, estaba por aterrizar en Palwaukee cuando supe de Lea. Yo he tenido problemas para comunicarme con Ti para ver si él podía sacarla de Kankakee, al sudeste de aquí. Tampoco ella pudo comunicarse así que yo voy camino a buscarla. Regresaremos para acá y usaré el automóvil de Camilo para ver si podemos llegar a salvo al refugio.

—Llama a Zión primero. La última vez que hablé con él dijo que creyó oír ruidos de vehículos.

—Eso no es bueno.

—Y me lo dices —comentó David—. Oye, Lea pudiera necesitar un nuevo alias.

—¿Sí? ¿Por qué?

—Ella ha andado preguntando por Patty en todas partes usando eso de Clendenon. Puede que traten de seguirla hasta Patty.

—Ellos ya tienen a Patty. No necesitan a Lea.

—Raimundo, lo que tú digas. Fue sólo una idea.

—La aprecio.

—Mejor que tengas cuidado. Ellos van a tratar de colgarte esto.

David le contó de la autopsia y de la investigación de pruebas.

—¿Así que erré el blanco, tal como tú pensaste?

—Pareces muy seguro a estas alturas.

—Entonces, ¿cómo pueden atribuirme eso?

—Vaya, ¿ellos están obligados con la verdad? —Si no lo hiciste, alguien de la plataforma lo hizo.

—Apuesto mi dinero a uno de los tres reyes insurgentes —dijo Raimundo—, probablemente Litwala.

—Aun si tienes la razón, tú eres un asesino menos embarazoso que alguien subordinado a Nicolás. Te apuesto que eres el chivo expiatorio.

***

Camilo había estado todo el día con el atontado Jaime Rosenzweig. El viejo había pasado todo el día del sueño al llanto, amenazando suicidarse. Camilo quería salir a buscar algo para comer, pero no se animaba a dejar solo a Jaime. El borracho volvió tirando a la ventana un atado de ropa usada pero no se interesó en ganar más dinero para ir a comprar comida. Se esfumó en cuanto recibió sus cincuenta.

Camilo llamó a conserjería. —¿Hay alguien ahí que pudiera traernos algo de comer, pagándole?

—¿Qué, se cree que tenemos servicios a la habitación?

—Sólo dígame si conoce a alguien que quiera ganarse unos cuantos Nicks.

—Sí, bueno. Cuando el conserje vuelva de su descanso, yo se lo mandaré. Lo reconocerá por el esmoquin que viste.

Asombrosamente a los diez minutos alguien golpeó en forma tentativa. Camilo deseó tener un arma. —¿Quién es?

—Yo iré a buscar comida —dijo un hombre—, ¿cuánto?

—Diez.

—Trato hecho.

Camilo lo mandó comprar comida local. Era todo lo que podía hacer para lograr que Jaime comiera unos bocados. En ese momento llamó David.

—¿Es cierto? —preguntó—, acerca de Jaime?

Camilo se quedó atónito. —¿Qué acerca de él?

—¿Que está muerto, quemado en su casa junto con todo su personal?

—David, tú sabes que eso no es verdad. ¿Nadie te ha dicho que yo estoy con él?

—Sólo te comento lo que dicen en la televisión.

—¿Así que de esta manera cómo lo van a vender? Héroe estadista muere en un incendio. Eso lo deja fuera de la conspiración.

—Ellos están convencidos que uno de los tres insurgentes lo hizo —dijo David—, pero eso sería malo para la moral. ¿Cuál es la teoría de Jaime? Él estaba precisamente ahí.

—David, tenemos que hablar de esto más tarde. Yo tengo que sacarlo de aquí.

—¿Cómo?

—Por fin pude comunicarme con Ti. Él va a traer el Super J. Lo dirigí a un camino bloqueado. Tenemos que estar ahí cuando él aterrice para que pueda estar volando de nuevo antes que nadie se dé cuenta. Tendremos que parar en Grecia para cargar combustible, aunque... no quisiera arriesgarme a ir allí.

***

Zión estaba alarmado. Cloé proponía una locura. —¿Te puedo confiar a Keni —dijo ella—sin que te quedes dormido?

—Yo daría mi vida por ese niño, tú lo sabes. Pero no debes ir. Esto es necedad.

—Zión, no puedo quedarme sentada aquí sin hacer nada. He informado a todos los de la cooperativa de lo que está pasando, en general, pero poco puedo hacer hasta que se sancionen las restricciones a la compraventa. No me impidas hacer algo que vale la pena.

—Cloé, yo no soy tu jefe. No puedo privarte de nada. Sólo te insto a pensar muy bien todo esto. ¿Por qué tienes que ir? Y ¿por qué tiene que ser ahora? El automóvil de Camilo está en el aeropuerto. Si te llevas el Suburban, me dejas sin transporte.

—Zión, tú no tienes dónde ir. De todos modos no puedes vencer a la CG. La mejor opción que tienes es quedarte precisamente aquí, escuchar por si vienen, cortar la electricidad si los oyes, y volverte invisible.

Zión alzó las manos. —No te puedo disuadir así que haz lo que vas a hacer pero no te demores.

—Gracias, y prométeme que harás todo menos permitir que Keni caiga en las manos de la CG.

—Primero muero.

—Yo quiero que *él* muera primero.

—No haré eso.

—Tú dejarías que ellos se lo lleven.

—Pasando por encima de mi cadáver.

—Zión, ¿no te das cuenta? ¡Así es cómo será! Tú serás un mártir pero aun habrás perdido a Keni en las manos del enemigo.

—Tienes razón. Mejor es que te quedes aquí.

—Buen intento.

—Esto no es algo inteligente para hacer a plena luz del día.

—Tendré cuidado.

—Demasiado tarde. Ya estás portándote con temeridad.

—Zión, adiós.

***

—¿Qué deduces de todo esto? —decía Hickman cuando David volvió a escuchar.

—Delirios —dijo León—. Alucinaciones. Algarabía. Cosa nada rara en una situación como esta.

—Pero primero dijo eso de que creía que él había hecho todo lo que tú pediste. ¿Qué fue eso?

—¡Nicolás no se dirigía a mí! ¡Nunca, nunca, nunca yo hubiera podido pedirle que hiciera algo! De todos modos, si él me hablaba a mí, eso indicaría que él pensaba que yo lo había atacado.

—Entonces, ¿qué es esta obsesión con el... ¿cómo lo llama?

—¿El velo? ¿O el valle¿ ¿Cuál?

—Escucha. Escucha lo que dice.

David se apretó bien los dos audífonos y escuchó con todo cuidado. Después del primer quejido de Carpatia, que hizo eco por todo el sistema de sonido, parecía que el sistema PA había fallado pero el micrófono de la máquina de videodiscos grabó sus siguientes palabras. —El velo —dijo Carpatia con la voz enronquecida— ¿Fue partido en dos de arriba abajo? —Carpatia luchaba por darse a entender—. Padre —pudo decir—. Padre, perdónalos por no saben lo que hacen.

David se estremeció.

La conversación que siguió le hizo recordar algo que él y Max habían oído en la morgue. Llamó a Max. —¿Fue la doctora Eikenberry la que habló de los informes de las últimas palabras de Nicolás?

—Justamente eso hubiera sido imposible.

—Eso es lo que pensé. En cuanto empezó a examinar y vio el daño, dijo que él no era capaz de hablar, ¿correcto?

—Exactamente.

David retrocedió la grabación y lo encontró.

La doctora Eikenberry decía: —Bueno, esto califica de mentira a ese cuento de "las últimas palabras", ¿no?

—Con toda seguridad —dijo Pedro—, a menos que pudiera hablar en forma sobrenatural.

Él, la doctora y Kiersten se rieron. —Este hombre no pudo haber dicho una palabra —concluyó la doctora Eikenberry—. Quizá quieren inventar algo para la posteridad, pero nadie ha pensado en preguntarme si eso era posible.

***

POSEÍDO

Raimundo aterrizó al Gulfstream en Kankakee pocos minutos después de las nueve de la mañana, hora estándar del centro. Le había dicho a Lea que estuviera pendiente de un jet pequeño y lista para subir a bordo con toda rapidez. Pero al carretear por la terminal, la vio durmiendo en un sillón, al lado de la ventana.

Dejó el avión chirriando en la pista, sabiendo cuán notorio sería eso para el control de tierra, y corrió a la terminal, —¡Dora! —dijo mientras se acercaba—. ¡Dora Clendenon!

Ella dio un saltó y entrecerró los ojos para mirarlo. —¿Lo conozco? —dijo, claramente aterrada.

—Marv Berry —dijo él, tomando la bolsa de ella—. Tenemos que irnos.

—Hola, Marv —susurró ella—, tienes que decir cuando te presentas disfrazado.

Raimundo oyó una especie de advertencia transmitida por el sistema PA y un par de oficiales, de uniforme color naranja, empezaron a caminar hacia ellos. Él los ignoró y despegó rápidamente, seguro que Kankakee no tenía un avión CG para hacer persecuciones y poco interés en un pequeño avión a retropropulsión que había violado flagrantemente sus protocolos.

Le dijo a Lea. —Todo lo que recibo de Palwaukee es un tipo de la torre que dice que Ti no está ahí y no regresará hasta mañana y que él no está autorizado para decir dónde fue.

—Yo recibo lo mismo. ¿Qué entiendes de eso?

—No sé. Deseo que hubiera alguien en la iglesia a quien pudiera preguntar. Pero Ti y yo nunca necesitamos comunicarnos por medio de terceros. Habitualmente uno se comunica con él por el celular. Siempre quería estar actuando y yo necesitaba alguien que fuera a buscar a Camilo y Jaime trayéndolos para acá. Me siento tentado a llamar a Albie y ver si él pudiera encontrar a alguien.

—Ese es un nombre que nunca oí —dijo Lea.

—¿Albie? Historia larga. Buen tipo.

—Entonces, cuéntamela.

—No hasta que tú y yo aclaremos unas cuantas cosas.

—Querrás decir hasta que tú aclares —dijo ella.

Raimundo le contó lo que le había pasado en Israel, en el vuelo a Grecia y en Grecia. —Sé que eso suena poco convincente —dijo—, y no te culparía si pensaste que sólo lo inventé para...

—¿Inventaste? —dijo ella, evidentemente emocionada—, si inventaste eso, arderás en el infierno.

—Entonces, ¿serás la primera en perdonarme?

—Por supuesto, y yo también tengo que disculparme. Yo...

—No hiciste nada parecido a lo que yo hice —dijo Raimundo—, olvídalo.

—No me descartes, Raimundo. Me siento muy mal por la manera en que he reaccionado contigo.

—Justo. Estamos a la par.

—No te hagas el vivo.

—No lo hago. Puedes imaginarte cómo me siento por...

—No digo que yo haya sido tan terrible como tú —dijo ella, retorcidamente.

David reaccionó a un anuncio que decía que todo el personal de administración de la CG desde el nivel del director para arriba, tenían que presentarse de inmediato en el pequeño teatro del ala de educación. ¿Ahora qué pasaría?

Mientras docenas de personas llenaban la sala, Fortunato se paró al lado del atril, como un profesor. —Busquen sus asientos rápidamente, por favor, rápidamente. Me han informado que en Nueva Babilonia hay más de un millón de personas, con un mínimo de dos millones más por llegar. Nuestros servicios sociales están recargados al máximo y esta gente no tiene una forma de dejar salir su pesar. Yo quiero saber si hay una razón por la cual no podemos colocar el cuerpo del potentado en exhibición esta misma tarde y empezar a pasar la procesión de la multitud. Calculamos que ni la mitad de los dolientes se quedará para el entierro, el cual pudiera postergarse también, ¿tenemos iluminación adecuada?

Alguien gritó que sí.

—¿Y concesiones? ¿Puestos con agua, comida, servicios médicos?

—¡Pueden instalarse en una hora! —dijo alguien.

—Bueno. ¿El catafalco mismo y su pedestal?

—El pedestal está terminado y a la espera.

—¡Catafalco terminado! Conforme a especificaciones.

—¿Realmente? —dijo Fortunato—. Me dijeron que había cierta duda tocante a si podía sellarse al vacío...

—Resuelto con un poco de ayuda. Una vez que se ponga el cuerpo, adentro, el aire puede sacarse rápidamente y sellarse el agujero. El tapón es un compuesto de goma dura que se atornillará al plexiglás...

—Gracias, podemos ahorrarnos los detalles. ¿Todo el contenedor es transparente?

—Sí, señor. Y sobre el pedestal estará casi a cinco metros del suelo.

—¿Sin embargo, los dolientes tendrán acceso...?

—Por las escaleras que suben por un lado y bajan por el otro. Por supuesto, no podrán tocar el vidrio puesto que estarán separados unos dos metros con cordones de terciopelo y, eeh... guardias de seguridad armados.

—Gracias —dijo Fortunato—. Ahora bien, hay ciertos detalles que todos queremos oír, salvo los que tengan que ir a supervisar la construcción de los puestos de refresco. Quedan dispensados ahora y trabajemos para que las ocho de la noche sea la hora de empezar. Dejemos que la gente lo sepa para que empiecen a juntarse. Sí, señor Blod.

Guy había estado haciendo señas y, ahora, se paró.

—Me temo que mi estatua no esté lista sino al amanecer, como lo planeamos originalmente. Estamos progresando y creo que dejará estupefactos a todos, pero aun la meta inicial era casi imposible.

—Ningún problema. Ahora puede irse también, y todos esperamos ver su obra maestra.

Al salir Guy del salón, León pidió a la doctora Eikenberry que pasara al micrófono. —Ha sido su duro deber la preparación del cuerpo de nuestro amado líder. Como ella es una ciudadana leal de la Comunidad Global y fue una gran admiradora del potentado, pueden imaginarse cuán emocionante fue esta tarea. Le he pedido que informe sus hallazgos y resuma los desafíos que enfrentó para permitir que los dolientes tengan un último encuentro con Su Excelencia en una manera tan digna y memorable como sea posible, dadas las circunstancias.

La doctora Eikenberry había perdido el aspecto adusto que David le había visto la primera vez que la conoció. Su delantal blanco había desaparecido y parecía que se había maquillado de nuevo y arreglado el peinado. Se preguntó cuándo tuvo tiempo para hacer todo eso.

—Gracias, Comandante Supremo —empezó la doctora—. Indudablemente este fue un día muy difícil y emotivo para mí y mis ayudantes, Pedro Montes y Kiersten Scholten. Tratamos el cuerpo de Nicolás Carpatia con suma reverencia y respeto. Como era de esperar, la causa de la muerte fue un gravísimo traumatismo cerebral causado por una sola bala disparada de un revólver Saber. El proyectil entró al cuerpo del potentado justo por debajo de la nuca, en su cuello al espacio posterior —en la parte de atrás y salió por la parte superior del cráneo— atravesando la parte de arriba de la cabeza. La fuerza particularmente destructora de este tipo de proyectil destruyó dos vértebras, cortó la médula espinal, obliteró el tronco cerebral y la parte posterior del cráneo, y dejó lesiones residuales en la arteria carótida y en la mayor parte del tejido blando de la garganta.

«La rotación de la bala abrió la parte de atrás del cuello y la cabeza, causando el mayor reto para la reparación y reconstrucción. Sin entrar en detalles, la herida abierta tuvo que ser engrapada y cosida, camuflada con cera, masilla, colorantes y un poco de pelo artificial. Si el resultado contribuye a que el líder más grande que haya conocido el mundo tenga una despedida apropiada, agradezco haber servido así a la Comunidad Global, pues considero esto como gran privilegio».

La doctora Eikenberry empezó a irse entre lágrimas y aplausos sostenidos pero volvió al podio con el índice levantado y diciendo: —Si hay algo que puedo añadir es que hay pruebas grabadas de las últimas palabras de Su Excelencia que fueron expresión de perdón para el causante de este crimen aborrecible. Hace mucho tiempo que se atribuye el perdón a lo divino y yo, como médico profesional, debo decirles por qué estoy de acuerdo con ese criterio. Además del *sentimiento* de aquellas últimas palabras, puedo decirles que no existe en absoluto una explicación humana de la capacidad del potentado para hablar, dadas las lesiones físicas. Éste fue verdaderamente un hombre recto. Éste fue verdaderamente el hijo de Dios.

***

Raimundo trató personalmente de obtener más información del empleado que estaba en la torre de Palwaukee pero el hombre dijo: —Lo lamento señor, pero no sólo carezco del permiso para decírselo sino que no podría aunque quisiera. Él no me dijo dónde iba sino solamente cuándo esperar su regreso.

—¿Usted sabe quién soy yo?

—No, señor.

—¿No me ha visto por aquí, no sabe que soy amigo de Ti?

El hombre entrecerró los ojos para mirar a Raimundo, y Lea carraspeó. —Él, este... pudiera no reconocerlo.

Raimundo no podía creer su propia estupidez. —Escuche, hijo, tengo permiso para llevarme el vehículo de un socio pero él no me dejó las llaves. Tengo que saber que usted no se sentirá obligado a informar a las autoridades si yo hago arrancar el automóvil con los cables.

La mirada del hombre no daba tanta seguridad como lo que dijo. —Ni siquiera miraré en su dirección.

—Él no te tiene confianza —dijo Lea mientras caminaban hacia el Land Rover.

—¿Por qué debiera tenerla? Yo tampoco. ¿Entiendes? Hasta el pecado perdonado tiene sus consecuencias.

—¿Tenemos que espiritualizar todo? —dijo Lea pero Raimundo sólo supo que ella se había divertido. Cuando estuvieron en el camino, ella dijo: —No vamos a ir derecho a la casa de refugio a plena luz del día, ¿no?

—Naturalmente que no. Tenemos que hacer una parada primero.

Raimundo manejó hasta Des Plaines y a la única estación de servicio de combustible, de una sola bomba, que dirigían Zeke y Zeke hijo. Zeke salió rápidamente pero dudó cuando vio a Raimundo. Miró a Lea, más allá de él diciendo: —Reconozco el vehículo pero no a los ocupantes.

—Zeke, soy yo, y esta es Lea.

—Eso no fue artesanía de Z, ¿no?

—La de ella, sí.

—Mmm. No está tan mal. Tampoco la suya. ¿Necesitan trabajos para el vehículo?

—Sípe.

Zeke ignoró la bomba y abrió la puerta del viejo garaje. Raimundo entró el automóvil y, con Lea, se bajaron para que Zeke pudiera levantar el automóvil en la parrilla. Entonces, por una escala escondida, los tres bajaron al subterráneo donde Zeke hijo, miraba expectante. —¿Pasa? —dijo.

—¿Me conoces? —dijo Raimundo.

—No hasta que habló, pero lo hubiera captado. ¿Qué necesita?

—Nueva identidad para ella.

Zeke hijo se paró, con rollos de grasa titilantes debajo de su chaleco y camisa negra. —Gracia Seaver— dijo.

—¿Perdón?

—¿Qué le parece Gracia Seaver?

—¿Cómo es ella? —dijo Lea.

Zeke tomó un archivo: —Como esta.

—Eres un genio —dijo Lea. La rubia era, en general, de su edad, altura y peso—. No entiendo cómo lo haces.

—Muchos más que escoger en estos días —dijo él con timidez. La dirigió a un lavabo y le dio las sustancias químicas necesarias para convertirla en rubia. Ella y Raimundo se fueron dos horas más tarde con comida, un tanque lleno de combustible, y Lea con un pañuelo sobre el pelo húmedo recién teñido. Se había cambiado el aparato de los dientes, como también el color de los lentes de contacto. En su cartera llevaba una billetera con los documentos apropiados.

—Voy a tomar la ruta del norte —dijo Raimundo—. Eso nos dará una buena visión de cualquier tráfico que hubiera.

—A menos que estén escondidos.

—No hay demasiados lugares para hacer eso —dijo él—. ¿También esperaremos hasta que oscurezca?

—¿Tú me lo preguntas a mí?

—Ambos vivimos o morimos conforme a esa decisión —dijo él.

—Eso me ayuda.

Él llamó a la casa de refugio. Contestó Zión. —¿Dónde está ella?... ¡Dime que ella no!... ¡Ay, Zión! ¿Qué pasa con eso de la radiación, la...?

Zión le contó lo que les había dicho David sobre la radiación. Raimundo se paró a un costado del camino y tapó el micrófono del teléfono. —Esperaremos hasta que oscurezca —dijo, dando una vuelta en U.

—¿Entonces dónde?

—Chicago, y vigila hacia atrás por si acaso tuvieras la razón tocante al muchacho de la torre.

Raimundo telefoneó a Cloé evitando las trivialidades. —¿Dónde estás? —dijo.

—La zona de Palos —dijo ella—. Supongo, donde la carretera estatal triple solía cruzar Harlem.

—¿La calle Noventa y cinco?

—Ajá, ajá.

—¿Ahora qué? ¿Vas a seguir a pie por lo que queda?

—Puede que sí.

—¡Eso te llevará horas!

—Papá, ¿qué más tengo que hacer?

—Al menos esperarnos. Es probable que tú nos delates más que Patty. Tenemos ambos vehículos para manejar en las horas del día. A pie te vas a destacar como un pulgar dolorido. Estamos tan expuestos como nunca lo estuvimos.

—Tan sólo dile que hacer, Raimundo —dijo Lea—. Estás encargado otra vez, ¿recuerdas?

—¿Qué? —dijo Cloé.

Raimundo tapó el teléfono. —Lea, ella es una adulta, casada, ya no es mi hijita.

—Pero ella es tu subordinada en el Comando Tribulación. Haz lo que tengas que hacer.

—¿Cloé?

—Sí.

—Quédate ahí hasta que nosotros te encontremos. No haremos esto hasta que oscurezca.

DIEZ

Camilo tenía una crisis de conciencia. Una cosa hubiera sido albergar al asesino de Carpatia si hubiera sido Raimundo u otro creyente desorientado que pudiera, al menos, permitir la racionalización del hecho como acto de guerra, pero ¿Jaime?

Él no profesaba fe, no aborrecía a Carpatia desde el punto de vista espiritual. El hombre había cometido asesinato en primer grado lo que constituía delito, independientemente de lo que pensara el Macho.

—Entonces, ¿qué vas a hacer? —le presionaba Jaime mientras ambos languidecían en el hotel Los Visitantes Nocturnos de Jerusalén—. ¿Entregarme? ¿Abandonarme? Tu conciencia no acepta lo que hice a tu peor enemigo. Yo no puedo aceptar lo que hice a mis amigos más queridos. Ellos murieron por mí.

—Mayor amor no tiene el hombre...

—Camilo ya citaste eso antes, y sé donde quieres llegar con eso, pero ellos no tuvieron opción. Quizá hubieran muerto por mí en forma voluntaria pero esto fue lo que yo hice. Yo forcé las muertes de ellos.

—¿Hubiera hecho lo mismo por ellos? ¿Hubiera muerto por ellos?

—Quisiera pensar que sí. Ahora, debo.

—Deje de hablar así.

—¿Piensas que no soy sincero? Lo único que estorba el camino eres tú y mi cobardía.

—¿Cobardía? Usted planeó el asesinato durante meses, prácticamente me dijo que iba a hacerlo cuando me mostró que confeccionaba la hoja —no sé dónde tenía la cabeza— y ejecutó las cosas conforme a lo planeado. Bueno o malo, eso no demuestra cobardía.

—¡Ajá! —exclamó Jaime desechando lo dicho con un gesto—. Soy necio y cobarde, y la sangre de mi gente está en mis manos.

Camilo comenzó a pasearse. —Como la CG ya está anunciando que usted está muerto, pueden matarle sin dar explicaciones.

—Déjalos. Me lo merezco. Soy un asesino.

Camilo dio vuelta la silla y se sentó. —¿Qué pasará cuando su víctima vuelva a la vida? Entonces, ¿cuál es su crimen? ¿Intento de asesinato? ¿Y si no hubiera pruebas de la herida que le infligió?

—Camilo, ahora dices locuras.

—Jaime, eso va a pasar.

—Yo sé que dices eso y Zión dice eso pero, ponte serio ahora. El hombre estuvo en mi regazo cuando le metí la hoja en el cerebro. Él estaba muerto antes de tocar el suelo para todo propósito práctico. No pudo sobrevivir eso. Tú no puedes creer realmente que volverá a vivir.

—¿Qué tal si vuelve a vivir?

Jaime volvió a gesticular, descartando eso.

—No haga eso. Usted es un intelectual, un estudiante vitalicio y maestro y científico. Acepte el debate. ¿Qué pasa si Carpatia vuelve a vivir?

Jaime rodó en la cama dándole la espalda a Camilo. —Entonces supongo que todos ustedes tendrán la razón; yo seré el equivocado. Ustedes ganan.

—Usted no está fingiendo que ha pasado efectivamente.

—Tú mismo dijiste que yo tengo el cerebro de un hombre que piensa. Me resulta imposible considerar imposibilidades.

—¿Por eso es que nunca le hemos alcanzado? Todo lo que discutimos y alegamos...?

—Camilo, me has alcanzado más de lo que sabes. He pasado del ateísmo al agnosticismo y, finalmente, a creer en Dios.

—¿Usted cree?

—En Dios, sí. Te lo dije. Han pasado demasiadas cosas que no pueden explicarse de otra manera.

—Entonces, ¿por qué no la resurrección de Carpatia?

—No me puedes decir que tú crees realmente esto —dijo Jaime.

—Oh, sí, sí que puedo. Y lo hago. Se olvida que estuve allí cuando Elías y Moisés volvieron a la vida después de estar tres días a pleno sol.

—Tú crees lo que quieres creer.

Camilo miró la hora en su reloj. —Deseo que oscurezca. Quiero irme de aquí.

—Joven amigo, debes dejarme. Aléjate de mí. Pretende que nunca me conociste.

Camilo movió la cabeza aunque Jaime seguía dándole la espalda, diciendo: —No puedo hacerlo. Hemos llegado demasiado lejos.

—Simplemente yo era el tema de un artículo. No teníamos que hacernos amigos.

—Pero lo somos. Y ahora yo le quiero y no puedo dejarle. Usted cree que no tiene más por qué vivir...

—Absolutamente cierto.

—Pero lo tiene. ¡Lo tiene! Jaime, ¿sabe que temo por usted?

—¡Temes que yo muera incrédulo y me vaya al infierno!

—Hay algo más aterrador. ¿Qué pasa si espera demasiado para cambiar sus ideas y Dios le endurece el corazón?

—¿Eso significa...? —Jaime se dio vuelta para quedar de frente a él.

—Significa que finalmente decide que es cierto y quiere entregarse a Cristo pero ya pasó de largo por el punto en que Dios le hubiera permitido arrepentirse.

—Explícame cómo entra eso en tu concepto de un Dios que ama y no quiere que nadie perezca.

—Jaime, yo mismo no lo entiendo. Soy nuevo en esto. Pero el doctor Ben-Judá enseña que la Biblia advierte precisamente eso para la época de los últimos días. Tenga cuidado que no vaya demasiado lejos, que ignore demasiadas advertencias y señales.

—¿Dios haría eso?

—Así lo creo.

—¿A mí?

—¿Por qué no?

Jaime dejó caer la cabeza en el colchón, luego se tapó la cara con los brazos.

—¿Listo para meterse en el debate? —presionó Camilo.

—Camilo, estoy cansado.

—Durmió bien.

—Dormí. No bien. ¿Cómo podría?

—No me lo imagino pero esto es demasiado importante para que usted lo eche a un lado.

—¡Has debatido conmigo antes! He oído todos los argumentos, de parte tuya y de Zión. ¡Yo podría alegar por ti este caso!

—Entonces piense lo que pudiera pasarle. Digamos que me fastidio y le abandono. Aunque sea cobarde e incapaz de suicidarse, alguien le va quitar la vida. Entonces, ¿qué?

—Me gusta creer que la muerte es el fin.

—No lo es —dijo Camilo.

—Escuchen al nuevo creyente, lleno de conocimiento. No puedes saberlo.

—Jaime, si todo esto le ha asombrado y le ha hecho creer que Dios es real, ¿por qué no pudieran ser reales el cielo y el infierno? Si Dios es, ¿por qué quisiera Él que usted muera y desaparezca en la nada? Eso es insensato.

—Te repites.

—Jaime, usted es el que no se atreve. Es como el timorato que quiere una señal más. Sencillamente yo no quiero que espere hasta pasar el punto sin retorno.

—¡Ajá!

—Sólo piénselo, ¿quiere? Qué significa si se cumple la profecía, Nicolás es el anticristo y es resurrecto desde los muertos.

—No quiero pensar en eso. Quiero morir.

—No lo querría si creyera lo que yo creo.

—En eso estoy de acuerdo contigo.

—¿Sí?

—Por supuesto, ¿quién querría irse al infierno?

—¡Jaime, no tiene que ir! Dios ha...

—¡Lo sé! ¿bueno? ¡Lo sé! Deja de hablar.

—Lo haré pero sólo tome en cuenta...

—¡Por favor!

—...cómo se sentiría si Nicolás...

—Por el amor de...

—Jaime, ahora me callaré pero...

El teléfono de Camilo sonó.

—Quizá Dios exista —dijo Jaime—. El santo patrono de los teléfonos me salvó.

—Habla Camilo.

—Camilo, ¿eres tú en realidad?

—¡Patty! —Camilo se paró tan rápido que su silla rebotó— ¡Dónde estás!

—Colorado —dijo ella.

—¿Estás en un teléfono seguro?

—Uno que saqué, uno de los de tu amigo de adentro.

—Escucho.

—La CG piensa que soy más tonta de lo que soy. Me soltaron de la cárcel, me dieron dinero y, luego, me siguieron aquí. Sé que se desilusionaron porque yo no volví a Israel pero quería saber si había quedado alguno de mi familia.

—¿Y?

Su voz disminuyó. —No. No por ahora, pero tú sabes dónde se espera que yo vaya ahora.

—Exactamente donde yo espero que no vayas.

—Macho, no tengo otra parte donde recurrir.

Él se pasó una mano por el pelo. —Quisiera ayudarte Patty pero yo...

—Entiendo. Tuve mi oportunidad.

—No se trata de eso. Yo...

—Camilo, está bien. No me debes nada.

—No tiene nada que ver con deberte algo. Yo mismo estoy en una situación grave y hasta que pueda sacudirme a la CG, no puedo aconsejarte que regreses a la casa de refugio. El bienestar de todos está en juego.

—Lo sé —dijo ella, y él captó el terror en su voz—. ¿Harías el favor de decirles a todos que yo nunca dije a nadie donde estaban?

—Patty, tú pusiste prácticamente a la puerta a Bo y Hernán.

—Ellos no hubieran hallado su camino de regreso. De todos modos, ambos están muertos y si se lo dijeron a alguien, ustedes ya hubieran sido allanados.

—Patty, ¿qué vas a hacer?

—No sé —dijo ella muy exhausta—. Quizá ande trayendo en una cacería loca a esos matones hasta que se cansen de mí. El cielo sabe que me dieron suficiente dinero.

—Ellos no van a permitir que te salgas de su vista. No pienses que no pueden espiar hasta esta llamada.

—Están vigilando mi automóvil. Piensan que estoy comiendo.

—¿Buen momento para escaparse?

—Demasiado al descampado. Tengo que llevarlos a un lugar más poblado. Quizá Denver.

—Ten cuidado.

—Gracias por nada.

—Patty, lo lamento, yo...

—Macho, no quise decir eso. Estaba tratando de bromear. Nada es divertido ya, ¿no?

—Si te los sacas de encima y estás a salvo, llámame de nuevo. Puede que no estemos en el mismo lugar pero si podemos acomodarte...

—Ustedes lo harían, ¿no?

—Por supuesto que sí. Tú nos conoces.

—Sí, los conozco. Todos ustedes fueron mejores de lo que yo merecía. Mejor es que corte y me vaya.

—Sí. Supongo que supiste que tratan de colgarle el asesinato a Raimundo.

—Supe. Eso es una conspiración. Probablemente ni siquiera estuvo allá.

—Estaba allá pero no lo hizo.

—No tienes que convencerme. ¿Raimundo matar a alguien? Ni en un millón de años. Sé muy bien que él no lo hizo. Escucha, sólo dile a todos que estoy a salvo y ellos también y gracias por todo lo que no merecía.

—Patty, todos te queremos y estamos orando por ti.

—Camilo, yo sé que es así.

***

David, atónito por la diferencia entre las declaraciones públicas de la doctora Eikenberry y la autopsia, exploró frenético su base de datos en busca de una reunión de ella y Fortunato sostenida antes de la reunión con la administración. Tenía que saber cuál era el enfoque que León había empleado por si él intentaba lo mismo con él. Por medio de su disco duro, anduvo examinando todo el complejo palaciego pero no tuvo suerte. Sin embargo, encontró una reunión privada entre León y un hombre no identificado en una sala de conferencias, cerca de la oficina de Carpatia.

—...Y ¿cuánto tiempo lleva trabajando con nosotros, señor?

POSEÍDO

—Casi desde el comienzo, señor Fort... Comandante Supremo.

—Y, ¿usted es de?

—Groenlandia.

—¿Le gusta su trabajo?

—Sí, hasta el asesinato.

—¿El tiroteo?

—Bueno, quise decir el apuñalamiento. El asesinato de aquellos dos fulanos del Monte del Templo, eso fue excitante. Quiero decir, ver a Su Excelencia poniéndolos en su lugar...

—Pero usted no disfrutó tanto su trabajo cuando vio asesinado al potentado.

—No, señor. Yo mantuve la cámara enfocada directamente en él pero fue lo más difícil que he hecho.

—Usted sabe que la autopsia está terminada y fue el disparo el que mató al potentado.

David no pudo descifrar la respuesta que sonaba como un resoplido.

—Pero, Comandante, hubo solamente un tiro.

—Hijo, solamente uno fue necesario. Fue un arma idéntica a la que Su Excelencia usó con los revoltosos del Muro de los Lamentos.

—Tenía entendido eso pero desde donde yo estaba, encima del escenario, a la izquierda, vi la cosa esa de madera del que se habla...

—El atril.

—Sí, eso mismo. Vi que fue golpeado y la cortina salió volando. No hubo forma que la bala también hiriera al potentado. Él estaba cerca de mí.

—Sin embargo, se ha determinado que...

—Discúlpeme Comandante, pero el asesinato real ocurrió justo debajo de mí y yo lo vi cuando fue ejecutado.

—¿Y usted ha repasado esto?

—Una y otra vez. No podía creerlo.

—¿Y lo ha conversado con quién?

—Sólo mi jefe.

—¿Será el señor Bakar?

—Sí, señor.

Pasos. Una puerta que se abría. Más lejos: —Margaret, ¿por favor haga que el señor Bakar se incorpore a nosotros? Gracias.

La puerta se cerró y David oyó el sillón de León. —Hijo, míreme a los ojos. Sí, así. Usted me tiene confianza, ¿verdad?

—Por supuesto.

—Cuando su superior llegue aquí, yo les voy a decir a los dos lo que vieron y lo que recordarán.

—¿Perdón?

—Yo les voy a decir a los dos lo que vieron y lo que recordarán.

—Pero, señor, yo sé lo que yo...

—Usted entiende que pronto seré el nuevo potentado, ¿no es así?

—Señor, supuse eso.

—¿Hizo eso?

—Pienso que la mayor parte de la gente supone eso.

—¿Ellos lo suponen así?

No hubo respuesta.

—¿Ellos lo suponen así? —repitió León—. No se limite a asentir con la cabeza. Dígamelo.

La voz del joven sonó hueca. —Sí.

—Usted entiende que mi nuevo título será Potentado Supremo y también se me debe decir Excelencia?

—Sí, Comandante.

—Usted puede probar ahora el nuevo título.

—Sí, Excelencia.

—Y usted se da cuenta que yo no sólo seré digno de adoración sino también que será obligatorio rendirme culto?

—Sí, Excelencia.

—Dígame Potentado. Potentado Supremo.

—Sí, Potentado Supremo.

—¿Quiere arrodillarse delante de mí?

Silencio. Luego un golpe y un profundo suspiro de León. La puerta se abrió. —Discúlpeme Comandante pero el señor Bakar está actualmente ocupado en...

—¡Margaret! Sibiló ferozmente León—. ¡No vuelva a interrumpirme!

—Lo lamento, señor, yo...

—¡No quiero disculpas y no quiero oír que mis subordinados tienen que hacer cosas más importantes! La próxima persona que entre por esa puerta tiene que ser el señor Bakar y, en aras de usted misma, mejor que eso sea en los próximos noventa segundos.

—Inmediatamente, señor.

La puerta. El sillón. —Hijo, entonces, ¿dónde estábamos?

—Yo estaba adorándolo Potentado Supremo. —Otro sillón.

—Eso es. Sí, arrodíllese delante de mí y bese mi anillo.

—Señor, no veo ningún anillo.

—Bese mi dedo donde pronto estará el anillo.

Un golpe rápido y la puerta que se abre. La voz de Bakar: —Perdóneme, Comandante, yo... ¿qué diablos pasa aquí?

—Siéntese, director.

—¿Qué hace él tirado en el suelo?

—Él estaba por contarme lo que había en el videodisco que usted trajo de Jerusalén.

—Usted lo vio, ¿no Comandante Supremo?

—Por supuesto pero pareciera existir una discrepancia entre lo que él y yo vimos y lo que evidentemente usted vio.

—¿Oh?

—Sí —dijo Fortunato—, vuelva a su sillón y dígale a su jefe lo que vio.

—Oí el disparo y vi que la cabeza del potentado caía hacia atrás.

—Entiendo —dijo Bakar—. Un chiste. Ahora ¿el revólver lo mató? Todos sabemos que eso no es cierto.

—Es cierto —dijo el camarógrafo.

—Sí, y yo nací ayer y hoy me quedé ciego.

—¿Se quedó ciego Bakar? Dijo suavemente León.

—¿Qué...?

—Inclínese a través de la mesa y déjeme ver sus ojos.

—Mis ojos están bien, Le... este, Comandante. Yo...

—Bakar, ¿me está escuchando?

—Por supuesto, pero...

—¿Está escuchando?

—¡Sí!

—¿Está escuchando? ¿Está escuchando realmente?

Silencio.

—Capté su atención, Bakar, ¿no?

—Sí, señor.

—Bakar, usted entiende que pronto seré el nuevo potentado, ¿no es así?

David no pudo aguantar más seguir escuchando y cortó la fuente. Se paró mareado, y con el estómago revuelto. Llamó a Anita disculpándose por despertarla.

—¿Qué pasa, David? —dijo ella.

—Te necesito —dijo él—. Reúnete pronto conmigo, antes que me llamen para ver a Fortunato.

***

Raimundo y Lea acordaron encontrarse con Cloé en una sala de banquetes muy destruida que se había convertido en un sucio bar pobremente iluminado. Los ignoraron estando sentados en un rincón oscuro, protegiéndose juntos de las ráfagas que entraban por grandes agujeros en la pared.

Raimundo y Cloé se abrazaron pero él desperdició poco tiempo en regañarla. —Esto es más peligroso que quedarse en un mismo lugar, aun si Patty dirige a la CG derecho a la casa de refugio. Hay una oportunidad de que no hallen el subterráneo.

Ella dijo: —Papá, necesitamos el nuevo lugar y yo estoy cansada de no hacer nada.

—Cierto pero no nos volvamos locos.

El teléfono de Lea sonó: —Eeh, Gracia Seaver habla.

—Oh, yo, lo siento, yo... *clic.*

—¡Ay, no! dijo Lea. —Estoy segura que era Ming.

—Aprieta "Llamada de retorno" —dijo Raimundo.

***

Cualquier duda que Camilo tuviera aun del estado físico de Jaime se borró cuando, por fin, se fueron de Los Visitantes Nocturnos. Jaime sabía exactamente donde iban. Él arrancó un pedazo de una punta limpia de la frazada, trozo bastante grande para meterlo bajo su sombrero estirándolo por la parte de atrás del cuello y ambos lados de la cara. Su camisa indefinida y sus pantalones sueltos le hacían parecer como cualquier trabajador israelita, y se había cambiado las zapatillas poniéndose botas.

A Camilo le costaba ir al paso de él, así que trotaba mientras Jaime caminaba rápidamente y, aunque el viejo era treinta y tres centímetros más bajo y tenía más de treinta años que Camilo, lo agotó.

—Llegamos a los Estados Unidos y ¿qué, me entierro con Zión y tú? No tendré que matarme. Ustedes dos me hablarán hasta matarme.

—No hay nada que podamos decir que no hayas escuchado ya —dijo Camilo, respirando entrecortado y agradecido de que ese comentario lo hubiera hecho detenerse a Jaime un momento.

—Bueno, bueno, eso es lo más verdadero que he oído en todo el día.

—Eso no así —dijo Camilo, lento para empezar a moverse otra vez cuando Jaime partió.

—¿Qué? —dijo Jaime, paso y medio por delante.

—¡Lo más verdadero que oyó hoy fue que está perdido!

Jaime volvió a detenerse y se volvió. —¿Yo estoy perdido?

—¡Sí!

Camilo vio el dolor en la cara de su amigo a la mortecina luz en el medio de la devastada ciudad de Dios.

—¿No piensas que yo sé que estoy perdido? —dijo Jaime—, si hay algo que sé, lo único de lo que estoy seguro es que estoy perdido. ¿Por qué crees que me sacrifiqué para asesinar al enemigo más grande que mi patria haya tenido? ¡no esperaba sobrevivir! ¡estaba listo para partir! ¿Por qué? ¡Porque estoy perdido! ¡No tengo nada por qué vivir! ¡Nada! Mi acto de adiós iba a ser de cierta ventaja para Israel. Ahora el hecho está cometido y yo estoy aquí, y, sí, ¡estoy perdido!

Camilo estaba desesperado pues Jaime podía delatarlos con su cháchara pero esa fue solamente una razón por la cual se acercó a su querido amigo, con los brazos abiertos, y lo abrazó.

—Jaime, no tiene que perderse. No tiene que perderse.

Y el viejo sollozó en los brazos del Macho.

ONCE

No cuelgues. Soy Lea. —Ella se había bajado del Land Rover para hacer la llamada.

—Sonaba como tú —dijo la voz que Lea nunca consideró adecuada para la delicada Ming Toy. —¿Quién es Gracia algo...?

—Los fugitivos internacionales tenemos que cambiar identidad continuamente, Ming. Si no fuera por la intriga, ¿cuál sería el atractivo?

—No sé cómo puedes conservar tu sentido del humor. Esto es demasiado peligroso, demasiado aterrador para mí.

—Ming, lo manejas bien.

—Yo llamé para preguntar algo. ¿Tu amigo, Williams?

—El Macho, sí.

—No, no el Macho. Nombre más largo.

—¿Camilo?

—¡Sí! ¿Dónde está su familia?

—En alguna parte del Oeste, ¿por qué? Creo que solamente su padre y su hermano todavía están por estos lados.

—No creo que tampoco anden por estos lados. Hoy se habló mucho en El Tapón de lo que le pasó a la casa y a la gente del doctor Rosenzweig. No saben dónde está él, pero lo hacen parecer como que todos murieron en el incendio.

—¿Sí?

—Dicen que lo mismo le pasará a la gente de Camilo Williams si no lo entregan.

—¡Sus parientes no saben dónde está! —dijo Lea—. Él es más inteligente como para andar dando esa clase de información.

—Lea, ellos ya pueden estar muertos. Se suponía que eso pasara de inmediato.

—¿Qué era?

—Tortura. Desmembramiento. Hablan o los matan. Entonces arman el incendio para tapar todo.

—No sé qué hacer.

—Sólo haz que tu amigo los llame. Quizá pudiera advertirlos a tiempo.

—Ming, lo haré. ¿Cómo estás tú? ¿Lista para venir a vernos? ¡Vaya! Espera. —Lea se deslizó acostándose en el asiento pues dos oficiales de la CG, uniformados, pasaron por el lado. Se detuvieron cerca del Rover charlando y fumando.

—Ming —susurró Lea—¿aún puedes oírme?

—Apenas. ¿Qué pasa?

—Me llegó compañía. Si no digo nada, ya sabes por qué.

—Si tienes que colgar...

—Prefiero seguir contigo. Déjame darte el número de Raimundo Steele en caso que me agarren. Él responde a Marvin Berry.

—Lo capté.

Lea sintió que el vehículo se mecía. —Están apoyados contra el vehículo —dijo—. Felizmente todas las ventanillas están pintadas de oscuro excepto el parabrisas.

—¿Dónde estás?

—Illinois.

—Quiero decir en el automóvil.

—En el suelo del asiento delantero. Quisiera ser más delgada. La palanca de cambio me está matando.

—¿Ellos no te ven?

—No lo creo. Yo los puedo oír claro como el día.

—¿Qué?

Lea no quería hablar más fuerte. Los Pacificadores intercambiaban cuentos de orgías. Ella quería decir. —Sí, claro, y yo soy el conejo de la suerte —pero se quedó muda.

—Este pedazo de chatarra parece como que estuvo en la guerra —dijo uno.

—Claro que estuvo, estúpido. Es lo bastante viejo como para haber pasado la guerra y el terremoto.

—Fabricación firme.

—No tan firme como el Land Cruiser.

—¿No? ¿La misma fábrica?

—Toyota.

—¿Realmente?

—Caro.

—¿Más que este?

—Bastante más.

—¿No embromas? Esta cosa de aquí está muy equipada. Creo que tiene GPS.

—¿Este cachivache? No.

—Te apuesto.

—¿Cuánto?

—Diez cerrados.

—Acepto.

—Ay, no —susurró Lea—, vienen para el frente.

—¿Quieres que llame a Raimundo?

Lea no contestó. Metió el teléfono entre los asientos y pretendió estar dormida.

—Mira, eso de ahí no es el sistema de posición ¡Oye! ¿Ella está bien?

—¿Quién? ¡Vaya, hombre! La puerta está sin seguro. Pregúntale.

Un golpe en la ventanilla. —¡Oiga, señora!

Lea lo ignoró pero se movió levemente para que no pensaran que estaba muerta. Cuando uno de los guardias abrió la puerta del pasajero, se sentó tratando de lucir adormilada.

—¿Ehh, qué pasa? —dijo—, ¿quieren que llame a un Pacificador?

—Señora, nosotros somos Pacificadores.

—¿Hay alguna ley que prohíba que una mujer duerma un poco?

—No pero ¿qué hace en el suelo? El asiento trasero es sumamente amplio.

—Trato de que no me dé el sol.

Se sentó en el asiento, desesperada por recordar su nueva dirección y ciudad natal. Zeke hijo le había recordado más de una vez que se lo aprendiera de memoria lo antes posible. Detestaba ser tan novata en esta parte del juego.

—¿Este vehículo es suyo?

—Lo pedí prestado.

—¿A quién?

—Un tipo de nombre Russell.

—¿Nombre o apellido?

—Russel Staub.

—¿Sabe él que usted lo pidió prestado?

—¡Por supuesto! ¿Qué insinúa?

—Échale una mirada —dijo uno al otro, que inmediatamente se puso a hablar por teléfono—. ¿De dónde es él? señora.

—Monte Prospect.

—¿Qué está haciendo usted aquí, tan lejos de allá?

Ella se encogió de hombros. —Se supone que me encuentre con unos amigos.

—Vamos a encontrar que este Rover está registrado a un Staub de Monte Prospect, ¿correcto?

Ella asintió. —No le hago su papeleo pero el vehículo le pertenece y él es de allá.

—Señora, ¿usted tiene una credencial de identidad?

—Sí, ¿por qué?

—Me gustaría verla.

—Usted se ha sobrepasado mucho desde preguntarse si yo estaba bien a acusarme de robar un automóvil.

—Señora, yo no la acusé de nada. ¿Usted se siente culpable de algo?

—¿Debiera?

—Déjeme ver su credencial.

186

Lea armó todo un espectáculo al ponerse a buscar en su cartera aun después de haber encontrado los documentos nuevos para poder darle un vistazo a los nuevos datos.

—Señorita, este... Seaver, ¿esta es su dirección actual?

—Si dice Park Ridge, lo es.

—También está muy lejos de su casa.

—Sólo porque apenas hay caminos.

—Eso es cierto.

—Staub, Monte Prospect —dijo el otro oficial—. Nada pendiente, nada de infracciones.

Lea arqueó las cejas, con su pulso acelerado. —¿Satisfecho?

Él le devolvió la credencial. —No salga ni ande dando vueltas por ahí si no tiene algo que hacer, señora. ¿Por qué no devuelve este vehículo a su dueño y se va a su casa?

—¿No puedo tomarme primero un trago en caso que mis amigos vengan?

—No tarde mucho.

—Gracias. —Ella abrió la puerta del automóvil y vio que Raimundo y Cloé venían llegando con caras preocupadas—. ¡Oh, ahí están! ¡Gracias de nuevo, oficiales!

***

Anita se apresuró a la oficina de David. Pretendieron que era una reunión habitual de superior y empleado y él le contó rápidamente lo que había oído.

Ella palideció. —Eso se parece como lo que Camilo Williams pasó con Carpatia en las Naciones Unidas.

—Pero ¿quién sabía que Fortunato podía hacer eso?

—¿*Él* es el anticristo? —dijo Anita.

David movió la cabeza. —Todavía pienso que es Carpatia.

—David, pero él está realmente muerto. Quiero decir realmente. ¿Cuánto tiempo estuvo en ese saco y en ese cajón? Pensé que se suponía que él iba a volver a la vida inmediatamente.

—El doctor Ben-Judá pensó eso también —dijo él. —¿Qué sabemos? Si nos hubiéramos imaginado esto, probablemente nos hubiéramos figurado el resto y no hubiéramos sido dejados atrás.

La secretaria de David lo llamó por el intercomunicador.
—El Comandante Supremo quiere verlo.

Anita le tomó las manos. —Dios —susurró ella—, protégelo por todos lados.

—Amén —dijo David.

***

Camilo y Jaime se sentaron, temblando, en una zanja en el extremo norte más alejado de un camino desierto y bloqueado. Quedaba solamente un tramo corto aplanado, y Camilo empezó a preguntarse si sería lo bastante largo para el Super J. El avión podía aterrizar y despegar sin llamar la atención pero si Ti tenía que dar vueltas o hacer más de una aproximación al tramo, ¿quién sabía?

Peor, el tramo no estaba iluminado. Ti usaría sus luces de aterrizaje sólo lo que debiera, contando con que Camilo lo guiara por teléfono. Eso significaba que Camilo tendría que pararse en una u otra punta de la pista improvisada. Optó por la punta frontal para poder hablar con Ti que vendría volando derecho sobre su cabeza, entonces podría darse vuelta y tratar de mantenerlo derecho hasta que aterrizara. El único peligro era que Ti entrara volando muy bajo y a mucha velocidad. Camilo tendría que saltar fuera del camino. De todos modos, eso parecía más fácil que tratar de eludir el avión carreteando hacia él desde la otra punta.

—Esto es un problema muy grande para alguien que no quiere irse —dijo Jaime.

—Bueno, *yo* quiero irme aunque usted no quiera.

El teléfono de Camilo sonó y él supuso que era Ti aunque todavía no oía el avión. Era Raimundo.

—Aquí tenemos un gran problema —dijo Raimundo, poniéndolo rápidamente al día sobre Patty—. La cuestión es si ahora es el momento de hablar.

—No lo es —dijo Camilo—, pero en resumen, ¿qué pasa?

—Camilo, yo no te haría eso. Llámanos cuando estés volando o en Grecia. Y saluda de nuestra parte a los hermanos.

—Está bien —dijo Camilo, perplejo ante el nuevo tono de Raimundo. Era como si le estuviera hablando a su antiguo suegro.

—Cloé les manda su amor y quiere hablar contigo cuando tengas tiempo.

—Gracias, yo también.

—Te quiero, Macho.

—Gracias, Ray. Yo también te quiero.

***

David se dio cuenta de lo petrificado que estaba cuando casi se denunció al dirigirse derecho a la sala de conferencias al llegar al piso dieciocho. —¿Está ahí dentro? —dijo tratando de disimular su ansiedad.

—No —respondió Margaret, claramente atónita—. Está con los señores Hickman y Moon en su oficina. Le están esperando.

David juró: *Yo no me arrodillaré. No le adoraré ni le besaré la mano. Señor, protégeme.*

León y los otros dos directores estaban reunidos en torno a una pantalla de televisión. León aún se veía golpeado por la pena. —En cuanto pongamos a Su Excelencia en la tumba —decía, con la voz engrosada por la emoción—, el mundo puede empezar a acercarse a cierta conclusión. Juzgar a su asesino solamente contribuye a lograr eso. David, mire esto con nosotros. Dígame si ve lo que nosotros vemos.

David se acercó a la pantalla, seguro de que Fortunato podía oír el latido de su corazón y ver el rubor de su cara. Casi se sentó en el aire y luego, se sentó torpemente en el sillón.

El videodisco era claro como el cristal al estar tomado desde arriba. Al sonar el disparo, desde el lado izquierdo de Carpatia, éste se había dado vuelta corriendo y topándose con la silla de ruedas que Jaime hacía rodar hacia él. Jaime había tomado la barra de metal de apoyo de la espalda por encima de su hombro izquierdo, sacando rápidamente lo que parecía ser una espada de sesenta y seis centímetros de largo. Al caerse Nicolás encima de él, Jaime blandió con ambas manos la espada frente a él, con la punta hacia arriba, sin que el borde cortante estuviera dirigido al potentado.

POSEÍDO

Jaime levantó sus antebrazos cuando el cuerpo de Carpatia se juntó con la hoja, y la espada se metió en su cuello pasando derecho por la parte de arriba de su cabeza, con igual facilidad con que una bayoneta cortaría un melón. Las manos de Carpatia se dispararon hacia su mentón pero David mantuvo su vista en Jaime, que torció violentamente el mango en la base del cuello de Nicolás. Lo soltó al caer Carpatia, luego, maniobró rápidamente hacia la izquierda del escenario y se quedó dando la espalda al hombre moribundo.

—¿Bien? —dijo León, atisbándolo—. ¿Quedan dudas?

David se demoró pero eso sirvió para que los otros dos lo miraran.

—Las cámaras no mienten —dijo León—, tenemos nuestro asesino, ¿no?

Por más que deseaba discutir, expresar otra manera de interpretar lo que era claro, David haría peligrar su posición si se demostraba ilógico. Asintió, diciendo: —Con toda seguridad que sí.

León se le aproximó, David se heló. El comandante supremo tomó la cara de David en sus manos regordetas y le miró profundamente a los ojos. David luchó contra el deseo de desviar la vista rogando durante todo ese momento que hiciera lo bueno, y con la esperanza que Anita siguiera orando también. Este era un hombre que, claramente, controlaba en forma mental a los incrédulos, como hacía Nicolás. David sentía su pulso en los oídos y se preguntó si León podía detectar su pánico por medio de sus dedos.

—Director Hassid —dijo León, penetrándolo con los ojos—. Raimundo Steele disparó a matar a nuestro amado potentado.

¿Raimundo? ¿No habían mirado el mismo vídeo?

León sospecharía si David asentía con demasiada rapidez.

—No —dijo David—, el disco es claro. El doctor Ro...

—La víctima de un infarto y gran estadista leal que hubiera sido incapaz de acto como aquel, ¿no?

—Pero...

Las palmas sudorosas de Fortunato seguían agarrando las mejillas de David. —La única arma asesina fue el Saber en las manos de Raimundo Steele, que tendrá que pagar por su crimen.

—¿Raimundo Steele? —dijo David con su voz crujiendo como la de un estudiante que empieza la enseñanza media.

—El asesino.

—¿El asesino?

—David, vuelva a mirar y dígame lo que ve.

David se aterrorizó. No se había dado cuenta que alguien hubiera cambiado el disco pero esta versión mostraba, sin duda alguna, que Raimundo disparaba al escenario. David se preguntó si él era más débil que Camilo tres años y medio atrás. ¿Sería posible que León *pudiera* hacerle ver algo que no estaba allí? Miró fijamente sin parpadear. El tiempo pareció detenerse.

Alguien tenía que haber cambiado el disco mientras él se distrajo en las manos de León. Esto no era una confabulación, ningún juego mental. Pues aunque éste mostraba el disparo, también mostraba a Nicolás que caía en el regazo de Jaime.

—Más despacio —dijo David tratando de copiar las voces inexpresivas que había oído antes. Creyó que su farsa fallaba miserablemente pero no tenía opción sino seguir el juego.

—Sí, Walter —dijo León—. Vuelva a mostrar el disparo fatal y más lento.

David luchó por controlarse decidido a mirar el atril, el cortinado, los reyes. En cuanto aparecieron el fogonazo y la nube de humo en la punta del Saber, se partió el atril, y los pedazos salieron girando hacia los diez reyes. La cortina pareció retorcerse sobre sí misma desde el medio y salió disparada lejos. Se veía a Jaime saliendo desde atrás del potentado que iba cayendo, y que maniobraba la silla hacia el centro del escenario. El ángulo no era bueno para ver lo que él había hecho realmente.

David tuvo que someterse, a disgusto y por segunda vez que las manos de León le tocaran su cara. —¿Bien? —dijo León, atisbándolo—, ¿queda alguna duda?

Esta vez no podía demorarse. Súbitamente tomó conciencia del pesado aroma de la colonia de León. ¿Cómo había pasado por alto eso antes?

—Las cámaras no mienten —dijo León—. Tenemos nuestro asesino, ¿no?

David asintió, forzando a León a soltar sus manos. —Seguro que sí —pudo decir—. Steele debe pagar.

***

—Detesto esto —dijo Lea cuando los tres se volvieron a sentar dentro—. Destroza los nervios. No debiéramos arriesgarnos de día. Hay demasiadas cosas que pueden salir mal.

—Tú no debieras haberte ido al automóvil —dijo Cloé.

Lea ladeó su cabeza y miró fijo a Cloé. —¿*Yo* no debiera haber ido al automóvil? Querida, yo no soy el motivo de que estemos aquí.

—No te pedí que vinieras —dijo Cloé.

—Basta —dijo Raimundo—. Esto no nos lleva a ninguna parte. Cloé, lo siento pero esto que hiciste fue algo monumentalmente estúpido.

—¡Papá! Tenemos que ir al nuevo lugar.

—Y tenemos que revisarlo, pero estamos muy pasados del punto en que podíamos estar fuera un segundo más del estrictamente necesario, salvo de noche.

—¡Está bien! ¡Bueno¡ ¡Lo siento!

Lea le tomó la mano. —Yo también —dijo pero Cloé se alejó.

—Vamos, no hagas eso —dijo Lea—. Yo no debiera haber dicho eso y lo siento. Tenemos que ser capaces de trabajar juntas.

—Tenemos que salir de aquí —dijo Raimundo—. Esos tipos piensan que somos amigos que vinimos a tomarnos un trago aquí. No podemos quedarnos hasta que oscurezca.

—Debemos acercarnos más a Chicago —dijo Cloé.

—Eso lucirá *más* sospechoso —dijo Raimundo—, a menos que encontremos un lugar donde dejar los vehículos fuera de la vista y aún poder ir a la ciudad caminando.

—¿Dónde terminan ahora las vías de los trenes locales? —sugirió Cloé.

—Terminan en todas partes —dijo Lea—, totalmente cerradas, ¿claro?

—Bueno —dijo Cloé—, las vías están destrozadas, dirigiéndose aquí desde el sur, y luego están bien en la ciudad, pero están cerradas.

Raimundo miró el cielo raso. —Entonces, qué les parece si buscamos donde esconder los vehículos por allá, entrando desde direcciones separadas; luego, seguimos las vías férreas para entrar a la ciudad.

Lea asintió. —Buena idea.

Cloé dijo: —Eso es lo que yo pensaba.

***

—Si estás donde yo creo que estás —dijo Ti—, parece imposible'.

—¿Puedes ver el camino? —dijo Camilo—. ¿Por qué no te puedo oír?

—Viento, quizá, pero pronto me oirás. Ya estoy volando más bajo de lo que deseara pero espero, por cierto, estar viendo el camino equivocado.

—En esta zona hay una sola posibilidad —dijo Camilo—. Si ves cualquier tramo de camino abierto, nos están mirando.

—Camilo, ¿tienes ideas del tiempo que se necesita para parar a uno de éstos? Sería más fácil parar un portaaviones.

—¿Opciones?

—¡Sí! Aterrizo en el aeropuerto de Jerusalén o, mejor aún, el de Tel Aviv, y esperamos que pase lo mejor.

—Sería más eficiente que Jaime se suicidara aquí mismo que arriesgarse a eso. Ti, lo andan buscando.

—Camilo, estoy dispuesto a probar esto pero, ciertamente, parece una manera nada inspirada de convertirse en mártir.

—Te oigo.

—Gracias.

—Quiero decir que oigo literalmente. Haz guiñar tus luces de aterrizaje... ¡te veo! ¡Estás muy a mi derecha!

—Ajustando.

—¡Más! ¡Más! ¡Más! ¡Ahí! No, ¡ahora un poquito a la izquierda! Manténte así.

—¡No veo nada!

—Usa tus luces cuando lo necesites. Eso también me ayudará.

—No me gusta lo que no veo. —Las luces de aterrizaje se prendieron y, esta vez, permanecieron encendidas—. No me gusta *lo que estoy* viendo.

—Parece que estás muy alto. Pensé que estabas demasiado bajo.

—Estaba más bajo de lo que quería estar con todas esas luces de emergencia apagadas a la izquierda de ahí. Esperamos que estén demasiado ocupados para que miren hacia arriba.

—Aún pareces alto.

—Lo estoy pero tampoco te veo todavía.

—Si te quedas ahí, estoy a salvo. ¿Vas a dar la vuelta otra vez?

—Negativo. Tengo una oportunidad y voy a hacer que sirva bien.

—Mejor que empieces a bajar.

—Aquí voy.

Camilo bajó el teléfono e hizo señas, aunque no podía imaginar que Ti lo viera desde ese ángulo. El avión derivó a la derecha y Camilo trató de hacer señas a Ti para que volviera al centro. Con sus luces todavía encendidas Ti debiera haber podido ver eso por sí mismo.

Al pasar el Super J más allá de él, aullando, Camilo agarró su teléfono y gritó: —¿Estás derecho?

—¡Tan derecho como puedo! ¡No hay forma en que esto funcione! ¡Demasiada pendiente! ¡Demasiado rápido!

—¿Abortas?

—¡Demasiado tarde!

Camilo cerró los ojos al caer el avión y el escape hirviente pasó barriendo por su lado. Se tapó las orejas sabiendo que nunca bloquearía el sonido del impacto pero lo que oyó no fue un avión estrellándose. Pensó que detectó el alarido de las gomas sobre el din de los retropropulsores pero eso podía ser expresión de sus deseos. Atisbó entre el polvo y los humos del escape, viendo que el avión rebotaba como medio metro, con la roja llama del escape apuntando a él.

El siguiente impacto resonó como disparo de un rifle. Humo blanco salió desde abajo del aparato y el avión empezó a girar locamente: el escape rojo, luego las luces de aterrizaje, luego el escape otra vez. De repente se apagaron las luces, pero los retropropulsores siguieron ardiendo. El ruido disminuyó salvo por el zumbido del motor pero Camilo ya no vio nada más. El avión tenía que estar frente a él. No había escuchado que el fuselaje se partiera como lo había temido si Ti no podía parar.

Corrió hacia el avión, asombrado de ver a Jaime corriendo a la par suya.

***

La noche de Nueva Babilonia era tibia y seca. Los focos luminosos bañaban el patio de palacio desde una docena de ángulos, casi tan brillantes como el día. Nada competiría con el cielo diurno lleno de sol implacable y sin una nube, pero hasta entonces, todos podían ver claramente todo lo que allí había que ver.

David y Anita estaban entre las centenas de empleados a los que se permitía, en el caso de ellos se les designaba, desfilar por el catafalco delante de los peregrinos de todo el planeta. La pareja esperaba en las gradas mientras los diez portadores del ataúd, cuatro hombres a cada lado y uno en cada punta, entraron con solemnidad la caja de plexiglás drapeada, acompañados por una orquesta real que tocaba una endecha. El lamento empezó de atrás de las barricadas, a doscientos metros. Los empleados también empezaron a gemir. Los hombres depositaron suavemente el ataúd en el pedestal, ubicándolo con cuidado. Un técnico, con lo que parecía ser una aspiradora portátil, metida debajo de un brazo, se arrodilló entre uno de los hombres de la punta y uno de los lados y atornilló un manómetro en el taco de goma que estaba al final. Revisó dos veces la lectura, luego metió una manguera en el taco, giró un dial, y echó a andar por dos segundos la máquina de succión. Volvió a tomar la presión una vez más, sacó todo salvo el taco, y se fue rápido.

Los ocho hombres de los lados se echaron para atrás mientras los dos de las puntas quitaban la mortaja. Anita pareció retroceder. David quedó atónito. Había esperado que Carpatia pareciera vivo. La obra de la doctora Eikenberry había sido notable, por supuesto, ya que no había rastros de traumatismos pero, de alguna manera, aún con el traje oscuro, la camisa blanca y la corbata rayada, Carpatia parecía más muerto que cualquier cadáver que David hubiera visto.

El catafalco mismo estaba formado como un cajón antiguo de pino, con la parte del torso ampliada para contener el físico robusto de Carpatia. La tapa tenía dos pulgadas de espesor y estaba apernada a los lados con enormes tornillos de acero inoxidables atornillados bien profundos en el plástico, apretaban muy bien la tapa del ataúd, y asegurados por abajo con pernos y arandelas de cierre automático.

La tapa no distaba ocho centímetros por encima de la cara de Carpatia y, al ir pasando la gente, podían inclinarse sobre las cuerdas de terciopelo y ver su aliento en la tapa. Si este era Carpatia, estaba más cerca de su gente en la muerte de lo que había estado en vida.

David había oído el informe corregido de la autopsia donde se omitieron todas las referencias a la espada y las lesiones inferidas, agregándose el traumatismo de la bala. Al final de eso, la doctora Eikenberry se había lanzado en un juego clínico mientras afirmaba los párpados con cinta adhesiva y cosía los labios con hilo invisible.

David sentía curiosidad y quería mirar bien de cerca. Felizmente el racimo de gente que estaba delante de ellos se detuvo más de un minuto. David se inclinó y estudió los restos, sabiendo que, probablemente, eso lo hacía parecer golpeado por la pena. Se preguntaba si en realidad ése era Carpatia. El cuerpo lucía tieso, frío, pálido. ¿Podría ser una figura de cera? ¿Podría ocurrir la resurrección en el refrigerador de la morgue? El ataúd de plexiglás sellado al vacío ciertamente no era conducente.

Las manos de Carpatia eran más vivas y convincentes. La izquierda estaba tomada alrededor de la derecha, por la muñeca, y lucían manicuradas y solamente un poco más pálidas que en vida. Descansaban a sesenta y tres milímetros de la tapa transparente. David casi deseó que el hombre fuera digno de este despliegue.

David se quedó atónito cuando varias personas delante de él hicieron gestos religiosos como la señal de la cruz hasta hacer reverencias. Una mujer casi se cayó al entregarse al llanto, y David se preguntó cuál sería el clamor del público si el personal de la CG reaccionara en esa forma.

Había tres guardias armados de pie al otro lado del ataúd. Cuando un doliente tocaba el vidrio, el más cercano se inclinaba y limpiaba las huellas, puliendo y puliendo.

Por fin se movió la fila y David trató de guiar a Anita para mirar más de cerca. Ella se puso rígida, subrepticiamente, y él la dejó ponerse por fuera de él cuando pasaron. El hombre que iba detrás de David se cayó de rodillas al ver el cuerpo entero y gimió en un lenguaje extranjero. David se dio vuelta para ver si era Bakar.

Anita se fue, luciendo aún exhausta y David se fue a la parte de arriba de un puente de observación que había sido modelado como segundo piso de una de las tiendas médicas. Miró mientras sacaban las barricadas y la multitud empezaba a moverse lentamente hacia el catafalco.

Alguien venía a toda prisa desde fuera del patio, y distrajo a David, pues se dirigía donde estuvo la sala de pruebas, que ya había sido desmantelada. Era una mujer que llevaba consigo un paquete voluminoso, envuelto en papel corriente. David se dejó caer apurado y se disculpó para pasar entre el gentío a fin de llegar a la zona desde la dirección contraria a la mujer.

Vio que era la doctora Eikenberry, cuando llegó, que regresaba apurada por donde había llegado. Guy Blod estaba ahí con el paquete. Miró a David y se encogió de hombros.

—Vamos a lograr terminar en la madrugada —dijo, gracias a su ayuda.

David no quería hacerse el simpático con Guy pero quería saber qué había en el paquete. —¿Qué tenemos ahí, Ministro Blod?

—Sólo algo que ella dijo que el Comandante Supremo quiere que metamos en la estatua.

—¿*En* la estatua?

Guy asintió. —Lo que significa que tiene que meterse ahora, porque cuando soldemos esto, lo único que se ponga dentro deberá ser más pequeño que los globos oculares, la nariz o la boca. Quiero decir, a cuatro veces el tamaño natural, serán muy grandes, pero...

—¿Puedo? —dijo David, tomando el paquete.

—Lo que quiera —dijo Guy—. De todos modos, se va a quemar.

—¿Quemar?

—O derretir. Las piernas huecas serán un horno eterno; ¿no te encanta?

—¿Qué hay que no encante? —dijo David, atisbando por una punta del papel. En sus manos tenía el arma real del asesinato.

DOCE

Uno de los Pacificadores de la CG entraba al espurio bar cuando Raimundo salía, siguiendo a Lea y Cloé. —¿Usted no será Ken Ritz?

Raimundo luchó por mantener la compostura notando que Lea se ponía tiesa y Cloé le daba una mirada asesina al hombre. Con un ademán furtivo le instó a Cloé que siguiera caminando y esperó que Lea hiciera lo mismo.

—¿Quién pregunta? —dijo Raimundo.

—Nada más que sí o no, socio —dijo el guardia.

—Entonces, no —dijo Raimundo, pasando adelante.

—Eh, hombre, párese un momento —Raimundo prefirió el *socio*—. Déjeme ver su credencial de identidad.

—Le dije que no soy la persona que anda buscando.

El guardia se quedó en el umbral con su mano extendida. Raimundo le mostró los documentos.

—Así, pues, señor Berry, ¿usted *conoce* a Ken Ritz?

—No puedo decir que sí.

—¿Y sus amigas?

—Supongo que tendrá que preguntarles.

—No tiene que hacerse el avivado.

—Mis disculpas pero ¿cómo pudiera saber de ellas si yo no lo conozco?

El guardia lo despidió con un gesto y al salir Raimundo, lo oyó gritando en el bar: —Está Ken Ritz aquí? ¡R I T Z!

Lea y Cloé esperaron al lado del Rover mientras que el otro guardia estaba apoyado con un pie en el parachoques del Suburban. Estaba hablando por teléfono.

Raimundo caminó despreocupadamente hacia el lado del chófer del Rover y los tres se subieron. Al alejarse, Raimundo dijo: —Bueno, se acabó el Suburban.

—Gracias a mí —dijo Cloé—. Adelante, díganlo, eh ustedes, los dos. Esto es todo culpa mía.

***

La bravata de Jaime se había roto por fin. Camilo pensaba que eso podía deberse al agotamiento de la carrera pero, cualquiera fuera la razón, el viejo había caído en el pánico. Camilo se sentía raramente alentado. Era más difícil que rescatar a alguien que no quería ser rescatado. Por lo menos Jaime retenía cierto nivel de conservación propia. Era un comienzo.

El Super J se inclinó en un ángulo muy agudo por tener un neumático reventado. La puerta se abrió y Ti se inclinó para fuera gritando: —Usted debe ser el doctor Rosenzweig.

—Sí, hola, hola, cómo estás —dijo Jaime gesticulando—. ¿Usted sabía que tenía pasajeros esperando y se presenta con un neumático desinflado?

—Me temía eso —dijo Ti, estirándose para estrechar la mano de Rosenzweig.

—Guárdese las presentaciones hasta que la CG nos fusile —dijo Jaime—. Tenemos que irnos de aquí. ¿Ha despegado un avión con un solo neumático?

—No vamos a atropellar a nadie que camine. Probemos esto una vez.

Camilo se paró detrás de Rosenzweig y trató de guiarlo escalerilla arriba pero éste no se movía. —¡Camilo, esto es locura total! Apenas hay suficiente camino para despegar si el avión estuviera intacto.

—¿Está preparado para entregarse?

—¡No!

—Bueno, nos vamos. Viene o se arriesga a correr su suerte? —Camilo lo empujó, subiendo la escalerilla. Tomó la manija y se puso a levantar la puerta—. Última llamada —dijo.

—En el avión *no* hay chances —gimió Rosenzweig—. Todos vamos a morir.

—No, Jaime —dijo Camilo—, nuestro *único* chance está en el aire. ¿Se rinde?

Rosenzweig saltó a bordo mientras Ti llevaba el avión al final de la calle, viraba y le daba toda la fuerza del motor. Camilo y Jaime, inclinados hacia la izquierda, se amarraron bien el cinturón de seguridad. Camilo oró. Jaime musitó:

—Locura, locura. Ningún chance. Ninguna esperanza.

Súbitamente el avión quedó nivelado, con los motores rugiendo, aunque no se movía. Camilo no sabía cómo lo hacía Ti pero éste usó la propulsión y el freno para levantar el aparato equilibrándolos en su único neumático bueno. Al soltar el freno y maniobrar los controles, el Super J se meció locamente al partir velozmente por el camino.

El pavimento estaba retorcido en la otra punta y estaba dado vuelta sobre un costado formando una barrera de metro a metro y medio de altura. Al tirarse derecho contra la barrera Camilo supo que Ti tenía que encontrar la combinación precisa de velocidad y pista para que esto resultara bien. Camilo no podía despegar los ojos de la barrera. Jaime estaba sentado con la cabeza entre las piernas, las manos tomadas detrás de la cabeza gimiendo: —Ay, Dios, ay Dios, ay Dios —y a Camilo le pareció que era una oración sincera.

Parecía que no había forma que el J se levantara lo suficiente para pasar la barrera. Ti hacía todo lo que podía para mantener nivelado al avión pero el desequilibrio tenía que afectar también a la velocidad. A último momento Ti pareció abandonar el equilibrio y dedicó todos sus esfuerzos al empuje para despegar. El jet se levantó del camino, luego cayó y el neumático rozó el pavimento antes de que el avión se volviera a elevar.

Camilo hizo una mueca conteniendo la respiración mientras se tiraban hacia la barrera. Ti debía haber ajustado un alerón para evitar el impacto directo porque el avión dobló a la derecha y algo por debajo golpeó la barrera. Ahora estaban en tierra de nadie.

—¡Dios, perdóname! —gritó Jaime cuando el jet fue tirado de nuevo a la izquierda, luego se zambulló y casi se estrelló mientras Ti sacaba todos los topes. La cola pareció arrastrarse y Camilo no pudo imaginarse cómo seguía volando. Se dirigieron a una arboleda pero parecía que Ti supiera que no podía arrastrar la cola como lo requería una vuelta. Él estabilizó el jet en el ángulo más superficial posible para pasar por encima de los árboles y le dio toda la fuerza. Ese era el único chance de lanzarse al aire volando y, si lo lograba, el Super J se retropropulsaría hacia Grecia en la noche. Ti tendría que preocuparse más tarde por conservar combustible y aterrizar con un solo neumático.

Camilo estaba sentado con los puños apretados, los ojos cerrados, una mueca en la cara, esperando chocar con los árboles y estrellarse. Se sintió apretado contra el respaldo del asiento, su cabeza sintió las fuerzas de la gravitación cuando el Super J se lanzó al cielo abierto. Permitió que sus ojos se abrieran, y con su visión periférica vio que Jaime seguía doblado, lamentándose, ahora en hebreo.

Camilo se desató pero vio que le costaba ir a la cabina en contra de la fuerza centrífuga. —¡Ti, lo lograste!

—Aunque perdí lo que quedaba del neumático reventado —dijo Ti—. Pienso que perdimos todo el montaje de la rueda. Pensé que nos estrellábamos.

—Yo también. ¡Ese sí que fue despegue!

—Tengo como dos horas para decidir cómo aterrizar. Sé que se puede aterrizar con una sola rueda pero casi prefiero levantar la única rueda buena y, primero, tocar suelo con la panza.

—¿Este avión lo aguantaría?

—No como uno de los grandotes; yo dijera que tenemos cincuenta por ciento de probabilidades en ambos sentidos.

—¿Eso es todo?

Ti tomó la mano de Camilo. —De todos modos, te veré en el cielo.

—No digas eso.

—Lo digo pues si no lo creyera, me hubiera arriesgado con la CG allá.

Camilo se sobresaltó cuando Jaime habló y se dio cuenta que el israelita estaba parado justo detrás de él. —¿Ves, Camilo? ¡yo tenía la razón! ¡No debiera haber venido! Ahora tenemos un chance de dos para sobrevivir y ustedes dos están felices, sabiendo dónde van...

—Jaime, yo no dijera que estoy feliz —dijo Camilo—. Dejaré esposa e hijo.

—¿Ya te rendiste? —dijo Ti—. Yo dije que tenemos cincuenta por ciento de probabilidades de aterrizar con éxito. Hasta un aterrizaje estrellado no tiene que ser fatal.

—Gracias por la palabra de aliento —dijo Camilo dándose vuelta para volver a su asiento.

—Ora por mí —dijo Ti.

—Lo haré —dijo Camilo.

—Yo también lo haré —dijo Jaime y Camilo le dio una mirada. No se veía que estuviera haciendo bromas.

Después que Rosenzweig se ató el cinturón de seguridad, Camilo se inclinó y le tocó una rodilla. —No tiene que temer a la muerte, usted lo sabe. Quiero decir, morirse, sí, yo también temo eso, temo que me duela, que me pueda arder. Detesto dejar a mi familia. Pero tiene razón, Ti y yo sabemos dónde vamos.

Jaime lucía mal, peor de como Camilo lo veía desde la noche pasada. No lograba entenderlo. Jaime había parecido casi alegre luego de escaparse de la Gala. Luego quiso suicidarse cuando supo de Jacobo, su familia y Esteban. Pero, ahora, se veía grave. Así que éste era humano después de todo. A pesar de toda su cháchara del suicidio, tenía miedo a morir.

Camilo sabía que tenía que ser tan directo con Jaime como nunca antes. —Jaime, puede que esta noche nos encontremos con Dios —comenzó, pero Rosenzweig le puso una cara molesta y lo silenció con un gesto.

—No creas que no escuché en todos estos años, Camilo. No hay nada más que tú puedas decirme.

—¿Aún así rehúsa?

—No dije eso. Sólo dije que no necesito que me pasees por esto otra vez.

Camilo no lo podía creer. Jaime hablaba como si fuera a hacer "esto" por cuenta propia.

—Pero, Camilo, sí tengo que preguntar algo. Yo sé que no te consideras experto como el doctor Ben-Judá pero ¿cuál es tu mejor suposición acerca de cómo Dios considera las motivaciones?

—¿Motivaciones?

Jaime se vio frustrado como si deseara que Camilo entendiera lo que él pensaba sin que tuviera que explicar nada. Desvió la mirada, luego volvió a mirar a Camilo. —Yo sé que Dios es real —dijo, como si confesara un crimen—. Ha habido demasiadas pruebas como para negarlo. Por lógica no puedo eliminar ninguna de las profecías porque todas se cumplen. Las pruebas de que Jesús es el Mesías casi me convencieron y nunca fui uno que estuviera esperando al Mesías. Pero si yo tuviera que hacer lo que tú y Zión por tanto tiempo me han rogado que haga, tengo que confesar que sería con una mala motivación.

Salvo por la probabilidad que bien pudieran estar muertos dentro de un par de horas, Camilo deseó que Zión estuviera con ellos. Quería preguntarle a Jaime cuál era su motivación pero sentía que si lo interrumpía, iba a perderlo.

Jaime apretó bien sus labios y dejó colgar su cabeza. Cuando alzó los ojos de nuevo, parecía estar luchando contra las lágrimas. Movió su cabeza y miró a lo lejos. —Camilo, tengo que pensar más.

—Jaime, le he rogado antes que no se quede sin tiempo. Ahora es evidente que tengo una base sólida para decírselo de nuevo.

Súbitamente Rosenzweig se inclinó y agarró el codo de Camilo. —¡Precisamente eso es! Estoy muerto de miedo. No quiero morir. Pensé que quería morir, pensé que la muerte era la única respuesta a ser un asesino aunque creyera que fui justo al matar a ese hombre. Pero lo hice con premeditación, con meses de premeditación. Lo planeé, me fabriqué mi propia arma, y lo cumplí todo. No tuve piedad, ninguna simpatía por Nicolás Carpatia. Llegué a creer, como ustedes, que él era el diablo encarnado.

Eso no era completamente exacto pero Camilo se mordió la lengua. Aunque los creyentes estaban convencidos de que Carpatia era el anticristo y que merecía que lo asesinaran y seguir muerto, sabían que, literalmente, no sería Satanás encarnado hasta que volviera a vivir. Eso era lo profetizado sea que él mereciera o no volver a vivir.

—Me cuesta mucho entender que yo haya estado en el plan de Dios desde el comienzo. Si es cierto que Carpatia es el enemigo de Dios y que suponía que él muriera por una herida cortante en la cabeza, yo me siento como Judas.

¿Judas? ¿Un judío no religioso que también conoce el Nuevo Testamento?

—Camilo, no te sorprendas tanto. Todos saben qué es un Judas. Alguien tenía que traicionar a Jesús y eso recayó en Judas. Alguien tenía que asesinar al anticristo y, aunque no puedo decir que realmente me correspondió a mí, yo tomé el trabajo con mis propias manos. Pero digo que *fue* mi destino. Aunque evidentemente Dios *quería* que eso se hiciera, ciertamente no fue legal. ¡Y mira lo que ya me ha costado! Mi libertad. Mi paz mental que, admito, sólo es un recuerdo lejano. Mis seres amados. Pero, Camilo, ¿puede Dios aceptarme si mi motivo es egoísta?

Camilo lo miró de reojo y se dio vuelta para mirar por la ventanilla. Las luces escasas y mortecinas de Israel se desaparecían a toda velocidad. —Jaime, todos llegamos a la fe siendo egoístas en alguna manera. ¿Cómo pudiera ser de otro modo? Queremos ser perdonados. Queremos ser aceptados, recibidos, incluidos. Queremos ir al cielo en lugar del infierno. Queremos ser capaces de enfrentar la muerte sabiendo que viene enseguida. *Yo* fui egoísta. No quise enfrentar al anticristo sin la protección de Dios en mi vida.

—¡Camilo, pero yo meramente tengo miedo a morir! Me siento como un cobarde. Aquí hice esta cosa precipitada que, muchos dirían requirió valor y hasta fuerza de carácter. Primero me enorgullecí de eso. Ahora, por supuesto, sé que Dios hubiera usado a cualquiera para hacerlo. Él hubiera podido hacer que algo le atravesara la cabeza a Carpatia en el terremoto. Él hubiera podido hacer que un rival político o un loco lo hiciera. ¡Quizá lo hizo! Parte de esto fue una compulsión, especialmente la de perfeccionar el arma. Pero, Camilo, tenía motivos. Yo odiaba al hombre. Odiaba sus mentiras y las promesas a mi patria, que no cumplía. Odiaba hasta lo que le hizo a los judíos practicantes y su templo nuevo aunque no me conté entre ellos.

«¡No tengo excusas! Soy culpable. Soy un pecador. Estoy perdido. No quiero morir. No quiero irme al infierno. Pero temo que Él me arroje allí porque deseché tantas oportunidades, porque me resistí por tanto tiempo, porque hasta sufrí muchos de los juicios y seguí frío y endurecido. Ahora, si voy a Dios, temblando como niño, ¿Él verá a través de mí? ¿Me considerará como el niñito que gritaba que viene el lobo? ¿Sabrá que muy por dentro soy un mero hombre que tuvo una vida maravillosa y disfrutó lo que, ahora, entiendo eran abundantes dones de Dios: una mente creadora, un hogar y una familia maravillosos, amigos preciosos, y que se volvió un viejo loco y necio?

«Camilo, heme aquí sabiendo que es verdad todo lo que me han dicho tú y Zión y tus queridos compañeros. Creo que Dios me ama y se interesa por mí y quiere perdonarme y aceptarme y, sin embargo, mi propia conciencia se mete al medio del camino.

Camilo oraba como no había orado desde hacía muchísimo tiempo.

—Jaime, si le dijera a Dios lo que me dijo a mí, conocerá la profundidad de Su misericordia.

—Camilo, ¡pero yo haría esto solamente porque tengo miedo de morirme en este avión! Eso es todo. ¿Entiendes?

Camilo asintió. Entendía pero ¿sabía la respuesta a la pregunta de Jaime? La gente de todas las épocas ha tenido toda clase de motivos para llegar a ser creyentes y, ciertamente, el miedo era uno común y corriente. Supo que Bruno Barnes decía que, a veces, la gente va a Cristo en pos de un seguro contra incendios —para estar fuera del infierno— sólo para darse cuenta más tarde de todos los beneficios que reciben junto con la póliza.

—Usted mismo dijo que no me considero experto —dijo Camilo—, pero también dijo que sabía que era pecador. Esa es la razón real por la que necesitamos a Jesús. Si no fuera pecador, usted sería perfecto y no necesitaría preocuparse por el perdón y la salvación.

—Pero yo sabía antes que era pecador, ¡y no me importaba!

—Tampoco miraba a la muerte directo a la cara. Tampoco se preguntaba si iba a terminar en el infierno.

Rosenzweig se restregó las palmas. —Me sentí tentado a hacer esto cuando estaba sufriendo el ataque de las langostas. Sabía que eso era un hecho profetizado en la Biblia pero también sabía que volverme creyente no iba a acelerar mi mejoría. Tú mismo me dijiste eso. Entonces, mi único motivo hubiera sido el alivio, como ahora lo es el miedo. Lo que debiera hacer, intelectualmente, es esperar y ver si sobrevivo este aterrizaje o este estrellón o lo que sea que vamos a hacer. Si no enfrento la muerte inminente, no quiero sospechar de mis propias intenciones.

—En otras palabras —dijo Camilo—, ¿sácame de aquí y yo me convertiré en creyente?

Jaime movió la cabeza. —Sé que no se debe negociar con Dios. Él no me debe nada. Él no necesita hacer ni una cosa más para persuadirme. Sólo quiero ser honesto. Si no llegara a la misma conclusión en el suelo o en un avión con dos neumáticos en buen estado, entonces, ahora, no debiera precipitarme a esto.

Camilo ladeó la cabeza. —Amigo, precipitarse a esto sería la última manera en que yo le describiera. Mi pregunta es ¿por qué se siente en más peligro ahora que cuando estaba en tierra o de lo que sentirá si aterrizamos a salvo?

Jaime levantó el mentón y cerró los ojos. —No. La CG ya anunció mi muerte y, ahora, tiene la libertad para exterminarme sin la molestia de la publicidad. Por eso es que me hallé corriendo a este avión. No tengo que decirte del terror que tengo de vivir en el exilio.

—Pero cualquiera sea el motivo que ahora tiene, también lo tendrá si sobrevivimos. Nada cambia.

—Quizá pierda el sentido de urgencia —dijo Rosenzweig—, la sensación de la inminencia.

—Pero ahora no sabe eso. Puede que tengan que llenar de espuma la pista, traer los vehículos de urgencia, todo eso. No se puede esconder debajo de una frazada ni proclamar que está contagioso cuando salgamos del avión. Y no se puede esconder en el baño hasta que no haya moros en la costa. Va a estar tan expuesto y tan vulnerable como siempre, aterricemos a salvo o no.

Jaime levantó una mano y cerró los ojos lentamente. —Dame un minuto —dijo—, puede que tenga más preguntas pero déjame a solas un momento.

Eso era lo último que Camilo quería hacer entonces pero tampoco quería espantar a Jaime presionándolo. Se volvió a su asiento, asombrado de la suavidad del vuelo que podía llevarlos a la eternidad.

***

Keni Bruno dormía largas siestas en las tardes y Zión esperaba que eso pasara. Quería al niño y se divertía mucho con él en los últimos catorce meses, aun en las habitaciones semidemolidas. El chico tenía buen carácter aunque era normal y a Zión le encantaba hacerle bromas y jugar con él.

Sin embargo, Keni podía ser agotador especialmente con quien llevaba casi veinte años sin tener pequeñuelos a su alrededor. Zión necesitaba una siesta aunque seguía desesperado por no perderse nada de lo que iba a pasar en Nueva Babilonia.

—¿Mamá? —preguntó Keni por la duodécima vez, sin estar inquieto sino curioso. Era insólito que ella no estuviera.

—Adiós, adiós —dijo Zión—. Pronto en casa. ¿Sueño?

Keni movió la cabeza aunque se frotaba los ojos y parecía que se esforzaba por mantenerlos abiertos. Bostezó y se sentó con un juguete, perdiendo prontamente el interés. Se tiró de espaldas, con los pies apoyados en el suelo, las rodillas levantadas. Mirando al cielo raso, bostezó de nuevo, se puso de costado, y pronto dejó de moverse. Zión lo llevó al corral de juegos para que no hiciera líos si se despertaba antes que él. Había muchas cosas ahí dentro para mantenerlo ocupado.

Zión se instaló de nuevo delante del televisor y subió los pies. El subterráneo estaba frío así que se arropó con una frazada. Trató de mantener abiertos los ojos pues el conjunto de cámaras de la CG CNN seguía enfocado en el ataúd transparente y la fila interminable de los fieles dolientes de todo el mundo.

Sabiendo que allá estaban el joven David Hassid y su amiga Anita Cristóbal, juntos con quien sabe cuántos creyentes más, empezó una oración silenciosa recorriendo su lista de orar. Cuando cerró los ojos para orar por sus compañeros y su congregación cibernética, (ahora sobre el millón), sintió que cabeceaba y que su cerebro anhelaba dormir.

Atisbó el reloj digital puesto encima del aparato para pasar videodiscos que estaba sobre el televisor. Preparó la máquina para grabar por si se quedaba dormido y era incapaz de despertarse a tiempo para "el acontecimiento". Al volver a acomodarse para tratar de orar, sabiendo muy bien que iba a dormitar, el reloj indicaba las 12:57 pasado meridiano.

Zión empezó a orar por Cloé, Lea y Raimundo, sabiendo que estaban en el Estado. Luego, oró por Ti, el amigo de Raimundo que, actualmente, estaba desaparecido. Luego, por Camilo, siempre metido en algo y quién sabe dónde. Al dirigirse su mente a su viejo amigo y profesor, el doctor Rosenzweig, Zión empezó a sentir un cosquilleo, muy parecido al que tuvo cuando trataba de interceder por Raimundo.

¿Era fatiga, alucinación? Tan desconcertante, tan real. Se obligó a abrir los ojos. El reloj seguía indicando las 12:57 pero él sentía como si estuviera flotando. Y cuando dejó que sus ojos se volvieran a cerrar, siguió viendo claro como el día. El desordenado subterráneo era frío y mohoso, con el escaso mobiliario en su lugar. Keni dormía sin moverse en el corral de juegos, con la frazada todavía abrigándolo bien.

Ahora, Zión veía esto desde arriba como si estuviera en el medio de la habitación. Se vio a sí mismo, durmiendo en el sofá. Había oído acerca de las experiencias extracorpóreas (fuera del cuerpo) pero nunca había tenido o soñado una. Eso no parecía ni se sentía como un sueño. Se sentía sin peso, moviéndose cada vez más alto, preguntándose si las vigas del piso de arriba lo iban a golpear en la cabeza mientras él subía y si eso heriría a un hombre que flotaba, alucinaba, soñaba, oraba o al que le faltaba dormir. No estaba seguro de la clase de hombre que era en ese preciso instante pero, a pesar de la increíble liviandad de su ser, se sentía tan consciente y alerta como nunca antes. Aunque sabía que estaba inconsciente, nunca había estado tan sintonizado con sus sentidos. Podía ver claramente y sentir todo, desde la temperatura del aire que se movía sobre el vello de sus brazos mientras él ascendía. Oía todos los ruidos de la casa, desde la respiración de Keni al refrigerador que se activó cuando él pasó, subiendo, por ahí.

Sí, él había flotado atravesando el primer piso pero todavía seguía viendo a Keni y no se sentía preocupado ni culpable por dejarlo pues también se veía a sí mismo, aún en el sofá, sabiendo que si Keni lo necesitaba, él podía regresar tan rápido como se había ido.

El aire otoñal era frío por encima de la casa, pero él estaba contento de estar en mangas de camisa. No era incómodo pero estaba tan consciente de todo... sentir, ver, oír —el viento que pasaba por los árboles con su follaje muerto. Hasta olía las hojas que se descomponían en el suelo, aunque ya nadie las quemaba. Tampoco nadie hacía ya lo que solía ser mundano. Ahora la vida era cuestión de sobrevivir, no de detalles triviales. Si una tarea no servía para poner comida en la mesa o brindar refugio, se la ignoraba.

Zión estiró sus brazos instintivamente para equilibrarse y sintió como que casi hubiera regresado a su forma dormida en el subterráneo. Pero la casa, el villorrio semiderruído de Monte Prospect, los suburbios del noroeste, las cintas retorcidas de lo que fueron las autopistas gratis y pagadas, toda la zona de Chicago se había vuelto minúscula debajo de él.

¿Se iba a enfriar pronto, a perder oxígeno? ¿Cómo podía ser que estuviera tan lejos de casa, mirando ahora todo el globo azul que le recordaba las fotografías obsesivamente bellas de la Tierra tomadas desde la luna? La luz diurna se volvió nocturna pero la Tierra seguía iluminada. Sentía como si estuviera en los rincones profundos del espacio, quizá en la luna. ¿Estaba en la luna? Miró a su alrededor y vio solamente estrellas y galaxias. Estiró sus brazos hacia la Tierra pues parecía desvanecerse con demasiada rapidez. Extrañamente sentía que él y Keni seguían durmiendo en la casa de refugio de Monte Prospect, aunque no podía verla más.

POSEÍDO

Pronto pudo ver los planetas mientras derivaba, deslizándose cada vez más lejos de todo lo que conocía. ¿Con qué rapidez estaría moviéndose? Esas preguntas físicas parecían tontas y sin importancia. La cuestión era ¿dónde estaba y dónde iba? ¿Cuánto tiempo podría durar esto?

Era algo tan raro y maravilloso que, por un instante brevísimo, Zión se preguntó si se habría muerto. ¿Iría camino al cielo? Él nunca había creído que el cielo estaba en el mismo plano físico del universo, en alguna parte donde los hombres de los cohetes pudieran llegar si tuvieran los recursos. Al mismo tiempo, nunca antes se había sentido tan completamente vivo. No estaba muerto. Se convenció que estaba en alguna parte de su mente.

Mientras parecía colgar, sin peso, en el espacio instantáneamente le pareció que aceleraba de nuevo. Cruzó el vasto universo con sus incontables galaxias y sistemas solares. El único sonido era su respiración que, para asombro suyo, era rítmica y profunda, como si, como si estuviera dormido.

Pero se preguntaba cómo una mente tan poca cosa podía soñar con una vista así. De repente, como si se hubiera activado un interruptor, la oscuridad se volvió luz brillante, eliminando la suprema tiniebla del espacio. Igual como las estrellas desaparecen en la luz del sol, así se desvaneció todo lo que él pasó en su camino a este plano. Colgaba inmóvil en una animación sin sonido y sin peso, con una sensación de expectativa que le recorría por entero.

Esta luz, como un fogonazo de magnesio ardiente tan potente que despidió toda sombra, venía desde arriba y por detrás de él. A pesar de la sensación de maravilla y expectativa, temía volverse hacia ella. Si esto era la gloria de la presencia de Dios (la Chequiná); ¿no iba a morir en esa presencia? Si era la misma imagen de Dios, ¿podría verla y vivir?

La luz pareció reconocerlo, querer que se diera vuelta. Y así lo hizo.

TRECE

Raimundo condujo lo más cerca que pudo de los límites urbanos de Chicago, yendo por un camino circular reconstruido que tenía carteles de advertencia amenazante a todo lo largo, prohibiendo el tránsito más allá de su límite al norte. Los vehículos patrulla de la CG ignoraban al escaso tráfico, así que Raimundo buscó una vuelta que pareciera llevarlo a una zona local pero que lo condujera a la ciudad, fuera del camino.

Se sentía tan notorio y evidente como hacía mucho tiempo, rebotando en la mitad del día en terrenos polvorientos y pasando por reservas forestales cerradas pero no detectó que lo siguieran. Estacionó el Land Rover debajo de una ex-estación del tren medio destruida. Él, Cloé y Lea se sentaron a la sombra, Raimundo empezando a sentir la fatiga que había precedido su sueño maravilloso en Grecia.

Cloé decía: —Esto es culpa mía. Me puse impaciente, estúpida y egoísta. No hay forma que podamos caminar a Chicago hasta la noche. Y ¿cuán lejos queda? ¿Poco más de treinta y dos kilómetros hasta el Edificio Strong? Eso llevará horas.

Lea se movió en su lugar. —Si buscas que alguien discuta contigo, yo no puedo. No trato de ser mala pero nos vamos a quedar sentados aquí hasta que oscurezca. Entonces vamos a caminar por lo menos cinco horas a lo que, fíjate bien, ¿a nuestra próxima casa de refugio?

Cloé se quedó moviendo la cabeza.

Raimundo dijo: —No vamos a caminar a ninguna parte. Conozco esta ciudad como la palma de mi mano. Cuando sea conveniente y esté oscuro vamos a ir en el vehículo hasta el edificio, con las luces apagadas. La CG no prohíbe que la gente entre aquí por divertirse. Ellos creen en realidad que está contaminada. Si tenemos que encender las luces a intervalos para impedir que un hoyo nos trague y que un avión de vigilancia nos detecte o un detector térmico nos registre, lo peor que harán será advertirnos que salgamos. Ellos no van a entrar a buscarnos.

—No, papá —dijo Cloé—. Lo peor que pasará es que nos obliguen a salir y se den cuenta quién eres tú.

—Ellos se mantendrán alejados y nos examinarán primero para ver la radiación.

—Y al no encontrar nada, ahí se acaba todo nuestro plan.

—Hay bastante pensamientos negativos en estos días —dijo Raimundo—. Pensemos positivamente. Ya es bastante malo tener que darle pronto la noticia de su familia a Camilo.

—Papá, deja que yo lo haga.

—¿Estás segura?

—Absolutamente. Cuando él llame, déjame hablar con él. Pero cuando Camilo llamó, estaba claro que aún no era el momento para darle una noticia como ésa. Raimundo observó que Cloé parecía desintegrarse en el teléfono. —Gracias, mi amor —dijo—. Gracias por decírnoslo. Estaremos orando. Yo también te amo y Keni te ama. Llámame en cuanto puedas. Prométemelo.

Cloé colgó y rápidamente puso al día a Raimundo y a Lea.

—Así que allá es donde está Ti —dijo Raimundo—. Camilo pensó muy bien. Tenemos que orar por ellos ahora mismo.

—Especialmente por Jaime —dijo Cloé—. Parece cerca.

—Aterrizar con una sola rueda es peligroso —dijo Raimundo—, pero se puede hacer. Aunque creo que es la primera vez que Ti maneja un Super J.

—¿Qué clase de posibilidades les darías? —dijo Lea y luego, pareció arrepentirse de haber preguntado, dándose cuenta que Cloé podía perder a su marido en los próximos veinte minutos.

—No, yo también quiero saber —dijo Cloé—. Papá, en realidad, ¿cuáles son los chances?

Raimundo se demoró pero comprendió que valía muy poco alentar esperanzas en Cloé. —Como uno de cada dos —dijo.

***

Jaime llamó a Camilo que se había ido a la cabina con Ti. Camilo regresó y se arrodilló al lado del asiento de Jaime.

—Una pregunta más —dijo Rosenzweig—, ¿me atrevo a probar a Dios?

—¿Cómo?

—Decirle que quiero creer, ofrecerle lo que queda de mi vida, y sólo ver si Él me acepta a pesar de mi motivo egoísta.

—Yo no puedo hablar por Dios —dijo Camilo—, pero me parece que si somos sinceros, Él hará lo que prometió. Usted ya sabe que esto es más que la mera creencia porque ahora cree. La Biblia dice que los demonios creen y tiemblan. Esto es una decisión, un compromiso, un recibir.

—Lo sé.

—Jaime, estamos como a quince minutos, sumando o restando el tiempo para volar en círculo y conseguir algo de ayuda de la torre. No se demore.

—Pero, ¿ves? —dijo Jaime—. Precisamente eso contribuye a mi problema. No quiero ser más justo porque mi tiempo se esté acabando. Pudiera ser aún menos.

—Deje que Dios decida —dijo Camilo.

Jaime asintió trágicamente. Camilo no envidiaba tener que elaborar esto mientras se preguntaba cuánto tiempo más iba a vivir. Cloé y Keni estaban en el primer plano de la mente de Camilo y, saber que, de todos modos, los volvería a ver en tres años y medio más, no le ayudó a apaciguar su desesperación de no dejarlos.

Volvió al asiento al lado de Ti. —Estuve en contacto con la torre de un aeropuerto al sur de Ptolomeo. Se llama Kozani. Están de acuerdo en que tengo más oportunidades aterrizando con la panza del avión que tratar de bajar con una sola rueda. Ni importa cuán firme sea este aparato ni cuán buen piloto sea yo. Si no soy perfecto, pues rebotamos y ya está. Bajar de panza me permitirá aterrizar con la menor velocidad posible teniendo esperanzas de lo mejor.

—Realmente vas a ser bien suave, ¿no?

—Y tú me lo dices.

—Tú vas a volar bajo primero y ver si ellos pueden darle una mirada a las ruedas?

Ti señaló el medidor de combustible, pegado en la señal de vacío. —Tú dirás.

—Bueno, eso pudiera ser bueno, ¿no?

—¿Cómo así? —dijo Ti.

—Si nos estrellamos no nos incendiamos.

—Camilo, si nos estrellamos vas a querer quemarte. Vas a desear que nos hubiéramos evaporado.

***

Zión sentía una paz y un bienestar tan inmensos que no quería que esto terminara, sueño o no. Sabía que iba a aterrorizarse al darse vuelta y enfrentarse a la luz pero la misma luz era lo que lo atraía.

No se movía como si estuviera en el agua o en el vacío. No tenía que mover sus extremidades. Todo lo que tenía que hacer era desear volverse, y se dio vuelta. Primero creyó que estaba mirando en una zanja sin fondo, el único punto oscuro en un muro blanco resplandeciente. Pero al retroceder de la imagen, tan real que creía poder tocarla, otros espacios oscuros de relieve quedaron a la vista. Mientras sus ojos se adaptaban a la luz, él se alejó lo bastante para distinguir un rostro. Fue como si colgara entre la nariz y la mejilla de una imagen celestial estilo Mount Rushmore.[1] Pero esta no estaba esculpida en la piedra ni era de carne y hueso. Enorme, brillante y fuerte, a la vez que también traslúcido; Zión se sintió tentado a desear atravesarlo. Pero como debiera haber sido aterrador y no lo era, Zión quiso verlo todo. Si tenía cabeza, ¿entonces, cuerpo? Se echó para atrás para ver la cara rodeada con una masa de pelo como el pasto de la pradera que enmarcaba una faz amistosa aunque nada suave, amante aunque confiada y firme.

Zión supo sin duda alguna que se estaba imaginando esto pero, al mismo tiempo, que era *la* experiencia sensorial más rica de su vida. Se grabó a fuego en el ojo de su mente y creyó que nunca la olvidaría ni volvería a sentir algo como esto mientras viviera.

Su voz casi le falló pero se las compuso para preguntar.

—¿Eres Jesús el Cristo?

¿Un trueno, una risita, una risa terrestre? "No" llegó la voz amable que lo rodeó y, saliendo de una boca de ese tamaño, hubiera debido soplarlo al olvido total. —No, hijo de la Tierra, meramente uno de Sus príncipes.

Zión se echó más para atrás para abarcar todo el ámbito de este hermoso ser celestial. —¿Gabriel? —susurró.

—Gabriel y yo somos hermanos. Él anuncia, yo comando la hueste celestial.

De golpe le quedó claro a Zión. La gran espada, larga como el Jordán, la coraza grande como el Sinaí. —¡Eres Miguel! El príncipe que defenderá a mi pueblo, los escogidos de Dios.

—Tú lo has dicho.

—Príncipe de Dios, ¿me morí?

---

1 Caras gigantes de algunos presidentes de EE.UU. esculpidas en una cadena de montañas en el Estado de South Dakota.

—Tu tiempo aún está por llegar.

—¿Puedo preguntar más?

—Puedes, aunque yo prefiero la guerra justa a la conversación. Gabriel anuncia. Yo me enzarzo en combate.

—Una pregunta egoísta, señor. ¿Permaneceré hasta la Manifestación de la gloria?

—Está designado a los hombres que mueran una vez, y...

—Pero ¿moriré antes de...?

—Creado, no te corresponde saber eso. No incide en tu obligación de servir a Dios Altísimo.

Zión quiso hacer una reverencia a este ser y a la verdad que habló. No podía creer que había interrumpido a Miguel, el arcángel, uno de los dos ángeles nombrados en toda la Escritura.

—¿Por qué estoy aquí si no estoy muerto?

—Profesor, tienes mucho que aprender.

—¿Sabré la identidad del anticristo, el enemigo de Dios?

Miguel pareció petrificarse, si eso fuera posible para un ángel. Fue como si la sola mención del anticristo hubiera revuelto su sangre haciéndolo desear el combate. Habló de nuevo. —El anticristo será revelado en el tiempo fijado.

—Pero, señor —dijo Zión sintiéndose como niño—, ¿no es ahora el tiempo fijado?

—Nosotros medimos el pasado, el presente y el futuro con varas diferentes de las tuyas, hijo de la Tierra. El tiempo fijado es el tiempo fijado y para los prudentes y alertas, la revelación será clara.

—¿Sabremos con seguridad la identidad del... del enemigo?

—Así he dicho.

—Enséñame todo lo que tengo que aprender aquí, gran príncipe que vigila a los hijos de Abraham, Isaac y Jacob.

—Quédate en silencio —dijo el ángel—, observa y escucha la verdad de la guerra en el cielo. Desde el llamado a subir hecho a los justos vivos y muertos, el enemigo ha competido con las huestes del cielo por el remanente de almas de los hombres.

«El malo, esa vieja serpiente, ha tenido acceso al trono del Muy Altísimo desde el comienzo del tiempo, hasta ahora, el tiempo fijado».

¿Qué estaba diciendo? ¿Que Zión estaba ahí para presenciar el fin del acceso de Satanás al trono, donde por milenios había ejercitado su poder para acusar a los hijos de Dios? Zión quiso preguntar cómo se había ganado un privilegio tan grande pero Miguel se puso un dedo en los labios y le hizo señas con la otra mano para que Zión mirara más allá de él, a la misma sala del trono. Zión cayó postrado de inmediato en lo que parecía el aire del medio del universo ampliado. Vio una sola figura, más grande, más brillante y más bella que el mismo Miguel.

Zión se tapó los ojos. —¿Es el Cordero de Dios que quita el pecado del mundo?

—Silencio, hijo de la Tierra. Este no es el Hijo ni el Padre, a los que no verás hasta que llegue *tu* tiempo. Ante ti está el ángel de luz, la estrella bella, el gran engañador, tu adversario, Lucifer.

Zión se estremeció, sintió asco pero no pudo desviar la vista. —¿Este es el presente? —preguntó.

—Eternidad pasada y futura son el presente aquí —dijo Miguel—. Escucha y aprende.

Súbitamente Zión pudo oír al ángel hermoso que alegaba su caso ante el trono, que estaba fuera de la vista de Zión.

—Tus así llamados hijos son inferiores a ti, rey del cielo —se oyeron los tonos melifluos y persuasivos del pedigüeño eterno—. Abandónalos a mí, que puedo moldearlos para provecho. Aun después de ser llamados por tu nombre, las naturalezas de ellos destilan deseos temporales. Permite que me rodee con estos enemigos de tu causa y yo los comandaré formando una fuerza como ningún ejército que tú hayas armado jamás.

Desde el trono salió una voz con tal poder y autoridad que su volumen no tenía importancia: —¡Tú no tocarás a mis amados!

—¡Pero con ellos yo ascenderé a un trono más alto que el tuyo!

—¡No!

—¡Son débiles e inefectivos a tu servicio!

—¡No!

—Yo puedo rescatar a estos restos sin esperanzas.

—¡No!

—Te ruego, rey del cielo y la tierra...

—¡No!

—Concédeme a esto o yo...

—¡No!

—Yo haré...

—¡No!

—¡Yo los destruiré y te derrotaré! ¡Yo llevaré el nombre que es por sobre todo nombre! ¡Yo me sentaré por encima de los cielos y no habrá otro dios como yo! En *mí* no habrá cambio ni sombra de cambio.

Súbitamente Zión vio, a su derecha, el relámpago en los ojos del arcángel Miguel, que habló con gran emoción. —Dios Padre Todopoderoso —gritó, haciendo que el malo lo mirara con disgusto, y luego con rabia—, ¡te ruego que no permitas más blasfemias en las cortes del cielo! ¡Concédeme que yo destruya a ése y lo eche de Tu presencia!

Sin embargo, evidentemente Miguel no oyó ni captó el permiso de Dios. Lucifer contempló fijamente y con desprecio a Miguel, riéndose con mueca sarcástica. Se dio vuelta para enfrentar el trono.

—¡Miguel, tu amo no te asignará una tarea imposible! Él sabe que tengo la razón acerca de los hijos de Dios. Llegará el momento en que me los concederá. Tú eres un necio, débil e incapaz de enfrentarme por tu propia cuenta. Perderás. Yo ganaré. Yo ascenderé...

Pero mientras Zión observaba y escuchaba, la voz de Lucifer cambió. Se volvió aguda y quejumbrosa, y su persona empezó a cambiar. La voz del trono continuaba negándolo mientras él denostaba, mendigaba, retaba y blasfemaba. Su brillante ropaje refulgente perdió el lustre. Su cara se encrespó en una horrorosa máscara de escamas. Sus manos y pies desaparecieron y su ropaje cayó, revelando una serpiente resbalosa que se enroscaba y desenroscaba y que se retorcía. Los ojos se hundieron bajo párpados profundos y su voz se convirtió en un silbido, luego en un rugido mientras se iba transformando.

Sus manos y pies reaparecieron pero los dedos se habían convertido en grandes apéndices córneos. Se dejó caer en cuatro patas. Sus palabras se desvanecían en resoplidos flamígeros, y la bestia se paseaba delante del trono con tanta rabia que Zión se alegró que Miguel estuviera interpuesto entre él y ese dragón.

De la cabeza salieron cuernos y apareció una corona en el tope y, de repente, su ser entero se puso de un color rojo fuego. Mientras Zión contemplaba horrorizado, a la bestia le crecieron seis cabezas más, cada una con una corona, y diez cuernos en total. Paseándose y agrandándose con cada paso, la bestia se estremecía de furia y amenazaba al trono y a los sentados ahí.

Y la voz del trono decía: —No.

Con un gran rugido, pateando y meneando fuerte sus cabezas, el dragón se colocó amenazando que avanzaría sobre el trono. Miguel dio un paso en esa dirección y la voz volvió a decir: —No.

Miguel se volvió a Zión diciendo:—Mira —apuntando detrás de Zión.

Zión se dio vuelta para ver la figura de una mujer con ropajes resplandecientes como el sol. Aunque el fulgor de Miguel casi lo había cegado y Lucifer había resultado aún más fulgurante, la mujer... la mujer parecía como vestida de sol. Parecía que estaba de pie sobre la luna y en su cabeza había una guirnalda de doce estrellas.

Zión estaba traspuesto y se sentía muy emparentado con la mujer. Quiso preguntar a Miguel quién era ella, ¿María? ¿Israel? ¿La Iglesia? Pero no pudo hablar ni darse vuelta. Tenía conciencia que el aborrecible dragón de las siete cabezas estaba detrás de él pero Miguel estaba entre él y aquel peligro.

La mujer estaba embarazada; su gran vientre vestido de sol la hacía volverse y gritar con los dolores del parto. Ella hacía muecas y su cuerpo tenía las convulsiones producidas por las contracciones y, mientras ella se sostenía el vientre como si estuviera por dar a luz, el dragón saltó desde su lugar delante del trono, pasando por encima de Miguel y Zión y abalanzándose ante la mujer.

Su gran cola barrió la tercera parte de las estrellas del cielo, las cuales cayeron a la Tierra. Ahora la bestia estaba agazapada ante la mujer que estaba lista para dar a luz, con las siete bocas abiertas y salivando, las lenguas saliéndose, listas para devorar al hijo de la mujer en cuanto naciera.

Ella dio a luz un hijo varón que fue arrebatado a Dios. El dragón miró con rabia cuando el niño era trasladado al trono, y cuando se volvió hacia la mujer, ésta había huido. Él se levantó para perseguirla y el arcángel Miguel dijo: —Contempla.

Zión se dio vuelta para mirar que él usaba ambas manos, tan poderosas, para desenvainar la espada dorada y hacerla girar en un amplio arco por encima de su cabeza. De inmediato se le unió una hueste celestial de ángeles guerreros, que se colocaron detrás de él como también estaban los ángeles del dragón.

Zión tenía tantas preguntas pero Miguel dirigía la carga contra el dragón. Quizá Gabriel, el anunciador, estuviera cerca de ahí. Zión abrió la boca para preguntar pero cuando dijo: —¿Quién es la mujer? —sus palabras le sonaron planas y se sintió encerrado. Repitió. —¿Quién es la mujer? —y sus palabras lo despertaron con un sobresalto.

Se incorporó, cayéndose la frazada. El televisor seguía mostrando la fila de dolientes que se movía lentamente, bañados en los fantasmagóricos focos luminosos del patio de palacio. Zión se paró y fue a mirar el corral de juegos, donde Keni dormía sin haberse movido. Se volvió a sentar y miró fijo, incrédulo, el reloj del aparato para pasar videodiscos, que marcaba las 12:59.

***

Un movimiento en la cabina atrajo la mirada de Camilo. En la oscuridad vio que Jaime se soltaba el cinturón de seguridad y, torpemente, se arrodillaba en el pasillo, con los codos apoyados en el apoyabrazos. Camilo le tocó el brazo a Ti y le hizo señas que mirara para atrás. Ti miró y le dio una ojeada a Camilo, que levantó los dos puños inclinando la cabeza. Se volvió hacia un lado de modo que una oreja quedara enfrentando la cabina. El hombre que había sido tan cariñoso y tan porfiado estaba de rodillas, por fin.

—Oh, Dios —empezó Jaime—, nunca antes he orado creyendo que en realidad te estaba hablando. Ahora yo sé que estás ahí y que me quieres, y no sé qué decir —y empezó a llorar.

«Perdóname por ir a ti solamente porque temo por mi vida. Sólo tú conoces la verdad acerca de mí, si soy sincero. Tú me conoces mejor que yo. Sé que soy pecador y que necesito tu perdón para todos mis pecados, hasta por asesinato, independientemente de que la víctima fuera tu enemigo jurado. Te agradezco por haber asumido el castigo por mis pecados. Perdóname y recíbeme en tu reino. Quiero darte todo mi ser por el resto de mis días. Muéstrame qué hacer. Amén».

Camilo miró hacia atrás, donde Jaime seguía arrodillado, con la cabeza enterrada en los brazos. —¿Camilo? —lo llamó, con su voz apagada.

—¿Sí, Jaime?

—Oré pero sigo asustado.

—¡Yo también!

—¡Yo también! —dijo Ti.

—¿Probó a Dios? —dijo Camilo.

—Sí. Supongo que no conoceré su decisión hasta que nos estrellemos y me despierte en el cielo o en el infierno.

—Oh, la Biblia dice que podemos saber.

—¿Sí?

—Dice que su Espíritu da testimonio a nuestro espíritu de que somos hijos de Dios. ¿Qué dice su espíritu Jaime?

—Mi espíritu dice que aterricemos con mucho cuidado.

Camilo se rió a pesar de sí mismo. —Jaime, hay una manera de saber por anticipado. ¿Quiere saber?

—Con todo mi corazón.

—Ti, prende las luces de allá atrás.

***

David se quedó de nuevo parado en la torre de observación, mirando la fila. Faltando un par de horas antes de la medianoche, el aire era lo suficientemente fresco para mantener calmada a la muchedumbre. Se esperaba que el día siguiente tuviera una temperatura cercana a los treinta y ocho grados, centígrados, y se preocupó por la salud y los temperamentos. El funeral iba a comenzar dentro de doce horas pero David no se podía imaginar que la multitud terminara de pasar, tan pronto, por el ataúd.

Desde su postura elevada pudo ver los toques finales dados a la enorme imagen del extinto potentado, hecha en hierro y bronce, hueca, negra a partir de un molde del cuerpo tomado después de su muerte. Guy Blod lucía a punto de reventar supervisando las últimas soldaduras y el traslado de la estatua a su lugar por medio de guinchos. Guy iba a pararse en un andamio para hacer, por sí mismo, el arenado y pulido finales, habiendo dispuesto trabajadores para que llevaran, rodando, el producto terminado cerca del ataúd en algún momento antes del amanecer.

Fortunato y sus lacayos estaban de ronda y León tenía un par de papeles doblados en la mano; parecía que estaba tomando muchos apuntes. Él y su cortejo visitaban la producción de la estatua, donde Guy se puso a hablar bastante tiempo, destacando animadamente los rasgos principales de la obra y aceptando las felicitaciones del Comandante Supremo.

El equipo de Fortunato se puso al medio de la larga fila, donde muchos llevaban horas esperando. La gente se inclinaba, se arrodillaba y besaba sus manos. Él las levantaba con frecuencia apuntando al ataúd, y ellos hacían reverencias y gesticulaban.

León examinó las tiendas y puestos de las diversas concesiones, ninguna de las cuales abriría hasta el amanecer. Cuando llegó al puesto detrás del cual estaba David, se concretaron los peores temores de David al preguntar León:

—¿Alguien ha visto al director Hassid?

Mientras que su gente movía la cabeza negando, alguien de la carpa dijo: —Comandante, él está arriba.

—¿Con quién?

—Creo que solo.

—Caballeros, espérenme, ¿quieren?

Subió las gradas, y David sintió que toda la estructura se mecía. David actuó como si no estuviera esperando a nadie y no hubiera escuchado que alguien subía.

—El director Hassid, supongo —dijo Fortunato.

David se dio vuelta. —Comandante.

—¿David, quiere integrarse a nuestro grupito? Solamente estamos saludando a la gente.

—No, gracias. Un día largo. Estoy por irme.

—Comprendo —dijo León, sacando las hojas de su bolsillo—. ¿Tiene tiempo para darme algunas ideas?

—Seguro.

—Algunas personas de Roma me están presionando para hacer un servicio en recuerdo del Pontífice Máximo. ¿Se acuerda de él?

León había preguntado eso tan seriamente como si David no recordara al jefe de la Única Fe Mundial que había muerto en la semana. —Por supuesto —dijo David.

—Bueno, parece que se ha desvanecido de la memoria de la gran mayoría de la gente, y yo me inclino por dejar las cosas como están.

—¿Quiere decir, no hacer el servicio?

—¿Está de acuerdo? —dijo Fortunato.

—Yo solamente pregunto.

—Bueno, yo estoy de acuerdo con usted en que probablemente no debemos hacerlo.

Eso no era, por supuesto, lo que había dicho David pero no tenía lógica ponerse a discutir. Era probable que Fortunato estuviera extrayendo a la fuerza las mismas ideas de todos los que le rodeaban y, llegaría el momento, en que se encontraría "consintiendo" al consejo de su personal.

—Me gustaría ver los asuntos espirituales centralizados aquí, en Nueva Babilonia en forma permanente y creo que hay un lugar para una expresión personal de fe mejor de lo que esa amalgama nos dio.

—Comandante, pareciera que todos están de acuerdo con esa idea de todas-las-creencias-en-una.

—Sí, pero con la prueba creciente de que la Potestad Carpatia merece la santidad, y la posibilidad de que él mismo fuera divino, creo que hay un lugar para adorar y hasta orar a nuestro caído líder ¿Qué piensa usted?

—Pienso que usted prevalecerá.

—Bueno, gracias por eso, David. He hallado en usted un trabajador muy capaz y leal. Quiero que sepa que usted puede elegir su papel en mi régimen.

—¿Su régimen?

—Con toda seguridad que usted no ve a nadie más en la línea para Potentado Supremo.

David se sintió tentado de decirle quién iba a ser el potentado, y muy pronto. —No, no lo supongo.

—Quiero decir, si usted lo ve, dígamelo. Yo tengo gente que vigila muy estrechamente a los tres reyes disidentes, y creo que Litwala tiene un aspecto flaco y hambriento. ¿Hassid, usted sabe de dónde es esa frase?

—Shakespeare. *Julio César*

—Usted *es* bien culto. ¿Qué papel le motivaría?

—Señor, estoy contento donde estoy.

—¿*Realmente*?

—Sí.

—Bueno, ¿cómo reaccionaría a un saludable aumento y un cambio de título, digamos, asistente especial del potentado supremo?

David sabía que todo esto sería moho, muy pronto. Dijo:

—No me opondría.

—¡Usted no se opondría! —rió Fortunato—. ¡Me gusta eso! Mire a esta lista de gente que quiere decir unas pocas palabras mañana, en el funeral, —dijo una obscenidad— interesados hijos del diablo.

David pensó: *El que lo dice lo es, mira quién habla.*

—¿Usted quiere decir unas pocas palabras?

—No.

—Porque yo podría meterlo también.

—No, gracias.

—No es problema darle algo de visibilidad.

—No.

—¿Va a descansar un poco, eh?

—Sí, señor.

—¿Y cuándo volverá al trabajo?

—Me imagino que cuando despunte el alba.

—Mmm.

—¿Problema, señor?

—Yo andaba buscando a alguien de nuestro nivel para que esté aquí cuando se coloque la estatua en su lugar.

—Bold es un ministro.

—Sí, pero usted sabe.

David no sabía pero de todos modos asintió.

—David, ¿podría usted estar aquí?

—Como usted mande, señor.

—Eso me gusta muchacho.

***

Camilo fue a la cabina mientras Jaime se paraba y se volvía para enfrentarlo. Lucía exhausto y tenía huellas de llanto. Ahora Jaime daba la espalda al apoyabrazos donde se había recostado, y éste le tocaba precisamente por encima de la rodilla. Camilo tomó con sus manos los dos hombros de

POSEÍDO

Jaime y el viejo se echó para atrás cayendo de plano en el asiento, con los pies en las rodillas de Camilo.

—Así, que la vio, ¿no? —dijo Camilo.

—¡Sí! —dijo Jaime, levantándose—. ¿Y tú puedes ver la mía? —Se movió hasta ponerse directamente debajo de una luz, y echó a un lado un mechón de canas.

—Claro que sí, Jaime. Usted no nos creía en todo aquel tiempo, ¿no? quiero decir, que nos podíamos ver las marcas los unos a los otros?

—En realidad, yo te creí, a ti —dijo Jaime—. No todos ustedes me iban a mentir. Tenía tantos celos.

—No más.

—Así que Dios conocía mi corazón.

—Evidentemente.

—Eso en sí mismo es un milagro.

—Prepararse para el descenso —gritó Ti.

—No puedo decir que estoy menos asustado —dijo Jaime.

—Amigo, yo también estoy asustado pero mucho menos de lo que estaría si no conociera mi destino.

CATORCE

---

ea estaba cansada y aburrida a pesar de sentirse fascinada
por el cambio de Raimundo y de su relación con su hija.

El Land Rover se sentía atiborrado y opresivo hasta con
las ventanillas abiertas por donde entraba una brisa fresca.

Cuando sonó el teléfono y era Ming, ella estaba alarmada
pero contenta por la diversión.

—Voy a ver a mis padres y a mi hermano de nuevo —dijo
Ming.

—¡Qué bueno! ¿Cómo? ¿Cuándo?

—En el funeral.

—¿Vas a ir?

—Y ellos también. Yo los llamé para decirles que me
habían asignado a control de turba y ellos insistieron en venir.

—Bien, eso es bueno, ¿no?

—Lea, me preocupan mis padres. Ellos no saben que
Chang y yo somos creyentes. Ellos admiraban *tanto* a Carpatia que están enfermos de pena. Quiero decirles y persuadirles
pero eso precisaría de un milagro.

—Ming, siempre es un milagro. Oraremos contigo rogando que eso pase.

—Tú no conoces a mi padre.

—Lo sé pero Dios es más grande que todo aquello. ¿Cómo vas a llegar a Nueva Babilonia? Supe que todos los vuelos están llenos.

—Transporte militar. No sé cómo mi familia encontró asientos, salvo que mi padre tiene mucha influencia en la CG. Su negocio aporta más del veinte por ciento de sus ganancias a Nueva Babilonia. Ellos esperan para mañana que llegue un millón más de personas. Te digo Lea, que hasta los presos de aquí se conduelen por Carpatia.

—Cuando estés ahí, busca a David Hassid y Anita Cristóbal.

—¿Creyentes?

—Por supuesto. Mantiene el disfraz. Finge discutir con ellos. Ellos verán tu marca y te harán el juego para protegerte. Preséntales a tu hermano. Yo les avisaré que tus padres no lo saben. Oye, ¿más noticias de Patty o de la familia de Camilo Williams?

Una pausa.

—Ming, me lo puedes decir.

—Bueno, es una especie de buena y mala noticia.

—Habla.

—La casa de los Williams se quemó y se descubrieron dos cadáveres, identificados como el padre y el hermano de Camilo Williams.

—¿Y?

—Lea, esto no está confirmado pero hay cierta prueba de que ellos pudieran haber llegado a ser creyentes.

—Sería tan bueno si el Macho pudiera saberlo con toda seguridad.

—Veré qué, puedo averiguar sin ponerme en evidencia, pero alguien dijo que los asesinatos y el incendio tuvieron que esperar porque ellos estaban en una reunión tipo iglesia.

—¿Significa eso que la CG sabe dónde se junta la iglesia?

—Probablemente. Ellos saben más de lo que la mayoría de los creyentes quiere creer.

—Tenemos que advertir a esa iglesia.

***

Camilo escuchó a Ti que hablaba por la radio a la torre de Kozani. —Muy poco combustible. Haré una pasada de prueba pero es mejor que baje decididamente.

—Super Julieta, lo malo es que no tenemos espuma ni perspectivas de recibir algo pronto. Le convendría soltar el combustible que le quede antes del intento final.

—Entendido.

—Julieta, tiene amigos en lugares altos.

—¿Repita?

—Le mandaron equipo nuevo que está por llegar.

—Torre, no lo entiendo.

—Un hombre llamado Albie. ¿Lo conoce?

—He oído de él. Amigo de un amigo.

—Eso es lo que él dijo. Él le trae un avión para usted suponiendo que el suyo va a necesitar un poco de rehabilitación.

—Entendido. ¿Qué trae?

—Ni idea.

—¿Cómo va a regresar él?

—Creo que planea arreglar el suyo y llevarlo en cambio.

—Mejor que traiga algo muy bueno.

—Sólo espere que el suyo valga algo para cambiar después que raspe nuestra pista.

—Entendido.

Camilo miró a Ti. —¿Crees eso? Raimundo tuvo que organizar eso.

—Me pregunto cuándo esperan a Albie.

Camilo movió la cabeza. —Él tiene un vuelo mucho más largo que nosotros, y ¿quién sabe de dónde consiguió el avión.

—Se me hace largo esperar para verlo.

—Se me hace largo esperar para ver si sobrevivimos.

—Creo que sí —dijo Ti—. Le echaremos un vistazo a la situación, a soltar el combustible y deslizarlo allí, bien y suave.

—Me gusta la confianza de tu voz.

—Debe ser mi trasfondo de actor.

—No digas eso.

—Camilo, la verdad es que necesito que ustedes dos se amarren muy bien en los asientos más cerca de la cola. Yo leeré en voz alta las alturas. A los quince metros ustedes deben estar afirmados y bien resguardados pero pueden adoptar esa posición después que me escuchen los treinta metros. ¿Entendido?

Camilo asintió.

—Estamos cerca. Prepara a Jaime.

Camilo se paró e iba entrando en la cabina de pasajeros cuando Ti dijo, —¡oh, no!

—¿Qué?

Las luces interiores se apagaron. Las luces de urgencia a batería iluminaban fantasmalmente el panel de control.

—¿Qué pasa? —gritó Jaime—. Que alguien me diga algo.

—Digamos tan sólo que no tendremos que soltar nada de combustible —dijo Ti—. Amárrense ahora, en los asientos traseros y no me hablen hasta que estemos en tierra.

—¡Yo estoy listo para el cielo! —dijo Jaime—, pero esta noche prefiero el asfalto al oro, si no les importa.

—Cállese doctor —dijo Ti y llamó a la torre, trabajando con baterías—. Socorro, torre Kozani, este es el Super J. Estamos sin combustible. Repito, sin combustible. Puede que las luces de aterrizaje no funcionen bien con batería.

—Entendido, Julieta —llegó la respuesta mientras Camilo se instalaba al otro lado del pasillo al lado opuesto de Jaime. —¿Tren de aterrizaje retractado?

—Entendido —dijo Ti—. Ruedas arriba. A la espera.

—¿Repita? ¿Tenemos confirmación de ruedas arriba?

—Negativo.

—¿Por falla de energía o cree que las ruedas no subieron?

—No escuché nada.

—Téngalo presente al ir bajando. ¿Nos tiene a la vista?

—Afirmativo.

—Todas las luces de pista encendidas.

—Gracias. Luces de aterrizaje encendidas.

—Entendido. Repita procedimiento de ruedas arriba.

—Entendido.

—¿Exitoso?

—Negativo.

—Trataremos de ver cuando entre. Afectará su arrastre y lo que quiera hacer.

—Entendido.

—¿Altura?

—Mil y bajando... novecientos... ochoc...

—¡Julieta, baja muy rápido! Tiene que pasar por encima de la reja sur.

—Afirmativo. Trabajo en eso. Sete... seisc... cinco cincuenta.

—Julieta, tiene que demorar el descenso.

—Preocupado por la condición de seguir en el aire.

—Entendido, pero la reja debe ser prioridad uno.

—Entendido. Cuatro... tresc... dos...

***

Zión se paró, se estiró y fue a ver a Keni. Se sentía como que hubiera estado fuera por horas pues estaba tan agotado como cuando empezó a cabecear. Aunque estaba decidido a no perderse nada en Nueva Babilonia, sabía que tenía que dormir. Se sentó de nuevo y se acomodó, esperando, rogando que fuera nuevamente transportado a los mismísimos portales del cielo. No sabía cómo nombrar lo sucedido a él ni cómo evaluarlo, pero había sido el privilegio de toda una vida. Quedó con tantas preguntas y tantas más por formular pero antes de dormirse volvió a sentirse impelido a orar por sus hermanos y hermanas en las líneas de fuego.

***

David iba a sus habitaciones hablando por teléfono con Guy en el camino. —Me gustaría ver la colocación de la estatua cuando usted esté listo.

—¿Ahora?

—Digo, cuando usted esté listo. El horario regular estará bien.

—¿Pide permiso?

—Sólo digo que me gustaría ver. ¿Hay problemas con eso?

—No necesito que me tomen de la mano.

—Guy, créame, yo no quiero tomarle la mano.

—El protocolo requiere que usted no me trate por mi nombre de pila.

—Lo lamento, Blood.

—Es Blod, ¡y mi apellido tampoco es lo apropiado!

—Oh, no creo que sea tan malo.

—¡Oooh! ¡Mi título es Ministro!

—Lo lamento, reverendo ministro pero su comandante supremo y el mío quiere un enlace de administración presente cuando usted ponga al muchacho desnudo en su lugar.

—Cuán vulgar y grosero.

—Eso es más o menos lo que yo pensé pero me sorprende que usted esté de acuerdo.

—¡David!

—Ah, Ministro Blod para usted es director Hassid. De todos modos él me escogió, así que no se vaya de la casa sin mí.

—¡David! *Yo* soy ministro, por lo tanto estoy calificado como enlace de la administración. Usted puede quedarse acostado hasta que tenga buenos modales.

—Lo lamento, Mini, pero tengo una orden directa. Si usted quiere objetarla, puede agarrárselas con él.

—Tan sólo espera hasta que él sepa cómo trató usted al potentado.

—Oh, si le dice eso, haga el favor de aclarar que yo me refería a su estatua. Y pudiera agregar que usted mismo admitió que lo era, ¿qué fue lo que dijo?, vulgar y grosero.

—Jayseed, a las cinco de la madrugada, y no lo estaremos esperando.

—Oh, qué bueno, detestaría perdérmelo. Que pase un buen día.

***

Camilo sabía que debía enterrar su cabeza como Jaime pero también sentía curiosidad. Se inclinó hacia el pasillo desde donde podía ver la cabina de pilotaje. El avión estaba bajando con la nariz demasiado inclinada y era claro que Ti iba a probar la última maniobra para pasar por encima de la reja del sur, que estaba antes de unos treinta y tres metros de terreno y, luego, venía la pista. Le impactó a Camilo notar que la mayor parte de las huellas de neumáticos que había en la pista estuvieran unos cuatrocientos metros del borde del pavimento y solamente un par de ellas estaban más cerca, aunque ninguna realmente cerca del césped. Él no apostaba que Ti pudiera pasar al Super J por encima de la reja, mucho menos el césped y tenía que olvidarse de la pista misma.

—¡Julieta, su tren de aterrizaje está abajo! ¡Repito, abajo! ¡Toda la rueda derecha y parte del montaje izquierdo! ¡Levante y buena suerte!

—¡Nosotros no nos deseamos buena suerte! —gritó Camilo mientras la reja desaparecía de la vista—. Dios, ¡haz tu voluntad por medio de Ti!

—¡Entendido! —gritó Ti tirando con toda fuerza la palanca; el avión se sacudió muy levemente al pasar sobre la reja, luego barrió el césped, primero con la cola.

El impacto enterró tan hondo a Camilo en el asiento que sintió el golpe en cada fibra de su ser. Jaime había emitido un gruñido horroroso al producirse el choque y parecía que su cara estaba cerca de sus zapatos. Camilo deseó haber estado en la misma posición porque sintió que sus tejidos blandos se soltaban desde el hueso sacro al cuello, y tuvo la certeza de que sus dos hombros casi fueron arrancados de sus articulaciones. Lo sintió en los pies, los tobillos y las rodillas, y el avión seguía con la nariz muy levantada mientras la cola iba rompiendo el fango.

Eso significaba que habría, por lo menos, un choque más pero Camilo no lograba imaginarse que lo sentirían en la cola del avión, por lo menos no en la forma en que sintieron el primero.

El ángulo y la velocidad con que Ti había bajado al avión, llevó de alguna manera al aparato sobre su cola por toda la pista. Cuando la cola llegó al final de la pista, la nariz cayó produciendo una lluvia de chispas tan rápidas que la mitad delantera del fuselaje se partió, separándose de la trasera y los tremendos pedazos del avión siguieron deslizándose y raspando, girando en direcciones opuestas.

Camilo estaba consciente del cielo, del pavimento, de las luces, los hangares, las chispas, el ruido y el mareo, hasta que las fuerzas de la gravedad fueron demasiado potentes y se sintió perdiendo la conciencia. —Señor —dijo mientras la bendita oscuridad iba invadiendo su cerebro—, puedo recuperarme de esto. Déjame un poco más aquí. Cloé, te amo. Keni...

* * *

David no podía dormir pese a que estaba tan agotado. Estaba en sus habitaciones preguntándose por qué disfrutaba tanto atormentando a Guy Blod. No lograba quitar de su memoria el testimonio de Raimundo acerca de haber atormentado a Bo, el amigo de Patty Durán, y que éste había terminado suicidándose. Cierto, Guy era todo un caso y David disfrutaba venciéndolo en un combate de agudeza de ingenio y sarcasmo pero ¿estaba echando bases para tener, alguna vez, una influencia positiva en el hombre? Parecía muy remoto que Guy llegara a ser creyente pero ¿quién hubiera adivinado que el mismo David hubiera llegado a la fe? Israelita, joven, técnico, con la astucia de la calle, toda su vida había sido un agnóstico escéptico. ¿Podía empezar de nuevo con Guy o este hombre se le iba a reír en la cara? De todos modos, él tenía que hacer lo bueno.

David grabó un mensaje de amor para Anita, diciéndole que él estaba de acuerdo en que ni siquiera debían pensar en hijos sino después de la Manifestación Gloriosa pero, de todos modos, él quería casarse con ella. Su respuesta determinaría su siguiente paso en la relación.

Dio una última mirada a los mensajes y al correo electrónico pensando que tenía una idea de dónde estaba cada miembro del Comando Tribulación. Decidió que todos estaban ausentes pero justificados. A estas alturas Jaime y Camilo debían estar en Grecia y se preguntaba qué estaría haciendo Jaime referente a su identificación.

David se tiró en la cama, orando brevemente por Zión, al cual esperaba que regresara pronto a sus estudios y comentarios diarios en la Internet. Pidió perdón por la manera en que trató a Guy Blod y le pidió a Dios que le diera una compasión especial por el hombre. Naturalmente que no sería seguro para él declararse creyente a uno del círculo íntimo de la CG, pero no quería cerrar la puerta a las oportunidades en cuanto él y Anita hubieran escapado.

Los ojos de Camilo se abrieron de plano y temió estar cayendo en estado de conmoción total. El aire nocturno le golpeó como si fuera una ráfaga polar, aunque sabía que no era tan frío. Ni siquiera podía ver su hálito. Se sentó en la destrozada mitad trasera del Super J, mirando fijamente a la mitad delantera, que estaba a unos ochocientos metros en línea recta frente a él. Él tenía que salir de ahí, llegar donde estuviera Ti, asegurarse que estaba bien. Ti les había salvado la vida. ¡Qué obra maestra al volar ese pájaro sin vida!

¡Jaime! Camilo miró a su izquierda para ver al viejo, todavía enroscado sobre sí mismo, doblado totalmente hacia delante, con la parte de atrás de la cabeza apretada contra el asiento del frente. ¿Cómo no pudiera haberse quebrado el cuello? ¿Se animaría Camilo a moverlo?

—¡Jaime! Jaime, ¿Está bien?

Rosenzweig no se movió. Camilo le tocó suavemente la espalda fijándose que su mano temblaba como la última hoja de un árbol. Apretó bien sus manos para controlarse pero todo su cuerpo se estremecía. ¿Habría algo quebrado, perforado, cortado? No parecía pero estaría dolorido por días. Y él no debía permitirse caer en estado de conmoción.

Camilo se soltó el cinturón de seguridad y, preocupado por Jaime, le tomó la muñeca derecha, que estaba cerca del pie y que tenía las manos muy apretadas en torno a los tobillos. Camilo no logró soltarle las manos así que metió sus dedos a la fuerza entre la pierna y la muñeca de Jaime. No sólo tenía pulso sino que era fuerte y peligrosamente rápido.

Camilo oyó pasos y gritos al aparecer tres trabajadores de la emergencia, exigiendo saber si había sobrevivientes. —Necesito una frazada —dijo—. Me hielo. Y él necesita alguien que sepa lo que hace para sacarlo de aquí y examinar si tiene lesiones en el cuello.

—Sangre —dijo uno de los hombres.

—¿Dónde? —dijo Camilo.

—Los zapatos del hombre. Mire.

La sangre goteaba desde la cara de Jaime a sus zapatos.

—¡Señor! —le dijeron—, señor. —Volviéndose a Camilo, uno dijo—, ¿cómo se llama?

—Dígale doctor. Él lo escuchará.

Alguien le tiró una frazada a Camilo y éste vio más trabajadores corriendo por la pista hacia la otra mitad del avión. Trató de pararse. Todo le dolía. Su cabeza latía. Estaba mareado. Se abrigó con la frazada, sintiendo cada músculo y cada hueso, y salió tambaleándose de los restos a suelo firme. Se quedó ahí, parado, oscilando, asegurando a todos que estaba bien. Tenía que ir donde Ti. No había nada que él pudiera hacer por Jaime. Si lo peor que éste tenía era un pulso rápido y la cara lacerada, se pondría bien. Era demasiado tarde para decirle que no usara su nombre propio.

Camilo empezó a caminar hacia la otra punta de la pista, pero se movía con tanta lentitud y temblaba tanto que se preguntó si podría llegar. El terreno se le movía y casi se cayó varias veces pero aunque sabía que lucía como borracho, siguió obligándose a poner un pie delante del otro. Un técnico médico de urgencia corrió hacia él, desde la mitad de la cabina y otro, desde la punta de la cola. Al acercarse a Camilo, éste pensó que le iban a llevar el resto del camino. No se hubiera resistido.

Pero lo ignoraron y se gritaron uno al otro. El de atrás del Macho le dijo al otro: —El viejo, ése que está allá, atrás, se parece al israelita que anoche murió en el incendio de una casa.

—Le dicen eso a cada rato —dijo Camilo dándose cuenta que ninguno lo escuchó.

—¿Cómo está el piloto? —dijo el primer técnico médico, pero Camilo no oyó la respuesta.

—¿Qué dijo? —le preguntó al hombre que ahora corría hacia la cabina.

—¡Nada!

Camilo tampoco había visto que el hombre movió la cabeza cuando contestó al otro pero quizá no había mirado con el suficiente cuidado. Por fin, llegó al frente del avión. Nadie atendía a Ti. Eso podía ser bueno o malo. Oyó que alguien pedía una bolsa para cadáveres.

No podía ser. Si él y Jaime habían sobrevivido el choque, seguro que Ti también pues estaba en mejor forma que ambos pasajeros. Uno de los trabajadores trató de bloquear el acceso al avión pero Camilo lo miró haciendo un gesto débil, y el hombre supo que no lo iba a disuadir. —Por favor, no toque el cadáver —dijo el hombre.

—No es un cadáver —tartajeó Camilo. Seguro que se habían equivocado con éste, apurándose a diagnosticar mal el problema que fuera—. Es un amigo, nuestro piloto.

Esa parte de la cabina de pilotaje había quedado en reposo directamente debajo de un enorme foco de la pista, que llenaba los restos con su luz. Camilo no vio sangre, ni huesos, ni extremidades retorcidas. Se paró detrás de Ti, que estaba sentado muy recto, todavía con el cinturón de seguridad bien afirmado. Su mano izquierda yacía, como muerta, en su regazo, la derecha colgaba con la palma abierta en el espacio entre los asientos. La cabeza de Ti colgaba hacia delante, el mentón apoyado en su pecho.

—Ti —dijo Camilo, poniéndole una mano en el hombro—, ¿compadre, cómo estamos?

Ti estaba tibio, firme y musculoso. Camilo le puso un dedo en el punto del cuello donde se toma la presión. Nada. Camilo sintió que la frazada se le caía de los hombros. Se derrumbó dolorosamente en el asiento al otro lado de Ti y tomó la mano sin vida en las suyas. —Ay, Ti —dijo—. Ay, Ti.

La parte racional de su cerebro le decía que habría más cosas así. Más amigos y hermanos creyentes que morirían. Ellos se iban a reunir dentro de tres años y medio pero aunque no conocía a Ti como Raimundo lo conoció, éste le dolía. Ahí estaba un hombre constante y tranquilo que había arriesgado su vida y su libertad más de una vez por el Comando Tribulación. Ahora, había hecho el sacrificio final.

—Señor, tenemos que sacar el cuerpo y los restos del avión. Lo lamento. Esta es una pista activa.

Camilo se paró y se dobló sobre Ti, abrazando su cabeza y susurrándole: —Te veré en la Puerta Oriental.

Camilo arrastró su frazada fuera del avión pero no pudo caminar más. Trató de sentarse al borde de la pista pero no pudo componerse y rodó sobre su espalda. Una brisa fresca le heló la nuca y no tuvo la fuerza para protestar cuando sintió una mano en su bolsillo. —¿Alguien lo espera aquí señor Staub?

—Sí.

—¿Quién?

—Miclos.

—¿Lucas Miclos, el hombre del lignito?

—Sí.

—Está en la terminal. ¿Puede llegar hasta allá?

—No.

—Traeremos una camilla hasta aquí.

Camilo miró cómo sacaban el cadáver de Ti en una bolsa, y se las compuso para decir, apuntando hacia el otro lado: —Atiendan al viejo que está allá atrás.

—Tenemos al viejo —dijo uno—. Hemorragia nasal y corazón acelerado, pero se mejorará.

Y Camilo se desmayó de nuevo.

***

Los cielos empezaban a oscurecerse en Chicago a eso de las siete, pero Raimundo decidió esperar hasta las ocho para aventurarse a salir. Quería el cielo ennegrecido y nadie que siquiera mirara en dirección a ellos. La ciudad estaba abandonada, condenada y acordonada hacía meses y no le sorprendería saber que ni aun un borracho rezagado andaba por esas calles. Radiación o no, los cadáveres pudriéndose tapaban muchas calles. Podría ser un lugar más seguro para esconderse pero no iba a ser un lugar divertido para vivir.

Salió lentamente desde abajo de la plataforma L con las luces apagadas, esperando levantar la menor polvareda posible. No habría ruta directa al Loop ni a la autopista Dan Ryan. Nada era como fue una vez.

Se había intentado reconstruir algo entre los bombardeos aislados y el gran terremoto pero eso era principalmente atajos, caminos de dos pistas que pasaban derecho por la ciudad. Pero solamente unos pocos estaban a medio terminar así que la ruta más directa a cualquier parte para recorrerla en el mejor vehículo con tracción a las cuatro ruedas que uno pudiera encontrar, era la línea más recta que uno se pudiera trazar: por encima, por debajo, alrededor y a través de los obstáculos naturales y artificiales.

Raimundo supuso que tenía de veinticuatro a treinta y dos kilómetros para manejar, con las luces apagadas en la mayor parte de la ruta, viajando a unos veintinueve kilómetros por hora. —Espero que eso sea todo lo que David dice que es —comentó.

—Yo también —dijo Cloé—. Por mí. Naturalmente yo miré su recorrido cibernético del lugar. Si es la mitad de lo que parece, será lo más ideal que podamos encontrar.

Lea estaba dormida.

***

David apareció en el sitio de construcción de la estatua pocos minutos pasadas las cinco de la madrugada, Hora Carpatia. Guy empezó con sarcasmos acerca de que ahora podrían terminar su trabajo. David levantó ambas manos. —Lo lamento si los demoré. Ministro Blod, por favor, ¿una palabra?

POSEÍDO

Guy pareció tan impactado con que David lo tratara con el protocolo apropiado frente a su personal que dejó lo que hacía y fue donde él que estaba a unos cuantos metros. David estiró la mano y Guy, claramente sospechoso, la estrechó dudoso. —Quiero disculparme por hablarle en forma inapropiada, señor. Confío que me encuentre útil y no un estorbo para su trabajo de ahora en adelante.

—¿Qué?

—Dije que quiero disculparme...

—Jaiseed, lo escuché. Espero la patada.

—Señor, eso es todo lo que quería decirle.

—¡Espero que me patee con el otro pie! —dijo Guy con un tono de melopea.

—Señor, eso es todo. ¿Me perdonará?

—¿Cómo dice?

—Dije que eso es todo, señor...

—Le oí, estoy tratando de digerir esto. El comandante supremo lo mandó a hacer esto, ¿no? Bueno, yo no le chillé. Vamos, ¿quién le mandó a decir esto?

David hubiera querido decir "Dios" y hacer que la mente de Guy reventara pero dijo: —Ministro Blod, ninguna influencia externa. Ningún motivo ulterior. Sólo quiero empezar de nuevo con el pie derecho.

—¡Bueno, don, cuente conmigo!

—¿Eso es aceptar mi disculpa?

—¡Lo que usted quiera, soldado!

—Gracias. No tiene sentido demorar más el trabajo.

—Diría que no. Estamos listos para empezar en cinco segundos.

QUINCE

Camilo se obligó a abrir los ojos. Nunca se había sentido tan molido.

El sol del ocaso se filtraba entre las persianas de una enfermería pequeña; no estaba seguro de dónde estaba. Se había despertado escuchando la queda oración de tres hombres, sentados y tomados de la mano. Reconoció a uno como Lucas Miclos. Los otros eran un hombre alto de pelo oscuro, como de su misma edad y otro mayor, más bajo, del tipo del Medio Oriente.

—Amigo mío, ¿cómo se siente? —dijo Lucas acercándose.

—Laslos, me siento mejor pero usted es como una visión. ¿Dónde estamos y cómo está Jaime?

Lucas se acercó más susurrando: —Jaime mejorará pero tuvimos que darle un alias. Su nariz tuvo una lesión muy grave y la mandíbula estaba fracturada. Así que no ha hablado y el personal médico no sospecha, solamente tienen curiosidad. En estos momentos lo están operando. Nuestro fabricante (falsificador) de documentos hizo lo imposible, así...

—Y nuestro piloto partió, ¿correcto? Yo no tuve una alucinación.

—Correcto. Alabado sea Dios que él era creyente. Sus documentos lo identificaron como Tyrola Mark Delanty. ¿Eso era un alias o...?

—No necesitó usar alias. Manejaba un pequeño aeropuerto cerca de nosotros y pudo evadir los ojos suspicaces.

Laslos asintió. —La CG no permitirá el transporte internacional de cadáveres. Deje que nuestra iglesia se encargue del entierro.

Camilo movió los hombros e hizo girar su cabeza. El dolor se le disparó a través del cuello. —¿Qué hará ahora su hombre tocante a la fotografía de Jaime?

Lucas miró por encima del hombro. —Mire lo que plantamos después de la cirugía. —Le mostró a Camilo una credencial con la fotografía casi raspada, un poco de pelo canoso asomándose por la parte superior—. ¿No parece que pasó el estrellón del avión? Tratamos de convencer a los oficiales que postergaran la cirugía hasta que disminuyera la hinchazón pero aquí tienen poco personal, como en todas partes. Mientras tanto, él es Tobías Rogoff, bibliotecario de Gaza, jubilado, camino a América del Norte en un vuelo charter, el mismo en que usted iba.

—¿Él sabe todo eso?

—Se lo dijimos hace unas pocas horas. Nuestro libreto dice que la compañía de seguros del vuelo charter contrató las Aerolíneas Albie para garantizar el término del viaje tan pronto como ustedes dos estén en condiciones de volar otra vez.

—Yo estoy listo para volar ahora —dijo Camilo, mirando por encima del hombro de Laslos al pequeño hombre del Medio Oriente—. Usted debe ser Albie.

—Efectivamente, señor —dijo aquel, con fuerte acento y una leve reverencia—. Su suegro y su amigo el señor McCullum y yo nos conocemos hace tiempo. También Abdula Smith.

—Eso lo sé muy bien. No esperaba ver su marca. ¿Lo sabe mi suegro?

Albie movió la cabeza. —Esto es muy reciente, de esta semana. Traté de contactarme con Raimundo pero fue imposible comunicarme con él. Naturalmente que ahora sé por qué.

—¿Y cómo llegó a la fe, señor?

—Me temo que no fue nada espectacular. Siempre fui religioso pero Raimundo y Max y Abdula me instaron, todos, a que yo considerara por lo menos los escritos del doctor Ben-Judá. Lo hice por fin y ¿sabe lo que me llegó? Su evaluación de la diferencia entre la religión y el cristianismo.

—Eso lo sé muy bien —dijo Camilo—, si se refiere a su observación de que la religión es el intento que hace el hombre para llegar a Dios, mientras que Jesús es el intento de Dios para llegar al hombre.

—El mismo argumento —dijo Albie—. Me pasé un par de días recorriendo los archivos del doctor Ben-Judá en su sitio de la Red, vi todas sus explicaciones de las plagas y juicios profetizados, luego estudié las profecías acerca del Cristo que viene. ¿Cómo pudiera alguien con su mente funcionando leer eso sin...

—Albie, perdóneme —dijo Laslos—, pero debemos seguir moviéndonos. Debemos decirle, Camilo, que los ojos del doctor Rosenzweig danzaron con la perspectiva de una identidad nueva. No sabemos cuánto tiempo pasará antes que pueda volver a hablar pero es claro que se le hace larga la espera para desempeñar el papel de otra persona.

Camilo se deslizó al lado de la cama. —¿Estamos cerca del aeropuerto?

Laslos movió la cabeza. —Estamos al norte de Kozani. Albie voló el nuevo avión a Ptolomeo y, cuando usted y, ah... Tobías estén sanos, se irán del país. Mientras tanto se van a quedar con nosotros en la misma casa de refugio donde albergamos a Raimundo, donde iremos en cuanto podamos sacarlos de aquí.

—No nos hemos presentado —dijo Camilo, estirándose más allá de la mano de Laslos para darle la mano al hombre alto y esbelto como junco.

—Lo siento —dijo Laslos—, el pastor Demeter.

El pastor dijo: —Señor Williams, yo contesté su teléfono hace un rato y hablé con su esposa. Ella y su suegro están revisando una nueva casa de refugio, y ella se alivió mucho cuando supo que usted y Jaime están vivos. Naturalmente, están muy entristecidos por el señor Delany, en particular Raimundo. La señora Williams quiere hablar con usted tan pronto como usted pueda.

—Quiero irme pronto a casa —dijo Camilo—, Albie, apuesto que usted no planeó volar tan lejos, ¿no?

—Señor Williams, no tengo nada por qué regresar a Al Basrah. ¿Les serviría otro avión y otro piloto?

—Oh, pienso que el Comando Tribulación hallará lugar para el mejor contacto del mundo con el mercado negro.

Demetrio le pasó el teléfono a Camilo y mientras éste marcaba, Laslos explicaba que hasta ese momento no había despertado sospechas en la gente de la CG local. —Ellos creen que Demetrio trabaja para mí y que usted es un norteamericano que vino a estudiar el negocio.

El plan no le gustó a Cloé. —Camilo, vete de allí —le dijo—. Encontramos *la* casa de refugio perfecta. Hasta mi contencioso padre así lo espera. Jaime es inteligente pero no juega bien a la clandestinidad. Vénganse ambos, sanos, para acá.

—Clo, puede que tengas la razón —dijo él—, ¿qué hora es allá? Tengo que llamar a mi papá.

Ella hizo una pausa. —Camilo, son pasadas las ocho de la noche y más temprano en el oeste pero esa era una de las razones por las que quería hablar contigo.

Él lo leyó en su voz.

—¿Papá?

—Sí.

—Y...

—También tu hermano. Lo siento tanto.

—¿Cómo?

—La CG.

—¿Buscándonos?

—Eso es lo que entendimos.

—¡Pero ellos no sabían dónde estamos! ¡Por eso mismo nunca se los dije!

—Mi amor, yo lo sé pero también pudiera haber una buena noticia.

—¿Qué?

—Nuestra fuente nos dice que tuvieron que postergar el primer intento de sacar información de ellos pues estaban en la iglesia.

—Cloé, no me digas...

—Camilo, es verdad. Lea encontró en El Tapón una creyente que tiene acceso a estos planes y ella dice que eso viene de fuente confiable.

—¿Por qué papá no me lo habrá dicho?

—Quizá el momento no fue el oportuno.

—Desearía saber con seguridad.

—Lea está tratando de comunicarse con la iglesia para que sepan lo que pasó y estén precavidos. Ella averiguará la verdad de tu papá y tu hermano.

***

Raimundo tuvo que dejar de manejar cuando le llegó la noticia de la muerte de Ti. Anduvo un par de cuadras en plena oscuridad, y cuando Cloé le preguntó si podía caminar con él, se lo agradeció agregando: —Querida, necesito unos minutos a solas.

Chicago era un caos naturalmente. Escombros de edificios amontonados, cadáveres podridos, vehículos chocados o quemados. Parecía un ambiente apropiado para la condición de Raimundo.

Pensó que, decididamente, lo más difícil de vivir en esta época eran los altibajos emocionales. Nunca se iba a acostumbrar al impacto de la pérdida, ni a la necesidad de contextuar el duelo en tajadas diminutas para poder asimilarlo y, no obstante, seguir con lo que se estaba haciendo.

POSEÍDO

Raimundo había repasado la lista creciente de la muerte de gente cercana a él en el pasado. Ya no hacía eso. Se preguntaba si la persona tenía un límite, una reserva infinita de pena que se disiparía llegado el momento, dejándolo sin lágrimas, sin nostalgia, sin melancolía. Se paró en lo que fue una esquina y se inclinó, con las manos en las rodillas. Su abastecimiento de pena estaba todavía bien provisto, y el dolor de la pérdida se abalanzó sobre él inundándolo.

Raimundo tenía que condensar en pocas horas el duelo causado por otra amputación dolorosa más, por duro que fuera. No se le permitía seguir doliéndose, escudriñar sus recuerdos, consolar una viuda, dar la noticia a una congregación. No habría velorio, ni funeral, ni siquiera un servicio de recuerdo al paso que iban. Probablemente la iglesia de Ti tendría uno, por supuesto, pero no había forma en que Raimundo se atreviera a concurrir. ¿Quién sabe quién podía estar vigilando, al acecho?

No todos sus compañeros del Comando Tribulación conocieron realmente a Ti. Habría poca rememoración. Él había partido. Se había ido. Lo verían en el cielo. Ahora, ¿qué seguía en el reparto de la crisis? Era injusto, antinatural. ¿Cómo se suponía que una persona funcionara de esa manera siguiendo sana?

Raimundo agradecía su regreso a lo que el doctor Ben-Judá gustaba llamar "el primer amor de Cristo", aquella maravillosa temporada en que el plan de salvación y la verdad de la gracia son frescos y nuevos. Agradecía el consejo de Demetrio Demeter y el refrescante descanso y la nueva sensación de resolución que disfrutaba.

Y ahora esto. El golpe bajo. Él había tenido suficientes altos durante veinticuatro horas y era hora que tuviera algunos bajos.

Como de costumbre al encontrarse en una situación parecida, Raimundo trató de catalogar aquello por lo cual aún tenía que agradecer. Cada bendición de su vida tuvo, sin falta, un nombre enlazado: Cloé, Keni, Camilo, Zión, Lea, su nueva amiga a quien no conocía aún, los dos Zeke, Jaime, David y Anita, Max, Abdula, Laslos y su esposa, Demetrio, Albie. Raimundo se preguntaba por qué Albie se había mostrado tan entusiasta para ayudar, allá en Grecia y qué sería eso que él tenía tanto afán por contarle, pero sólo en persona.

Raimundo tuvo que luchar contra el conocimiento de que su lista también sufriría mermas aunque podía agrandarse aún. Ya había perdido a demasiadas personas, incluyendo a dos esposas. No se iba a permitir pensar en perder más parientes.

Cuando volvió al Rover, Lea le dijo que había hablado con el líder de la iglesia a domicilio a la cual iban el padre y el hermano de Camilo. —Le dije que me gustaría mucho si él pudiera hablar directamente con Camilo y dijo que con todo gusto, pero no me pareció bien darle el número de Camilo.

—Eso fue prudente —dijo Raimundo—. Deja que Camilo decida eso. Su teléfono es seguro pero es probable que el de este pastor esté vigilado si acaban de tener una limpieza CG. Llama a Camilo y dale el número del pastor. Deja que él se ponga en contacto.

Pocos minutos después Raimundo estacionaba cerca del Strong y observaron el lugar, encontrándolo seguro. Los tres se sentaron en la vereda apoyando la espalda contra el frío ladrillo y Raimundo sacó su teléfono.

***

Había algo del amanecer de Nueva Babilonia que nunca le gustó a David. Quizá Israel era más brillante. Ambos lugares eran desérticos pero la hora anterior al amanecer en Israel siempre lo vigorizaba, lo hacía esperar la promesa del día. David encontraba sofocante al calor seco y sin viento de las mañanas de Nueva Babilonia, bellas como los ocasos.

Mirar a Guy Blod que daba los toques finales a la inmensa imagen de Nicolás Carpatia, poco sirvió para alegrar a David. Ni siquiera a treinta metros de distancia había cientos de miles de peregrinos dolientes de todo el mundo que se movían en lento silencio, esperando horas por sus escasos segundos delante del sarcófago. Era bastante triste ver que estos lacayos ciegos, perdidos y desorientados se preocuparan claramente por su futuro debido a la pérdida de su amado dirigente. Sin embargo, ahí, detrás de grandes cortinados, Guy y sus ayudantes hacían la rapsodia del producto terminado.

—¿Quiere mirar más de cerca? —le preguntó Guy a David cuando pasaba bajando en un andamio a motor.

En realidad no quiso decir David pero ¿cómo iba a explicar el rechazo de un así llamado privilegio? Se encogió de hombros, cosa que Guy interpretó como afirmativo, y el escultor cantó sus instrucciones.

—Sólo hay lugar para una persona en el andamio, y usted mismo tiene que manejar los controles. ¡Tenga cuidado! ¡La primera vez que lo hice, casi choqué con una de mis propias creaciones!

Guy le mostró los controles a David, que consistían principalmente de una palanca y un selector de velocidad. David se sintió tentado de dirigir la cosa esa contra la cabeza de la estatua, dispararla y derribarla. Mientras David practicaba, espasmódica y torpemente, las maniobras del andamio, antes de subirlo, Guy le gritaba sus advertencias: —¡Cuidado con el humo! El fuego está encendido debajo de las rodillas y la cara es la única salida.

—¿Por qué no esperó hasta que todo estuviera en su lugar para encender el fuego?

—No queremos distraer a las masas. Esta especie de arte es un dúo entre el escultor y el que mira; mi propósito es que ellos participen de la ilusión de que la estatua está viva.

—¿Ocho metros de altura y hecha de metal?

—Créame, esto funciona. A la gente le encantará pero todo se echaría a perder si nos vieran metiendo las cosas para el fuego.

—¿Qué usa como combustible? —preguntó David.

—Una forma de cáscara —dijo Guy—, para encender, papel como tela de cebolla.

—¿De dónde vino eso?

—De cada tribu y cada nación —dijo Guy y su gente se rió—. En serio, tenemos un abastecimiento ilimitado de libros santos de todo el mundo, el último aporte del difunto Pontífice Máximo. Cuando la única fe mundial quedó establecida, él mandó desde Roma todos los textos sagrados que habían sido confiscados, y donados, a las diversas religiones y sectas.

David se sintió repelido, seguro ahora que no quería mirar de cerca pero estaba encerrado. —¡Fíjese en el trabajo a mano, cuando vaya subiendo! —dijo Guy. ¿Qué había que ver en eso sino hierro negro pulido—. ¡Puede tocarlo pero tenga cuidado! ¡Está delicadamente equilibrado!

Casi dos pisos y medio por arriba. David apenas podía oír a Guy. El humo brotaba de los ojos, la nariz y la boca de la imagen de Carpatia a tamaño cuádruple. Era irreal. De cerca se perdía la ilusión de que los ojos fueran reales, pero habiéndose hecho los rasgos faciales del molde real del cuerpo, eran réplicas perfectas.

David estaba a una altura suficiente para ver el horizonte más allá de la estatua, donde los colores rosas del sol estaban empezando a lavar el cielo. Súbitamente se dobló y dio pasos para atrás, golpeando la baranda de seguridad, justo por encima de la cintura. Todo el andamio tembló y David temió que se cayera.

—¡Oye! —gritó uno de los ayudantes de Guy.

Guy gritó: —¿Qué pasa allá arriba? ¿Estás bien?

David hizo señas. No quería admitir lo que oyó, lo que lo sobresaltó. Se calmó y escuchó. Un rugido apagado, que despertaba ecos como del vientre de la imagen. Claramente era el timbre de Carpatia, ahogado pero sonoro. ¿Qué decía y cómo habían logrado que la estatua hiciera eso? ¿Un chip? ¿Un disco? ¿Una cinta?

Volvió a percibir la vibración, oyó el zumbido, ladeó su cabeza para escuchar: "Yo derramaré la sangre de los santos y los profetas".

David golpeó el control de modo que el andamio bajó como metro y medio de golpe y se detuvo, volviendo a mecerse. —¿Cómo hicieron esto? —preguntó mirando hacia abajo.

—¿Hacer qué?

—¡Meter una grabación ahí dentro!

Silencio.

—Bueno, ¿cómo lo hicieron? ¿Dónde está el *hardware*, y qué significa la frase?

Guy seguía mirándolo fijo, evidentemente estupefacto.

—¡Guy!

—¿Qué?

—¿Qué no oyó? ¿tengo que repetir todo?

—¿Qué fue lo que no oí? Yo no oí nada sino a usted, David. ¿Qué diablos está diciendo?

David empezó su lento descenso. —La cosa esta habla. ¿Cómo lo hizo? ¿Cinta, disco, qué, y el calor o el humo no lo destruirá?

Guy rodó sus ojos a su gente. Susurró: —¿Habla en serio?

—Guy, usted sabe muy bien que hablo en serio.

—¿Volvimos a los nombres de pila, no?

—Ministro, Director, Poten.. lo que usted guste Blod, ¿podemos dejar esto aquí? La cosa esta habla. La oí dos veces y no estoy loco.

—Si no está loco, se equivoca.

—¡No me diga que yo no oí lo que oí!

—Director Hassid, entonces usted anda oyendo cosas. Esta cosa no ha estado fuera de mi vista desde que se entregó el molde. Esto no es para un parque de diversiones. No quiero figuras gigantescas que actúan y hablan ¿correcto? ¿Nos entendemos ahora? ¿Puedo mandar que ellos empiecen a mover a mi gran muchacho a su lugar?

David asintió y dio un paso atrás para dejar que una horquilla grúa monstruosa de grande se colocara detrás de la estatua. Su teléfono sonó y, en cuanto contestó, oyó un tono que indicaba otra llamada. —Este es el Director Hassid. Espere por favor —pero al activar la otra llamada oyó—: ¡Dav..! —y reconoció la voz de Fortunato.

—Soy el Director Hassid, espere por favor —volvió a decir, cambiándose a Fortunato—. Lo lamento, Comandante, pero estoy observando cómo mueven la estatua, y...

—Estoy seguro que eso saldrá bien sin usted, David. Yo apreciaré que, en el futuro, no vuelva a dejarme esperando.

David sabía que tenía que disculparse otra vez para mantener las apariencias pero estaba dándose cuenta de lo importante que fue anoche para Fortunato que él se levantara antes de la cinco de la madrugada y ahora era apenas incidental.

—Aquí tenemos un problema —continuaba Fortunato—, lo necesito en el salón de conferencias del piso dieciocho lo antes posible.

—¿Tengo que llevar o pensar algo?

—No. Bueno, sí, el horario del capitán McCullum.

—Oh, él está...

—Dígamelo cuando esté aquí, David. Rápido, por favor.

David pasó a su otra llamada. —Tan ocupado tan temprano, ¿eh, muchacho? —dijo Raimundo.

—Lo siento. ¿Qué pasa? —David caminaba hacia atrás mientras hablaba, mirando que la estatua salía de la sala de preparación y se hacía visible para las multitudes. El murmullo aumentaba mientras la gente se codeaba unos a otros señalando. La estatua se apoyaba contra las horquillas del camión y no quedó claro para todos que estaba *"al natural"*, como lo dijera tan delicadamente Guy, hasta que los rayos de los focos de luz no cayeron sobre ella.

Oh y *ah* surgieron de la muchedumbre y luego, empezaron a aplaudir y, pronto a vitorear.

—¿Qué está pasando allá? —preguntó Raimundo.

David se lo dijo. —Pienso que esperaron tanto tiempo para ver el cuerpo que adorarán tarjetas de trueque si se las pasáramos.

Raimundo le contó a David lo que había pasado en Grecia.

—Capitán Steele, lo siento tanto. Sólo hablé por teléfono con el señor Delanty unas pocas veces pero sé que ustedes dos eran buenos amigos.

—David, esto es muy duro. Las cosas no se ponen más fáciles. A veces me siento como un albatros pues la gente que se acerca a mí, parte pronto.

David le dijo que iba camino a una reunión misteriosa y se pusieron al día uno al otro referente a lo sucedido en la Gala. —No importa lo que digan, señor, está claro que el disparo fue accidental y que la bala ni tocó a Carpatia.

—Eso no disminuye mi situación de chivo expiatorio pero...

—Ay, capitán, espere un segundo...

—Oigo a la gente, ¿qué pasó?

—¡Ay, hombre, casi se cayó! ¡Ellos pusieron la estatua en el suelo y se inclinó hacia delante! La gente se zambullía escapando del ahí. El operador de la horquilla la subió tratando de sostenerla cuando caía hacia atrás para que no se desplomara en ese sentido y, ¡precisamente eso, hizo que se inclinara hacia delante de nuevo! No sé cómo no se desplomó. Ahora está estabilizada y la están enderezando de a poco. ¡Ay, hombre! —le dijo a Raimundo del horno inserto en la estatua, pero nada de lo que había oído.

—Ese balanceo debe haber activado el fuego porque ahora realmente sale mucho humo. ¿Sabía que están quemando Biblias y otros libros santos ahí dentro?

—¡No!

—Señor, ahora estoy por entrar y no le pregunté por qué llamó.

—David, estoy en la nueva casa de refugio.

—¿Sí? ¿Cómo es?

—Luce fabulosa pero tenemos un problema. Debe cerrarse con llave automáticamente en las emergencias. No podemos entrar. ¿Puede abrirla desde allá?

David estaba cerca del ascensor. —Señor, aquí no puedo hablar así que déjeme decirle solamente sí. Me dedicaré a eso en cuanto termine esta reunión. Desearía poder decirle cuándo será eso.

***

Zión recibió una llamada de Cloé que le informaba que probablemente volverían muy tarde. —¿Alguna prueba de que la CG ande por los alrededores?

—Nada —respondió él pero no agregó que había estado a millones de kilómetros de Monte Prospect por dos minutos a lo menos.

Ella le habló brevemente a Keni, que lloraba queriendo quitarse el teléfono de la boca y "ver a mamá". Finalmente dijo: —te-quiero-mami-adió-adiós.

—Zión, yo aprecio esto más de lo que sabes —le dijo Cloé.

—Él es dócil y tú sabes que yo lo quiero —dijo él.

Ella le dijo a Zión lo que tenía que darle de comer a Keni, y que lo acostara a las nueve. Por mucho que él disfrutara al bebé, eso era bueno. Keni solía dormir toda la noche.

***

David no se había dado tiempo para preocuparse por el tema de la gran reunión. Sólo esperaba no tener que estar a solas con Fortunato ahí dentro. David fue el último en llegar. Había una docena de directores y gente de más rango, incluyendo personal de la televisión; la mayoría bostezaba y se frotaba los ojos.

—Empecemos, gente —dijo León—. Tenemos una crisis. Nadie se va de Nueva Babilonia. A pesar de la disminución de la población en los últimos tres años y medio, los hoteles están atiborrados y la gente consiente hasta en dormir por turnos, a razón de dos familias enteras por habitación. Otros duermen en la calle, debajo de techos de lona improvisados. El aeropuerto está repleto de grandes aviones a retropropulsión que llegan repletos de pasajeros que vienen al velorio pero están cancelando la mayoría de los vuelos de regreso por falta de interés. Ustedes saben lo que está pasando, ¿no?

—El velorio no está satisfaciendo los sentimientos de la gente —dijo una mujer. David reconoció a Hilda Schnell, jefa de la Red de Noticias por Cable de la Comunidad Global.

—Hilda, me alegra que usted respondiera —dijo León—, necesitamos su ayuda.

—¿Qué puedo hacer *yo*? Yo también me quedo para el funeral.

—No estamos preparados para una multitud de esta magnitud —dijo León—. Esto tendrá el doble del tamaño de la Gala de Jerusalén.

Hilda dijo: —Todavía no logro entender cómo la CG CNN pudiera contribuir. Hasta en la Gala sencillamente...

—Téngame paciencia —dijo León—. Como usted sabe, ya postergamos el funeral y el entierro para acomodar a las masas. Supusimos que aún habría un millón o algo así de gente esperando para ver el cuerpo cuando estuviéramos listos para la ceremonia. Habiendo más de tres millones aquí, con otro millón que se calcula viene en camino, y sin que nadie se vaya prácticamente, tenemos que reagruparlos. ¿Dónde están las pantallas grandes que usamos en Jerusalén y quiero saber si tenemos más?

Alguien de Programación de Acontecimientos dijo que estaban guardadas en Nueva Babilonia y que había suficientes para manejar una multitud mayor, claro que complementadas con pantallas más pequeñas. —Pero —agregó—, eso requerirá un montón de horas-hombre y, por supuesto, un plano de distribución. La manera en que ahora está acordonado el patio no servirá, por cierto, para manejar una masa de este tamaño, especialmente si los que ya pasaron por el catafalco se quedan para el funeral; y no logro imaginarme por qué siguen en la ciudad si no tienen ese plan.

—Exactamente lo que yo pienso —dijo León—. Ya tengo a los ingenieros trabajando en el nuevo plano. Y permítanme claridad: hay trabajadores que ya empezaron a disponer nuevamente las barricadas, las sillas, las cuerdas para control de masas, y cosas por el estilo. Todo este trabajo proseguirá sin que se interrumpa el proceso del velorio. Si la fila tiene que moverse, eso debiera poder hacerse en forma ordenada sin detener la procesión.

—Señora Schnell, le pregunto si su equipo puede alimentar tantas pantallas. Algunas personas, por supuesto, quedarán a cientos de metros de la plataforma.

—No nos preocupamos por eso, Comandante —dijo la señora Schnell—. Nos dedicamos a dar la mejor cobertura audiovisual del acontecimiento por televisión y le dejamos a los organizadores de su acontecimiento que hagan servir sus propósitos.

León la miró fijo, inexpresivo. —Lo que le sugiero, señora, es que usted *se preocupe* por eso. Tenemos cantantes, bailarines, oradores y así por el estilo para que esta ceremonia sea apropiada, no sólo para la ocasión y el tamaño de las masas presentes, sino también para la estatura del que honramos.

—Sí, señor.

—¿Sí, señora?

—Señor, sólo díganos qué quiere.

—Gracias.

—Gracias por el privilegio.

Ahora Fortunato sonreía. —Director Hassid, que las pantallas gigantescas de Jerusalén ya estén aquí, elimina mi necesidad de uno de sus pilotos para que fuera a buscarlas. Si pudiéramos usar para control de masas a todo el personal de hangar, carga, planta, pilotos, y todos, se lo agradecería mucho. Viviana Ivins coordinará eso así que infórmele cuántos están disponibles y quiénes son.

«Los nuevos horarios de la ceremonia y el entierro serán el mediodía y las dos de la tarde de hoy, respectivamente. Los discursos de algunos dignatarios pueden acortarse pero esas horas quedan en firme y pueden anunciarse con vigencia inmediata. Señora Schnell, supongo que este acontecimiento pasa por sobre toda otra programación, de modo que todo el planeta pueda participar, incluyendo a los que lleguen al aeropuerto a tiempo para mirarlo en la televisión pero demasiado tarde para estar aquí en persona.

Ella asintió.

David se movió intranquilo, sabiendo que Raimundo, Cloé y Lea estaban esperando para entrar al Edificio Strong. No estaba seguro de poder abrir una puerta por control remoto pero prefería estar estudiando eso en vez de estar sentado ahí en una reunión de logística. Fortunato dejó prontamente los detalles en las manos de sus ingenieros y David se apresuró a salir.

Camino a su oficina vio a los trabajadores ya manos a la obra remodelando el enorme patio en un sitio que acomodara el flujo esperado de gente. León tenía la razón, según los trozos de informes periodísticos que captaba de las pantallas alineadas en los pasillos del complejo palaciego. Se entrevistaba a gente de todo trasfondo étnico en el aeropuerto, en las filas y en las calles. Casi toda persona expresaba el deseo de asistir al funeral aunque ya hubieran pasado a ver el cuerpo.

—Este fue el hombre más grande que haya vivido —dijo un turco por medio de un intérprete—. El mundo nunca verá a otro igual. Es la peor tragedia que hayamos tenido jamás y sólo podemos esperar que su sucesor sea capaz de ejecutar los ideales que él planteaba.

—¿Cree usted que Nicolás Carpatia era divino en alguna forma? —dijo el periodista.

—¡En toda forma! —exclamó el turco—. Creo que, posiblemente, haya sido el Mesías que los judíos anhelaron todos esos siglos. Y fue asesinado en la nación de ellos, justamente como lo profetizaban las Escrituras.

Al instalarse David a usar su computadora en la privacidad de su oficina, dejó encendido el monitor del televisor que colgaba del cielo raso en un rincón. La CG CNN había seguido esa entrevista con una toma en vivo desde Israel donde había miles de personas que escuchaban a entusiastas predicadores, corriendo hacia delante, cayendo de rodillas y, luego, gritando su nueva lealtad a Jesús el Mesías.

El corresponsal en Jerusalén tenía para entrevistar a un experto en religión que trataba de explicar:

...en el vacío creado por la muerte de la cabeza de la Única Fe Mundial y del potentado supremo de la Comunidad Global, al que muchos consideraban una figura política al igual que religiosa, la gente espiritualmente hambrienta se precipita a rellenar la brecha. Anhelando liderazgo y desprovistos del único hombre que parecía cumplir los requisitos, ahora encuentran atrayente esta locura, bastante reciente, de adscribir a la figura histórica de Jesús, el Cristo, las cualidades del Mesías que Israel ha esperado por tanto tiempo.

Este fenómeno existía en pequeños grupos de sectas cristianas fundamentalistas conservadoras pero, después de las desapariciones, fue propagado como incendio por el doctor Zión Ben-Judá, un israelita erudito en Biblia. El Estado de Israel le había encargado el cometido de aclarar para los judíos modernos cuáles eran los requisitos para el profetizado Mesías.

«El doctor Ben-Judá creó una revolución, en particular en los judíos, cuando expresó sus puntos de vista al final del programa en vivo que se televisaba a todo el planeta, anunciando que Jesús el Cristo era la única persona de la historia que cumplía todas las profecías mesiánicas, y que las desapariciones eran la prueba de que él ya había venido.

A David le impresionó que el "experto" manejara con exactitud el tema aunque era evidente que no estaba de acuerdo con lo que pasaba. Habiendo estudiado por tanto tiempo con Zión en la Red, David sabía que este brote ulterior de evangelización en Israel iba a producir más cristos falsos y anticristos de segunda categoría. El doctor Ben-Judá citaba frecuentemente el pasaje de Mateo 24:21-24 para instar a sus seguidores, ahora calificados de judaítas, que tuvieran cuidado:

...porque habrá entonces una gran tribulación, tal como no ha acontecido desde el principio del mundo hasta ahora, ni acontecerá jamás. Y si aquellos días no fueran acortados, nadie se salvaría; pero por causa de los escogidos, aquellos días serán acortados. Entonces si alguno os dice: "Mirad, aquí está el Cristo", o "Allí está", no le creáis. Porque se levantarán falsos Cristos y falsos profetas, y mostrarán grandes señales y prodigios, para así engañar, de ser posible, aun a los escogidos.

A estas alturas del programa, David ya estaba profundamente metido en los trazados interiores de estilo laberinto del Edificio Strong. Tenía un teléfono metido ente su mejilla y el hombro mientras iba atravesando las muchas puertas de seguridad con los pases correspondientes, rompiendo códigos con pases de su propio diseño.

Decía: —Capitán Steele, si puedo hacer esto, voy a darle entrada por una de las puertas interiores del estacionamiento. Las puertas estarán derribadas pero usted puede pasar por el lado y llegar a los ascensores.

Raimundo dijo: —Ya estamos ahí. Las puertas de vidrio que conducen a los ascensores son las que necesitamos que usted abra. Pudiéramos quebrar el vidrio pero tememos que eso active una alarma.

—¿Quién la oiría?

—Lo sé pero habitualmente esa clase de alarmas están conectadas a toda clase de aparatos interrelacionados. Como en el aeropuerto, usted pasa a la fuerza por la puerta equivocada y ciertos sistemas se cierran automáticamente.

—Bingo —dijo David.

—¿Perdón?

—Está dentro.

—Ni siquiera estamos en ese lado del edificio.

David dijo: —Bueno, vayan para allá. Se me hace largo esperar para saber qué encontraron. Escuchen, hay una buena noticia: los diseñadores de este edificio hicieron dos cosas muy simpáticas, como si supieran que íbamos a venir nosotros. Primero, la sala de paneles eléctricos y la sala de teléfonos, que tradicionalmente se colocan en el piso de más arriba y hasta encima de alguna espiral, están ubicadas en el primer piso, uno más arriba por el que ustedes entrarán. Segundo, pienso que detecté por qué la estructura está tan firme por debajo de donde está el daño hecho por la bomba. Los planos muestran lo que se conoce como "cierre por efecto dominó" cada quince pisos o algo así. Sucede que hay uno de esos cierres un piso más abajo de donde cayó la bomba produciendo daño. Este cierre actúa como un techo nuevo para el edificio. Aún no tengo la certeza pero pudiera ser que usted pueda aterrizar un helicóptero ahí, si puede manejarse con las complicaciones de una abertura de tres lados que tiene por encima.

—¿Helicóptero? —dijo Raimundo—. A propósito, estamos en el garaje.

—Puedo verlos.

—¿Puede?

—¿Ve el monitor que está en la esquina a su derecha?

Los tres saludaron por señas a David y él casi devolvió el saludo, olvidando que esta alimentación visual no era de doble vía.

—Sípe. Los veo. Debo descerrajar la puerta que está directamente al frente de ustedes. Y sí, dije helicóptero.

—¿Dónde voy a conseguir uno?

—No sé —respondió David—. ¿Conoce a alguien que esté en la compraventa en alguna parte?

—También tenemos que empezar a pensar en una base aérea, más cerca de aquí. De todos modos, una diferente. Ya no tenemos amigos en Palwaukee.

—¿Cómo era Kankakee?

—Trabaja bien. ¿Qué pasa si hacemos que Albie instale ahí una pequeña compañía privada de transportes, quizá atendiendo a Laslos, que la CG aún considera legal? Entonces podemos ir y venir como queramos sin que nos hagan preguntas. Y podemos venir en helicóptero para acá, cuando lo necesitemos.

—Capitán Steele, me gusta la manera en que piensa.

—David, me gustan las opciones que proporciona.

—Voy a tratar de seguirles la pista piso por piso con las diferentes pantallas —dijo David—, pero pudiera tener que dejarlos de repente. Ustedes saben dónde estoy.

Parecía que Lea y Cloé trabajaban bien juntas. Aunque David sólo podía oír a Raimundo, podía ver a las mujeres que revisaban los ángulos visuales desde varias ventanas.

—David, Lea quiere hablar con usted. Aquí está.

—¿Usted está mirando los planos?

—En línea, sí —dijo él.

—¿Estoy viendo bien esto? ¿No somos visibles desde la calle, al menos donde estamos ahora?

—Afirmativo.

—¿Y qué pasa si encendemos las luces?

—Yo no haría eso.

—¿Qué pasa si pintamos de negro los vidrios de las ventanas?

DIECISÉIS

Zión había sobrevivido dos operaciones tremendas, siendo las diez de la mañana de Illinois: alimentar y cambiar los pañales a Keni. Ahora el niño dormía profundamente en su cuna situada en el otro cuarto, y Zión había enmudecido el sonido del televisor. Apenas lo miraba ocasionalmente, cansado de la interminable repetición.

¿Cuántas veces había visto la fotografía de Raimundo con la historia y la grave conclusión de las fuerzas de Seguridad e Inteligencia de la Comunidad Global, que manifestaba que él era el asesino solitario, el pistolero solitario? También se decía constantemente que Raimundo era un devoto judaíta. Porque conocía al Comando Tribulación, Zión sabía que Raimundo Steele había cesado de existir. No iba a andar exhibiéndose en público ni dejaría pistas a su propio nombre. Zión rogaba que eso preservara a Raimundo por el mayor tiempo posible.

Zión repasó sus textos y comentarios bíblicos tratando de hallarle el sentido al vívido sueño que tuvo. Le rogó a Dios que le diera otro parecido pero, fuera de eso, quería entender el que había tenido. Los académicos estaban divididos tocante sus opiniones de la identidad de la mujer vestida de sol, la que llevaba la diadema de estrellas y usaba la luna como su estrado.

Ella era un claro símbolo pues ninguna mujer tenía ese enorme tamaño ni daba a luz un hijo en el espacio. Algunos creían que representaba al género femenino, como se menciona en Génesis cuando Dios le dijo a Satanás que la mujer iba a tener un hijo, al cual Satanás le magullaría el talón pero que él, el niño, le aplastaría la cabeza. Eso era una profecía del Cristo niño y, por supuesto, que esa mujer tenía que ser María. Sin embargo, había otros detalles en esta mujer simbólica que indicaban que podía representar a Israel. El Cristo vino de Israel y Satanás ha ido en pos del pueblo elegido de Dios persiguiéndolo hasta la fecha presente.

Cuando estudiaba los textos bíblicos acerca de Lucifer y su expulsión del cielo, Zión se convenció que había presenciado la eternidad pasada cuando vio al dragón que barría un tercio de las estrellas del firmamento y caían a la Tierra. Frecuentemente la Escritura se refería a los ángeles, justos y caídos, como estrellas, así que él creía que esto era un cuadro de la primera expulsión de Lucifer debido a su pecado de orgullo.

No obstante, Zión también sabía que Satanás tenía otorgado acceso al trono de Dios aun hasta la mitad del período de la Tribulación, momento en que entonces se hallaba la historia, según Zión creía. Satanás era el acusador de los creyentes y cuando persiguiera a la mujer y a su hijo para devorarlos, iba a librarse una gran batalla en el cielo y el diablo sería expulsado para siempre.

Zión no estaba consciente de haberse vuelto a dormir. Todo lo que sabía era que, en esta ocasión, le costó menos acostumbrarse al viaje desde el subterráneo de la casa de refugio al fresco aire nocturno. No se preocupaba por las cosas temporales. Podía ver a Keni dormido en su cuna y a él mismo cabeceando en el sofá, con tanta claridad como podía ver los océanos y los continentes del hermoso planeta azul.

Cuán pacífico se veía desde arriba, comparado con lo que sabía que estaba pasando allá abajo.

Cuando llegó al lugar fijado, la mujer se había bajado del estrado. El ropaje solar había desaparecido con ella igual que la diadema de estrellas. De todos modos un resplandor envolvía nuevamente a Zión que ansiaba hacer preguntas antes que todo esto se desvaneciera y él se despertara. Aunque Zión sabía que esto era un sueño, también sabía que era de Dios y descansaba en la promesa de que los ancianos soñarán sueños.

Zión se volvió hacia el fulgor maravillándose de nuevo por el tamaño y la majestuosidad del ángel. —Miguel —empezó, —¿la mujer es María o...?

—Miguel está enzarzado en combate, como pronto verás. Yo soy Gabriel, el anunciador.

—¡Oh! Perdóname, Príncipe Gabriel. ¿Puedes decirme quién es la mujer, María o Israel?

—Sí y sí.

—Eso no sirve tanto como había esperado.

—Cuando lo sopeses lo hallarás así.

—¿Y las doce estrellas de su cabeza; representan las tribus de Israel?

—¿O...? —probó Gabriel.

—O... ¿los apóstoles?

—Sí y sí.

—Yo sabía de alguna manera que ibas a... así que estas cosas significan lo que queremos o necesitemos que signifiquen?

—No. Significan lo que significan.

—Uh, uh.

—Hijo de la Tierra, ¿viste lo que tenía en su mano el niño?

—Lo siento, no.

—Una vara de hierro, con la cual gobernará las naciones.

—Así que es Jesús, claramente...

—El Cristo, el Mesías, el Hijo del Dios Vivo.

Zión se sintió indigno de escuchar esa descripción; tenía la sensación de encontrarse en la presencia misma de Dios.

—Príncipe Gabriel, ¿adónde huyó la mujer?

—Al desierto donde Dios ha preparado un lugar para ella, donde estará a salvo por tres años y medio.

—¿Esto significa que Dios ha preparado un lugar en el desierto para Su pueblo escogido, donde ellos también estarán a salvo durante la Gran Tribulación?

—Tú lo has dicho.

—Y, ¿qué pasa con el dragón?

—Está enfurecido.

—¿Y Miguel?

Gabriel hizo un gesto señalando hacia atrás de Zión. —Contempla.

Zión se dio vuelta para ver una gran batalla que rugía. Miguel y sus ángeles esgrimían enormes espadas de doble filo contra los ígneos dardos del dragón y sus ángeles malos. Las feas hordas avanzaban una y otra vez contra las poderosas huestes de Miguel pero no podían vencer. Al retirarse sus camaradas detrás de él, el dragón huyó al trono pero fue como si una colosal puerta invisible se hubiera cerrado en su cara. Cayó hacia atrás y trató de avanzar contra el lugar que había disfrutado ante el trono pero un insistente —No. Aquí ya no hay lugar para ti. ¡Vete! —llegó desde el trono.

El dragón se volvió, casi consumido por su ira. Reunió a los suyos a su alrededor con sus siete cabezas haciendo muecas y crujir de sus dientes, y todos fueron tirados hacia la Tierra. Gabriel anunció a toda voz: —Fue arrojado el gran dragón, la serpiente antigua que se llama el Diablo y Satanás, el cual engaña al mundo entero; fue arrojado a la tierra y sus ángeles fueron arrojados con él. —Y con voz aún más fuerte y con gran gozo: —Ahora ha venido la salvación, el poder y el reino de nuestro Dios y la autoridad de su Cristo, porque el acusador de nuestros hermanos, el que los acusa delante de nuestro Dios día y noche, ha sido arrojado. Ellos lo vencieron por medio de la sangre del Cordero y por la palabra del testimonio de ellos, y no amaron sus vidas, llegando hasta sufrir la muerte. Por lo cual regocijaos, cielos y los que moráis en ellos. ¡Ay de la tierra y del mar!, porque el diablo ha descendido a vosotros con gran furor, sabiendo que tiene poco tiempo.

—¿Qué pasa ahora? —dijo Zión.

Gabriel lo miró y se cruzó de brazos. —El dragón perseguirá a la mujer que dio a luz al niño pero Dios la protegerá. El dragón iracundo hará la guerra contra el resto de la descendencia de ella, aquellos que obedecen los mandamientos de Dios y tienen el testimonio de Jesús el Cristo.

Ahora Miguel estaba al lado de Gabriel, con su gran espada desenvainada y sus guerreros dispersos. Zión no podía hablar. Abrió la boca para formular palabras de agradecimiento pero estaba enmudecido. Y se despertó. Todavía eran las diez de la mañana.

***

Nueva Babilonia era un mar de gente a las nueve de la mañana, Hora Carpatia. Los oportunistas habían instalado tiendas en todas las calles que llevaban al patio del palacio. Los vendedores de sillas, bloqueadores del sol, sombrillas, agua envasada, comida y recuerdos depredaban a los peregrinos. Algunos mercaderes eran echados por los Pacificadores de la CG pero sólo para instalarse pocos metros más lejos.

Estaba claro que los pronosticados 38 grados iban a ser superados antes del mediodía. Se había instalado un techo de lona por detrás del catafalco para protegerlo del sol implacable, al igual que a los guardias armados. De todos modos, los dolientes y los funcionarios caían a derecha e izquierda y se les llevaba en camilla a las carpas médicas donde se les hidrataba y abanicaba [para enfriarlos], a veces se los rociaba con agua.

David regresó a su puesto elevado por encima de una de las carpas médicas, aunque había sido trasladado ciento ochenta y tres metros más allá del patio para dar más espacio al gentío. Las barreras, las cuerdas y las rejas improvisadas forzaban a la gente a avanzar y retroceder, ondulando como serpiente, en el camino sumamente lento hacia el sarcófago. Había actores callejeros, juglares, payasos, gente que se desnudaba y vendedores que trataban de mantener distraída a la gente. Se armaban discusiones aquí y allá que los Pacificadores sofocaban rápidamente.

Los trabajadores hormigueaban terminando la reconstrucción que permitiría acomodar en el patio a cientos de miles más. Las inmensas pantallas estaban en sus sitios y funcionando, como así mismo incontables monitores que rodeaban al palacio. Cuando la ceremonia estuviera por comenzar al mediodía, se detendría la fila y serían millones de personas las que se desparramarían en abanico desde la plataforma del orador hasta cerca del ataúd por más de kilómetro y medio.

David oía desde su atalaya a las orquestas que practicaban, los coros que ensayaban, grupos de bailarines que practicaban sus pasos. Con los binoculares vio a Anita que manejaba su puesto a unos ochocientos metros de distancia. Su teléfono sonó. Era un Pacificador del aeropuerto.

—Director Hassid, aquí tengo a una familia de China que busca a su hija, una empleada de la CG, que se llama Ming Toy.

—¿Sí?

—Dicen que la hija les dijo que se pusieran en contacto con usted o con la jefe de carga, Cristóbal en el caso que no la pudieran encontrar. Ella viene desde El Tapón de Bruselas.

—¿Ellos saben donde está ubicada ella? Todo está numerado, como usted sabe.

El guardia tapó el teléfono y se los preguntó. —No —dijo—. Dicen que creían que su hija estaba tratando que la asignaran cerca de la señorita Cristóbal.

—La señorita Cristóbal está ubicada en el marcador 53.

—Gracias, señor.

David mantuvo sus binoculares fijos en Anita y vio cuando el asiático, uniformado en rojo, se acercaba y se abrazaban. Ellos comenzaron lo que parecía ser una conversación animada. Anita tomó el teléfono. El de David volvió a sonar. —Hola, amorcito —dijo él—, los padres y el hermano de Ming van para allá desde el aeropuerto y la buscarán en tu puesto. ¿Ella fue asignada...?

—¡David! —susurró Anita con fiereza—. ¡La CG norteamericana identificó la casa de refugio!

—¿Qué?

—Ming lo escuchó. Ella no pudo decírmelo antes porque recogieron los teléfonos de todos, por seguridad.

—¡Llama a Zión! Yo llamaré a Steele.

***

Raimundo creía que la nueva casa de refugio pudiera ser el regalo más grande que Dios hubiera hecho al Comando Tribulación desde la llegada de Zión Ben-Judá. Varios pisos habían quedado virtualmente intactos y todos los sistemas funcionaban. Había más baños que los ocupantes nunca usarían, y todos los servicios imaginables. No era una casa, naturalmente, de modo que había que traer camas o hacerlas. No sabía cuán racional era pensar que un montón de gente pudiera esconderse ahí sin ser detectada pero soñaba con invitar a todos los creyentes empobrecidos que conocía: la amiga de Bruselas de Lea, quizá su hermano de China; Albie, quizá un día los Miclos, todos los de Nueva Babilonia. Uno podía soñar.

Él, Lea y Cloé se dirigían de regreso a Monte Prospect justo pasada la medianoche, hora estándar del centro, cuando David llamó con la noticia: —Anita está llamando a Zión —dijo David—. Él tiene que salir de ahí.

—Hay ciertas cosas que debemos tener: dijo Raimundo, y Zión no tiene automóvil.

—Capitán, él tiene que irse de ahí ahora.

—David, nosotros vamos a buscarlo. ¿Hay alguna forma en que puedas decirme dónde nos podemos topar con la CG?

—No a tiempo para ayudarles. Van a tener que correr algunos riesgos.

—También trataremos de hablar por teléfono con Zión. ¿Quién sabe dónde está la CG o cuándo pueden atacar? Nuestro subterráneo es una cobertura bastante buena.

***

Zión le agradeció a Anita y corrió a cortar la electricidad, tratando de evitar la hiperventilación. Tanteó su camino en la oscuridad y llenó dos fundas de almohada con lo esencial. El televisor se quedaba. Juntó medicinas esenciales, unas pocas obras de referencia y todas las computadoras portátiles, cosas para el bebé y un puñado de ropa, lo que pudiera meter en las fundas ya abultadas. Dejó suficiente espacio arriba para atarlas juntas y las dejó al pie de la escalera. Había una sola salida del refugio y era el camino por el cual él había entrado. Aun si tenía que envolver a Keni con una frazada y cargarlo junto con las cosas para salir al garaje, ese sería el segundo lugar que la CG revisaría.

Su mejor esperanza era oír que llegaba la CG entrando a la planta alta, y lo sabía, orar que se detuvieran ante la comida podrida que había en la heladera falsa, y al no hallar a nadie se fueran. Entonces él estaría listo para huir tan pronto como llegaran los demás.

Cloé llamó, casi histérica, diciendo: —Zión, si la CG se mete en el subterráneo, tienes que prometerme...

—Protegeré al bebé con mi vida.

—¡Por favor, Zión, tienes que prometerme! Debajo de mi colchón hay una jeringa llena de solución de cloruro de potasio. Funciona rápido pero tienes que inyectársela directamente en la nalga. Puedes hacerlo a través del pañal. No tiene que ser perfecto, sólo firme y seguro.

—¡Cloé, contrólate. Yo no voy a dañar a Keni!

—Zión —lloró ella—, ¡por favor! No dejes que ellos se apoderen de mi bebé.

—No los dejaré pero no...

—¡Por favor!

—¡No, y ahora déjame hacer lo que tengo que hacer! Debo vigilar y escuchar. Por ahora Keni está dormido. Dios está con nosotros.

—¡Zión!

—Adiós, Cloé.

Zión se fue al borde del subterráneo, donde estaba la barrera más delgada con el exterior y se quedó escuchando motores o pasos. Puertas. Ventanas. Hasta el momento, nada. Detestaba estar atrapado. Se sentía tentado a sacar a Keni y las cosas al garaje, luego correr para allá si la CG entraba a la casa. Sabía que era estúpido. No iba a llegar a ninguna parte a pie. Su sueño, más que vívido, lo había puesto en un trato muy familiar con los arcángeles de Dios pero, sin embargo, ahí estaba, temblando en un rincón. Suponía que Raimundo estaba casi a una hora de distancia, en el caso óptimo. Y si llegaba cuando la CG estuviera ahí, tendría que desaparecer.

Zión oraba que la CG decidiera tomarse su tiempo, venir al día siguiente o la semana próxima.

* * *

Camilo no se dio cuenta de la magnitud de sus lesiones hasta que estuvo instalado en un avión repleto para hacer un vuelo transatlántico. Se sentía veinte años más viejo, arrugándose y, hasta gimiendo, cuando se movía.

Un par de horas después que Albie había despegado en un avión jordano de combate arreglado, que era la clase de avión con que Abdula estaba más familiarizado, Camilo había hablado con Lea sobre el pastor que quería hablar con él. Le dijo que le diera el número pero que se asegurara de llamar desde un teléfono público. La conversación que sostuvieron fue un rayo de luz en un fin de semana horroroso.

—Su hermano fue el instigador —le dijo el pastor—. Él confrontó a su padre por ser tan porfiado insistiendo que era creyente y que siempre lo había sido. Su hermano vino a nuestra iglesia por su cuenta las primeras dos o tres veces, y según lo que decía su padre, finalmente vino sólo para no quedarse solo. Señor Williams, a su papá le costó mucho tiempo entender el cuadro.

—Tenía que ser.

—Menos a su hermano. Fue como si estuviera listo. No obstante, él sabía que era mejor no presionar al papá. Uno de los mayores obstáculos fue que él sabía que un día tendría que admitir que ustedes tenían razón y que él estaba equivocado.

Camilo luchó contra el llanto. —Ese es papá de cuerpo entero pero ¿por qué...?

—...¿No llamó su hermano? Dos razones. Primera, quería que su papá fuera el que le contara la novedad. Dos, temía mucho que ellos fueran a delatarlo de alguna forma. Él sabía muy bien cuál era su posición y lo peligrosa que era o, debiera decir, es.

—Hubiera causado un problema sólo llamando de un teléfono espiado.

—Pero él no sabía eso. Yo sólo quiero que usted, señor, sepa que su papá y su hermano llegaron a ser creyentes verdaderos y yo tengo la seguridad que ahora están con Dios. Ellos estaban tan orgullosos de usted. Y puede decirle al doctor Ben-Judá que aquí tiene una iglesia que pudiera perder a su pastor sin siquiera cambiar el paso. Todos los amamos.

Camilo le aseguró que se lo diría a Zión.

Estaban a una hora de Palwaukee cuando Camilo recibió la llamada de Cloé acerca de la casa de refugio. Mientras Jaime yacía acostado en el asiento delantero, gimiendo en agonía por sus varias dolencias, Albie parecía inquietarse cada vez más al ir dándose cuenta de lo que estaba pasando.

—¿Cuán segura es la casa de refugio que está comprometida? —preguntó Albie—. ¿La señorita Durán los delató finalmente?

—Albie, no lo sabemos. Todo lo que sabemos con seguridad es que el doctor Ben-Judá y nuestro bebé están ahí, sin transporte, y no tenemos idea cuán lejos esté la CG o si Raimundo pudiera llegar a tiempo.

—Y ustedes tienen una nueva casa de refugio, alguna parte donde irse si pueden sacarlos de allí.

—Sí.

—Tome mi bolsa, que está detrás del asiento.

Camilo la sacó, decidido a sopesar más a Albie, ¿qué tienes dentro de eso?

Albie era todo profesional. —Ábrala, por favor.

La capa superior era la ropa interior de Albie.

—Busque por debajo. Busque el lado de la manga y la sobaquera.

Camilo buscó debajo de lo que parecía un uniforme de la CG. —¿Esto es lo que pienso que es?

Albie asintió con expresión complacida. —Mire la gorra. Vea el rango.

Camilo silbó. —¿Delegado comandante? ¿De dónde sacó esto?

—Sin preguntas, sin obligaciones.

—Vamos, ¿trabajabas para la CG?

—Mejor es que no lo sepa.

—Pero, ¿trabajabas?

—No, pero no más preguntas.

—Tan sólo de dónde...

—Yo tengo mis recursos. Los recursos son mi vida. Llame a Raimundo y dígale que se junte con nosotros en Palwaukee.

—¿No debiera ir a la casa de refugio?

—Necesitamos un vehículo. Lo necesitamos tanto como Raimundo lo necesita.

—¿Cómo así?

—Observe y aprenda. ¿Dónde me puedo poner el uniforme en Palwaukee?

—¿Vas a...?

—Usted no pregunta. Usted solamente responde.

—Hay un lugar —dijo Camilo—, yo te lo mostraré.

—¿Alguna parte donde pudiéramos dejar a Tobías Rogoff?

—Yo no lo dejaría, no ahora que no conocemos a nadie ahí, en realidad.

—Está bien. Busque mis documentos. Busque más adentro. Entre el fondo falso de la bolsa y el fondo verdadero.

Camilo encontró la credencial auténtica de Albie, precisamente donde él dijo, metida en una gastada bolsita de cuero.

—Por favor, ábrala. ¿Cuántos habremos en el vehículo, seis?

Camilo pensó y lo confirmó.

—Y el señor Rogoff necesita un asiento entero para él solo.

—Quizá no.

—Esperemos que no. Demasiado lleno. Busque los documentos que armonizan con la ropa.

El Macho hojeó papeles hasta que encontró los que probaban el papel de alto nivel que Albie tenía con las Fuerzas Pacificadoras de la CG. La fotografía, en prístino uniforme, era Albie pero con otro nombre.

—¿Marco Elbaz? —preguntó Camilo.

—Delegado Comandante Elbaz para usted, ciudadano —dijo Albie tan convencido que, por un momento, Camilo pensó que estaba verdaderamente enfadado. Camilo saludó y Albie le devolvió el saludo—. Ahora, llame a Steele.

A Raimundo se le partía el corazón que Cloé estuviera tan decidida a matar a Keni en vez de dejarlo caer en las manos del enemigo pero, como padre, podía identificarse con la pasión de ella. Lo aterraba que ella lo hubiera pensado todo al punto de tener lista una inyección.

Raimundo había encontrado un camino para volver a un tramo corto de camino abierto sin obstrucciones y que no ponía en evidencia que él salía de una zona restringida. Ahora, tenía que buscar atajos y elegir su camino esquivando escombros y cráteres, pero con el cuidado suficiente para no violar ninguna ley del tránsito. Cuando no hubiera otros vehículos en el camino, recuperaría el tiempo perdido y llegaría a la casa de refugio a la mayor velocidad que pudiera, aunque él y sus pasajeros tuvieran o no que golpearse la cabeza contra el techo del Land Rover.

El llamado de Camilo lo dejó perplejo y Raimundo exigió hablar con Albie.

—Amigo, ¿de qué se trata todo esto? ¿En qué anda metido?

—Capitán Steele, ¿usted confía en mí?

—Con mi vida y más de una vez.

—Entonces, confíe en mí ahora. Usted llega a Palwaukee y nos espera ahí. Esté preparado para llevarme a la casa de refugio lo más rápido que pueda. Yo le explicaré los papeles en el camino. Si tenemos suerte, nos adelantaremos a la CG y sacaremos al rabino y al bebé. Si nos encuentran, todo depende de mí entonces.

***

Zión oraba mientras esperaba pero Dios no le concedió el pedido de calmar sus temores. En su época había tenido encuentros peligrosos pero esperar al enemigo era lo peor. Andaba en puntillas de aquí para allá, vigilando, escuchando. Entonces se topó con el televisor y se inclinó para encenderlo. Sólo iba a mirar pero no funcionaba. *¡Naturalmente!* Se dio una palmada en la cabeza. Él había cortado la energía eléctrica.

***

David detestaba esto más que todo lo demás que se asociaba a trabajar de incógnito en el campo enemigo: saber todo lo que estaba pasando a medio mundo de distancia pero estar impotente para hacer nada salvo advertir y abrir la ocasional puerta de un rascacielos.

No había nada más que él o Anita o Ming pudieran hacer desde Nueva Babilonia. Los jugadores estaban en sus sitios y los peligros eran reales. Todo lo que podían hacer era esperar para saber qué había pasado.

Los padres y el hermano de Ming se reunieron con ella en el marcador 53; a David le impresionaron las formalidades.

POSEÍDO

Mirando con los binoculares vio que Ming y Chang se abrazaban con entusiasmo y emoción. Ming besó ligeramente la mejilla de su madre y le dio la mano a su padre. Entonces, hubo una conversación muy animada y, pronto Anita volvió al teléfono.

—El señor Wong se siente ofendido que tú no estés aquí para saludarlo.

—Bueno, no hay nada que pueda hacer por...

—David, ven ¿puedes?

DIECISIETE

Confío en Albie pero no me gusta esto —decía Raimundo.
—¿Qué opinas acerca de lo que se trae entre manos?
—dijo Cloé.

—No sé. Él es un tipo sumamente agudo. El problema es que solamente tenemos un vehículo.

—Gracias por recordármelo —dijo Cloé.

—Sólo deseo que él haga arreglos para disponer de otro vehículo en Palwaukee. No me gusta la idea de dejar a Zión y Keni así.

Lea, sentada en el asiento trasero, apretó sus manos contra el cielo raso para evitar los rebotes demasiado altos.
—¿Cuánto más falta, papito? —dijo.

Cloé le hizo una mueca pero Raimundo dijo: —Por lo menos uno de nosotros conserva el sentido del humor.

***

—David —dijo Camilo por teléfono—, Albie quiere hablar contigo. ¿Qué está pasando por allá? Oigo a la multitud.

—Digamos que jugué mi rango y me apropié de un carrito de golf administrativo. Voy camino a limar un problema de relaciones públicas. Por lo menos veré a Anita. ¿Dónde están ustedes?

—No estoy seguro. Te dejaré conversar con el piloto.

Camilo le pasó el teléfono a Albie, escuchando mientras atisbaba por la ventanilla.

—David, amigo mío, qué bueno hablar contigo otra vez. Voy a disfrutar trabajar contigo... Estamos a cuarenta minutos de Palwaukee. Si me presento como CG, ¿me pedirán un código de seguridad?... ¿Sí? ¿Hay alguno que pudiera usar? —Tapó el teléfono—. Camilo, anote esto... bien, adelante... cero-nueve-dos-tres-cuatro-nueve. Lo tengo... Así que cualquier cosa que empiece por cero estará bien para el futuro, y llegará a ti para que lo apruebes. Bueno... ¿helicóptero? ¡Sí, claro que podemos! ¿Tú puedes hacerlo?... ¿CG? ¡Perfecto!... Le comunicaré a la torre que será entregado, ¿cuándo?... ¡Bueno! Sé que un día, pronto nos conoceremos.

***

A David le impresionó la variedad del gentío que formaba fila camino al patio. Gente de todo trasfondo étnico se movía lentamente hacia el palacio —jóvenes y viejos, ricos y pobres, vestidos a todo color. Muchos parecían en estado de shock, hipnotizados como si no supieran qué hacer sin Nicolás J. Carpatia que los dirigiera por esa época tan tumultuosa.

David llamó a Max. —Capitán, ¿dónde estás?

—Sector 94. Trabajo divertido.

—A la gente le debe fascinar ese uniforme.

—Sí, quieren saber si conozco personalmente al comandante supremo.

—Estoy seguro que les dices lo emocionado que estás con eso.

—David, ¿qué quieres?

—Necesito que hagas un par de llamados por mí. Comunícate con la torre de Palwaukee y, ¿tienes lápiz?, refiérelos al código de seguridad cero-nueve-dos-tres-cuatro-nueve. Diles que les hablará uno de los nuestros que necesita un hangar ahí para un avión egipcio de combate. Alguien lo irá a recoger junto con dos pasajeros y no se los debe detener por razones de salvoconductos ni papeleo. Nosotros manejaremos todo eso desde Nueva Babilonia. Luego, llama a nuestra base en Rantoul.

—¿Illinois?

—Correcto. Diles que necesitamos un helicóptero en Brookfield, Wisconsin pero todo lo que tienen que hacer es llegar hasta Palwaukee y nosotros nos encargaremos de ahí en adelante. Comunícale eso también a la torre de Palwaukee. ¿Puedes hacerlo?

—Vaya, David, no lo sé. Yo soy mejor en la cabina de pilotaje que en el teléfono. ¿Qué tiembla allá donde tú estás?

—Te lo diré después. Haz esas llamadas y después hablaremos.

David llegó al sector 53 donde Anita mantenía el orden y a la gente en movimiento. Ella contestaba preguntas sobre los horarios de la ceremonia y del funeral y, también, le decía a la gente dónde había agua, sombra, remedios, y cosas por el estilo. Naturalmente que debía guardar las formalidades con David por estar en público.

—Bienvenido, director Hassid. Deseo que conozca a nuestros huéspedes de China, son muy especiales. Estos son el señor y la señora Wong, su hija Ming Toy, que trabaja con nosotros en Bélgica, y su hijo Chang.

David hizo reverencias y dio la mano a todos. El señor Wong se veía claramente descontento. —¿Qué idioma habla usted? —dijo.

—Primordialmente inglés —contestó David— y también hebreo.

—No bueno —dijo el señor Wong—, ¿no idioma Asia?

—lo lamento pero no.

—¿Sabe alemán? Yo sé alemán. Inglés no bueno.

—No alemán, disculpe.

—¿Hablamos?

—Señor, me sentiré honrado.

—¿Usted perdón mal inglés?

—Por cierto, quizá su hija pudiera traducir.

—¡No! Usted entienda.

—Trataré.

—Usted insulta no buscarme aeropuerto. Le digo que venir por hija.

—Señor, recibí ese recado de segunda mano pero estaba demasiado ocupado aquí. Le pido disculpas y que me perdone.

—¡VIP! Yo VIP por negocios. Doy montones dinero a Comunidad Global. Patriota muy mucho. Patriota global.

—Señor, usted es muy bien conocido aquí, y su hija es tenida en muy alta estima. Por favor, acepte mis disculpas de parte de todo el equipo administrativo de la CG por nuestra incapacidad para recibirlo a usted en la forma en que usted merece.

—Hijo trabaja para usted un día. No viejo suficiente todavía. Sólo diecisiete.

David le echó un vistazo a Chang notando la marca del creyente en su frente. —Espero tenerlo como colega cuando tenga dieciocho, señor. Lo espero más de lo que usted se imagina.

—Familia toda tan triste por Nicolás. Gran hombre. Gran hombre.

—Yo comunicaré sus sentimientos al comandante supremo.

—¡Yo conocer comandante supremo!

—¿Lo conoció?

—¡No! ¡Quiero conocer!

—Lo lamento pero se nos ha pedido que nos dispongamos más reuniones personales para él por esta semana. Usted entiende. Demasiadas peticiones.

—¡Asiento especial! ¿Usted arreglar asiento especial?

—Oh, no lo sé. Eso sería dife...

El señor Wong movió la cabeza y su esposa le tomó el brazo como para calmarlo. —No encuentra aeropuerto. No conocer comandante supremo. Muy atrás en fila, ¿Usted nos pone al frente?

—Veré qué puedo hacer.

—¡No! Usted consigue asiento especial para funeral. Queremos en patio.

—Veré qué puedo hacer.

—Usted ver ahora. Usted decir nosotros ahora. Llevarnos ahora.

David suspiró y se puso a hablar por teléfono. —Sí, Margaret, ¿nos queda un asiento VIP más?... lo sé... lo sé... tres.

—¡No! Hija también sienta nosotros. ¡Y usted! Cinco.

—Margaret, cinco... lo sé. Aquí estoy en un apremio. Se lo quedaré debiendo... ¿justo dentro del patio? Eso parece estupendo pero se espera que yo esté con el personal administrativo en el...

—¡Nosotros sentamos con usted! ¡Usted puede hacer! Cuatro juntarse usted en buen asiento.

—Margaret, tengo problemas para apaciguarlo... No, claro que no es problema suyo... Sí, es mío. ¿Qué es lo mejor que puede hacer?... ¿Él? Bueno, ahí tiene. Podemos matar dos pájaros, como dice el refrán. Se lo debo... lo sé. Gracias, Margaret.

David se dio vuelta a los chinos. —Parece que el escultor hizo un mal arreglo para que sus ayudantes se sentaran con él en la sección de gerentes, y la oficina del comandante supremo va a modificarlo.

—Yo no entiendo. ¿Sentamos allá?

—Sí. El escultor será "honrado" quedándose de pie, al lado de la estatua y teniendo consigo a sus ayudantes.

—¿Nosotros sentamos contigo o no?

—Sí, ustedes se sientan conmigo.

—¡Bueno! ¿Hija también?

—Sí.

—¡Bueno! ¿Su nueva amiga aquí también? —presionó el chino, señalando a Anita.

—Ah, no, yo quisiera.

—Realmente yo no puedo, señor Wong —dijo Anita—. Debo estar aquí durante la ceremonia.

—Bueno, nosotros entonces.

***

En las horas tempranas de la mañana del domingo Raimundo entró al aeropuerto de Palwaukee barrenando el vehículo en una nube de polvo. El lugar estaba desierto salvo una luz en la torre. La única pista iluminada era una que recibía aviones a retropropulsión. Raimundo apoyó su cabeza en el volante. —Sólo ruego que estemos haciendo lo correcto —dijo—. Haber estado tan cerca de la casa de refugio sin ver cómo está Zión y Keni...

Lea se inclinó para delante: —Sin embargo, si la CG mete su nariz allá y *no* descubre el subterráneo, pudiéramos delatar a nuestra gente al aparecernos.

—Lo sé —dijo él—, sólo que...

—¡No! —exclamó Cloé—, papá tiene la razón. Tenemos que correr riesgos yendo para allá a sacarlos. Tú sabes lo que la CG hace a los simpatizantes judaítas. Mataron a todos los de la casa de Jaime y la quemaron. Ellos mataron al papá y al hermano de Camilo y quemaron la casa de ellos. ¿Qué pasa si no encuentra a Zión y Keni y, de todos modos, incendian la casa porque es evidente que estuvimos viviendo allá? ¿Cómo van a salir? Zión saldría corriendo directo a una casa ardiendo.

—Cloé —dijo Raimundo—, yo siento que debemos seguir el plan de Albie aquí, cualquiera sea.

—Él no puede conocer nuestra situación.

—Camilo lo ha puesto al día. Tiene la razón cuando opina que es insensato que nosotros vayamos a la casa de refugio mientras otros esperan allá que los saquemos. De este modo, si es evidente que la CG aún no ha estado allá, tenemos que sacar lo que podamos e irnos de ahí. Vamos a ser ocho, incluyendo al bebé, así que no tendremos mucho espacio para más cosas.

—Con toda seguridad que Zión pensará en traer las computadoras y lo más necesario.

Raimundo asintió.

—Mejor que lo llame una vez más —dijo Cloé—. Puede que no se le ocurra traer los anotadores con las cosas de la cooperativa.

—¿No tienes eso en la computadora? —preguntó Lea.

Cloé le echó una mirada. —Siempre hago una copia en papel como respaldo.

—Pero también lo archivas en discos, ¿no?

Cloé suspiró ignorándola; y llamó a Zión.

***

David dejó que la familia Wong se amontonara en los dos asientos del carrito de golf, ubicando primero a Ming Toy en el asiento delantero, al lado de él, y a papá, mamá y Chang en el trasero pero como el señor Wong no se movía, mascullando algo del "asiento de honor", Ming se sentó atrás, al lado de su mamá y su hermano. El señor Wong se instaló al frente, muy derecho, sacando pecho, con un aspecto de solemne orgullo mientras David manejaba con todo cuidado el carrito entre la muchedumbre en dirección al patio de palacio.

David dijo: —No se ubicará a los dignatarios hasta las once y media. Empezarán con los diez potentados regionales, luego sus comitivas, después el personal administrativo de las oficinas centrales y sus invitados.

—Ellos sientan a usted inmediato —dijo confiadamente el señor Wong—, y nosotros con usted.

—Ellos seguirán el protocolo.

—Yo hablo Comandante Supremo León Fortunato. Él asegura nosotros sentamos inmediato.

—Él está saludando ahora a los dignatarios y preparándose para la procesión, señor Wong. Lleguemos a la zona del escenario y tengo la seguridad que nos acomodarán en el momento debido.

—Yo quiero sentar ahora, buena vista, listo para programa. —Se dio vuelta y tomó la rodilla de su hijo—. Este espectacular, ¿sí? Un día tú trabajas aquí, hace orgulloso, servir Comunidad Global. Honra memoria de Carpatia.

Chang no contestó.

—Hijo, sé que quieres. No sabes cómo decir. Ser patriota como mí. Deber. Honor. Servicio.

David se detuvo en una zona acordonada donde ya se estaba armando una fila de dignatarios de rango menor, que llenaría la zona de los VIP. Encargado de la puerta estaba Ahmal, hombre del departamento de David.

—Nosotros nos encargamos del carrito —dijo Ahmal—, usted y sus invitados esperan bajo el toldo de la sección G.

—Gracias, Ahmal.

—¡Usted no presenta! ¡Usted anfitrión maleducado!

—Mis disculpas —dijo David. Presentó a la familia, destacando el apoyo del señor Wong para la CG.

—Un honor, señor —dijo Ahmal, arqueándole una ceja a David.

—Nos sentamos ahora.

—No, señor —dijo Ahmal—, se le pide que espere en la fila de la sección...

—Gran apoyo de Carpatia, Fortunato, CG no espera en fila. Nadie sentado en asientos. Ahora nosotros sentamos ahí.

—Ay, señor, lo lamento. Habrá una procesión. Muy lindo. Música. Todos ustedes entran en fila.

—¡No! Siento ahora.

—Padre —dijo Ming—, será mejor, más lindo, que todos entremos al mismo tiempo.

La señora Wong tomó el brazo de su marido, pero él se retiró. —¡Yo voy sentar! Tú no querer sentarse ahora, ¡tú quedas! ¿Dónde asiento?

Ahmal miró a David que movió la cabeza.

—¡Señor Ahmal! ¡Verifique documento! ¿Dónde yo siento?

—Bueno, usted estará en D-tres pero nadie...

—Yo siento —dijo el chino, abriéndose camino con un empujón, como retando que alguien se atreviera a detenerlo.

Tim LaHaye & Jerry B. Jenkins

David dijo: —Solamente se pondrá en ridículo. Déjelo pasar.

El señor Wong causó intranquilidad en la muchedumbre cuando subió las gradas al sector de asientos permanentes del anfiteatro, y empezó a buscar su asiento. Se distrajo hasta la gente que estaba en la plataforma donde se mostraba el ataúd, y miraron para ver a quién se estaba acomodando en el asiento. Algunos aplaudieron suponiendo que era alguien importante, haciendo que otros hicieran lo mismo. Pronto todos se dieron cuenta que un asiático ya estaba instalado en la sección de los VIP y miraban, haciéndose sombra en los ojos, para ver si lo reconocían.

—Debe ser el potentado de los Estados Asiáticos —dijo uno, cerca de David.

El señor Wong saludó a la gente con un movimiento de cabeza y una reverencia.

—El viejo loco —dijo la señora Wong, y su hijo e hija estallaron en risa—. Nosotros esperamos con el señor director Hassid.

—Me temo que tendré que juntarme después con ustedes —dijo David—. ¿Estarán bien?

La señora Wong lucía como perdida pero Ming le tomó la mano asegurándole a David que estarían bien.

David se fue detrás del escenario para revisar el avance de los aspectos técnicos. Todo parecía en orden, aunque había escasez de agua. La temperatura ya estaba en los 41 centígrados y seguía subiendo. El personal de la CG llevaba paños húmedos debajo de sus gorras. Los cantantes, bailarines y músicos instrumentistas empezaron a ubicarse en sus lugares. Los bancos de pantallas mantenían al corriente de lo que pasaba a los técnicos de la televisión.

David subió las gradas que llevaban hasta el sarcófago, por atrás, pasando los guardias armados que estaban dispuestos cada pocos metros. Se deslizó detrás del toldo que resguardaba al ataúd y a los guardias, del sol que ahora caía a pleno directamente. Cuando él miró, entrecerrando los ojos, hacia el patio y más allá, se fijó que el pavimento soltaba brillantes ondas de calor y la fila se movía con mayor lentitud. David vio que muchos miraban sus relojes deduciendo que trataban de meterse en puestos delanteros para la ceremonia del funeral.

Los dolientes no se apresuraban a alejarse del catafalco cuando se los instaba a pasar rápido contra la voluntad de ellos. Se demoraban, se quedaban ahí esperando retrasarse para el comienzo de los festejos, como si eso fuera un masivo juego de cambio constante de lugares.

David atisbó al ataúd de cristal, más allá de los guardias armados, preguntándose cómo se comportaría bajo tanto calor. El sellado al vacío parecía seguro y era revisado cada hora por el técnico. ¿El calor podría ablandar al ataúd? ¿Soltar vapor como una olla a presión? David buscaba señales de que el maquillaje, la cera, la masilla usados por la doctora Eikenberry, estuvieran afectados. Qué embarazoso sería si el cadáver falso llegaba a derretirse convirtiéndose en un charco delante de todo el mundo, cuando el real estaba enfriándose en la morgue.

—¡Por favor, paren la fila! Llegó la orden desde un megáfono que estaba por detrás y a la derecha de David. Dos guardias se apresuraron a ese lugar y se pararon frente a una pareja holandesa que había observado la ocasión vistiéndose con trajes típicos. Parecían lamentarlo ya, con la cara roja, sudando y acezando. Sin embargo, se veían contentos de estar en el primer lugar de la fila, a unos treinta metros de las escaleras. Las docenas de dolientes que estaban delante de ellos seguían caminado mientras los holandeses esperaban con una muchedumbre detrás de ellos, dándose cuenta lentamente que debían continuar.

Cuando pasaron y empezaron a bajar los escalones al otro lado, una ola de silencio invadió toda la zona. Todos miraban expectante al patio, donde únicamente se percibía el movimiento de los últimos dolientes que trataban de bajar las escaleras de la salida. No querían irse pero el programa no iba a empezar hasta que ellos se fueran.

Los rezagados llegaron finalmente abajo y muchos se sentaron directamente en el pavimento pero estaba tan caliente que empezaron a sacarse la ropa para sentarse encima.

Estando todos en su lugar y callados, el silencio de más de cuatro millones de personas resultaba fantasmal. David se deslizó nuevamente escaleras abajo, detrás de la plataforma y vio que la zona del escenario estaba llena, todo en su lugar, desde Fortunato a sus ministros y los diez potentados regionales con sus comitivas. Después de ellos venía el personal de alto rango de la CG que llenaba el sector hasta fuera del patio.

Desde la izquierda de David alguien con un anotador en la mano y los audífonos puestos, hizo señas al director de la orquesta. Los cien integrantes de la orquesta, todos de negro, los hombres de frac y las mujeres en vestidos largos, subieron los escalones de atrás y se colocaron en el lado izquierdo del escenario. El sudor brotaba de sus rostros y se veían grandes manchas oscuras bajos sus brazos y por sus espaldas. Una vez sentados, pusieron los instrumentos como corresponde y esperaron su señal.

—Damas y caballeros —se oyó el anuncio por el masivo sistema de comunicación pública, haciendo ecos en el patio que resonaban a más de kilómetro y medio, y seguidos por traducción instantánea a tres idiomas principales—. El Comandante Supremo de la Comunidad Global, León Fortunato, y la administración del gobierno mundial único, desean expresar su sincera gratitud y apreció por su presencia en el servicio en memoria del anterior Potentado Supremo Nicolás J. Carpatia. Por favor, honren la ocasión quitándose los sombreros mientras la Orquesta Internacional de la Comunidad Global ejecuta el himno " Salve Carpatia, Amante, Divino y Fuerte".

Mientras la orquesta tocaba la endecha, la gente estallaba en llanto hasta que grandes sollozos llenaron el patio. El grupo vocal de la Comunidad Global entró, cantando alabanzas a Nicolás. Llegó el momento en que un grupo de bailarines, que parecía moverse en cámara lenta exhibiendo un equilibrio notable, se movió con la música y el lamento fúnebre del auditorio. Mientras tocaban. Entraron los VIP con un aplauso sostenido aunque apagado.

David llegó, por fin, al asiento al lado del señor Wong, que contemplaba beatíficamente el escenario, llorando a raudales, sujetándose el corazón con las dos manos. David se hizo sombra en los ojos y se preguntó si él estaba preparado para sentarse dos horas bajo un calor de tamaña intensidad. Estaban a la izquierda del escenario con una vista clara de la plataforma y del ataúd a unos nueve metros de distancia.

Cuando terminó la música, dejaron la escena la orquesta, los cantantes y los bailarines, ubicándose entonces, una fila más arriba y por detrás del catafalco, Fortunato y los diez potentados con sus rostros apenados. Un guardia armado más se incorporó a los tres que habían estado detrás del sarcófago, y se colocaron a razón de dos en cada punta del ataúd.

Las grandes pantallas y monitores mostraban un montaje de la vida de Carpatia, empezando por la fiesta de su quinto cumpleaños en Rumania, abrazando a sus padres en la graduación de la escuela secundaria, mientras sostenía una especie de trofeo en cada mano; recibiendo un premio en la universidad, ganando una elección en Rumania, asumiendo como presidente de ese país, hablando a las Naciones Unidas tres años y medio antes y, después, presidiendo varias funciones importantes. La música que acompañaba las escenas era del tipo punzante y triunfal, así que la gente empezó a aplaudir y vitorear.

El gentío llegó el paroxismo febril cuando se mostró a Nicolás anunciando el nuevo nombre del gobierno mundial único, cortando la cinta del majestuoso palacio y dando la bienvenida a los asistentes a la Gala, justo la semana anterior en Jerusalén. Ahora, desde el Este, surcaban el cielo unos cazas de combate que bajaban tronando sobre el acontecimiento mientras el montaje fílmico mostraba a Carpatia que se burlaba y desafiaba a los dos testigos del Muro de los

Lamentos. La multitud gritaba y aullaba de gozo cuando él los mató a balazos. Por supuesto que la película no mostraba las resurrecciones de los testigos, que había sido calificada de mito.

La multitud se cayó al pasar los aviones alejándose del alcance acústico y la música se volvió nuevamente melancólica. Las pantallas mostraban a Carpatia en la Gala, empezando con un enfoque largo que mostraba gran parte de la destrucción causada por el terremoto. Al centrarse la cámara en Nicolás, se puso en cámara lenta mientras él respondía a la bienvenida de la multitud, presentaba a Jaime Rosenzweig y hacía chistes con los potentados. Boqueadas y gemidos recibieron a la escena en cámara muy lenta que lo mostraba alejándose de una nube de humo blanco, tropezando y cayendo sobre el doctor Rosenzweig y yaciendo ahí mientras las masas huían.

El montaje mostraba a Nicolás llevado a un helicóptero, con el emblema de la CG grabado al costado, y aquí entraba a jugar el libertinaje artístico. Las pantallas mostraban al helicóptero que levantaba vuelo desde el escenario, que viraba a la izquierda entre los andamios y pasaba por grandes bancos de luces y casi desaparecía en la oscuridad. El aparato parecía volar a una altura cada vez mayor, hasta que traspasaba las nubes y se sumía en la vastedad del espacio.

La nave subía y subía para deleite de la multitud más grande jamás reunida en un acontecimiento en vivo, hasta que el mismo helicóptero parecía desvanecerse. Ahora en las grandes pantallas se veía espacio y una imagen enorme que adquiría forma. Los aviones de combate regresaron pero nadie los miró. Sólo oían y miraban la imagen de un hombre, amplia como los cielos, que se formaba en las pantallas. De pie en el aire, entre los planetas, vestido con un espectacular traje oscuro, camisa blanca y corbata, los pies separados, los brazos cruzados en el pecho, sus dientes refulgentes, los ojos relampagueantes y confiados, Nicolás Carpatia miraba con amor a los fieles.

La imagen se heló bajo la benévola mirada de Nicolás y el rugido de la muchedumbre fue ensordecedor. Todos se pusieron de pie y vitorearon aplaudiendo y silbando locamente. David tuvo que pararse para no quedar al descubierto y, mientras aplaudía con las manos al frente, le dio una ojeada a Ming y Chang que estaban de pie, con la cara pétrea, a Chang le corría una lágrima. David se dio cuenta que de todos modos nadie miraba a nadie pues tan completa era la devoción a Carpatia.

Nadie podía pasar por alto el simbolismo. Nicolás podía haber sido asesinado. Podía estar muerto pero está vivo en nuestros corazones y es divino, y estaba en el cielo cuidándonos.

León Fortunato subió al atril cuando la imagen desapareció finalmente y la música se desvaneció, con su rostro emocionado que llenaba la pantalla. Al abrir sus notas ante él, David se fijó que León vestía un resplandeciente traje oscuro, camisa blanca y corbata. No le quedaban tan bien al pobre León pero, evidentemente, había asumido su sucesión al trono del mundo y estaba dando todo lo que tenía a su aspecto.

***

—Quiero saber si fue Patty quien nos delató —dijo Cloé cuando empezó a avistarse el avión egipcio.

Raimundo le dijo: —No podemos saberlo a menos que Patty nos lo diga. ¿Te acuerdas que no pudimos comunicarnos con ella? Ahora eso es una vía de una sola dirección.

En cuanto el avión tocó tierra, la luz de la torre se apagó y un hombre gordo y viejo bajó resoplando y salió por la puerta. Ése era un hombre con una tarea que cumplir y lo iba a realizar. Gritó: —¿Ustedes vinieron a recoger personal de la CG, correcto?

—Afirmativo —dijo Raimundo.

—¿Su número equipara al mío? Cero-nueve-dos-tres-cuatro-nueve?

—Absolutamente —replicó Raimundo.

—Por favor, quédese donde está. El aeropuerto está oficialmente cerrado y debo despachar rápido a este avión, meter el avión en un hangar y acomodar a esta gente.

Se apuró para llegar al borde de la pista ejecutando una serie de giros con su anotador, lo que hubiera sido más efectivo con una linterna pues intentaba guiar a Albie hacia los hangares.

Esto divirtió a Raimundo que se imaginó que Albie había metido en hangares tantos aviones pequeños como cualquiera que estuviera vivo, y observó cómo el avión era dirigido en rumbo directo al hombre de la torre. Éste salió corriendo de la pista al pasar el avión zumbando por su lado y terminó sus señales con un floreo como si Albie hubiera hecho precisamente lo que él le pedía.

Mientras el hombre corría para asegurarse que el avión entrara al hangar, Cloé lo pasó corriendo. Raimundo también se dirigía para allá mientras que Lea esperaba al lado del vehículo. No le llevó mucho tiempo a Raimundo pasar al hombre que no había corrido así en mucho tiempo.

La puerta del avión, estacionado al lado del Gulfstream, se abrió y Albie fue el primero en salir. Raimundo no lo podía creer. Albie tenía presencia, prestancia. Parecía un pie más alto. Llevando su gran saco de cuero, señaló al hombre y dijo:

—¿Usted es el encargado de aquí?

—Sí, yo...

—Cero-nueve-dos-tres-cuatro-nueve, CG, Delegado Comandante Marco Elbaz, solicita servicio conforme a lo dispuesto.

—Sí, señor, don, este, Capitán, Comandante Delegado Comandante, señor.

Albie dijo: —Esta gente viene conmigo. Deje que me ayuden con los pasajeros. ¿Recargue combustible al avión esta noche, entendió?

—Oh, sí, entendido, señor.

—Ahora bien, ¿dónde me cambio de ropa?

Mientras el hombre indicaba una oficina oscura al final del hangar, Cloé encontró a Camilo que salía del avión. —Con cuidado, amor, con cuidado —dijo cuando ella lo abrazaba.

—Camilo, vamos —dijo ella—. Tenemos que ir a buscar a Keni.

—Alias —susurró él—. Ayuda con el doctor Rogoff. Él fue operado.

Raimundo subió a bordo para ayudar a Jaime, que hacía muecas estúpidamente a todos y señalaba su frente. —Doctor, bienvenido a la familia —dijo Raimundo y la sonrisa de Jaime se convirtió en una mueca cuando cargó su peso en las piernas doloridas y le ayudaron a salir del avión.

Raimundo se dio cuenta que todos estaban nerviosos teniendo al hombre de la torre alrededor, pero eso fue rápidamente tratado cuando Albie salió uniformado. Sorprendente.

—Entonces estamos todos listos, ¿así es señor? —dijo Albie.

—Todo listo. Yo cerraré bien la puerta. No esperamos más tráfico aéreo esta noche. Yo me quedo en terreno, así que soy personalmente responsable por la seguridad de su avión.

—Los dos. El Gulfstream también es nuestro.

—Oh, no sabía eso. No hay problema.

—Gracias de parte de la Comunidad Global. Ahora nos tenemos que ir.

Lea había acercado el Land Rover al hangar, cruzando la pista. Se quedó al volante mientras Raimundo subía atrás y tiraba a Jaime del otro lado mientras Albie lo empujaba. Era evidentemente que Jaime estaba en agonía acostado en el asiento pero una vez dentro y sostenido por ambos lados, echó su cabeza para atrás.

Cloé se sentó al lado de Lea, al frente, con Camilo a su derecha. Al retroceder Lea para salir del hangar, Cloé la rodeó con su brazo. —Gracias por acercar el vehículo. Y perdóname.

—Cloé, todo está bien —dijo Lea—. Sólo dime que no sacaste la idea del cloruro de potasio de ninguno de mis libros.

—Sí pero ahora me alegro de saber que Zión nunca heriría a Keni.

Lea aceleró de vuelta por el camino que había venido dirigiéndose a la salida. Raimundo se dio vuelta para ver si el hombre de la torre cerraba la puerta del hangar; cuando llegaban al camino, se apagaron las luces de la pista.

—Bueno —dijo Albie—, primero tenemos que sacar del camino unas cuantas cosas, ¿eh, señora chofer?

—Lea, señor.

—Sí, señora, ¿podría encender la luz interior de aquí atrás?

Lea buscó el interruptor y Camilo se estiró para tocarlo. Albie se sacó la gorra del uniforme y se dio vuelta a Raimundo: —Con poco tiempo para hablar, capitán, solamente mire esto.

Raimundo miró fijo y parpadeó. La marca. —No diga nada ahora —dijo Albie—. Hay tanto que hacer. Puede apagar la luz. Muy bien, el siguiente punto de la tabla: capitán Steele, ¿me daría el mando solamente por esta noche?

—¿Tiene un plan?

—Naturalmente.

—Ejecútelo.

—¿A qué distancia estamos de la casa de refugio?

—Menos de media hora.

—Muy bien. Este es el plan.

DIECIOCho

D avid estaba impresionado porque León parecía genuinamente conmovido pese a toda su santurronería. Indudablemente veneraba a Carpatia y era algo más que el obsecuente característico. Era claro que estaba jineteando el puesto de nuevo potentado supremo pero, también, era un hombre que se dolía por la pérdida de su amigo, mentor y campeón. Aunque no tenía el pulimento, la clase ni el carisma de su antecesor, León sabía como aprovecharse del momento.

Empezó diciendo: —Por favor, si todos se sientan —con su voz tan ronca de emoción que miles de personas parecieron taparse involuntariamente la boca para contener su propio llanto. David con su uniforme pesado de transpiración, levantó un pie para cruzar las piernas sintiendo lo pegajoso del suelo. El calor había ablandado las suelas de goma de su calzado.

Fortunato hizo un espectáculo de recobrar su compostura, alisando sus notas con manos carnosas. —Nicolás Jetty Carpatia —empezó hablando un poco más que susurrando—, perdóneme. —Se pasó la mano por la boca—. Puedo hacer esto. Haré esto contando con la paciencia de ustedes. Nicolás Carpatia nació hace treinta y seis años, único varón de dos hijos, en un pequeño hospital del pueblo de Roman, Rumania, al pie oriental de los Montes Cárpatos Moldavos, poco más de doscientos kilómetros al norte, ligeramente al este, de Bucarest.

Fortunato volvió a hacer una pausa para aclararse la garganta. —El joven Nicolás fue un niño precoz extremadamente brillante, ávidamente interesado en el atletismo y lo académico, primordialmente idiomas, historia y ciencia. Antes de cumplir doce años ganó su primera elección como presidente de los Jóvenes Humanistas. Fue un estudiante estelar de la enseñanza secundaria, polemista y conferencista celebrado, el orador con honores de la graduación de la secundaria, honor que se repitió en la universidad.

«El señor Carpatia se destacó por emprendedor, empezando en el servicio público muy temprano, llegando a ser miembro de la Cámara Baja del Parlamento Rumano antes de cumplir los veinticinco. Su consagración al pacifismo le acarreó críticas y alabanzas, convirtiéndose esto en la característica de la obra de su vida.

«El señor Carpatia me dijo una vez que creía que la cumbre de su carrera fue la invitación a dirigirse al plenario de Naciones Unidas, hace unos tres años y medio, aún después de su instalación como presidente de Rumania a instancias de su antecesor, siendo tan joven.

«Honrado más allá de todo decir, el joven jefe de estado trabajó mucho su presentación, resumiendo la historia de las Naciones Unidas, empleando cada uno de sus idiomas, memorizando su discurso por entero. No sabía que la Tierra iba a sufrir su calamidad más grande, justamente antes de su presentación ante la Asamblea General, esa tragedia que ahora todos conocemos como el día de las desapariciones.

«Despojados de nuestros niños y bebés... —Fortunato volvió a hacer una pausa— ...y de incontables amigos, parientes y vecinos, la familia del mundo se dolió al unísono. Entonces no estábamos conscientes de la verdad que solamente un hombre como Nicolás Carpatia podría traer la luz: que el fenómeno que produjo tal duelo era evitable, que arraigaba en nuestra tecnología bélica. Cuando el presidente de Rumania subió al atril de las Naciones Unidas, todo lo que sabíamos era que estábamos aterrados al extremo de la parálisis. Desesperados del futuro, añorando el pasado, orábamos a nuestra propia manera a nuestros dioses que alguien nos tomara de la mano y nos condujera a través del campo minado de nuestra propia hechura hacia la bendición de la esperanza.

«¿Cómo pudiéramos haber sabido que nuestras oraciones iban a ser contestadas por uno que demostraría su propia divinidad una y otra vez, al servir humilde y altruistamente, dándose a sí mismo hasta morir para mostrarnos el camino a la sanidad?»

La multitud no pudo contenerse y prorrumpió en aplausos. León levantó la mano varias veces pero no querían callarse. El aplauso se volvió vítores y, entonces, se pusieron de pie, sector por sector, hasta que todos estaban nuevamente de pie, aplaudiendo, vitoreando, doliéndose por su asesinado líder.

David estaba asqueado al punto de las náuseas.

***

—Déme el plano general de la casa de refugio —dijo Albie, dónde está, que tiene alrededor, otros edificios, caminos de entrada y salida.

—No sé si en tu país, Albie, tienen algo semejante —dijo Raimundo—, pero imagínate una subdivisión, un complejo habitacional de unos treinta años de antigüedad que haya sido tirado en una mezcladora. Los caminos fueron partidos, retorcidos y sacados del suelo, muchas casas y negocios de la zona quedaron demolidos así que se abandonó la zona después de las tareas de rescate. En cuanto pudimos determinar, nadie vive en casi cinco kilómetros a la redonda. Nosotros nos instalamos en la mitad de un duplex muy dañado, eso es dos casas en una. Ampliamos un sótano para tener un escondite bajo tierra, que no necesitamos hasta ahora, al menos que sepamos. Improvisamos nuestro pozo y planta de energía solar y usamos varias rutas al lugar, de modo que parece que nos dirigiéramos a cualquier parte.

—¿Qué más hay en la propiedad?

—Como a cincuenta pasos de la puerta de atrás hay un garaje como un establo que, originalmente servía a las dos mitades del dúplex. Ahí escondemos los vehículos. Ahora estamos reducidos a uno, así que el garaje está vacío.

—¿Y la otra mitad de la residencia?

—Vacía.

—¿Otras habitaciones en la zona?

—En gran medida pilas de escombros que nunca se han limpiado.

—¿Qué los esconde?

—Además de que nadie viene a la zona salvo por error, hay árboles antiguos y mucho campo abierto más allá de nuestro sitio.

—¿Y la ruta habitual desde la pista aérea los lleva a la zona desde cuál dirección?

—Usamos varias rutas para no llamar la atención, casi siempre viajamos de noche pero habitualmente venimos del sur.

—Señorita Lea —dijo Albie—, si encuentra un lugar para detenerse, que no llame la atención, haga el favor de parar. Lea estacionó en una hondonada superficial entre dos pequeñas arboledas, ya distante de los caminos pavimentados.

—Gracias. Capitán Steele, ahora déme su mejor opinión acerca de la manera en que la CG se acercaría a la casa si quisieran sorprenderlos.

Raimundo buscó un papel y dibujó una vista aérea del lugar, diciendo: —Ellos vendrían a través de los árboles, al norte. Macho, ¿qué opinas tú?

Camilo contempló el esbozo, luego se lo mostró a Cloé y Lea. Todos asintieron.

—Muy bien, Lea —dijo Albie—. Entre desde el sur, como de costumbre. Maneje sin luces lo más lejos que pueda de la casa de refugio. Párese como a medio kilómetro, lo ideal es en un sitio donde pueda ver la casa de refugio pero sin que alguien pudiera verla desde allí.

—¿Medio kilómetro? —dijo Lea.

—Como tres décimos de milla —dijo Cloé—. Hay una pequeña elevación a esa distancia, ¿no, papá; justamente al pasar de donde doblamos para ir a Des Plaines?

—Sí, y nos fijamos en ella porque el resto de la zona es tan lisa.

Albie dijo: —Vamos rápidamente para allá. Apague las luces en cuanto se sienta confiada.

***

Mientras Fortunato seguía hablando, poniendo de pie a las masas y, alternativamente, haciéndolas llorar, subrepticiamente David sacó los binoculares de un bolsillo lateral. Inclinándose adelante, con los codos en las rodillas, enfocó los binoculares en los grandes grupos sentados pasado el patio. Halló el cartel que decía Sector 53 y lo paseó con cuidado, buscando a Anita. No la vio al comienzo pero, entonces, le intrigó un par de binoculares enfocados en su dirección. A pesar de las manos y los anteojos que le tapaban la cara, él supo que era Anita.

Se contemplaron uno al otro a través de los lentes, luego se saludaron con los dedos, en forma tentativa. David levantó un dedo, luego, cuatro, luego tres, manteniendo la mano en los anteojos. Ella devolvió el mensaje como si fuera un espejo, con sus códigos del número de letras de cada palabra: *Yo te amo.*

León decía, redondeando el mensaje: —Tendré algunos comentarios de cierre pero quiero dar la oportunidad a los representantes de cada región del planeta para que expresen sus pensamientos antes del entierro en el mausoleo de palacio. Les hemos solicitado que sean breves debido al clima pero también queremos que estos potentados hablen de todo corazón. Primero, de los Estados Unidos Rusos, el doctor Viktor...

***

Albie decía: —Capitán Steele, llame a Zión y dígale quién soy yo para que pueda hablar con él sin despertar sus sospechas.

Zión respondió al primer campanillazo. —Zión, soy yo. Estamos a medio kilómetro de ti. ¿Estás bien?

—Hasta ahora sí. Keni duerme. Yo tengo todo empacado y estoy listo para irme; me siento claustrofóbico. Quiero salir de aquí.

—Zión, le voy a pasar el teléfono a mi querido amigo Albie, nuevo creyente. Me has oído nombrarlo antes.

—¡Sí! ¿Ahora es uno de los nuestros?

—Gracias a tus enseñanzas, cosa que podemos discutir más tarde. Él usa el nombre Marco Elbaz y se presenta como delegado comandante de las Fuerzas Pacificadoras de la Comunidad Global.

***

Zión se sentó a oscuras en las gradas, con el teléfono pegado a su oreja, a sus pies tenía las dos fundas de almohada llenas de cosas y atadas juntas. Todo lo que tenía que hacer era tomarlas en una mano y al bebé con la otra, y subiría para salir por la congeladora y, en cosa de segundos por la puerta. Por ahora, no obstante, no tenía transporte y no sabía si la CG estaba al acecho para emboscarlo.

Había oído tanto del amigo del mercado negro de Raimundo que le costaba creer que iba a hablar con él.

—¿Doctor Ben-Judá?

—Sí, Albie, habla Zión.

—Señor, quiero hablar inmediatamente de lo que nos ocupa pero debo decirle que le debo mi alma.

—Gracias, señor. Parece que pronto yo le deberé mi vida.

—Esperemos que así sea. Dígame, ¿ha escuchado a alguien, algo que pudiera señalarle que la CG está en las cercanías?

—Para decirle la verdad, hace media hora casi llamé a Raimundo. Puede que haya sido paranoia pero escuché vehículos.

—¿Cerca?

—No mucho, pero estaban al norte de aquí. Lo que me asustó es que eran intermitentes.

—¿Eso quiere decir?

—Partían, se paraban, se movían. No supe cómo entenderlo.

—¿Habitualmente no escucha ruido de automóviles o camiones?

—Correcto.

—¿Y no ha escuchado nada desde hace unos treinta minutos?

—Algo así.

—Muy bien, preste atención. ¿Reconoce el ruido del Land Rover? Quiero decir, ¿pudiera distinguirlo, con confianza, de, digamos un jeep de la CG?

—Creo que sí.

—¿Lo oiría claramente si se metiera entre la casa y el garaje?

—Por cierto.

—¿Y puede escuchar ruidos en el garaje? ¿Puertas que se abren y se cierran?

—Sí, pero estas no son puertas de garaje característicamente norteamericanas. Son manuales y se mueven como las puertas de los graneros.

—Muy bien. Gracias. Si en el siguiente cuarto de hora oye ruidos como del Land Rover, seremos nosotros. Por favor, comuníquenos de inmediato cualquier otro ruido o sonido que oiga.

***

Cada potentado fue saludado por música de su región y grandes demostraciones de su gente. Algunos tenían reunidos a los suyos; otros, los veían entremezclados con la multitud. La mayoría de los oradores se hicieron eco de los sentimientos del potentado de los Estados Unidos Rusos que puso a Carpatia en la lista no sólo de los más grandes jefes de estado y dirigentes militares que hubiera tenido el mundo, sino también entre los dirigentes religiosos más venerados y hasta entre las deidades de varias creencias y sectas.

El líder asiático, que fue el segundo potentado que habló, dijo: —Sé que hablo por cada ciudadano de mi gran región cuando digo que mi reverencia por Su Excelencia, el potentado supremo, sólo ha crecido por su muerte. Yo adoraba su liderazgo, su visión, sus políticas. Ahora, adoro al hombre mismo. ¡Que su fama, leyenda y gloria sigan creciendo ahora que está nuevamente en el cielo de donde vino!

El potentado de los Estados Unidos Indios entonó que: —Aunque una vez creíamos que un hombre bueno regresa en un nivel superior y, de ese modo, una estrella refulgente como Nicolás Carpatia tendría garantizado el papel de brahmán, él mismo nos enseñó que hasta esos puntos de vista religiosos tradicionales perdieron vigencia, con su brillante visión de una fe mundial única. Aun los que han llegado a creer que cuando uno muere, se murió y no hay nada más, aun ellos tienen que admitir —digo esto directamente a Nicolás Carpatia— que usted vivirá mientras nosotros vivamos. Usted siempre estará vivo en nuestros corazones y nuestro recuerdo.

Aunque la turba respondió con entusiasmo a David le intrigaba que Fortunato pareciera sentir la necesidad de aclarar o, al menos, modificar el efecto de ese discurso. Antes de presentar a Enoc Litwala, el potentado de los Estados Unidos Africanos, Fortunato tomó brevemente la palabra.

—Potentado Kononowa, le agradecemos sus sentimientos. Aprecié la referencia a la única iglesia mundial que resurgirá aquí, en Nueva Babilonia, como una expresión aún mejor de una religión pura y unida. Irónico resulta, ¿no es así?, que de las dos sectas más resistentes a las ideas de la fe unificada, una haya visto caer a nuestro gran líder en su propio territorio, y la otra haya sido la responsable de su asesinato?

«No culpo a los israelitas, pues son parte valiosa de los Estados Unidos Carpatianos. No se los puede responsabilizar por el clima engendrado por sus tozudos judíos ortodoxos, la mayoría de los cuales han resistido hasta el presente a la invitación de la única fe mundial. ¡Luego, los judaítas, que esposan esas doctrinas tan exclusivistas, tan cerradas como si hubiera un solo camino a Dios! ¿Debiéramos sorprendernos que el asesino de nuestro amado potentado sea un miembro dirigente de esa secta?»

Con esa declaración y el concomitante aplauso, la gran estatua negra, a la izquierda de León, empezó a echar humo profusamente, volviéndose nubes ondulantes la columna de vapor negro. León pareció meter esto en su discurso con un chiste. —Hasta Nicolás el Grande tiene que estar de acuerdo con esto.

«Ahora en serio, antes que hable nuestro potentado africano, permitan que reitere. Todo culto, secta, religión o individuo que profese un solo camino a Dios o al cielo o a la bendición en la vida después de la muerte, es el peligro más grande para la Comunidad Global. Ese criterio engendra divisiones, odio, fanatismo, condescendencia y orgullo. Les digo con la confianza del que estuvo diariamente en la presencia de la grandeza durante los últimos años, que hay muchos caminos para asegurarse la bendición eterna, si es que hay algo eterno. Esto no sucede encerrándose uno y los camaradas, en un rincón a proclamar que tiene el camino directo más corto a Dios, sino siendo un ser humano bueno y amable y ayudando a otros.

«Nicolás Carpatia hubiera sido la última persona del mundo en esposar la religión del camino único, y miren cómo lo veneran. Lo adoraremos a él y su recuerdo, mientras estemos vivos. Y eso, amigos míos, lo mantendrá vivo a él y a sus ideales».

David se preguntó si la muchedumbre iba a asquearse tanto de sí misma como él del aplauso y vitoreo tan predecibles.

Enoc Litwala ensombreció el procedimiento cuando su tributo, inapropiadamente breve y apenas tibio, cayó como plano. Todo lo que dijo fue: —Como potentado de los grandes

Estados Unidos Africanos me corresponde expresar los sentimientos de mi pueblo. Por favor, acepten nuestras sinceras condolencias para el liderazgo de la Comunidad Global y aquellos que amaron al difunto. Los Estados Unidos Africanos se opone a la violencia y deplora este acto insensato perpetrado por un individuo desorientado, que creyó por ignorancia lo que le enseñaron, al igual que millones más que se niegan a pensar por sí mismos.

Litwala se sentó habiendo dicho eso, agarrando desprevenido a León. Los otros dos tributos fueron tibios, cosa que, a David, le dejó en evidencia quiénes eran los potentados leales y los desleales.

***

Albie se inclinó y le susurró a Raimundo. —Venga conmigo. Lea, espere mi señal. Si hago gestos, proceda lentamente, sin luces. Si llamo de nuevo, espere las instrucciones pero prepárese para venir a toda velocidad, con las luces prendidas y asegúrese de parar cerca de Raimundo y de mí.

Cloé dijo: —Yo voy con ustedes. Nuestro bebé está ahí dentro.

—Está bien —dijo Albie sin vacilar—. De todos modos, tres es mejor.

Se fueron arrastrando desde el vehículo hacia la casa de refugio. Raimundo vio el gesto de Cloé, bajo la mala iluminación, gesto de fiera decisión que era más que el de una madre protectora. Si iban a meterse con el enemigo, sencillamente ella quería estar ahí.

Raimundo percibía el aire frío, el sonido de sus pasos en el pasto escaso y su propia respiración. Sentía una gran tristeza por la casa de refugio a medida que se acercaban. Había sido la base, el hogar de ellos a pesar de todos los lugares donde había estado. Había albergado a su familia, a sus amigos, a su mentor. Sabía que si tenía la oportunidad de entrar nuevamente allí, probablemente sería por última vez.

***

La muchedumbre empezó a inquietarse cuando el último potentado terminó de hablar. La gente se paró, en masa, en todo el patio y más allá, listos para reiniciar el desfile por el catafalco pero Fortunato no había terminado.

—Si me toleran unos pocos minutos más —dijo—, tengo comentarios extra que, creo, encontrarán inspiradores. Debiera estar claro aun para el observador más informal, que esto es más que el funeral de un gran líder, que el hombre que yace antes ustedes trasciende la existencia humana. Sí, sí, pueden aplaudir. ¿Quién pudiera objetar tales sentimientos? Me complace informarles que la imagen que ven a mi izquierda, a la derecha de ustedes, aunque de mayor tamaño que el vivo, es una réplica exacta de Nicolás Carpatia, digna de su reverencia, sí, digna de la adoración de ustedes.

«Siéntanse libres de reverenciar la imagen si así lo sienten después de presentar sus respetos. Inclínense, oren, canten, gesticulen, hagan lo que desean para expresar los sentimientos de su corazón. Y crean. Gente, crean que, sin duda, Nicolás Carpatia está aquí en espíritu y que acepta la alabanza y la adoración de ustedes. Muchos saben que este así llamado hombre, al cual conozco como divino, personalmente me levantó desde los muertos.

«Ahora, en mi calidad de nuevo líder de ustedes, en ausencia del que todos deseamos que aún estuviera aquí, permítanme ser directo. Yo no soy director pero permitan que le pida a la cámara principal de la televisión que se enfoque en mi cara. Los que estén suficientemente cerca pueden mirarme a los ojos. Los que están lejos pueden mirarme a los ojos en la pantalla.

David sabía qué le pasaba a la gente que se permitía ser atrapada en la mirada de Fortunato. Él miró a la izquierda, más allá de los Wong, que se veían extasiados, y se estiró para tocar a Chang y hacerle gestos a Ming, con la cabeza. Cuando ellos lo miraron, David movió la cabeza en forma imperceptible y agradeció que ambos parecieron entender. Ellos desviaron la mirada de la de Fortunato.

POSEÍDO

Fortunato entonó: —Hoy instituyo una nueva fe global mejorada que tendrá como objeto de adoración a esta imagen, que representa al espíritu mismo de Nicolás Carpatia. Gente mía, escuchen con cuidado. Cuando hace un momento dije que ustedes podían adorar esta imagen y al mismo Nicolás, si así lo sentían, estaba siendo cortés. Silencio, por favor. Con la ciudadanía planetaria única se asocia la responsabilidad que comprende la subordinación a los que están en autoridad sobre ustedes.

Hubo un silencio tan mortal que David dudó que alguien se atreviera a moverse.

—En mi calidad de nuevo rey de ustedes, sólo resulta justo que les diga que no es optativo adorar a la imagen y al espíritu de Nicolás Carpatia. No sólo él es parte de nuestra nueva religión sino que, también, es el centro de la misma. Sin duda que él ha llegado a ser y *será* nuestra religión para siempre. Ahora bien, antes que ustedes rompan su ensueño y se inclinen ante la imagen, permitan que les imprima en la mente las consecuencias de desobedecer este edicto».

Súbitamente, de la misma estatua, con sus grandes nubes de humo negro que casi tapaban al sol, se oyó una declaración atronadora, "¡Yo soy el señor dios de ustedes que se sienta alto sobre los cielos!" La gente, hasta Guy Blod y sus ayudantes, chillaron y cayeron postrados, atisbando la imagen. "Yo soy el dios sobre todos los dioses. No hay ninguno como yo. ¡Adoren o aténganse a las consecuencias!"

Fortunato habló suave y paternalmente de repente. —No teman —dijo—. Levanten sus ojos al cielo. —Se disiparon las enormes nubes, y la imagen serena volvió a aparecer—. Nicolás Carpatia los ama y sólo piensa en lo que es mejor para ustedes. Yo también he sido imbuido de poder al ser encargado de la responsabilidad de asegurar el cumplimiento de la adoración del dios de ustedes. Por favor, pónganse de pie.

Las masas se pararon como si fueran un solo hombre, luciendo aterrorizadas, con los ojos pegados en León o en su imagen de las pantallas. Él hizo gestos grandilocuentes, señalando detrás de él, pasado el ataúd de vidrio, y los guardias, más allá de los diez potentados, tres de los cuales miraban fijamente como si estuvieran petrificados. —Supongamos que, por una u otra razón, aquí hay gente que opta por negarse a adorar a Carpatia. Quizá sean espíritus independientes. Quizá sean judíos rebeldes. Quizá sean judaítas secretos que aún creen que "su hombre" es el único camino a Dios. Ellos morirán, independientemente de cual fuere su justificación.

La multitud retrocedió y muchos se ahogaron.

—No se maravillen que les diga que ciertamente algunos morirán. Si Carpatia no es dios y yo no soy su elegido, entonces quedará demostrado que me equivoco. Si Carpatia no es *el* único camino y *la* única vida, entonces lo que yo digo no es *la* única verdad y nadie debe temer.

«También resulta justo que ofrezca pruebas de mi papel, además de lo que ya vieron y oyeron de la propia imagen de Nicolás Carpatia. ¡Invoco el poder de mi altísimo dios para probar que él reina desde el cielo, quemando con su fuego puro y consumidor a los que se opongan a mí, a los que nieguen su deidad, a los que subviertan y completen y confabulen para tomar mi legítimo puesto como su vocero!»

Hizo una pausa dramática y, entonces, dijo: —¡Yo oro que él haga esto mientras yo hablo!

León se dio vuelta para enfrentar a los diez potentados y señaló a los tres que se le oponían. Grandes rayos de fuego bajaron del firmamento límpido incinerando a los tres, ahí donde estaban sentados. Los otros siete saltaron de sus asientos para evitar el calor y las llamas, y hasta los guardias retrocedieron.

La multitud aulló y gimió pero nadie se movió. Nadie corrió. Todas las almas estaban paralizadas de miedo. El fuego que dejó humeando a los tres en pequeños montones de ceniza, desapareció con igual rapidez como llegó.

Fortunato volvió a hablar: —Ánimo, patriotas fieles de la Comunidad Global de las tres regiones antes dirigidas por hombres de lenguas mentirosas. Ya se eligieron sus reemplazantes en reuniones que he disfrutado con el espíritu mismo de Nicolás Carpatia. La Comunidad Global prevalecerá. Alcanzaremos nuestra meta utópica de vida, armonía, amor y tolerancia, ¡tolerancia de todos salvo de los que se niegan a adorar la imagen del hombre que hoy estimamos y glorificamos!

Quedaba claro que Fortunato esperaba aplausos pero la muchedumbre estaba tan atónita, tan llena de terror que se limitaban a mirar fijo. —Pueden expresarse —dijo León con una sonrisa pero aún así nadie se movió. Los ojos de León se achicaron—. Pueden expresar que están de acuerdo —dijo, y empezó un aplauso tentativo.

«No tienen que temer a su señor dios —dijo, mientras continuaba el aplauso—. Lo que presenciaron aquí nunca pasará si aman a Nicolás con el amor que los trajo aquí para honrar su memoria. Ahora bien, antes del entierro, una vez que todos hayan tenido la oportunidad de presentar sus últimos respetos, yo les invito a venir y adorar. Vengan y adoren. Adoren a su dios, su rey muerto aunque vivo».

***

Raimundo siguió la señal de Albie y se abrió en abanico hacia la izquierda mientras que Cloé fue mandada a la derecha. Los tres, distanciados unos treinta pasos entre sí, avanzaron a la casa de refugio desde unos ciento ochenta metros. Observaban si había señales de la CG. ¿Habían estado ahí? ¿Todavía estaban ahí? ¿Iban a llegar?

Súbitamente Albie se dejó caer al pasto haciendo gestos a Raimundo y Cloé que hicieran lo mismo. Había recibido una llamada. Luego, les hizo señales que se acercaran.

—Zión oye los ruidos de motor otra vez —susurró—. Vienen desde el norte, sólo que esta vez el ruido es uniforme, como si avanzaran. —Habló mientras marcaba el número de Lea—. Vamos a ganarles la llegada a la casa de refugio, a pie, así que prepárense para correr, y si nos topamos con la CG, quédense uno o dos pasos detrás de mí. ¿Lea? Dénos unos noventa segundos y, entonces, véngase a toda velocidad con las luces encendidas. Sólo tenga cuidado de no atropellarnos. Cuando nos paremos, usted se detendrá tan cerca del garaje como pueda. Quédese en el Rover con las luces encendidas y no se preocupe si ve jeeps de la CG que vienen del otro lado.

Albie cerró el teléfono, sacó el arma de la sobaquera lateral, saltó poniéndose de pie y dijo: —Vamos.

Mientras Raimundo iba tanteando en la oscuridad, preguntándose cuántos minutos le quedaban en la Tierra, le impresionó que Cloé no tuviera problemas para mantener el paso. También cavilaba en la extraña diferencia de Albie. Siempre había tenido recursos pero ¿ahora había otra cosa más en él, además de su nueva profesión de fe?

Raimundo se preguntaba por qué no se había asegurado de la autenticidad de la marca de Albie. ¿Podía estar seguro de algo que vio a la mortecina luz interior del Rover, con un hombre herido interpuesto entre él y Albie?

DIECINUEVE

El señor Wong se arrodilló, al lado de David, llorando y gritando en su idioma nativo. Su esposa estaba sentada, meciéndose, con los puños apretados, los ojos cerrados, viéndose más estupefacta que convencida.

Ming y Chang estaban sentados tapándose los ojos con las manos, pareciendo orar. Cualquiera hubiera pensado que ellos oraban al nuevo dios del mundo pero David sabía la verdad.

A él le parecía surrealista que al retroceder Fortunato del atril reuniéndose con los siete potentados que quedaban, ellos demostraban ignorar las pilas de cenizas. Le dieron la mano solemnemente al nuevo líder, felicitándolo evidentemente por su discurso y su despliegue de poder.

El jefe de seguridad instruyó a su gente para que sacara la barrera del frente de la fila única. La pareja que vestía ropa folklórica holandesa se negó al comienzo a caminar hacia el ataúd pero los que estaban detrás, empezaron a dar codazos, a empujar, instándolos a moverse. La pareja sonrió avergonzada, queriendo claramente que el otro fuera primero. Por último, se tomaron del brazo y avanzaron con pasos mínimos, pareciendo que querían ver el cuerpo de Carpatia pero asustados no sólo de la estatua gigantesca que hablaba y eructaba

311

humo sino también de los asientos detrás del catafalco, tres de los cuales sólo tenían cenizas.

Fortunato y los siete restantes estaban parados al frente de la fila de asientos, justo a la distancia suficiente, por detrás del ataúd, para permanecer fuera del camino de los guardias y, así, los dolientes no se tentaran a darles la mano o hablar con ellos. A David le pareció que León se dio cuenta repentinamente del porqué la gente se mostraba tímida para acercarse. Primero se dio vuelta a un lado y, luego, al otro, pidiendo a los potentados que se alejaran de él.

Entonces, retrocedió y, con un floreo, sacudió las cenizas de cada uno de los tres asientos, cepillando y arreglando las sillas con sus manazas. Esto detuvo a la procesión haciendo que todos los cercanos miraran fijamente, atónitos. León, con aspecto satisfecho, se dio vuelta para enfrentar el ataúd haciendo gestos a los siete para que se juntaran con él. Mientras ellos se acercaban, Fortunato se restregaba y frotaba las manos, cayendo así el residuo de cenizas. Él y los potentados disfrutaron una risotada.

***

Tres pares de luces delanteras aparecieron en el horizonte, quizá a tres cuartos de kilómetros de la casa de refugio. Raimundo había temido este momento, en que la CG cayera sobre ellos. Le preocupaba estar ausente o dormido o no darse cuenta. Qué raro era estar ahí y ver qué sucedía.

Albie y Cloé habían apretado el paso y ahora corrían veloces. Raimundo trató de ir a la par pero, de repente, se sintió raro y sintiendo de nuevo su edad. —Capitán Steele, acérquese a mí, ahora —instó Albie, gritándole lo mismo a Cloé.

Raimundo y Cloé cerraron filas, ahora a tres o cuatro metros a cada lado de Albie y como a un metro por detrás. El rugiente Land Rover venía tras ellos, rebotando en el terreno y proyectando fantasmagóricas sombras sobre la casa de refugio.

A Raimundo le pareció que los tres vehículos que avanzaban desde el otro lado, se habían separado y disminuido la velocidad. Él, Albie y Clóe se pararon entre el viejo garaje y la casa. Lea viró el Land Rover a la derecha de Cloé, cerca del garaje. —Alto —dijo quedamente Albie—. Alto, y mantengan las posiciones.

—Albie, estamos vulnerables —dijo Raimundo.

—Señor Berry, Delegado Comandante Elbaz —dijo Albie—. Y usted me cedió el mando a mí, ¿no?

—Transitoriamente —dijo Raimundo rudamente. Si Albie era auténtico, se lo tomaría como chiste. Si Raimundo había caído tontamente en esto, sacrificando al Comando Tribulación por un error de juicio, decía que iba a luchar por recuperar el mando y que no caería sin pelear.

Las luces delanteras frente a ellos se separaron ahora, el vehículo a la izquierda de Raimundo avanzaba más en esa dirección, haciendo un ángulo hacia ellos y deteniéndose a poco menos de setenta metros. El que iba al medio se acercó más, quizá a unos cuarenta y cinco metros. Y el de la derecha reflejaba, como espejo, al de la izquierda.

—Alto —repitió Albie—. Alto.

—Aquí somos blanco —dijo Raimundo.

—Alto.

—Esto no me parece en absoluto bien —dijo Cloé.

—Alto. Confíen en mí.

Raimundo contuvo la respiración. *Deseo poder. Señor, dime que hice lo correcto.*

Raimundo se sobresaltó cuando oyó que uno saltaba fuera del vehículo del centro, con el equipo tintineando al tocar suelo, y se movía hacia la casa. Mientras que todavía podía ver las tres luces delanteras, Raimundo perdió de vista la silueta del soldado cuando éste llegó a la parte de atrás de la casa, viniendo a todo correr hacia ellos.

—Alto.

—Estoy en alto, Alb... Delegado Comandante, aunque ellos tienen a un hombre armado al otro lado de la casa. ¿Qué pasa si incendia la casa? ¿Qué pasa si los demás se le unen? Ellos tienen blancos claros de nosotros pero están protegidos por los árboles y la casa.

—Cállese, señor Berry —dijo Albie—. Estamos superados doce a tres.

Raimundo sintió una profunda advertencia. *¿Cómo sabía Albie eso?*

—Y a menos que uno de ustedes esté armado —agregó Albie—, estamos superados en armas doce a uno.

—Entonces, ¿qué? —dijo Cloé—, ¿nos rendimos? Yo moriré primero.

—Puede que así sea si no me deja manejar esto.

Raimundo había pasado de sospechar a temer y, ahora, al terror completo. Había metido a la gente encargada a él en la trampa más grande que era imaginable. ¿No era el mismo Albie que le había aconsejado una vez que nunca confiara en nadie? Ellos podrían estar muertos o en la cárcel dentro de media hora.

—¡Líder del escuadrón de la Comunidad Global! —gritó Albie, con su voz más profunda y clara de lo que jamás había escuchado Raimundo—. ¡Muéstrese e identifíquese! Yo soy el Delegado Comandante de la CG Marco Elbaz, y ¡esa es una orden!

***

David adivinaba que la temperatura pasaba los cuarenta y tres grados. No recordaba haber estado fuera en un mediodía de Nueva Babilonia en que hiciera tanto calor. Se sacó la gorra del uniforme y se enjugó la frente con la manga. Estaba goteando. No había viento, solamente el sol implacable, el calor corporal de cuatro millones de personas y el espeso humo picante de la imponente estatua.

La imagen empezó a moverse como si un temblor la hiciera oscilar y rebotar pero nada más estaba afectado. Todos los ojos se volvieron a ella, con terror y se corrió la voz, rápidamente, por todo el patio que algo estaba pasando. La cosa pareció vibrar en su sitio durante un minuto largo. Luego se meció y, de nuevo, brotaron las volutas de humo.

Pronto la imagen estaba al rojo vivo y el humo salía tan rápido que volvió a formar nubes que oscurecían el cielo. La temperatura disminuyó inmediatamente pero pasar del día a la oscuridad con tanta velocidad hizo que muchos cayeran de bruces.

La imagen rugió: "¡No teman y no huyan! ¡No huyan o morirán con toda seguridad!".

La negrura cubría al cielo en la zona inmediata pero cuando David echó un vistazo al horizonte, vio que seguía claro. Los rayos reventaban por entre el humo bajo, golpeando el suelo alrededor de los bordes como vio David al darse vuelta. Segundos después los truenos rodaron haciendo que la zona se estremeciera.

"¡No huyan!" —volvió a gritar la estatua—. "¡Desafíenme a su propio riesgo!"

León estaba de pie y de brazos cruzados, contemplando la estatua mientras los siete potentados estaban en cuatro patas, con los ojos desorbitados. Los guardias armados cayeron de rodillas.

La gente en los bordes lejanos de la multitud se dio vuelta y salió corriendo sólo para ser golpeados por los rayos mientras el resto de la turba miraba horrorizados. "¿Ustedes *me* van a desafiar a mí?" —rugió la estatua—. "¡Cállense! ¡Quédense quietos! ¡No teman! ¡No huyan! Y ¡Contemplen!"

La gente se heló donde estaba, mirando fijo. El humo dejó de subir pero el cielo siguió negro. Se formó en nubes negras que crecían y se enrollaban rodando mezcladas con rojos y púrpuras oscuros.

David, seguro en su fe, creía saber lo que pasaba pero se halló temblando, estremeciéndose con el corazón en llamas.

"No me miren a mí" —dijo la estatua, ahora sin que saliera humo de su cara. Al enfriarse pasó del naranja al rojo y volvió al negro. Ya no se movía más—. "Miren a su señor dios".

David pensó que era como si la estatua se hubiera encogido pero sencillamente se había callado, aquietado y enfriado. La gente se fue parando lentamente y todos los ojos se volvieron al ataúd de vidrio donde Carpatia permanecía, imperturbablemente reposado y en nada turbado. Millones de persona de pie en el desierto rápidamente enfriado, el cielo ennegrecido, nubes horrorosas girando. La gente cruzó sus brazos contra el frío repentino y, con los hombros encorvados, contemplaban fijamente el cuerpo sin vida de Carpatia.

***

—Tengo once Pacificadores con las armas apuntadas a ustedes, ¡señor! —llegó la respuesta desde el rincón más lejano de la casa de refugio—. ¡Tengo que ver alguna identificación!

—¡Está bien! —contestó Albie—. Pero prepare la suya pues yo soy su oficial superior.

—Le sugiero que nos encontremos a su lado de la casa con las armas enfundadas.

—¡De acuerdo! —dijo Albie, haciendo todo un espectáculo de volver a guardar su arma en la funda atada a su cinturón.

—¿Y sus ayudantes?

—Lo mismo que los suyos, señor —dijo Albie—. Las armas apuntadas a ustedes.

El líder del escuadrón salió desde atrás de la casa con su arma enfundada, los brazos separados del cuerpo, las manos vacías. Albie se dirigió hacia él muy decidido. —Excelente acercamiento, señor. Ahora estoy sacando mis documentos.

—Como yo.

El líder del escuadrón sacó una linterna de la parte de atrás de su cinturón y compararon los documentos. —Lamento la confusión, Delegado Comandante —dijo el joven—. ¿Yo lo conozco?

—Datillo, debiera. Probablemente yo fui profesor suyo. ¿Dónde se entrenó?

—BASALT (Baltimore Area Squadron Leadership Training), señor. Entrenamiento de Líderes de Escuadrón de la Zona de Baltimore.

—Yo solamente estuve invitado como orador ahí. Yo estaba en Chesapeake.

—Sí, señor.

—Líder de escuadrón Datillo, ¿puedo preguntarle que anda haciendo por estos lados?

Datillo sacó unas órdenes de su bolsillo. —Nos dijeron que esto es la oficina central de una facción de judaítas, quizá hasta *la* casa de refugio central. Nuestras órdenes eran sitiar aquí, apresar a los ocupantes, determinar paraderos e identidades de los demás, y destruir la instalación.

—¿Incendiarla?

—Afirmativo, señor.

Súbitamente Albie se acercó al joven líder del escuadrón. —Datillo, ¿de dónde llegaron esas órdenes?

—Señor, supuse que de Nueva Babilonia.

—Supuso. ¿Las verificó con el director regional?

—No, señor, yo...

—Datillo, ¿usted sabe qué hora es?

—¿Señor?

—Datillo, ¿no hablamos español los dos? No es mi idioma nativo pero es el suyo, ¿Mi acento le resulta muy fuerte, hijo?

—No, señor.

—¿Usted sabe qué hora es?

—Pasadas las cuatrocientas horas, señor. Solicito permiso para mirar mi reloj.

—Concedido.

—Son las cuatrocientas treinta señor.

—Datillo, son las cuatrocientas treinta. ¿Eso le significa algo?

—Señor, ¿quiere decir algo?

—Escúcheme, Líder del Escuadrón. Yo voy a decirle esto fuera del rango de audición de sus subordinados, aunque usted no se lo merece. Voy a resistir la tentación de informar a Crawford, el Director Regional del Medioeste de los

Estados Norteamericanos, que usted no verificó órdenes con él antes de proceder. Y hasta voy a darle un pase a su *increíble* falta de conciencia de las diferencias de los husos horarios entre Norteamérica y los Estados Carpatianos. Le vuelvo a preguntar, Líder del Escuadrón Datillo, ¿cuál es el significado de las cuatrocientos treinta horas?

—Le ruego su perdón, Delegado Comandante, y aprecio me disculpe en los otros asuntos, particularmente no avergonzarme en la presencia de mis subordinados pero, señor, estoy totalmente en blanco en eso de la hora.

—Honestamente —dijo Albie—, no sé de dónde los sacan a ustedes, muchachitos, o qué hacen en el entrenamiento básico. ¿Usted estuvo o no en alguna de mis conferencias en BASALT?

—Señor, honestamente no me acuerdo.

—Entonces no estuvo porque no se hubiera olvidado y sabría qué hora es en Nueva Babilonia cuando son las cuatrocientos treinta horas en su parte del mundo.

—Bueno, si usted se refiere a si conozco la diferencia de hora, sí, señor, la sé.

—¿La sabe?

—Sí, señor.

—Escucho.

—En esta época del año, hay una diferencia de nueve horas.

—Datillo, muy bien. Entonces, ¿qué hora es en Nueva Babilonia en este preciso momento?

—Eh, este, allá están más tarde que nosotros así que es, ah, son las mil trescientos treinta horas.

—¿Tengo que pasearlo por esto, hijo?

—Lo siento, señor, me temo que sí.

—Líder del Escuadrón, ¿qué día es hoy?

—Sábado, señor.

—Perdió. Pruebe de nuevo. Oficial, es pasada la medianoche.

—Oh, sí, ya es la mañana del domingo.

—¿Lo cual hace qué en Nueva Babilonia?

—La tarde del domingo.

—Datillo, es la tarde del domingo en Nueva Babilonia ¿eso le suena conocido?

Los hombros de Datillo se cayeron. —Señor, es el funeral, ¿no es cierto?

—Cling, cling, cling, ¡Datillo le acertó a la piñata! Usted está consciente de que durante el funeral hay una moratoria de actividades relacionadas al combate, vigente en todas partes del mundo, ¿lo sabe o no?

—Sí, señor.

—Y toda orden de la CG requiere un RPC, ¿correcto?

—Sí, señor, un Razonamiento Pacificador Concreto.

—¿Y el RPC subyacente a esta orden?

—Hum, que ninguna publicidad inopinada eche sombras a la calidad de la historia principal de las noticias que tiene el funeral.

—Eso es, muy bien. Ahora, Datillo, yo me doy cuenta que usted es un joven fervoroso. Usted y su gente van a evacuar la zona. Usted puede volver a las mil horas e incendiar el lugar si yo lo dejo en pie. Mi gente y yo estamos en terreno mucho antes que usted llegara aquí y ya apresamos a los ocupantes y evacuamos el edificio. Tengo aquí un grupo para peinar la residencia en busca de pruebas y debiéramos terminar al amanecer. No vuelva hasta las mil horas y, si ve humo en el horizonte antes de eso, no tiene necesidad de venir hasta acá. ¿Me expresé claramente?

—Sí, señor. ¿Hay alguna forma en que mi gente y yo podamos asistirle, señor?

—Solamente obedeciendo las órdenes y yéndose ahora. Hijo, haré un trato con usted. No le comunique a sus superiores los graves errores que cometió esta madrugada y tampoco yo se los informaré.

—Señor, aprecio eso.

POSEÍDO

—Yo sé que sí. Ahora, váyase.

Datillo saludó y se fue trotando de regreso al jeep del medio. Lo hizo dar vuelta en U, como los otros dos, antes de alinearse detrás del primero. Y se apuraron a desaparecerse en la oscuridad.

**

El cielo estaba tan negro que las luces del patio de palacio se prendieron automáticamente. Las luces de la televisión estaban enfocadas en el ataúd y David tenía la seguridad de que también todos los ojos estaban ahí, todos menos los suyos. Él buscaba y rebuscaba a Anita en el Sector 53, orando que ella permaneciera firme. No podía localizarla.

David se dio vuelta. Las olas de calor radiaban de la estatua en el aire comparativamente fresco. Los potentados se veían paralizados. Hasta Fortunato había palidecido y no se movía, con su mirada fija en el ataúd. Un borde de luz a lo largo del horizonte parecía como un borde de pelo en un hombre calvo. Nubes de ébano y otras sombras profundas, producidas por el humo de la estatua, colgaban amenazadoras sobre la inmensa multitud reunida. La gente estaba tiesa como clavada en el suelo. Las luces brillantes bañaban la plataforma.

Los ojos de David fueron atraídos al cadáver. ¿Qué era eso? ¿Un movimiento casi imperceptible? O ¿había sido su imaginación? Él se había imaginado antes en un funeral que el pecho del cadáver subía y bajaba pero hasta ahora, el cuerpo de Carpatia no había dado siquiera la ilusión de vida.

El índice izquierdo de Carpatia se levantó un par de centímetro de su muñeca por un instante, para volver a caer. Unas pocas personas carraspearon pero David supuso que la mayoría no había visto eso. El índice volvió a levantarse y caer, dos veces. Enseguida se levantó como un centímetro, estirado como si apuntara.

Uno de los potentados vio eso evidentemente y retrocedió, tratando de irse para atrás, pero se cayó sobre una silla. Al tratar de ponerse en pie y huir, un rayo cayó a tres metros de él volviéndolo a tirar donde había estado en el suelo. Se paró tembloroso y se sacudió, mirando nuevamente a Carpatia pero con renuencia.

Ahora el índice se dobló y estiró y todos los potentados se pusieron tiesos. Los guardias adoptaron la postura de asalto como preparándose para disparar a un cadáver. Las manos de Carpatia se separaron y reposaron a sus costados. Los que estaban suficientemente cerca empezaron a llorar, con sus caras contorsionadas de terror. Parecía que querían escaparse pero no podían moverse.

Los que estaban delante de David se acercaron más pero teniendo cuidado de mantener a alguien entre ellos y el catafalco. Los que estaban al frente mantenían su lugar o trataban de dar un paso atrás pero nadie detrás de ellos se lo permitía.

Ahora era evidente que el pecho de Carpatia subía y bajaba. Muchos cayeron de rodillas, escondiendo los ojos, llorando a todo pulmón.

Los ojos de Nicolás se abrieron. David miró fijo, luego desvió la mirada para ver que hasta León y los reyes temblaban.

Los labios del cadáver se abrieron y Nicolás levantó la cabeza hasta apretarla contra la tapa de plexiglás. Todos los que estaban a treinta metros del ataúd, incluyendo a Fortunato, se desplomaban tapándose la cara pero, David se dio cuenta, la mayoría atisbaba a través de sus dedos entrelazados.

Carpatia echó la cabeza hacia atrás, como si se estirara, hizo unas muecas, y levantó las rodillas hasta que se toparon con la tapa del ataúd. Enderezó su pierna izquierda hasta que el taco tocó al gran tapón de goma y lo sacó con un gran *¡tuoc!* El tapón salió volando y le echó la gorra a uno de los guardias postrados. Éste dejó caer el arma y se sobó la cabeza mientras el proyectil rebotaba y rodaba hasta que, finalmente, se detuvo debajo de una silla.

Habiendo roto el sellado al vacío, Carpatia puso lentamente sus manos contra el pecho, con las palmas hacia arriba, con la cara anterior de las muñecas contra los lados de la tapa. Los gemidos y las boqueadas y los alaridos brotaban de la multitud hasta donde David podía ver y oír. Ahora, todos estaban en el suelo, atisbando las pantallas o tratando de ver la plataforma.

Carpatia volvió a levantar las rodillas, rompiendo el vidrio que rodeaba a los enormes pernos de acero inoxidable. Entonces empujó con toda fuerza hasta que la tapa se rompió soltándose. Más de treinta y seis kilos de plexiglás salieron volando lejos del ataúd, los pernos volaban también, y se estrellaron contra el atril, dándole vuelta y haciendo caer el micrófono.

Carpatia se catapultó para ponerse de pie en la punta angosta de su ataúd. Se dio vuelta, triunfante, para enfrentar a la multitud y David se fijó que el maquillaje, la masilla, las grampas quirúrgicas y los puntos estaban en la caja, donde había yacido la cabeza de Nicolás.

De pie ante un silencio mortal, Nicolás lucía como recién salido de su vestuario donde un valet le había ayudado a vestirse con un traje perfectamente limpio. Los zapatos brillaban, los cordones bien atados, los soquetes bien tensados, el traje sin una sola arruga, la corbata colgando precisamente lo debido, ahí estaba, ancho de hombros, cara fresca, afeitado, el pelo en su lugar, nada de palidez. Fortunato y los siete estaban de rodillas, con las caras ocultas y sollozando fuerte.

Nicolás levantó sus manos a la altura de los hombros y dijo con voz bastante fuerte para que todos oyeran, sin ayuda del micrófono,. —Paz. Tengan calma. —Con eso subieron y se disiparon las nubes, volviendo a salir el sol con todo su brillo y calor. La gente entrecerraba los ojos y se los tapaba.

—La paz sea con vosotros —dijo—. Mi paz les doy. Por favor, pónganse de pie. —Hizo una pausa mientras todos se paraban, con sus ojos aún clavados en él, los cuerpos rígidos de miedo. —Que sus corazones no se turben. Crean en mí.

Comenzó un murmullo, David oyó que la gente se maravillaba de que él no usara micrófono pero tampoco levantara la voz y, no obstante, todos podían oír.

Era como si Carpatia leyera sus mentes. —Ustedes se maravillan de que yo pueda hablar directamente a sus corazones sin amplificación, pero me vieron levantarme desde los muertos. ¿Quién sino el dios altísimo tiene poder sobre la muerte? ¿Quién sino dios controla la tierra y el cielo?

Él hablaba amablemente con las manos aún alzadas. —¿Todavía tiemblan? ¿Todavía están muy asustados? No teman, pues les traigo la buena nueva de gran gozo. Yo, el que los ama, soy el que está ante ustedes hoy, herido a muerte pero ahora viviendo... para ustedes. Por ustedes.

«Nunca tienen que temerme pues son mis amigos. Solamente mis enemigos tienen que temerme. ¿Por qué tienen miedo, oh, ustedes los de poca fe? Vengan a mí y encontrarán reposo para sus almas».

David casi se desmayó del asco nauseabundo. Oír las palabras de Jesús dichas por este hombre malo que, como enseñó el doctor Ben-Judá, ahora estaba poseído siendo Satanás encarnado. Eso era más de lo que David podía soportar.

—Solamente el que no está conmigo está contra mí — continuó Carpatia—, todo el que diga una palabra en contra mía, no será perdonado pero en cuanto a ustedes, los fieles, tengan coraje, soy yo, no se asusten.

David volvió a buscar a Anita, sabiendo que nadie alrededor de él siquiera se daba cuenta de que él no le prestaba atención a Carpatia. Cuánto deseaba poder verla, saber que ella estaba bien, comunicarle que no estaba sola, que aquí había otros creyentes.

—Yo quiero saludarlos —decía Carpatia—. Vengan a mí, tóquenme, háblenme, adórenme. Toda autoridad me ha sido dada en el cielo y sobre la Tierra. Yo estaré con ustedes siempre, hasta el fin.

La línea congelada en su lugar seguía sin moverse. Carpatia se dio vuelta hacia Fortunato y asintió, gesticulando a los guardias. —Insten a los míos a venir a mí. —Los guardias se pararon lentamente y empezaron a empujar a la gente hacia la escalera. —Y mientras ustedes vienen —continuó Carpatia—, dejen que les hable acerca de mis enemigos...

POSEÍDO

***

Zión había estado orando mientras los vehículos se aproximaban a la casa de refugio desde dos direcciones, diciendo:
—Señor, ¿este es el fin? Yo anhelo tanto ir a Ti pero si este no es el tiempo fijado para que mis amados hermanos y hermanas, y yo, demos nuestras vidas por ti, danos a todos fuerza y sabiduría.

Los vehículos se detuvieron y él escuchó los gritos. Zión se fue al rincón del subterráneo donde podía escuchar. Un comandante de CG, del Medio Oriente, llamaba al líder del escuadrón, Zión trataba de frenar y gobernar su respiración para poder oír cada palabra. ¿Ése sería Albie, el que acababa de hablar, pretendiendo ser CG o *era* CG? Era tan persuasivo, sabía tanto. ¿Cómo podía alguien saber tanto de los sistemas y los procedimientos sin estar dentro? Quizá una vez fue y había dejado de serlo. Zión solamente podía tener esperanzas.

Albie había despedido al líder del escuadrón con sus hombres, fuera quien fuera, y Zión sabía que sus amigos vendrían a buscarlo. ¿Lo primero que debía hacer? Volvió a activar la energía eléctrica y encendió el televisor. Su teléfono sonó.

—Doctor Ben-Judá —dijo Albie—, ¿está allá abajo y se encuentra bien?

—Estoy bien y mirando el funeral en televisión. Baje y mire.

—¿Quiere venir a abrirnos?

—¡Rompan la puerta! No quiero perderme esto y, de todos modos, no nos quedaremos, ¿no?

Albie se rió y pateó la puerta trasera. Pasos. Se abrió la puerta de la congeladora, el estante fue quitado, pasos en la escalera. Albie entró, seguido por Cloé, que corrió a sacar a Keni de la cuna y lo inundó con besos. Luego, Raimundo, luciendo grave aun cuando abrazó a Zión.

—Los demás ya vienen —dijo Raimundo.

—Sí, sí, y bendito sea Dios —dijo Zión—. Pero mira esto. Una gran tormenta invadió el patio del palacio y estoy convencido que se acerca la hora.

Camilo cojeó limpiamente bajando la escalera y buscó a Cloé y Keni. Lea fue la siguiente ayudando a Jaime con mucho cuidado. Vendado, mudo y frágil Jaime se obligó a sonreír cuando vio a Zión y los compatriotas se abrazaron.

—Alabo al Señor por ti, hermano mío —dijo Zión—. Ahora siéntate y mira.

—Gente, tenemos que terminar esto antes del amanecer —dijo Albie—. No creo que nuestro joven amigo vuelva antes de las diez pero mejor es no probarlo.

—¿En realidad vamos a incendiar este lugar cuando saquemos lo que necesitamos? —dijo Raimundo.

Zión trató de hacerlo callar pero ambos lo ignoraron. Aumentó el volumen del televisor. —Esto parece muy arriesgado —dijo Camilo saliendo del dormitorio con Cloé y Keni—, hacer fiesta aquí teniendo a la CG en la zona.

—Creo que está por ocurrir la posesión —dijo Zión.

—¡Zión, mete un videodisco! —dijo Raimundo— tenemos trabajo que hacer y rápido.

—Confío que la treta de Albie dio resultado —dijo Zión—. Al menos así lo espero.

Raimundo se le acercó, diciendo: —Doctor, estoy de regreso y soy el encargado, y tengo que recordarle el rango a pesar de mi respeto por usted. Grabe eso y empaquemos.

Zión leyó tal confianza y, también preocupación en Raimundo que insertó un disco de inmediato. —Jaime, no puedes trabajar en tu estado. Vigila esto hasta que tengamos que irnos. —Subió corriendo a la planta alta.

—Traiga solamente lo que pueda llevar en su regazo —anunció Raimundo—. Poner carga en la parrilla del techo del vehículo llamará demasiado la atención.

Mientras Zión se atareaba, se preocupó por Raimundo. Era natural que todos se sintieran aliviados aunque preocupados por no estar fuera de peligro todavía. Raimundo estaba claramente intranquilo por algo. Después que Zión dio una última mirada superficial a su cuarto por si quedaban cosas indispensables, vio que Raimundo empujaba a Albie en el dormitorio vacío de Camilo y Cloé del primer piso.

—Todos ustedes me conocen como el potentado que perdona —decía Carpatia, mientras las masas empezaban a formar fila una vez más para desfilar por su lado. Esta vez iban a tener la rara experiencia de tocar y hablar al hombre que había estado muerto casi tres días y que aún seguía, de pie, en los restos de su ataúd.

«Irónicamente —continuó— la persona o personas responsables de mi muerte ya no pueden seguir siendo perseguidas por asesinato. El intento de asesinato de un funcionario de gobierno es aún un delito internacional, naturalmente. El culpable sabe quiénes son pero, en cuanto a mí, por este medio yo los perdono a todos. El gobierno de la Comunidad Global no debe realizar ninguna acción oficial. Desconozco, los pasos que los conciudadanos den para asegurarse que un acto de esa índole nunca más vuelva a ocurrir, y no interferiré en eso.

«Sin embargo, fuera de los posibles asesinos individuales, hay opositores a la Comunidad Global y a mi liderazgo. Óiganme, pueblo mío: no necesito la oposición y no la toleraré. Ustedes no tienen que temer porque ustedes vinieron aquí para conmemorar mi vida con ocasión de mi muerte, y se quedan para adorarme como su líder divino. Pero cuidado a los que creen que es posible rebelarse contra mi autoridad y sobrevivir. Pronto instituiré un programa de confirmación de lealtad que probará, de una buena vez por todas, quién está con nosotros y quién está contra nosotros, y ay del insurrecto arrogante. No encontrará dónde esconderse.

«Ahora bien, súbditos leales, vengan y adoren».

VEINTE

Raimundo tiró por el codo a Albie para que entrara al dormitorio de Camilo y Cloé. Cuando cerraba la puerta, vio que Jaime iba tambaleando donde Zión, gesticulando, gruñendo a través de sus vendajes y su mandíbula aún asegurada con alambres, tratando de hacer que Zión lo siguiera.

El teléfono de Raimundo sonó. —Quédate ahí —le dijo a Albie. Luego, en el teléfono dijo—. Aquí, Steele.

—¡Raimundo, soy Patty! —ella estaba casi histérica.

—¿Dónde estás?

—Mientras menos sepas mejor, pero saca a tu gente de la casa de refugio.

—¿Por qué?

—Están sobre la pista de ustedes. No me preguntes cómo lo sé. Y Carpatia volvió desde los muertos, ¿lo viste?

—No.

—Raimundo, ¿todo es verdad, no?

—Por supuesto que sí, y tú supiste eso casi tan temprano como la mayoría de nosotros. No pensé que la duda fuera la razón de tu resistencia.

—No lo era totalmente pero seguía manteniendo la esperanza que todo no fuera justamente como decía el doctor Ben-Judá.

—¿Qué vas a hacer al respecto, Patty? Sabes cómo todos pensamos al respecto y de ti.

—Raimundo, nada por ahora. Solamente quería precaverles.

—Gracias pero ahora *yo* te advierto *a ti*. No esperes mucho más.

—Raimundo, tengo que cortar.

—El doctor Rosenzweig ya hizo su decisión.

—Realmente tengo que... ¿qué? ¿Él se decidió? Se suponía que hubiera muerto. ¿Está ahí? ¿Puedo hablar con él?

—Le diré que te llame cuando pueda.

—No quiero que mi teléfono suene en el momento inoportuno.

—Patty, entonces, llámanos mañana, oíste? Todos estaremos orando que tú hagas lo correcto.

***

David no sabía dónde había estado sentada Viviana Ivins. Seguramente en la sección de los VIP pero no se fijó en ella hasta que apareció al lado de Carpatia.

Fortunato estaba a su derecha así que la gente pasaba primero por León, luego Viviana y, finalmente, Carpatia. Era como si esto se hubiera diseñado para tranquilizar a la gente. No tenían que temer a un hombre recientemente muerto que quería ser tocado y tocar.

León los empujaba suavemente hacia Viviana, que decía algo calmante y los guiaba rápidamente más allá de Carpatia. Parecía que él miraba a cada uno a los ojos y musitaba algo cuando le tomaba la mano con las dos suyas. A nadie se le permitía detenerse y todos parecían sobrecogidos cuando se alejaban como flotando. Muchos se desmayaban y algunos se esfumaban. David hizo unos cálculos rápidos. Si Nicolás daba, digamos, cinco o seis segundos a cada personas de los tres millones que había, eso llevaría más de doscientos días de veinticuatro horas cada uno. Con toda seguridad que se iban a ir los que esperaran más de unas pocas horas seguidas.

***

—Capitán Steele, ¿esto puede esperar? —dijo Albie.

Raimundo bloqueó el camino. —¿Por qué, Albie?

—¿No quiere *usted* ver lo que está pasando en las noticias?

—Miraré la grabación.

—Entonces, usted también quiere verlo.

—Por supuesto —dijo Raimundo—, pero estoy empezando a preguntarme si queremos verlo por la misma razón.

—¿Qué dice?

—¿Cuál es su nombre verdadero?

—Raimundo, usted sabe mi nombre.

—¿Puedo examinar su marca?

Albie lo miró de soslayo. —Esto es un insulto terrible en mi cultura. Especialmente después de todo lo que pasamos.

—Su cultura nunca tuvo la marca. ¿Cuál es el insulto?

—Que no confíen personalmente en uno.

—Usted mismo me aconsejó que no confiara en nadie.

—Amigo mío, eso es un principio. ¿Usted piensa que yo fingiría y le mentiría sobre algo que sé que es tan real para usted?

—No sé.

—Entonces, mejor es que examine mi marca. No puede insultarme más.

—Albie, tómelo como un cumplido. Si usted es real fue tan convincente como comandante de la CG que me hizo dudar.

—Debo.

—Sí. ¿Cómo supo que estábamos superados doce a tres?

—Yo hago lo que debo. Eso es parte de mi trabajo. ¿Cómo piensa que sobreviví por dos veces al comerciante promedio del mercado negro? Soy cuidadoso. No me consigo un uniforme y finjo una identidad sin aprenderme los matices.

—¿Cómo supo que eran tres jeeps que llevaban a cuatro pacificadores cada uno?

—Eso es protocolo CG. Las patrullas nocturnas se llaman escuadrones y tienen un líder, tres vehículos y once subordinados. De día viajan en parejas.

—Ah, ah, y BASALT?

—Nunca supe eso. Me alegró que él lo explicara.

—¿Conferencista invitado?

—Fabricado.

—¿Chesapeake?

—Suponiendo. Teniendo esperanzas. Había leído algo de una instalación CG para entrenamiento en aquel sitio. Me alegro de haber sido tan convincente porque, Raimundo, nuestras vidas dependieron de eso. Es lo que hago.

—Regional del Medio oeste... como lo nombró... Director.

—El Director Crawford, correcto.

—¿Y lo conoce de...?

—Un directorio, pues pensé que me convendría familiarizarme con eso.

—¿Nunca lo conoció?

—¿Cómo pudiera?

—¿Sigue siendo uno que odia encubiertamente a Carpatia?

—Espero que pronto deje de ser encubierto. No disfruto actuar por mucho tiempo. ¿Satisfecho?

—¿Cómo supone de la moratoria por el funeral, y eso, ¿cómo fue que lo dijo? ¿RPC?

—Yo leo.

—Usted lee.

—Usted debiera saber eso de mí.

—Creo que tengo que saber mucho más de usted.

Ahora Albie estaba enojado.—No fingiré que no estoy profundamente ofendido —dijo, rasgando la gorra del uniforme y tirándola al suelo. Raimundo se dio cuenta repentinamente que ellos eran los únicos que quedaban en el piso principal y que ya no oía pasos arriba. Todos debían estar agrupados en torno al televisor en el refugio subterráneo.

Albie se soltó la pistolera sacando el arma. Raimundo retrocedió hasta que se golpeó la nuca contra la puerta del dormitorio. Albie dio vuelta el arma sosteniéndola por el cañón. Se la tiró a Raimundo diciendo: —Ahí está. Dispáreme si soy un mentiroso.

Raimundo vaciló.

—¡Vamos, tómela!

—Albie, yo no voy a dispararte.

—¿Aun si resulto ser falso? ¿Aun si los hubiera denunciado, si les hubiera mentido? ¿Comprometido? ¿Aun si, después de todo, yo fuera CG? Déjeme decirle, capitán Steele, que si esto *fuera* verdad de mí y yo fuera *usted*, pues me dispararía sin remordimientos. —Se paró, ofreciendo el arma—. Pero diré esto, si yo *fuera* CG, aquí es dónde y cuándo yo también le dispararía a usted. Y mataría a cada uno de sus compañeros cuando salieran corriendo del subterráneo. Entonces, aseguraría el lugar y dejaría que el comandante de escuadrón Datillo, quemara la prueba por completo. ¿Capitán Steele, qué será? Esta es una oferta limitada. ¿No sería mejor que me examinara para ver si firmó las sentencias de muerte de todos sus amigos o arriesgará las vidas de ellos para evitar insultarme más aún?

Raimundo no iba a tocar el revólver así, que Albie lo tiró a la cama. Raimundo deseó haberlo tomado, sin tener la seguridad de ganarle a Albie si tenía que tomar el arma. Albie se acercó un paso más, haciendo que Raimundo se encogiera, pero éste se limitó a ponerle la frente en la cara de Raimundo.

—Tóquela, restriéguela, lávela, póngale vaselina. Haga lo que tenga que hacer para convencerse. Yo ya sé quién soy. Si soy falso, dispáreme. Si soy legítimo, asuma que le he devuelto el mando a usted. De una u otra manera, usted no podría haberme ofendido más.

—Albie, no tengo la intención de ofenderlo, pero debo...

—¡Sólo siga adelante con esto! Si quiere ser el líder, ¡tome el mando!

331

***

David escudriñó los extremos alejados de la multitud donde los carritos hacían zigzag con los megáfonos, anunciando a la gente que la CG lamentaba informarles que "solamente los que están dentro del patio podrán saludar personalmente a Su Excelencia. Gracias por comprender y siéntanse libres para quedarse para oír los comentarios finales dentro de una hora o algo así".

David buscó y buscó a Anita diciendo por fin a los Wong que él debía irse.

El señor Wong, con su rostro devastado por las lágrimas y el agotamiento, dijo: —¡No! Usted nos pone en la fila recibida.

David dijo: —Lo siento pero cerraron la fila.

—¡Pero nosotros en patio! ¡Asiento VIP! Usted hacer pasar.

—No —dijo David, acercándose—. Usted es el VIP. Usted haga que esto suceda.

Mientras el viejo bramaba de ira, David apretó el hombro de mamá y abrazó a Ming y Chang susurrando en sus oídos: —*Jesús* es el resurrecto.

Ambos respondieron muy bajito: —Indudablemente que Él es el resucitado.

***

—Perdóname Albie —decía Raimundo—, por favor, no te ofendas.

—Usted ya me insultó, amigo mío, así que muy bien puede tranquilizar sus pensamientos.

—Albie, yo trato de tranquilizar *tu* mente.

—Eso requerirá más disculpa de la que usted tiene el tiempo o la fuerza o, pudiera decir, la intuición para darme. Ahora, revise la marca, y salgamos de aquí.

Raimundo se acercó a Albie, que pareció ponerse rígido. Un fuerte golpe en la puerta sobresaltó a los dos. Zión metió la cabeza: —¡Caballeros, discúlpenme, pero Carpatia resucitó! ¡Ustedes deben venir a ver!

Raimundo recuperó el arma.

—Guárdela —dijo Albie mientras iban a la escalera.

—Pero eso te insultaría aún más.

—Ya le dije que no puedo ser insultado más profundamente.

Raimundo se dio vuelta con torpeza, dándole el revólver a Albie.

Albie movió la cabeza, tomó el arma, y la metió bruscamente en su funda. Mientras se ataba la correa dijo: —Lo único más ofensivo que un viejo amigo no confíe en uno es su estilo de liderazgo condescendiente. Raimundo, usted y los que están bajo su responsabilidad, van a entrar a la fase más peligrosa de su existencia. No lo eche a perder todo con la indecisión y el juicio malo.

***

Camilo sostenía al bebé que dormía mientras Cloé terminaba de empacar. Oyó que Raimundo y Albie bajaban y se preguntó por qué traían las manos vacías luego de haber estado arriba por tanto tiempo. Quizá ya habían llevado cosas al vehículo.

—¿Papá, viste esto? —dijo el Macho, haciendo señas al televisor donde la CG CNN pasaba y repasaba los momentos más espectaculares desde Nueva Babilonia.

—Mejor es que no me trates informalmente en presencia del resto del Comando —susurró Raimundo mientras miraba fijamente el televisor.

Camilo ladeó la cabeza. —Como usted mande, capitán Steele.

Fue cojeando hacia donde Cloé había juntado sus cosas esenciales, cambió al bebé por un paquete y se fue lentamente al Land Rover. El fresco de las horas anteriores al amanecer lo refrescó, aunque se encontró oliendo el aire y escuchando. Lo último que deseaba, después del raro cuento de la treta de Albie, era oír que regresaban esos jeeps CG. ¿Qué pasaba si el líder del escuadrón era más valiente de lo que Albie pensaba, y se arriesgaba a ser avergonzado y hasta reprendido por verificar la historia? Volvería con más ayuda y todos podrían ser apresados o matados y el lugar, destruido.

Camilo estaba preocupado por algunas de sus lesiones. El dolor de las dos piernas se sentía más agudo debido a la lesión del tejido blando, así que le preocupaba tener fracturas óseas. Tenía la seguridad de haberse roto una o dos costillas y no lograba imaginarse que Jaime no se hubiera roto alguna. Ambos compartieron el traumatismo del látigo, aunque sus cabezas habían sido las primeras en ser desplazadas hacia adelante.

Camilo se dio una ojeada en el espejo retrovisor del Rover, que estaba rajado, mientras se alejaba del vehículo. ¿Era posible que sólo tuviera treinta y tres? Se sentía peor de lo que lucía y se veía como de cincuenta. Una quemadura en su frente que ni siquiera había advertido en el hospital, le había formado una ampolla grande y fea que dolía al solo tacto. Eso debía provenir del primer impacto y de haber forzado su cabeza en el respaldo del asiento delantero. Las profundas magulladuras por haberse lanzado a un matorral espinoso en el aeropuerto de Jerusalén, en lo que parecía una eternidad pasada, ya habían sanado formando cicatrices con centros escarlata que cubrían su mentón, las mejillas y la frente.

Peor aún, sus ojos tenían esa mirada agotada del mundo, de profunda fatiga que combinaba desesperación por sobrevivir, amor y preocupación por su esposa e hijo, y el puro agotamiento de vivir como fugitivo y de tolerar tremendas pérdidas personales. Respiró profundo, cosa que le produjo un dolor punzante en las costillas. Se preguntó dónde dormiría en la próxima ocasión, pero no se preguntó si dormiría bien.

Camilo tendría que haber vuelto adentro para ayudar pero, en su estado era más util quedándose donde estaba. Los demás empezaron a salir, cargados con atados pesados, salvo Zión que sólo tenía dos fundas de almohada llenas y atadas juntas, tiradas sobre un hombro y, con el otro brazo, apoyaba a Jaime.

Albie, el último en salir, estaba hablando por teléfono. Raimundo dispuso el orden para sentarse. Colocó a Cloé, Keni, Lea, Zión y Jaime en el asiento trasero, donde apenas pudieron cerrar las puertas. Camilo iba a ir adelante, con Albie al medio y Raimundo de chofer. Sin embargo, primero Raimundo y Albie se quedaron entre el garaje y la casa, Albie seguía hablando por teléfono, y Raimundo le hizo señas a Camilo con la cabeza.

—El helicóptero está en Palwaukee —informó Albie—. Y los pilotos del traslado están de regreso a Rantoul en el avión de prueba. ¿Capitán, quiere mi consejo?

—Apueste que sí.

—Yo opino que vayamos directamente a la pista aérea y pongamos en el helicóptero a los heridos y tanto equipaje como se pueda. Entonces, usted lleva el helicóptero a la nueva casa de refugio y otro puede manejar.

—¿Y usted?

—Yo debiera llevar el avión de combate a Kankakee. Usted pudiera recogerme ahí más tarde, en el helicóptero, y yo puedo traer al Gulfstream a Kankakee.

—¿Y qué tal si incendiamos esta casa? —dijo Raimundo.

—¿Tiene materiales?

—Parafina y gasolina en el garaje. Algunas antorchas.

—Con eso basta. ¿Dejó algo incriminador dentro?

—No, que se me ocurra. ¿A ti, Camilo?

Camilo movió la cabeza. —Yo saqué todo.

—Yo también —dijo Raimundo—. Por si acaso, no les dejemos que hallen nada.

Albie miró el reloj. —Creo que estamos abusando de nuestra suerte. Dejemos que la CG desperdicie tiempo buscando y, luego, *ellos* pueden cocinarla. Tenemos que irnos de aquí tan pronto como podamos.

—Tú eres el experto —dijo Raimundo—. Camilo, ¿quieres que votemos?

—Yo te respaldo, pa, este digo, capitán.

Albie siguió actuando en Palwaukee e informó al hombre de la torre residente que la traída del helicóptero y el combustible para el avión de combate y el Guflstream, debían registrarse, todos, con el mismo número de orden de la CG. Este hombre alto y gordo, de pelo grasoso y falto de sueño, parecía tan emocionado como horas antes por cumplir su deber con la CG y, en particular con el delegado comandante.

—¿Señor, vio la noticia? —dijo el hombre—. ¿La noticia maravillosa, prodigiosa?

—Que sí la vi —dijo Albie—. Gracias por su amabilidad. Ahora debemos irnos.

—Mi placer, Delegado Comandante, ¡señor! Sin duda, fue un placer. Si otra vez necesitara algo, no dud...

Camilo fue el que se quedó para asentir con la cabeza a este hombre. Albie se había ido al avión de combate recién lleno de combustible, y Raimundo al helicóptero.

***

David buscó y rebuscó a Anita, incapaz de comunicarse por teléfono con ella y sin querer andar llamándola a los gritos por encima de las multitudes de la media tarde. Por último, se fue corriendo a su oficina, encendió el televisor para oír los comentarios finales de Carpatia, y se metió en la computadora para asegurarse de que la nueva casa de refugio estuviera accesible.

Llamó a Raimundo que lo puso al día de todo lo pasado desde que hablaron por última vez. —Yo *puedo* confiar en Albie, ¿no, David?

—¿Albie? Él fue su hallazgo, ¿no? Nosotros hemos estado trabajando muy juntos últimamente. Yo pienso que él es el mejor, y usted y Max siempre dijeron que lo era. De todos modos, él es uno de los nuestros, ¿no?

—Correcto.

—Si tiene dudas de él, revise la marca.

—Evidentemente uno no insulta de esa manera a los hombres del Medio Oriente.

—¡Oiga, capitán! Usted habla con uno.

—¿Te insultaría alguien que revisara tu marca?

—Bueno, supongo que si lo hiciera, después de conocerme tanto tiempo. Quiero decir, no pienso que usted lo haya hecho alguna vez.

—David, si no puedo tenerte confianza, ¿en quién puedo confiar?

—Yo diría lo mismo de Albie pero usted es el que debe sentirse cómodo con eso. Parece que estamos metiéndonos en aguas muy profundas con él.

—Decidí correr el riesgo.

—Eso es bastante bueno para mí. Déjeme saber cuando llegue al Edificio Strong. ¿Tratará de aterrizar dentro de la torre?

—No con esta carga. Guardaré al helicóptero en la forma menos notoria posible para que no se vea desde el aire.

—Lo más preocupante para usted son las fotos desde satélites porque no hay aviones que vuelen tan bajo para fotografiar nada significativo pero si descarga antes que amanezca, y puede determinar que puede guardar al helicóptero adentro del edificio, es mejor que lo haga así.

—Entendido.

—Yo estoy sacando la llave de todo el lugar para usted. Yo entraría, me instalaría y me quedaría quieto y fuera de la vista.

—Necesitamos pintura negra que podamos rociar.

—Se puede. ¿Dónde la mando?

—Kankakee, me imagino.

—Cuente con ella. ¿Raimundo? ¿Cómo está Zión?

—Jaime y Camilo son los heridos.

—Pero se mejorarán, ¿no?

—Así parece.

—Zión es el que me preocupa. Lo necesitamos en línea haciendo lo que hace mejor.

Raimundo supuso que estaba a medio camino de la casa de refugio.

—David, oí eso. Sólo espero que podamos transmitir desde el nuevo lugar como podíamos desde el antiguo.

—Debieran. Cuando llegue el día en que Max, Abdula, Anita y yo nos vayamos de aquí, llegaremos e instalaremos el centro de comunicaciones más grande que pueda imaginarse. Oiga, ¿tiene su computadora portátil, no?

—La había dejado en Monte Prospect. Volveré a ponerme en línea en Chicago.

—Bueno porque le mandé una lista que hallé, hecha por una mujer de nombre Viviana Ivins, la confidente más antigua que tiene Carpatia. La lista muestra los diez reinos con sus nuevos nombres pero también tiene un número asignado a cada uno. Eso debe tener algún significado pero no puedo descifrarlo, al menos, no todavía.

—¿No has puesto uno de tus elegantes programas computacionales a hacer eso?

—Pronto lo haré, pero no me importa lo que lleve o quién lo descifre. Sólo quiero saber qué significa y si tenemos alguna ventaja por saberlo.

—Veremos qué se puede hacer. Por ahora va a ser estupendo estar juntos, todos en un mismo lugar, encerrados juntos, conociéndonos mejor con los recién llegados, y restableciendo cierto orden.

—Lo sabré cuando entre. Tengo mis cámaras listas.

***

Una vez instalada la computadora David quiso volver a preocuparse por encontrar a Anita. Había miles de razones por las que sería difícil ubicarla pero era mejor que él no pensara en ninguna. Se paró, se estiró, fijándose que había cambiado la imagen del televisor. La red había pasado desde un ángulo amplio de la trilogía receptora de León, Viviana y Nico, y se centraba ahora en Nicolás.

Éste había bajado unas cuantas filas y miraba directo a la cámara. A pesar de sí mismo, David pudo entender por qué el hombre era tan encantador. Además de la masculina belleza europea, éste vendía en realidad el afecto y la compasión. David sabía que era insidioso pero en su apariencia no se le notaba.

El anunciador dijo: —Damas y caballeros de la Comunidad Global, su Potestad Suprema, Su Excelencia Nicolás Carpatia.

Nicolás dio un paso más cerca de la cámara, obligando a que la enfocaran de nuevo. Miró directamente a los lentes.

—Mis queridos súbditos —empezó—, juntos hemos pasado toda una semana, ¿no? Me conmovió profundamente los millones de personas que han hecho el esfuerzo de venir a Nueva Babilonia para lo que no resultó ser mi funeral, cosa que agradezco. El derrame de emociones no fue menos alentador para mí.

«Como saben, y yo lo dije, quedan pequeños bolsillos de resistencia a nuestra causa de paz y armonía. Hay gente que se ha dedicado a decir las cosas más hirientes y blasfemas, las declaraciones más falsas de mí, usando palabras para calificarme que nadie quisiera nunca se usaran contra ella.

«Creo que ustedes estarán de acuerdo que hoy yo he probado quién soy y quién no soy. Ustedes harán bien al obedecer a sus cabezas y sus corazones y seguir obedeciéndome. Ustedes saben lo que vieron, y los ojos no mienten. También anhelo fervorosamente dar la bienvenida al rebaño del mundo único, a todos los ex devotos del borde radical que se hayan convencido de que yo no soy el enemigo. Por el contrario, yo puedo ser el objeto mismo de la devoción de su propia religión, y oro que ellos no cierren sus mentes a esa posibilidad.

«Para terminar permitan que le hable directamente a la oposición. Siempre he permitido puntos de vista divergentes, sin rencor ni represalias. Sin embargo, entre ustedes existen lo que se han referido a mí, en forma abierta y personal como el anticristo, y a este período de la historia como la Tribulación. Ustedes pueden considerar lo que sigue como mi promesa personal:

POSEÍDO

«Si insisten en seguir con sus ataques subversivos a mi modo de ser y a la armonía del mundo, por la cual he trabajado tanto para engendrar, la palabra *tribulación* ni siquiera empezará a describir lo que les tengo reservado. Si los últimos tres años y medio constituyen el concepto que ustedes tienen de tribulación, esperen hasta que soporten la Gran Tribulación».

EPÍLOGO

¡Ay de la tierra y del mar!, porque el diablo ha descendido
a vosotros con gran furor, sabiendo que tiene poco tiempo.

Apocalipsis 12:12

DE LOS AUTORES

El doctor Tim LaHaye (www.timlahaye.org) que concibió la idea de novelar el relato del arrebatamiento y la tribulación, es un conocido autor, ministro, asesor, comentarista televisivo y conferencista de renombre nacional en materia de vida familiar y profecía bíblica. Fundador y presidente de Ministerios Tim LaHaye a la vez que del PreTrib Research Center. Actualmente el doctor LaHaye se presenta como orador en las principales conferencias sobre profecía bíblica que se organizan en los Estados Unidos y el Canadá, donde son muy populares sus nueve libros actuales sobre profecía.

El doctor LaHaye tiene un Doctorado en Ministerio del Seminario Teológico Conservador Occidental y el Doctorado en Literatura de la Universidad Libertad. Durante 25 años ha pastoreado una de las iglesias más sobresalientes de los Estados Unidos, iglesia situada en San Diego, California, que creció instalándose en tres lugares más. Durante ese tiempo fundó dos reconocidas escuelas cristianas de enseñanza superior, un sistema escolar cristiano de diez escuelas y el Christian Heritage College.

El doctor LaHaye ha escrito más de cuarenta libros que tienen más de 22 millones de ejemplares impresos en treinta y nueve idiomas. Ha escrito sobre muchos temas como vida familiar, temperamentos y profecía bíblica. Sus novelas actuales, escritas en colaboración con Jerry Jenkins, *Dejados Atrás, Comando Tribulación, Nicolás, Cosecha de Almas, Apolión y Asesinos*, han figurado en el primer lugar de las listas de los libros cristianos de mayor venta. Otras obras del doctor LaHaye son Temperamentos Controlados por el Espíritu; Casados pero felices; El acto matrimonial; Revelation Unveiled: Understanding the Last Days; Rapture Under Attack; ¿Estamos viviendo en los últimos tiempos?, y la serie Dejados Atrás "Los Chicos", de novelas para la gente joven.

El doctor LaHaye tiene 4 hijos y 9 nietos. Entre sus actividades recreativas se cuentan, esquí en la nieve y acuático, motocicleta, golf, salir de vacaciones con su familia, y trotar.

Jerry B. Jenkins, (www.jerryjenkins.com) ha escrito más de cien libros. Ex vicepresidente de la editorial del Instituto Bíblico Moody de Chicago, Illinois, también sirvió muchos años como editor de la revista Moody. Sus obras han sido publicadas en diversos medios como *Reader's Digest,* (Selecciones), *Parade,* revistas para los aviones, y muchos periódicos cristianos. Escribe libros de cuatro clases: biografías, temas del matrimonio y la familia, novelas para niños y novelas para adultos. Algunas de las biografías que ha escrito Jenkins son de Luis Palau, Billy Graham y muchos más. La biografía de Billy Graham figuró en la lista de los *bestsellers* del New York Times, junto con otras dos más.

Cuatro de sus novelas apocalípticas escritas en colaboración con Tim LaHaye, "Dejados atrás", "Comando Tribulación", "Nicolás" y "Cosecha de almas", figuran en la lista de las novelas *bestsellers* de la CBA (Asociación de Libreros Cristianos) y en la lista de los libros más vendidos en materia religiosa del Publisher Weekly. "Dejados atrás" fue seleccionada como la Novela de 1997 y 1998 por ECPA (Asociación de Editoriales Cristianas Evangélicas).

Como escritor y conferencista de temas del matrimonio y la familia, Jenkins ha sido invitado asiduo del programa radial "Enfoque a la Familia" del doctor James Dobson.

Jerry también escribe una tira cómica deportiva que publi-can muchos periódicos norteamericanos.

Jerry y su esposa Dianna viven en el noreste de Illinois y en Colorado.

Comuníquese al speaking@jerryjenkins.com para concertar una conferencia con Jerry Jenkins.